BASTEI
LÜBBE
TASCHENBUCH

Über den Autor

D. P. Lyle, geboren in Huntsville, Alabama, arbeitet seit dreißig Jahren als Kardiologe in Kalifornien. Er ist Autor mehrerer preisgekrönter forensischer Sachbücher, unter anderem *CSI-Forensik für Dummies*, und Romane. Zudem ist er als dramaturgischer und technischer Berater für mehrere populäre TV-Serien wie *CSI: Miami* und *Law & Order* tätig.

D. P. LYLE

JANUSKILLER

THRILLER

Aus dem amerikanischen Englisch
von Ulrike Moreno

BASTEI
LÜBBE
TASCHENBUCH

BASTEI LÜBBE TASCHENBUCH
Band 17235

MIX
Papier aus verantwortungsvollen Quellen
FSC® C083411

Dieser Titel ist auch als E-Book erschienen

Vollständige Taschenbuchausgabe

Deutsche Erstausgabe

Titel der amerikanischen Originalausgabe: »Stress fracture«
Originalverlag: Medallion Press, Inc.
Dieses Buch wurde vermittelt von der Literaturagentur
erzähl:perspektive, München (www.erzaehlperspektive.de)
in Zusammenarbeit mit Gloria Goodman.

Textredaktion: Wolfgang Neuhaus, Oberhausen
Titelillustration: © shutterstock/Eky Studio; © shutterstock/Attitude;
© shutterstock/ aldegonde; © shutterstock/Jon Le-Bon
Umschlaggestaltung: Massimo Peter
Satz: two-up, Düsseldorf
Gesetzt aus der Minion
Druck und Verarbeitung: CPI books GmbH, Leck – Germany
Printed in Germany
ISBN 978-3-404-17235-1

1 3 5 7 6 4 2

Für meine Eltern, Victor und Elaine Lyle

1. KAPITEL

Sonntag, 23.36 Uhr

Er genoss die Augenblicke vor dem Töten.

Wenn sein Herz gegen seine Rippen hämmerte. Wenn seine Haut in Schweiß gebadet war, der ihm in den Augen brannte. Wenn sein Atem schwer und rasselnd ging. Wenn seine Schultermuskeln sich verkrampften und seine Hände kribbelten. Er schloss die Augen, atmete ein paar Mal tief die warme, süße Nachtluft ein. Nur keine Eile. Er hatte Zeit, die prickelnde Erwartung auszukosten.

Hinter einer dichten, eins fünfzig breiten Hortensienhecke kauernd, lehnte Brian Kurtz sich an die kühle Backsteinmauer. Sein T-Shirt blieb an der rauen Oberfläche hängen. Drinnen schlief sein Opfer den tiefen, friedlichen Schlaf eines Menschen, der glaubt, die Zukunft hielte noch viele solcher erholsamer Nächte für ihn bereit.

Daraus wird nichts, Mr. Michael Savage.

Savage. Der Name gefiel ihm. Er implizierte Macht und Leidenschaft, Gewalt und Zorn. Er beschwor Bilder des alten Mannes im Russel Erskine Hotel und der kleinen Schwuchtel drüben in Madison herauf. *Savage*. Sie hatten die Bedeutung dieses Worts am eigenen Leib erfahren. Und dem Mann hinter der Mauer würde es heute Nacht genauso ergehen.

»Sehr bald schon, Mr. Savage«, murmelte Brian.

Er redete oft laut mit sich selbst, wenngleich seine Stimme in Augenblicken wie diesem seltsam klang. Blechern, tonlos. Sein Puls dröhnte in seinen Ohren, und die mittlerweile vertraute, durch Zorn geschürte Anspannung in seinem Magen wuchs. Die Wut wollte heraus.

Noch nicht.

Gott, er liebte dieses Gefühl!

Er verlagerte sein Gewicht. Der murmelgroße Kies unter den Sträuchern knirschte leise. Mit der Schulter riss er ein paar Blütenblätter von einer der kugelförmigen Blumen ab. Sie schwebten zu Boden und gesellten sich zu anderen, die ihnen vorangegangen waren.

Zum hundertsten Mal ging er seinen Plan im Kopf noch einmal durch. Jeder Schritt war ein sauberes, deutliches Bild. Über den Zaun in den Garten hinterm Haus springen. Durch die Seitentür der Garage, die Küche und den Flur hinunter zu dem Zimmer, wo Savage auf seinem Bett lag, nichtsahnend, eine leichte Beute. Die Waffe, der leise Knall, der Rückstoß. Und schon gehörte Savage ihm.

Die Bilder brachten Brians Puls noch mehr auf Touren. Sein Gesicht war schweißbedeckt, und er wischte es mit der Vorderseite seines T-Shirts ab.

Es wurde Zeit.

2. KAPITEL

Montag 00.37 Uhr

Brian lag auf dem Boden seiner Wohnung. Nackt. Der dünne Teppich trug kaum etwas dazu bei, die Härte des Betonbodens zu mindern. Die Erschöpfung, die diesen Ausflügen jedes Mal folgte, schien heute Nacht besonders stark zu sein. Nicht mal eine kalte Dusche hatte ihn beleben können. Er drehte das Sofakissen um, das er sich unter den Kopf gestopft hatte, und bemerkte, dass sein feuchtes Haar einen dunklen Kreis auf dem groben Stoff hinterlassen hatte. Er rollte sich auf den Rücken, starrte an die Zimmerdecke und begann gedankenverloren die winzigen Löcher in den Dämmplatten zu zählen. Mehrmals kam er durcheinander, weil ihm die nächtlichen Ereignisse im Kopf herumspukten.

Es war wahnsinnig intensiv gewesen. Das Beste bisher. Seine Wut hatte sich beinahe völlig ausgetobt. Und Savage hatte bekommen, was ihm zustand.

Das Klingeln des Telefons schreckte ihn auf. Obwohl er mit dem Anruf gerechnet hatte, entfachte die jähe Störung aufs Neue seinen Zorn. Er drehte sich zur Seite, starrte das Telefon an, das auf seinem Schreibtisch auf der anderen Seite des Zimmers stand. Sein erster Impuls war, das Kabel aus der Wand zu reißen. Stattdessen ließ er den Lärm über sich ergehen, bis er verstummte. Nicht heute Nacht. Heute Nacht konnte er nicht mit ihm reden.

Er legte sich wieder auf den Rücken und zog das Kopfkissen zurecht. Kaum schloss er die Augen, hockte er wieder in den

Sträuchern vor Savages Haus. Er konnte die Nachtluft riechen und spürte die raue Backsteinmauer im Rücken. Das Gefühl der Erwartung kam zurück. Aber das Klingeln auch, *verflucht noch mal!*

Jedes Läuten machte den Kopfschmerz, der sich hinter seinen Augen zusammenballte, schlimmer. *Verpiss dich, Mann!* Erst nach einem Dutzend Klingeltönen kroch er hinüber und griff zum Hörer. »Ja.«

»Warum hat es so lange gedauert?«

»Ich war unter der Dusche.« Brian lehnte sich mit dem Rücken an den Schreibtisch.

»Aha.« Ein paar Sekunden Schweigen. Brian konnte das langsame, ruhige Atmen des Mannes hören. Dann: »Sie waren gut heute Nacht.«

»Woher wollen Sie das wissen?«

Der andere lachte leise. »Ich hab's gesehen.«

»Wann?«

»Vorher, während und danach. Ich meine es ernst. Sie waren gut.«

»Können Sie mir das schriftlich geben? Dann kann ich's rahmen und an die Wand hängen.«

»Sie brauchen nicht gleich zynisch zu werden.«

»Bin ich nicht. Nur müde.«

Wieder ein leises Lachen. »Dann ruhen Sie sich aus. Wir werden bald wieder beginnen.«

»Wann?«

»Voller Eifer, wie ich sehe. Das ist gut. Ich rufe an.« Und schon war die Leitung tot.

Brian legte auf und zog sich auf die Beine. Das Pochen in seinem Kopf wurde schlimmer. Er rieb sich die Schläfen, doch der Schmerz schien nichts davon zu bemerken.

Er ging in die Küche, nahm ein kaltes Bier aus dem Kühlschrank, öffnete die Dose zischend und leerte die Hälfte in einem Zug.

Ein Klopfen an der Tür. Dann eine Stimme. »Ich weiß, dass du zu Hause bist. Ich hab die Dusche gehört.«

Es war Laranne Millonzi. Sie und ihr Ehemann Carl wohnten im Apartment nebenan. Wenn Laranne nach Mitternacht bei ihm anklopfte, bedeutete das, dass Carl auf Achse war. Er fuhr Sattelschlepper oben an der Ostküste.

Brian und Laranne hatten es vor drei Monaten zum ersten Mal miteinander getrieben. Während einer von Carls ausgedehnten Fahrten war Laranne auf ein Bier herübergekommen, und es dauerte nicht lange, bis sie auf dem Teppich übereinander herfielen. Eigentlich war Brian heute nicht in der Stimmung für Gesellschaft, aber Laranne verstand es hervorragend, Kopfschmerzen zu lindern.

Er machte sich weder die Mühe, sich anzuziehen, noch das Handtuch vom Boden aufzuheben, bevor er die Tür öffnete.

Sie warf ihm einen überraschten Blick zu, dann lächelte sie. »Das erspart uns den Smalltalk.«

»Genau. Wir können gleich zur Sache kommen.«

Laranne trat ein und schloss die Tür. Sie war barfuß und trug einen kurzen Seidenkimono, der gerade mal bis zur oberen Hälfte ihrer Schenkel reichte. Das Kleidungsstück glitt leise raschelnd von ihren Schultern und rutschte zu Boden. Darunter trug sie nichts.

Der Sex war schnell, heiß und wild. Brian musste seine Dämonen loswerden. Laranne offensichtlich auch. Fußboden, Küchentheke, Bett – sie trieben es überall.

Danach fiel Brian in tiefen Schlaf. Als er um kurz nach drei Uhr morgens erwachte, war Laranne nicht mehr da.

3. KAPITEL

Montag, 8.07 Uhr

»Das wird dir nicht gefallen«, sagte Sheriff Luther Randall.

Mir verkrampfte sich der Magen. »Bringen wir's hinter uns.«

Das Leben schien nur noch im Zeitlupentempo abzulaufen, als ich Luther den Gang hinunter zu Mikes Schlafzimmer folgte. Meine Beine fühlten sich schwer an, und meine Schuhsohlen griffen nach dem Teppich, als versuchten sie, mich zurückzuhalten. Als wüssten sie, was kam.

Ich heiße Dub Walker, und ich habe in meinem Job bisher mehr als hundert Mordfälle bearbeitet. Als Militärpolizist bei der Marine, als Labortechniker beim Alabama Department of Forensic Sciences hier in Huntsville, als Ausbilder und Berater bei der Verhaltensanalyseeinheit des FBI in Quantico, und schließlich als Tatort- und Beweisspurenuntersucher bei Fällen im ganzen Land. Ich gelte als Experte auf diesem Gebiet und habe ein Dutzend Bücher zu diesen Themen geschrieben; da denken die Leute ganz von selbst, oh, Mann, der hat den Durchblick. Vielleicht stimmt das, vielleicht auch nicht.

Ich habe wütende Ehepartner einander erstechen, zerstückeln und erschießen sehen, misslungene Drogendeals, Auftragsmorde, Bandengemetzel, Mafiamorde und Bluttaten, die in keine Schublade passen. Ich habe Opfer von Schießereien, Vergiftungen, Prügeleien, Bränden, Sprengsätzen und One-Way-Flügen von hohen Gebäuden herab gesehen. Ich habe Erfahrungen aus erster Hand mit den Taten von Serienmördern, die ihre Opfer folterten, verstümmelten, ausschlachteten, manchmal sogar konservierten.

Doch nichts von alledem hatte mich auf das hier vorbereitet.

Luther trat beiseite und ließ mich vorangehen. Drei Lampen und die Deckenlampe brannten, trotzdem trübte und verengte sich meine Sicht. Bilder rasten auf mich zu, als würden sie durch einen Gewehrlauf abgefeuert. Magensäure schoss mir in die Kehle.

Das hier war nicht Mike. Was ich hier vor mir hatte, war nichts Menschliches mehr. Arme und Beine in Blut gebadet, x-mal gebrochen und zu einem grotesken Etwas verdreht. Das Gesicht war nicht mehr vorhanden. Ich konnte gerade noch einen zerschmetterten Kieferknochen erkennen. Mehrere Zähne lagen auf dem blutdurchtränkten Teppich. Ein schmiedeeiserner Schürhaken, den ich als den vom Wohnzimmerkamin erkannte, ragte aus seinem Bauch.

»Ich sagte ja schon, kein schöner Anblick«, bemerkte Luther.

Ich unterdrückte eine Woge der Übelkeit. *Nur die Ruhe. Du hast Schlimmeres gesehen.* Aber das war eine Lüge.

»Todeszeitpunkt?«, fragte ich.

»Irgendwann zwischen zweiundzwanzig Uhr und ein Uhr morgens, sagt Sidau. Körpertemperatur, Hautverfärbung und Leichenstarre deuten darauf hin.«

»Wer bearbeitet den Fall? Das HPD?«

Das HPD war das Huntsville Police Department.

»Ist ein Gemeinschaftseinsatz vom HPD und dem Sheriff's Department. Unser Mann ist Scotty Simpson. Beim HPD ist es dein Freund Tortelli.« Luther blickte auf den Gang hinaus. »Da kommt er schon.« Er trat beiseite, um T-Tommy eintreten zu lassen.

Tommy Tortelli. T-Tommy für seine Freunde. Ich kannte ihn seit der vierten Klasse. Seit dem ersten Schultag, an dem wir uns zusammen zum Football anmeldeten. Heute, mit neununddreißig, war er einfach nur eine größere Ausgabe dessen, was er mit neun gewesen war. Aber das passendere Wort ist *dick*: dicke Arme, Beine, Brust und Nacken. Selbst sein Haar war dick und schwarz. Er hatte als Linebacker gespielt, als Football-Verteidiger, und bewegte sich noch immer wie einer. Es war ein zielstrebiger, schnörkelloser, ich-spring-dir-ins-Gesicht-falls-nötig-Gang. Mit eins dreiundachtzig hatten wir die gleiche Größe, nur mit seinen 115 Kilo übertraf er mich um 25.

»Ist das nicht 'ne verdammte Scheiße?«, sagte er.

»Mehr als das.« Ich spürte ein Pochen hinter dem linken Auge, als ich den Blick wieder auf Mikes Leichnam richtete. »Ich hasse es, so was sehen zu müssen.«

T-Tommy legte mir eine Hand auf die Schulter und drückte zu. »Wir kriegen den Mistkerl.« Er sah Luther an. »Hast du's ihm schon gesagt?«

Luther schüttelte den Kopf.

T-Tommy seufzte. »Wir haben noch zwei andere Morde, die ganz genauso aussehen.«

Ich konnte immer noch nicht den zähen Speichel schlucken, der sich in meiner Kehle sammelte. Und auch das Atmen fiel mir nicht gerade leicht. Ich sah T-Tommy an. »Das ist nicht dein Ernst.«

»Doch. Leider.«

»Ihr glaubt, wir hätten einen Serienmörder?«

Einen Moment lang starrte T-Tommy auf den Boden, dann wandte er sich mit geistesabwesendem Blick dem zum Garten hinausgehenden Fenster zu. »Gestern war es nur eine Theorie. Aber nach dem hier sind wir über das Theoretische hinaus.« Er blickte mich an. »Zumindest sehe ich das so. Aber natürlich will ich auch deine Meinung hören.«

»Das HPD hatte die ersten beiden Morde«, sagte Luther. »Wir haben den hier. Vor ein paar Tagen kam T-Tommy zu mir und wollte wissen, ob wir ähnliche Fälle hätten. Hatten wir nicht.«

Ein harter Zug erschien um seinen Mund. »Bis jetzt. Als ich das hier sah, wusste ich sofort, dass es derselbe Kerl sein musste, und habe T-Tommy angerufen.« Luther rieb sich mit einer Hand den Nacken. »Scotty richtet in der City einen Raum für eine Sondereinheit ein. Wir haben mehr Platz als das HPD. Sie bringen uns sämtliche Beweismittel hinüber, die sie von den ersten beiden Morden haben.«

Die Zentrale des Sheriff's Departments von Madison County, darunter auch Luthers Büro, nahm den gesamten ersten Stock des im Stadtkern von Huntsville gelegenen Amtsgerichtsgebäudes ein. Ich vermutete allerdings, dass es keine architektonische Frage war, dort die Sondereinheit einzurichten, sondern nur bedeutete, dass Luther alles genauestens im Auge behalten wollte. Das HPD mochte uns zwar bei der Bearbeitung der Fälle unterstützen, aber die Leitung hatte Luther. Er übernahm diesen Fall, damit nichts vermasselt wurde. Und weil er es tun musste. Mike zuliebe. Das konnte ich sehr gut verstehen.

Luther blickte auf Mikes Leichnam, schloss für einen Moment die Augen und sagte dann zu T-Tommy: »Warum bringst du Dub nicht auf den neuesten Stand? Ich muss ins Büro zurück. Wenn ihr hier fertig seid, setzen wir uns zusammen und entscheiden, wie wir am besten mit den Medien umgehen. Ich werde eine Pressekonferenz für später am Tag anberaumen.« Er zögerte einen Moment, bevor er sich abwandte und den Flur hinunterging.

»Okay, lass uns mit der Tour beginnen«, sagte T-Tommy.

4. KAPITEL

Montag, 8.32 Uhr

Die Tour begann draußen. Zwei Kriminaltechniker kauerten bei den Hortensien vor dem Haus. Einer richtete eine Kamera auf einen gut sichtbaren Schuhabdruck und das Lineal, das zum Abmessen der Größe danebengelegt worden war.

»Wie läuft's?«, fragte T-Tommy.

»Mit den Fotos sind wir fertig.« Sidau Yamaguchi blickte auf und erhob sich. »Dub.« Er streifte seine Latexhandschuhe ab, und wir schüttelten uns die Hand. »Ich hatte schon damit gerechnet, dass sie dich hinzuziehen.« Er deutete mit einer Handbewegung auf das Haus. »Das mit Mike tut mir leid. Schlimme Sache.«

Sidau war der leitende Kriminaltechniker beim Alabama Department of Forensic Sciences. Ich hatte sechs Jahre mit ihm zusammengearbeitet und dann noch als Berater bei einigen Fällen, nachdem ich das Department verlassen hatte. Von Sidau hatte ich eine Menge forensischer Kunstgriffe gelernt.

Ich hockte mich neben den Abdruck. »Was haben wir hier?«

»Mehrere Schuhabdrücke am Rand der Kiesfläche. Sieht aus wie von einem Sportschuh. Davon müssten wir ein paar gute Gipsabdrücke machen können. Die dürften uns zumindest Größe und Hersteller verraten.«

Ich erinnerte mich noch, wie Mike und ich den Kies ausgestreut hatten. Während ich ihn von der rostigen alten Schubkarre heruntergeschaufelt hatte, war Mike auf Händen und Füßen herumgekrochen, um ihn unter den Sträuchern zu verteilen. Mike zufolge half der Kies, die Feuchtigkeit zu bewahren.

Ich blickte zur Straße. »Wahrscheinlich hat er hier gewartet und die Straße im Auge behalten, um sicherzugehen, dass niemand ihn sah. Wo hat er das Haus betreten?«

»Hier entlang«, sagte T-Tommy. Er führte Sidau und mich seitlich um das Haus herum und durch das Tor in dem von Heckenpflanzen überwucherten Holzzaun, der den Garten umschloss. »Hier ist er übers Tor gesprungen. Es war verschlossen, und niemand hatte sich an dem Schloss zu schaffen gemacht. Wir haben es aufgebrochen, um hereinzukommen. Am Tor und am Schürhaken im Haus haben wir ein paar weiße Baumwollfasern gefunden.« Er sah mich an. »Ähnliche Fasern haben wir auch an den anderen beiden Tatorten entdeckt.«

Wir gingen auf die offene Seitentür der Garage zu, wo ich den Türgriff und das Schloss untersuchte. Keine Anzeichen von Schäden. Keine sichtbaren Kratzer. »Du nimmst an, dass diese Tür hier unverschlossen war?«

T-Tommy steckte die Hände in die Hosentaschen und wippte auf den Absätzen. »Scheint so.«

»Das klingt aber nicht nach Mike.«

»Nee, stimmt. Die Tür von der Garage zur Küche sieht übrigens genauso aus. Keine Anzeichen, dass daran hantiert wurde.«

Wir gingen in die Garage, wo ich mehrere der rechteckigen Papprahmen sah, die Sidau um sichtbare Schuhabdrücke aufzustellen pflegte. Das Schuhsohlenmuster hier drinnen war das gleiche wie draußen.

»Wir haben hier auf dem Beton ein paar Abdrücke gefunden, und noch einige auf dem Küchenfußboden«, sagte Sidau.

Also weiter in die Küche. Hier standen noch mehr von den Papp-Rechtecken auf dem Boden.

Sidau blieb am Spülbecken stehen. »Hier hat der Mörder sich gewaschen.«

Ich sah einen tränenförmigen Fleck auf dem Spritzschutz hinter dem Heißwasserhahn. Er war dem Täter von der Hand getropft, als er das Wasser aufgedreht hatte. Außerdem sah ich den rötlichen Farbton von verdünntem Blut in den Ritzen am Fuß der Armaturen und um den Abfluss herum.

»Genau wie Mike hat er ein Geschirrhandtuch benutzt, um sich die Hände abzuwischen«, sagte Sidau. »Es hängt zum Trocknen draußen. Ich habe übrigens ein paar Haare darauf gefunden. Falls sie vom Täter sind, können wir vielleicht seine DNA ermitteln.«

Im Wohnzimmer schien alles unverändert zu sein. Nichts deutete auf einen Kampf hin. Das Sofa, der Großbildfernseher, Mikes bequemer Polstersessel – alles war so, wie es sein sollte. Wie viele Samstage hatte ich hier gesessen und mir mit ihm College-Football angesehen? Wie viel Bourbon hatten wir beide hier konsumiert? Wie viele Lügen erzählt?

Ich ging zu dem großen Fenster und blickte auf die Straße hinaus. Gelbe Absperrbänder erstreckten sich über den Vorgarten und vom Laternenpfahl neben der Einfahrt zu dem Pekannussbaum, den Mike so geliebt hatte. Sie dienten als Barriere, um die wachsende Menge fernzuhalten. Paare, Kinder, Jogger, Hausfrauen und andere Neugierige. Prüfend ließ ich den Blick über die Gesichter gleiten. War einer dieser Leute der Mörder?

Dann sah ich Claire McBride, die neben dem Übertragungswagen der Channel 8 News stand und einen Mann interviewte. Sie war eine knallharte Enthüllungsjournalistin und die Nummer Eins bei Channel 8. Sie konnte jede Story bekommen. War Zucker nötig, konnte sie süß wie warmer Ahornsirup sein. Sie konnte so gut wie jeden erweichen und, falls nötig, die meisten Männer sogar ins Koma saufen. Außerdem war sie meine Exfrau. Aber das ist eine lange Geschichte.

Ich folgte T-Tommy und Sidau wieder den Flur hinunter in Mikes Schlafzimmer. »Wann bringt ihr den Leichnam weg?«

»Jetzt«, antwortete Sidau. »Luther wollte, dass du vorher noch den Tatort siehst. Dann werde ich die Jungs von der Spurensicherung daransetzen.«

»Und ich muss mit ein paar von denen reden«, sagte T-Tommy.

Nachdem die beiden sich zurückgezogen hatten, ging ich um das Bett herum und suchte den zerschundenen Körper nach irgendetwas ab, das noch an Mike erinnerte. Mein Blick fiel auf das USMC-Tattoo, das er stolz an seinem linken Oberarm trug. Es sah blass und verwaschen aus und war mit Rinnsalen von Blut überzogen. Darauf bedacht, mich von den vielen Blutspritzern fernzuhalten, sah ich mir den Tatort aus verschiedenen Winkeln an. Ein paar Mal musste ich tief Luft holen und schluckte schwer.

Zeit, dich an die Arbeit zu machen, sagte ich mir. *Hör auf, das hier als Mike zu sehen. Sieh es einfach nur als Tatort. Benutze deinen Verstand, nicht dein Herz.*

Aber so einfach war das nicht. Die Gesichtsverletzungen waren beträchtlich, aber ich glaubte, eine Austrittswunde am linken Kiefer ausmachen zu können. Sicher konnte ich mir allerdings nicht sein, da der Unterkiefer an zwei Stellen gebrochen war. Doch wenn es so war, wie ich glaubte, bedeutete es, dass die Kugel von hinten eingetreten war. Die Autopsie würde das klären.

Das Blutspurenmuster um das Bett herum spiegelte die Brutalität des Mörders wider. Lange Abschleuderspritzer – Blut, das von einer blutigen Waffe spritzt, die in Bewegung ist – bildeten streifenförmige Muster an der Zimmerdecke über dem Bett. In einem kreisförmigen Bereich rings um die Leiche befanden sich die typischen, von stumpfer Gewalt erzeugten Spritzer mittlerer Geschwindigkeit. Sie färbten das Kopfteil, die Bettdecke und die Wand, den Nachttisch und den Lampenschirm sowie die Gardine und die Vorhänge. Alles bis auf eine leere Ecke links vom Bett. Genau dort, wo ich stand. Wo auch der Mörder gestanden hatte. Wo sein Körper die Spritzer aufgefangen hatte, die in diese Richtung geflogen waren.

Der totale Overkill.

Ich streckte die linke Hand nach Mikes Bein aus und berührte es behutsam. Seine Kälte war erschreckend. Ich zog die Hand schnell wieder weg, aber die Kälte blieb und schien bis in meine Fingerknochen zu dringen. Bilder schossen mir durch den Kopf. Mike und Mary, seine Frau, auf der Intensivstation vor ihrem Sohn stehend, nachdem das Gehirn des Jungen bei einem Motorradunfall unwiederbringlich zerstört worden war. Die herzzerreißende Entscheidung der Eltern, die lebenserhaltenden Maßnahmen einzustellen. Marys schwere Depressionen und ihr späterer Selbstmord. Mikes zweiter Besuch innerhalb eines Jahres auf dem Friedhof von Maple Hill, um sich von einem geliebten Menschen zu verabschieden. Mikes Herzanfall. Die Aufgabe seiner Tätigkeit als Sheriff des Madison County, die er so geliebt hatte.

Und jetzt das.

»Scheiße, Mike! Warum gerade du? Nach allem, was du durchgemacht hast.« Tränen brannten hinter meinen Augenlidern. »Ich verspreche dir, alter Junge, dass wir den Mistkerl finden. Er wird nicht davonkommen. Keine Chance.«

Rasch blickte ich mich ein letztes Mal am Tatort um, denn ich musste hier heraus. Ich hatte genug gesehen. Und falls nicht, war es mehr, als ich in diesem Augenblick verkraften konnte.

Auf dem Gang begegnete ich zwei Kriminaltechnikern, die Plastikplanen bei sich hatten. Ich hasste dieses kalte, unpersönliche, synthetische Material, hatte es schon immer gehasst. Mit Bedauern erinnerte ich mich an die Zeit, als Leichen zum Transport noch in Decken eingehüllt wurden, was zumindest die Illusion von Geborgenheit, Wärme und Respekt hervorrief. Dumm, ich weiß. Die Toten merken den Unterschied ja nicht. Trotzdem versuchte ich, mir Mike nicht in dieses durchsichtige Plastik gehüllt vorzustellen.

Als ich das Wohnzimmer erreichte, sprach T-Tommy gerade mit einem uniformierten Polizisten. Dann nickte der junge Mann und ging zur Eingangstür hinaus.

»Was ist mit den anderen beiden?«, fragte ich.

»Der eine war ein älterer Mann im Russel Erskine Hotel, der andere ein junger Bursche im Madison County«, sagte T-Tommy. »Warum fährst du nicht schon mal rüber und schaust, was Scotty vorbereitet hat? Ich komme nach, sobald ich kann.«

5. KAPITEL

Montag, 9.11 Uhr

Draußen auf der Eingangsterrasse sah ich Claire, die einer Frau in Lockenwicklern und Bademantel ein Mikrofon unter die Nase hielt. Claires Kameramann richtete sein Objektiv über ihre Schulter, um das aufgeregte Geplapper der Frau einzufangen.

Claire war eine Schönheit. Schlank und fit, mit taillenlangem rotem Haar, einem hinreißenden Lächeln, Sommersprossen auf der Nase und grün-braunen Augen, die mehr zu Braun tendierten, wenn sie müde war, und zu Grün, wenn sie verärgert war. Oder lachte. Das machte es oft ein bisschen schwierig, ihre Stimmung einzuschätzen. Sie sah in natura sogar noch besser aus als im Fernsehen, und das hieß schon was. Claire hatte eine treue Fangemeinde, besonders in der Bevölkerungsgruppe der achtzehn- bis fünfundfünfzigjährigen Männer. Mit achtunddreißig gehörte ich natürlich auch dazu.

Unsere Ehe hatte ganze fünfzehn Monate gehalten. Der Sex war großartig gewesen, das Lachen und die Fröhlichkeit noch besser, aber es hatte einfach nicht sein sollen, denn als es zwischen uns gefunkt hatte, hatten wir beide nicht klar denken können. In meinem Fall lag das an der Entführung meiner Schwester, bei Claire an der Auflösung einer zweijährigen Verlobung. Es endete, weil wir als Freunde einfach besser miteinander auskamen. Claire gab unserem roten Haar die Schuld; sie meinte, zwei Rothaarige könnten nicht lange unter einem Dach leben, ohne aufeinander loszugehen. Eigentlich ist mein Haar eher mahagonibraun, das Rot kommt nur bei direkter Sonneneinstrahlung zum

Vorschein. Claire dagegen ist ein echter Rotschopf, auch wenn die Töne bisweilen die gesamte Bandbreite durchlaufen. Heute beispielsweise war es eine Art Zedernholzton.

Jedenfalls, bei unseren Auseinandersetzungen ging es um die Vorherrschaft in unserer Beziehung. Jeder wollte der Boss sein, besonders Claire. Nein, ganz ehrlich: Die Scheidung war nicht nur unvermeidlich, sie war auch willkommen; da waren wir uns einig. Deshalb ging sie dann auch reibungslos über die Bühne, und wir blieben enge Freunde. Hin und wieder auch von der Sorte »Freunde mit Vergünstigungen«.

Als ich näher kam, ließ die Frau mit den Lockenwicklern sich gerade darüber aus, was für ein netter Mensch Mike Savage sei, wie sicher sie sich gefühlt habe, den pensionierten Sheriff in der Nachbarschaft zu wissen, und wie schockierend es doch sei, dass hier so etwas geschehen könne, gleich drüben auf der anderen Straßenseite, gegenüber von ihrem eigenen Haus.

Claire beendete das Interview abrupt und fing mich ab, als ich unter dem Absperrband hindurchschlüpfte. Die Frau entfernte sich, umarmte ihre Freundin – eine Dame, die ebenfalls im Bademantel auf der Straße stand – und erzählte ihr kichernd, dass sie jetzt ins Fernsehen käme.

»Was ist los hier?«, fragte Claire.

»Freut mich auch, dich zu sehen, Claire.«

»Ja, ja. Plaudern können wir später bei einem Drink. Worum geht es hier?« Claire war im Arbeitsmodus, was bedeutete: *Vergeude nicht meine Zeit. Komm zur Sache oder hau ab.* Als ich nichts erwiderte, lenkte sie ein. »Ich weiß, dass es ein Mord ist, und ich weiß auch, dass Mike der Tote ist.« Sie berührte meinen Arm. »Tut mir leid.«

»Ja. Schlimme Sache.«

»Was kannst du mir sagen?«

»Aber du hast das nicht von mir gehört, okay?«

»Ich kenne die Spielregeln. Und jetzt sag schon, was du weißt, oder du kriegst einen Arschtritt.«

»So charmant, wie du mal wieder bist, wie könnte ich da widerstehen?«

»Charmant oder nicht, raus damit!«

Ich nickte zu ihrem Kameramann hinüber. »Kein Film, kein Ton.«

»Jeffrey?« Sie zeigte mit einer Handbewegung auf den Übertragungswagen, und der junge Mann senkte seine Kamera und schlenderte zu dem Fahrzeug, bis er außer Hörweite war. Claire schaltete ihr Mikrofon ab, steckte es in die Tasche ihres Blazers und holte Stift und Notizblock aus ihrer Schultertasche.

»Der Tote ist Mike«, begann ich. »Das einzige Opfer. Er ist zwischen zehn und eins gestorben. Im Schlaf.«

Claire strich sich eine Haarsträhne hinters Ohr, die allerdings nicht dort blieb, sondern ihr gleich wieder ins Gesicht fiel. »Was noch?«

»Mehr weiß ich nicht. Ich war erst kurz vor dir hier.«

Sie warf mir einen wissenden Blick zu. »Du verschweigst mir etwas«, sagte sie und ließ den Kugelschreiber ein paar Mal auf und zu schnappen. »Du weißt doch, dass ich so was merke. Warum willst du es vor mir verbergen?«

Ich zuckte mit den Schultern.

»Und du weißt auch, dass ich dich zum Reden bringen kann.«

»Ach ja? Was willst du denn tun? Mich treten oder vögeln?«

»Das hättest du wohl gern. Ich lasse nicht eher locker, bis du dich geschlagen gibst. Also erspar dir den Ärger und sag's mir einfach.«

Ich blickte zum Haus. T-Tommy stand an dem großen Fenster im Wohnzimmer und sprach mit einem Uniformierten. »Okay, eins kann ich dir noch sagen … Mike wurde erschossen. Wahrscheinlich mit einem einzigen Kopfschuss. Mit Sicherheit weiß ich es aber erst nach der Autopsie.« Ich holte tief Luft, stieß sie langsam wieder aus. »Und er wurde übel zugerichtet. Postmortal.«

Der Kugelschreiber in ihrer Hand erstarrte mitten im Wort, und sie schaute mich an. »Ich habe Gerüchte gehört, dass es bei den anderen beiden Morden auch so gewesen ist. Stimmt das? Glaubst du, es besteht eine Verbindung?«

»Keine Ahnung.«

»Ach komm, du bist gerade so schön dabei. Lass mich jetzt nicht hängen.«

»Ich weiß es wirklich nicht. Mit den anderen beiden Fällen hatte ich nichts zu tun.«

»Aber du wirst sie dir ansehen?«

»Ich war gerade auf dem Weg dorthin.«

»Sie haben dich um Hilfe gebeten?«

»Sieht ganz so aus.« Ich sah Tommy und den Uniformierten aus der Eingangstür kommen und um das Haus herumgehen. T-Tommy hatte sein Mobiltelefon am Ohr.

»Du hältst mich auf dem Laufenden?«

»So gut ich kann. Ich will ja keinen Tritt in den Allerwertesten von dir riskieren.«

»Ich würde dir auch nur ungern einen verpassen. Geschäft ist Geschäft.«

»Ich liebe dich auch.«

»Ich weiß.«

Ich nickte in Richtung Kameramann, der jetzt in der offenen Tür des Übertragungswagens saß und mit seiner Kamera herumspielte. »Kann er etwas für mich tun?«

»Was?«

»Die Menge filmen.«

»Du weißt, das darf ich nicht. Es ist illegal.«

»Du darfst die Aufnahmen nicht den Cops zukommen lassen.

Aber da ich nicht zu dem Verein gehöre, kannst du sie mir ruhig geben.«

Sie zögerte einen Herzschlag lang und nickte dann. »Du glaubst doch nicht, dass der Mörder noch hier ist?«

»Einige treiben sich gern am Tatort herum, um die Reaktionen auf ihr Werk zu sehen. Das Chaos, den Schrecken. Vielleicht auch, um an die Ermittler heranzukommen und ihnen Tipps zu geben oder sogar ihre Hilfe anzubieten, um den Fall zu lösen.«

»Die müssen ja irre sein.« Claire schüttelte den Kopf. »Ich wäre so weit weg wie nur möglich, wenn ich jemanden umgebracht hätte.«

»Mörder neigen nicht zu rationalem Denken.«

Claire winkte den jungen Mann herüber und stellte mich ihm vor. Jeffrey Lombardo war ein gutaussehender Bursche mit seinen langen, zu einem Pferdeschwanz gebundenen Haaren, den abgewetzten Jeans und einem grauem T-Shirt. Und er hatte einen festen Händedruck. Ich erklärte ihm, was ich brauchte.

»Seien Sie diskret«, warnte ich ihn. »Falls unser Killer hier ist, wird er verschwinden, sobald er merkt, was läuft.«

»Kein Problem«, sagte Lombardo. »Ich gebe Claire das Video, sobald es fertig ist.«

6. KAPITEL

Montag, 9.43 Uhr

Die Sondereinheit wurde ganz in der Nähe von Luthers Büro im ersten Stock untergebracht – im selben Eckzimmer, in dem ich schon den Packwood-Fall bearbeitet hatte. Billy Wayne Packwood war ein echtes Scheusal. Er stand darauf, sich junge Mädchen zu schnappen, um sie zu vergewaltigen, zu foltern und zu töten. Die Anzahl seiner Opfer lag bei zwölf, ehe er gefasst wurde. Ich hatte an dem Fall als Berater mitgearbeitet und beim Täterprofil und der Beweismittelauswertung geholfen.

Als ich den Raum betrat, stürmten Erinnerungen auf mich ein. Bilder von Packwoods verstümmelten Opfern. Der Geruch verwesender Körper. Die Furcht, die Packwood in der ganzen Stadt verbreitet hatte. All das war immer noch scharf in mein Gedächtnis eingebrannt.

Auch der Raum hatte sich nicht verändert. Dieselben verblichenen gelben Wände, metallenen Schreibtische und Stühle. Dieselbe müde alte Kaffeemaschine auf demselben klapprigen Holztischchen. Die Kanne war neu, aber neue Kannen gab es regelmäßig, da Glas hier nur eine kurze Lebensdauer hatte.

Sechs Korktafeln bedeckten eine Wand. Zwei enthielten Fotos und Zettel, einige getippt, andere handgeschrieben, die mit bunten Pinnadeln befestigt waren. Auf den Fotos war zu erkennen, dass es den beiden anderen Opfern nicht besser ergangen war als Mike. Ich wusste, dass die dritte Pinnwand bald Bilder des Tatorts enthalten würde, den ich soeben erst verlassen hatte. Und ich wusste auch, dass die meisten anderen Korktafeln, wenn nicht sogar alle, mit Fotos weiterer Tatorte bedeckt sein würden, bevor es vorbei war. So war das nun mal bei dieser Art von Mördern.

Die traurige Wahrheit ist, dass eine hohe Opferzahl bei der Lösung dieser Art von Fällen sogar hilft. Ein Tatort – sogar zwei oder drei – bieten selten genug Beweismittel, um den Täter zu identifizieren. Doch wenn sich die Gräuel häufen, kommen durch jeden Tatort und jedes Opfer weitere Beweisstücke hinzu, die sich irgendwann hinreichend zusammenfügen, um ein Bild zu ergeben, sodass man die Schlinge zuziehen kann. Und wenn es soweit ist, wenn also der Killer gefasst oder getötet wird und man den Fall im Nachhinein betrachtet, fragt man sich jedes Mal, wirklich *jedes Mal*, warum man ihn nicht schon vorher erwischt hat. Warum die letzten zwei, drei oder mehr Opfer nicht gerettet wurden. Das scheint immer so zu sein. Leider. Ich hasse es, aber was kann man da schon tun? Es ist nun mal, wie es ist.

»Na, wen haben wir denn da!«

Ich drehte mich um und sah Scotty Simpson, der zur Tür hereinkam. Mit seiner beginnenden Glatze sah er mehr wie einundfünfzig aus statt einunddreißig, aber er hatte immer ein freundliches Lächeln für alle, und heute war keine Ausnahme. »Scotty. Schön, dich wiederzusehen.«

Wir gaben uns die Hand, und dann verblasste Scottys Lächeln, und seine Miene wurde ernst.

»Furchtbar, das mit Mike. Ich fasse es einfach nicht.«

Geht es uns nicht allen so? Ich zeigte auf die Pinnwände. »Was haben wir bisher?«

»Einen elenden Mistkerl. Nimm dir einen Kaffee, wenn du willst, und ich gehe es mit dir durch.«

Ich goss etwas von dem abgestandenen Zeug in einen Styroporbecher und trank einen Schluck. Bitter, aber heiß und stark. Nicht schlecht für Sondereinheits-Kaffee.

Scotty trat seitlich vor die erste Tafel. Während er redete, überprüfte ich sorgfältig jedes Foto, das mit dem ersten Tatort in Verbindung stand.

Mr. Carl Petersen. Dreiundsiebzig. Pensionierter Raumfahrtingenieur. War zwanzig Jahre beim Marshall Space Flight Center der NASA beschäftigt gewesen. Wohnte allein im alten Russel Erskine Hotel. Vierter Stock. Ermordet am achtundzwanzigsten Juni. Witwer. Ehefrau vor vier Jahren an Krebs verstorben. Ein Mann, der für sich blieb und seit dem Tod seiner Frau als verschlossen und streitlustig galt. Fanatischer Baseball-Fan. Sammelte Autogrammkarten, handsignierte Bälle und Schläger. Der Mörder war durch die Eingangstür in das Russel Erskine gelangt. Nichts wies auf ein gewaltsames Eindringen hin. Todesursache: stumpfes Schädeltrauma. Zahlreiche Hiebe mit einem von Henry Aaron signierten Baseballschläger.

Abwehrverletzungen. Der linke Arm gebrochen, in einem 90°-Winkel verdreht und mit hervorstehendem Knochen. Zwei gebrochene Finger an der rechten Hand. Eingedrückter Schädel. Gesicht wie ausradiert. Baseballschläger gespalten von der Wucht der Hiebe. Der Mörder hatte dem toten Mr. Petersen den Schläger in den Unterleib gerammt und dort stecken lassen. Wie den Schürhaken bei Mike.

Nichts davon waren gute Neuigkeiten.

Das alte Russel Erskine Hotel befand sich in der Innenstadt, nur wenige Häuserblocks entfernt von unserem Gebäude. Dieses einst berühmteste Hotel der Stadt war in ein Seniorenheim umgewandelt worden. Was bedeutete, dass Petersen kein zufälliges Opfer war. In dieses Haus hineinzugelangen war nicht das Gleiche, wie durch jemandes Fenster einzusteigen oder durch eine unverschlossene Garagentür. Um es unbemerkt in den vierten Stock und wieder zurück zu schaffen, waren entweder große Geschicklichkeit und Erfahrung vonnöten oder unglaubliches

Glück. Wegen des intakten Türschlosses hatte der Täter entweder einen Schlüssel – das Werk von Insidern? –, oder er war sehr gut im Aufbrechen von Schlössern. Wie bei Mikes Garagentür. Ich war mir sicher, dass Mike immer alles bestens verschlossen gehalten hatte. Das galt sicher auch für Petersen, der Ingenieur gewesen war. Diese NASA-Typen überließen nichts dem Zufall.

»Petersen ist nicht erschossen worden?«

»Nee.«

»Sonst noch was?«

»Oh ja«, sagte Scotty. »Das Verrückteste überhaupt. Dieser Irre war in der Küche und hat eine Kleinigkeit gegessen.«

»Nach diesem Gemetzel?«

Scotty nickte. »Milch und Plätzchen. Als würde er eine Pause machen.«

»War es ja auch. Eine Pause zwischen Morden.«

»Um sich wieder einzukriegen?«, fragte Scotty.

»So was Ähnliches. Nachdem er seinem Dämon – oder was immer es sein mag – freien Lauf gelassen hatte, kehrte er zu alltäglicheren Beschäftigungen zurück. Hört sich verrückt an, aber es ist nichts Ungewöhnliches.«

»Wir haben blutige Handschuhabdrücke auf dem Kühlschrankgriff, dem Milchkarton, dem Glas und der Plätzchentüte gefunden. Schoko-Cookies. Und wir fanden Baumwollfasern in den Blutflecken auf dem Glas und dem Baseballschläger. Ein paar andere an der Haustürklinke. Sidau sagt, dass sie wahrscheinlich von ganz normalen Gärtnerhandschuhen stammen.«

»Habt ihr DNA-Proben von dem Glas genommen?«

»War leider nicht möglich.«

»War an dem Abend jemand in der Eingangshalle?«

Scotty schüttelte den Kopf. »Damals nicht. Inzwischen haben sie einen Nachtwächter.«

»Und wie sieht's mit Sicherheitsvorkehrungen aus?«

»Zwei Kameras. Nicht die beste Qualität. Wir haben allerdings eine Aufnahme von dem Täter. Oder zumindest von dem, den wir für den Mörder halten. Er kam durch den Empfangsbereich und ging die Treppe hinauf. Aber da er eine Mütze trug, konnten wir leider nicht viel sehen.«

»Wann war das?«

»Die Uhr der Anlage ging nicht ganz richtig, aber soweit wir sagen können, war es gegen ein Uhr morgens.«

»Und die Todeszeit?«

»Drummond schätzte sie auf irgendwann zwischen ein und drei Uhr früh.«

Dr. Lou Drummond, einer der beiden Gerichtsmediziner des Madison County, arbeitete unter der Leitung des County Coroners Edwin Dreyer. Wie viele andere Gerichtsbezirke benutzte auch Madison County das sogenannte »Coroner-System« der amtlichen Untersuchung eines Todesfalls durch einen ins Amt gewählten Coroner, der in der Regel aber kein Rechtsmediziner ist. Dreyer, der Besitzer des Bestattungsinstituts, war schon seit vier Amtszeiten Coroner und würde sehr wahrscheinlich auch die nächste Wahl gewinnen. Hauptsächlich wohl deshalb, weil niemand gegen ihn kandidierte.

Da Dreyer keine medizinischen Fachkenntnisse besaß, beschäftigte der Staat Drummond und seine Partnerin, Dr. Becka Cooksey, um die Autopsien vorzunehmen, die anderen medizinischen Verfahren abzuwickeln und Dreyer, dem medizinischen Laien, die Labortests zu erklären. Es war vielleicht nicht das effizienteste System, aber es funktionierte.

»Mrs. Cohen, seine nächste Nachbarin, hat gesagt, sie habe Petersens Fernseher gehört und dass ein Baseballspiel lief«, sagte Scotty. »Er hat den Fernseher gegen elf Uhr ausgemacht. Am nächsten Morgen wollte Mrs. Cohen ihm Kuchen bringen. Als er nicht aufgemacht hat, dachte sie, er sei spazieren gegangen, wie fast jeden Morgen, aber als sie ihn gegen Abend immer noch nicht gesehen hatte, rief sie die Leute vom Sicherheitsdienst an, weil sie befürchtet hat, er sei krank oder verletzt oder so etwas. Die Sicherheitsleute öffneten mit dem Hauptschlüssel und fanden das hier.« Scotty zeigte auf das Tatortfoto.

»Hat Mrs. Cohen sonst noch was gehört?«, fragte ich. »Nachdem der Fernseher aus war? Seine Abwehrverletzungen beweisen, dass er erbitterten Widerstand geleistet haben muss.«

Scotty schüttelte den Kopf. »Sie sagte, sie hätte möglicherweise einen dumpfen Schlag gehört, war sich aber nicht sicher, um welche Zeit das war oder woher es kam. Sie gab allerdings zu, dass sie zum Schlafen häufig Xanax nimmt und an diesem Abend auch noch zwei Gläser Wein getrunken hatte. Sie muss ganz schön high gewesen sein, dass sie nichts gehört hat.«

»Wohl eher schon im Koma.« Ich füllte meinen Kaffeebecher auf. Langsam gewöhnte ich mich schon wieder daran. Ich hatte wohl nur vergessen, wie gut schlechter Kaffee sein kann. »Haben irgendwelche anderen Nachbarn was gehört?«

»*Nada.*«

»Wo ist das Überwachungsvideo? Ich möchte es mir ansehen.«

»Drüben in der Forensik.«

»Sonst noch was?«

Scotty schüttelte den Kopf.

»Und der zweite Mord?« Ich trat vor die nächste Pinnwand, um die Fotos besser sehen zu können.

»Das Opfer war William Allison, genannt Skip. Politisch sehr engagiert in der hiesigen Schwulenszene. Ermordet am dritten Juli in seinem Apartment stadtauswärts in Richtung Madison. Er wohnte in der obersten Etage eines Vier-Parteien-Hauses. Und er hatte einen Lover namens Billy Holcomb. Das genaue Gegenteil von Skip. Muskulös, immer schlecht gelaunt und ein Tattoo-Fan. Er war zur Tatzeit allerdings in Atlanta, auf einer Party mit ungefähr zwanzig Zeugen. Allison wurde mit einer Neunmillimeter erschossen, die vermutlich mit einer Art Schalldämpfer versehen war.«

Ich zog eine Augenbraue hoch. »Bist du sicher?«

»Die Jungs im Labor meinen, dass Spuren an der Kugel und das Tätowierungsmuster darauf schließen lassen.«

Eines der Fotos war eine Großaufnahme der Eintrittswunde direkt über und vor Allisons linkem Ohr. Es war ein kleines Wunder, dass dieser Bereich des Schädels von den nachfolgenden Traumata verschont geblieben war. Eine in der Mitte verdichtete, aber nicht allzu große Tüpfelung umgab die saubere runde Eintrittswunde. Die Verbreitung der Spritzer deutete auf eine Schussverletzung mit fast schon aufgesetzter Mündung hin, während das geringe Blutspurenmuster darauf hinwies, dass die Mündung weiter entfernt gewesen war.

Und welche Schlüsse ließ das zu? Es könnte bedeuten, dass ein Schalldämpfer die Verbreitung der Blutspritzer eingedämmt und teilweise auch das verbrannte und nicht verbrannte Pulver aufgefangen hatte, das der Kugel folgte. Kein überzeugender Beweis, aber nicht uninteressant.

Ich massierte meine Nackenmuskeln, die sich versteiften, als ich an meinen Traum von gestern Nacht und die Szene in Mike Savages Haus zurückdachte. »Sieht ganz so aus, als hätte unser Junge nach einem sauberen Schuss nicht haltgemacht.«

Scotty schüttelte den Kopf. »Keine Abwehrverletzungen – also ist alles andere, was du siehst, nach Eintritt des Todes geschehen.«

»Was hat der Täter benutzt?«

»Zunächst mal eines dieser dekorativen Nudelhölzer. Die Schläge wurden mit solcher Kraft geführt, dass das Holz zerbrach. Daraufhin schnappte er sich eine Messingtischlampe. Sie war eingebeult und verbogen von der Wucht der Schläge. Drummond glaubt, dass Allison hundertmal oder öfter damit geschlagen wurde.«

»Wie bei Mike«, sagte ich zähneknirschend, bevor ich meinen Kaffeebecher leerte und ihn in einen Papierkorb in der Ecke warf. »Noch was?«

»Zwei verschmierte Teilabdrücke von blutigen Schuhen auf dem Teppich. Wegen des schlechten Trägermaterials konnten wir aber keinen Sohlenabdruck nehmen.«

»Seid ihr fertig?«, fragte T-Tommy, der zur Tür hereinkam.

»So gut wie. Ich würde mir nur gern noch die ersten beiden Tatorte ansehen«, antwortete ich.

»Allisons Wohnung ist schon gereinigt und dem Eigentümer übergeben worden. Aber der Petersen-Tatort könnte noch intakt sein.«

»Es wäre hilfreich, wenn ich beide sähe.«

7. KAPITEL

Montag, 11.13 Uhr

Ich stieß die große Glastür des Russel Erskine Hotels auf. Bei dieser einstigen *Grande Dame* der Stadt waren die Geschäfte ins Stocken geraten, als sich das Wirtschaftszentrum aus der City hinaus in die Einkaufszentren außerhalb der Stadt verlagert hatte. Die Belegungsdichte des Russel Erskine sank, und 1983 war das Hotel zu einem staatlich subventionierten Seniorenheim umgebaut worden. Das Schild über dem prachtvollen Säulenvorbau wies es jedoch nach wie vor als *Hotel Russel Erskine* aus. Ich hatte es seit meiner Kinderzeit nicht mehr betreten und sah nun, dass das Foyer im ursprünglichen Stil von 1930 wiederhergestellt worden war. Es sah einfach grandios aus – sauber und frisch, mit großen quadratischen Bodenfliesen und strahlend weißen Wänden mit grauer Stuckverzierung. Ein mächtiger Kronleuchter und eine Marmortreppe mit vergoldetem Geländer ließen die Eingangshalle wie eines dieser alten Hollywood-Filmsets erscheinen.

Eine attraktive Frau mittleren Alters in einer schicken braunen Hose und weißer Seidenbluse begrüßte uns freundlich. T-Tommy machte mich mit Wilma Foster bekannt, so hieß die Hausverwalterin, und erklärte ihr, dass wir uns Carl Petersens Apartment noch einmal ansehen müssten. Als die Aufzugtür sich zischend schloss und die Kabine sich in Bewegung setzte, sagte Mrs. Foster: »Dieser schreckliche Vorfall hat unsere Bewohner tief erschüttert. Alle liebten Mr. Petersen. Er war ein wichtiger Teil unserer kleinen Gemeinde.«

»Ich habe gehört, er soll ein bisschen griesgrämig gewesen sein«, bemerkte ich.

Sie schaute mich an und lächelte. »Ein bisschen. Aber auf nette Art. Er hat hier eine Lesegruppe eingerichtet, die sich jeden Mittwochabend traf. Die Gruppe war sehr beliebt. Ungefähr dreißig Leute sind jede Woche erschienen.«

»Wurde seine Wohnung schon gereinigt?«, wollte ich wissen.

Sie seufzte. »Ich kann mich nicht dazu überwinden. Ich bin nicht einmal mehr drinnen gewesen, seit …«

»Das kann ich verstehen.«

»Außerdem wird es eine Weile dauern, bevor wir das Apartment wieder vermieten können. Vorfälle wie dieser schrecken potenzielle Mieter häufig ab.«

Die oberen Etagen, die genauso hübsch und sauber wie die Eingangshalle waren, rochen nach frischer Farbe und neuem Teppichboden. Vor Apartment 506 blieb Wilma stehen, um aufzuschließen, und schob die Tür auf. Mit einem scharrenden Geräusch glitt sie über den Teppich. Sie müsste abgeschliffen werden, doch Wilma schien davon nichts zu bemerken. Ohne auch nur einen Blick in die Wohnung zu werfen, trat sie rasch von der Tür zurück. »Schließen Sie einfach ab, wenn Sie hier fertig sind«, sagte sie und ging zurück zum Lift.

Ich schaute den Flur hinauf und hinunter. Nichts als Zimmertüren, Wandleuchten und ein rotes Ausgangsschild an einem Ende. Wahrscheinlich ging es dort zur Treppe. Petersens Zimmertür sah aus wie alle anderen. Der Mörder hatte genau gewusst, wohin er wollte. Nichts hier war Zufall.

T-Tommy ging hinein, während ich noch an der Tür verharrte. Wo auch der Mörder stehen geblieben war. Wo er sein Eintreten geplant hatte. War er ängstlich gewesen? Aufgeregt? Sich seiner Sache vielleicht nicht ganz sicher? Wusste er, dass Petersen schlief? Hatte er einen Schlüssel? Wenn ja, woher? Oder hatte er das Schloss geknackt? Schwitzend, sich ständig umblickend und voller Sorge, er könnte von einem anderen Bewohner überrascht werden?

Ich ging ins Wohnzimmer. In den zwei Wochen, in denen es versiegelt gewesen war, hatte es eine Menge muffiger Gerüche angenommen. Ansonsten wirkte alles unverändert. Nirgendwo waren Anzeichen eines Kampfes zu sehen. Ich ging an dem Sofa und dem mit Zeitschriften beladenen Couchtisch vorbei – *Scientific American, National Geographic* und *Aviation Week*, soweit ich sehen konnte – und in den kleinen Koch- und Essbereich. Bis auf die dünne Staubschicht wirkte auch hier alles ganz normal. Als könnte der Bewohner jeden Moment von einem ausgedehnten Urlaub zurückkehren. Nun, das würde nicht geschehen. Nicht jetzt und überhaupt nie wieder.

Das Schlafzimmer war eine andere Sache. Hier roch es nach Gewalt, Tod und altem Blut. Einige der vielen widerwärtigen Empfindungen, die in meinem Gedächtnis weiterlebten. Gerüche, Anblicke und Geräusche, die oft noch Jahre später zurückkehrten, wenn ich es am wenigsten erwartete, und Erinnerungen heraufbeschworen.

An den Mann, der den Verstand verlor und zuerst seine Frau und dann sich selbst erschoss. Als sie vier Tage später in ihrem übergroßen, von der Sonne glühend heißen Wohnwagen aufgefunden wurden, war der Gestank ihrer verwesenden Körper so extrem, dass ich ihn auf der Zunge schmecken konnte. Das war in Sarasota, Florida gewesen.

Oder an die beiden Wasserleichen, die nach einer Woche aufgefunden wurden, nachdem sie gefesselt und geknebelt in den Sumpf geworfen worden waren, weil sie ihre Schulden bei einem Gangster aus New Orleans nicht beglichen hatten. Angeknabbert von Alligatoren, Schildkröten und Fischen. Ich hatte geholfen, die Leichen aus dem trüben Wasser herauszuholen. Das Gefühl ihrer aufgedunsenen Körper, die glitschig wie Seife über meine Finger rutschten … Nichts fühlt sich vergleichbar an.

An das Kind, das …

Nein, nicht das. Hier zügelte ich meine Erinnerungen.

Das Bett, in dem Carl Petersen gestorben war, war nur noch ein Gestell. Matratze und Sprungfederrahmen waren zur Untersuchung ins Kriminallabor gebracht worden. Auch ein Teil des Teppichbodens war entfernt worden; ein von dunklen, getrockneten Blutflecken umgebenes Beton-Rechteck war zurückgeblieben. Aufprallspritzer sprenkelten die Wand nahe dem Kopfende des Bettes; Abschleuderspritzer zeichneten die Zimmerdecke. Beide waren Nebenprodukte der Petersen zugefügten Gewalttätigkeiten. Genau wie bei Mike. Nur links vom Bett, wo der Mörder gestanden haben musste, gab es keine Blutspritzer.

Zwei Baseballschläger lehnten in der Ecke, beide dick bestäubt mit Fingerabdruckpuder. Die Schranktür stand offen. Petersens Kleidungsstücke hingen in militärisch perfektem Abstand zueinander. Genauso, wie man es von einem NASA-Ingenieur erwarten würde. An zwei ebenso ordentlichen Reihen von Haken hingen Baseballkappen von der Zimmerdecke. Von den *Atlanta Braves*, den *New York Yankees* und anderen, mit Werbeaufdrucken für Läden und Werkstätten.

Nachdem ich mich umgesehen hatte, ging ich zurück zur Küche und schaute mir die Blutflecken am Griff des Kühlschranks und der anderen Schränke an. An die Arbeitsplatte gelehnt, versuchte ich mir vorzustellen, wie sich alles abgespielt hatte. Ein Verbrecher hinterlässt nicht nur physische Hinweise wie Fingerabdrücke, Blut, Samen, Haare, Fasern – also typisches Material für das Kriminallabor –, sondern auch Spuren seiner Persönlichkeit. Nicht immer leicht zu erkennen und wahrscheinlich auch nicht allzu akkurat, spiegeln diese Hinweise doch oft die Motivation des Täters wider. Und die Beweggründe und das Warum zu verstehen, führt in den meisten Fällen auch zur Beantwortung der Frage nach dem Wer.

Einige Polizisten und Fallanalytiker behaupten, einen sechsten Sinn zu haben, ein Verbrechen riechen und im Geiste nachvollziehen zu können. Aber das ist Unsinn. Ein guter Ermittler hält die Augen offen und bleibt objektiv. Lässt die Beweise sprechen und benutzt das, was er sieht, um seine Schlüsse zu ziehen. Was absolut nichts mit einem sechstem Sinn oder dergleichen zu tun hat.

Natürlich mache auch ich mir im Geiste Bilder von einem Verbrechen. Wie es vor sich gegangen sein könnte, was der Mörder wohl gedacht hatte, und warum er bestimmte Dinge tat. Aber das war nichts Übersinnliches, Hellseherisches oder irgendeine Art Voodoo; es war einfach Erfahrung und Logik.

Bei mir stellten sich diese Bilder manchmal erst nach tagelangen Ermittlungen ein. Wenn die Beweise sich Stück für Stück zusammenfügten, bis nur noch eine Schlussfolgerung möglich war. Hin und wieder erschienen die Bilder jedoch auch ganz plötzlich, hervorgebracht durch irgendetwas, das ich am Tatort sah. Die Lage der Leiche, ein Möbelstück, das sich nicht an seinem Platz befand, eine zerdrückte Zigarettenschachtel, ein winziger Blutstropfen. Es konnte etwas so Auffälliges sein, dass es augenblicklich meine Sicht der Dinge änderte, oder auch etwas so Unaufdringliches, dass es meinem Gehirn nur einen winzigen Stich versetzte. Gerade groß genug, um ein Bild hindurchzulassen, das sich nach und nach vergrößerte, verschärfte und vervollständigte.

Das Bild, das ich mir jetzt gerade machte, war das von Petersen, wie er allein zu Hause vor dem Fernseher saß und sich das Baseballspiel anschaute, bis er müde zu Bett ging, in tiefen Schlaf versank und von nichts etwas bemerkte, bis es zu spät war. Dann sah ich den Mörder geschickt am Schloss hantieren und schließlich vorsichtig die Tür aufdrücken, deren leises Scharren über den Teppich sich in der stillen Dunkelheit wie ein bremsender Zug angehört haben musste. Im Schlafzimmer hatte der Täter vermutlich stumm vor dem alten Mann gestanden und dessen Atemzügen gelauscht.

Wie lange? Hatte er sich Zeit gelassen, um den Augenblick zu genießen? Oder hatte er schnell zugeschlagen aus Furcht, Petersen könnte erwachen? Scottys Einschätzung zufolge war sein erster Schlag an Petersens Schulter abgeprallt. Die nächsten beiden zerschmetterten ihm den Arm und die Finger, als er die Hiebe abzuwehren versuchte. Und schließlich der tödliche Schlag gegen die zerbrechliche Stirn des alten Mannes. Petersen hatte nicht den Hauch einer Chance gehabt.

Dann war der Mörder in aller Ruhe in die Küche stolziert, zu einem Glas Milch und Plätzchen, was ein ausgesprochen soziopathisches Verhalten war. Obendrein das Verhalten eines Menschen, der sein Opfer kannte, der wusste, dass kaum die Gefahr eines unerwarteten Besuchs bestand, und dem klar war, dass er Zeit hatte.

»Wie siehst du die Sache?«, fragte T-Tommy.

»Das hier ist nicht gerade der am leichtesten zugängliche Ort, den ich je gesehen habe. Die Apartments liegen nahe beieinander, und es gibt keinen schnellen Fluchtweg. Das war eine sehr verwegene Aktion.«

»Oder eine total verrückte.«

»Das auch. Petersens Nachbarin, die alte Dame … sie wohnt in 508, richtig?«

T-Tommy nickte.

»Schwer zu glauben, dass sie nicht mehr als einen dumpfen Schlag gehört hat.«

T-Tommy schloss die Wohnung ab, und wir fuhren mit dem Aufzug wieder hinunter. Unten im Foyer bemerkte ich die zwei

Überwachungskameras, die den größten Teil des ausgedehnten Eingangsbereichs erfassten. Wilma sah ich nicht, fand sie dann aber in ihrem Büro. Da die Tür offenstand, steckte ich den Kopf hinein. »Ich habe ein paar Fragen, falls es Ihnen nichts ausmacht.«

Sie nahm ihre schmale Goldrandbrille ab und hob den Blick zu mir. »Natürlich nicht.«

»Sind die Eingangstüren bei Nacht verschlossen?«

»Jetzt ja.« Sie seufzte. »Ich wünschte, sie wären es auch in jener Nacht gewesen. Aber wir hatten wirklich keinen Grund dazu. Dieses Haus ist eigentlich sehr sicher.« Sie warf T-Tommy einen kurzen Blick zu und wandte sich dann wieder mir zu. »War es zumindest. Jetzt ist alles gut verschlossen. Und wir haben einen Wachmann.«

»In jener Nacht war also niemand in der Eingangshalle?«

»Leider nicht.«

8. KAPITEL

Montag, 11.31 Uhr

Die Gulf Coast Telemarketing war das Ergebnis einer hässlichen Scheidung. Wanda Fisher, die Eigentümerin, hatte ihren unfähigen Ehemann in die Wüste geschickt, nachdem er seine Sekretärin vernascht hatte, und mit dem Geld, das ihr vom Gericht zugesprochen worden war, Gulf Coast Telemarketing eröffnet. Die Firma begann sehr klein, in einem Mietshaus, aber in den nächsten sechs Jahren wuchs sie zu einem Millionengeschäft, das mit einer Fläche von fast zweieinhalbtausend Quadratmetern zwei Drittel eines Bürogebäudes beanspruchte, das sich ein paar Meilen südlich der Innenstadt in unmittelbarer Nähe des Memorial Parkway befand. Das letzte Drittel nahm ein Blumenladen namens Noreen's Flowers ein.

Der größte Teil der Bürofläche der Gulf Coast war in Reihe um Reihe kabinenartiger Arbeitsplätze aufgeteilt, in denen im Schichtdienst arbeitende Telefonverkäufer ihrem Job nachgingen. Brian Kurtz saß in einer dieser Kabinen und hackte auf seiner Computertastatur herum, um schon wieder ein neues Auftragsformblatt auszufüllen. Der leichte Kopfschmerz, der ihn schon den ganzen Morgen geplagt hatte, ließ sich jetzt als gleichmäßiges Pochen hinter seinen Augen nieder. In den vergangenen drei Stunden hatte er fünfzig Anrufe getätigt und elf Verkäufe abgeschlossen. Fünf für Mr. Foam Carpet Cleaning, vier für Top Coat Painting und zwei für Thompson's Pest Control. Kein schlechter Morgen. Brian wusste, dass keiner seiner Kollegen da mithalten konnte. Das hatten sie noch nie gekonnt.

Er beschloss, noch einen weiteren Anruf zu tätigen, bevor er in die Mittagspause ging. Nachdem er sein Headset zurechtgerückt hatte, wählte er die nächste Nummer auf seiner Liste. Es klingelte viermal. Fünfmal. Sechsmal. Siebenmal.

»Ja?« Die Stimme klang schroff und ungeduldig.

»Mr. Kushner?«

»Wer will das wissen?«

»Mein Name ist Brian Kurtz.«

»Ich kenne keinen Brian Kurtz. Was wollen Sie?«

»Ich rufe im Auftrag von Mr. Foam Carpet Cleaning an. Wir haben unsere alljährliche Sommer…«

»Ich brauche kein verdammtes Teppichreiniger-Arschloch, das mich stört! Warum lasst ihr Erbsenzähler die Leute nicht in Ruhe?«

»Tut mir leid, Sir.« Brian biss die Zähne zusammen. »Wenn es kein guter Zeitpunkt ist, kann ich …«

»Warum fickst du dich nicht selbst, du Penner?«

Brian knirschte mit den Zähnen. »Nein, Mr. Kushner, ficken *Sie* sich selbst!«, versetzte er und unterbrach die Verbindung.

»Brian?«

Er schwenkte seinen Stuhl herum und sah sich Wanda Fisher gegenüber. Ach du Schande. Verdammter Mist!

»Kann ich Sie in meinem Büro sprechen?« Ohne seine Antwort abzuwarten, fuhr sie herum und stöckelte den Gang hinunter.

Brian blieb noch eine Minute sitzen. Blödes Weibsstück. Erteilte hier Befehle, als wäre sie die verdammte Königin von England oder so was. Wenn sie mit ihm reden wollte, konnte sie es auch hier tun.

Ein paar Mal holte er tief Luft, um seinen hochkochenden Zorn zu bezwingen. Es half tatsächlich ein bisschen. Schließlich stand er auf, um zu Wandas Büro zu gehen. Unaufgefordert setzte er sich auf einen der unbequemen Stühle vor ihrem Schreibtisch und wartete, während Wanda in einem Stapel Papiere blätterte, bevor sie sich endlich dazu bequemte, zu ihm aufzublicken.

»Wären Sie so freundlich, mir zu sagen, was das gerade war?«, fragte sie.

»Nur so ein Blödmann, den ich in der Leitung hatte.«

»Wir nennen sie Kunden.«

»Nicht diesen. Er war beleidigend und arrogant.«

»Brian, wir haben das schon einmal besprochen. Letzte Woche, um genau zu sein.« Wanda beäugte ihn über ihre Lesebrille hinweg, die bis auf ihre Nasenspitze gerutscht war. »Sie wissen, dass manche Leute ein bisschen gereizt sein können, wenn wir anrufen. Trotzdem müssen Sie höflich bleiben, egal was die Leute sagen. Bei unserem letzten Gespräch hatten Sie mir versprochen, sich zusammenzunehmen.«

Gespräch? Das war mehr eine Strafpredigt mit erhobenem Zeigefinger gewesen. Und jetzt saß sie schon wieder da in ihrem teuren Hosenanzug, mit ihrem perfekten Make-up und der tadellosen Frisur, und redete herablassend mit ihm. Er fragte sich, wie sie wohl reagieren würde, wenn er über ihren Schreibtisch sprang und ihr das makellose kleine Gesicht zerschlug.

»Ich brauche mir keine Beleidigungen und Beschimpfungen gefallen zu lassen«, sagte er mit erzwungener Ruhe.

Wanda seufzte. »Ich habe noch mehr Beschwerden über Sie bekommen.« Sie hob einen Stapel Briefe auf. »Ein Dutzend mehr.«

»Von wem?«

»Von Kunden, die sich beschwerten, Sie seien barsch und grob gewesen. Beleidigend sogar.«

»Geben Sie mir die Namen, dann rufe ich die Leute an und entschuldige mich.«

»Ich glaube nicht, dass das etwas nützen würde.« Sie nahm ihre

Brille ab, legte sie auf den Schreibtisch und rieb sich die Schläfen. »Brian, Sie wissen, dass ich Sie mag und für einen guten Verkäufer halte. Aber *das* kann ich nicht mehr dulden. Ich muss Sie bitten zu gehen. Vorübergehend. Ich möchte, dass Sie Dr. Hublein aufsuchen. Sobald er sich ein Bild gemacht hat, werde ich sehen, ob ich Sie wieder einstellen kann.«

»Wieder einstellen? Sie werfen mich raus?«

Wanda holte tief Luft und stieß sie langsam wieder aus. »Nennen wir es eine Freistellung. Bis Sie sich wieder beherrschen können.«

Brians Kiefermuskeln schmerzten. Die Zähne taten ihm weh, und seine Schläfen pochten. »Ich sehe Dr. Hublein ständig. Einmal die Woche. Er sagt, dass mit mir alles in Ordnung ist.«

»Und stimmt das?«

»Natürlich! Dass ich mich nicht gern von irgendwelchen Typen am Telefon beleidigen lasse, heißt noch lange nicht, dass ich Probleme habe.«

»Ich werde Dr. Hublein anrufen.«

Brian rutschte auf dem Stuhl bis zur Kante vor und registrierte zufrieden, dass Wanda ein bisschen zurückwich. *Ja, du solltest dich in Acht nehmen, du blöde Ziege.* »Warum wollen Sie mir Ärger machen?«

Sie klopfte mit dem Radiergummi eines Bleistifts auf die Schreibtischplatte. »Habe ich Ihnen nicht diesen Job gegeben, als niemand anders Ihnen eine Chance geben wollte? Ich habe versucht zu helfen, und das werde ich auch weiterhin tun. Aber in letzter Zeit … in den letzten beiden Monaten … sind Sie zunehmend … schwieriger geworden.« Sie zeigte mit dem Bleistift auf die Papiere auf ihrem Tisch. »Diese Beschwerden … und andere Bedenken seitens Ihrer Kollegen.«

»Na prima! Diese Loser sorgen also dafür, dass ich gefeuert werde.«

»Nein, Brian. *Ich* entlasse Sie vorübergehend, aber Ihres eigenen Verhaltens wegen, nicht dem der anderen.«

»Na klar.«

»Ich werde mit Dr. Hublein sprechen. Sie suchen ihn auf. Vielleicht kann er Ihnen ja helfen.«

»Ich brauche keine Hilfe.«

»Tut mir leid. Anders geht es nicht. Sobald Dr. Hublein mir versichert, dass mit Ihnen alles in Ordnung ist, werden wir über Ihre Rückkehr reden. Bis dahin aber müssen Sie gehen.«

9. KAPITEL

Montag, 11.45 Uhr

»Five Long Years« jaulte Buddy Guy aus den Lautsprechern meines Porsche, als T-Tommy und ich in westlicher Richtung über den University Drive auf eine kleine Stadt namens Madison zufuhren. Das an der westlichen Flanke von Huntsville gelegene Madison war einst ein größeres Versandportal für König Baumwolle gewesen. Damals wurde es noch Madison Station genannt und bestand aus wenig mehr als einem Güterbahnhof an der Memphis-Charleston-Bahnstrecke. Heute war es eine wachsende Gemeinde von bereits vierzigtausend Einwohnern.

Ich hielt mich links am Wall Triana Highway. Nach einer weiteren Meile bog ich nach rechts und direkt in die Madison Oaks-Apartmentsiedlung ab. Noch ein paar Drehungen und Wendungen auf dem Parkplatz, und ich stellte den Porsche auf einem der freien Plätze gegenüber dem Apartmenthaus ab, das der kürzlich verstorbene William »Skip« Allison sein Zuhause genannt hatte. Das aus hellbraunen Schindeln mit dunkleren Verzierungen bestehende Haus verfügte über zwei untere und zwei obere Apartments. Allisons Wohnung war Apartment B und befand sich oben rechts.

Einen Blick hineinzuwerfen war allerdings nicht so einfach wie im Erskine Hotel.

Wir stiegen die Treppe hinauf, und T-Tommy klopfte mit den Knöcheln an die Wohnungstür. Ich hörte Stimmen und Bewegung dahinter. Als die Tür aufschwang, schlug uns der unverwechselbare Geruch von Marihuana entgegen. Scottys Beschreibung nach war mir sofort klar, dass der in der Tür stehende Hüne Billy Holcomb war. Groß, stämmig, barfuß, in ausgefransten Jeans und mit einer umgekehrt aufgesetzten Baseballkappe auf dem Kopf, stand er mit denkbar unfreundlicher Miene vor uns. Seine muskulöse nackte Brust und der Waschbrettbauch waren mit Tätowierungen und dichten schwarzen Stoppeln bedeckt, die ich als Neubewuchs nach einer erst kürzlich erfolgten Ganzkörperrasur erkannte. Hinter ihm stand ein kleinerer Mann, der Skip Allison sehr ähnlich war. Billy hatte nicht lange gebraucht, um einen neuen Freund zu finden.

»Was zum Henker wollen Sie?«, fragte Billy mit einem bösen Blick zu T-Tommy.

»Wir sind vom Huntsville Police Department«, sagte T-Tommy.

»Ich weiß, wer Sie sind. Ich erinnere mich noch gut an das letzte Mal, als Sie hergekommen sind und mir Ärger gemacht haben. Was wollen Sie?«

»Uns kurz in der Wohnung umsehen«, sagte ich. »Wir brauchen nur ein paar Minuten.«

Er warf mir einen flüchtigen Blick zu und wandte sich wieder an T-Tommy. »Ich hab die Schnauze voll von diesem Mist. Wann verschwindet ihr Penner endlich aus meinem Leben?«

»Wir wollen Sie nicht stören, Billy«, sagte T-Tommy. »Mr. Walker muss nur einen Blick auf den Tatort werfen.«

»Das ist kein Tatort, das ist meine Wohnung.« Billy ließ seinen Nacken kreisen. »Ich kenne meine Rechte. Ich brauche Ihnen gar nichts zu erlauben.«

T-Tommy lächelte und schob die Hände in die Hosentaschen. Um Billy nicht eine zu knallen vermutlich. Ein Nein kam nie gut bei ihm an. Er mochte friedfertig und gemütlich aussehen für die Leute, die ihn nicht kannten, denn er trug etwa zwölf Kilo Übergewicht mit sich herum, von denen die meisten seinen Gürtel überlappten, doch unter all der Pasta, die er so liebte, schlummerten noch die gleichen kräftigen Muskeln, die ihn einst zu einem der besten Footballverteidiger des Landes gemacht hatten, der mit schöner Regelmäßigkeit seine Gegner zusammenfaltete und sie das Fürchten lehrte. Es hätte ihm ein Vollstipendium als Spieler der Crimson Tide eingebracht, hätte er sich nicht im Endspiel an der Huntsville Highschool eine Knieverletzung zugezogen. Jeder, der schon einmal Football gespielt hat, weiß, dass dieser Sport eine Zähigkeit und Härte hervorbringt, die nie wieder vergeht. Niemals. T-Tommy war der lebende Beweis dafür.

Als er noch auf der Straße Dienst getan hatte, bevor er zur Mordkommission gewechselt war, stand er in dem Ruf, immer als Erster an der Tür und durch die Tür zu sein. Und dabei mitzunehmen, was ihm den Weg verstellte, ob es nun die Tür war, das Schloss oder der Türrahmen. Jeder Cop in der Dienststelle forderte T-Tommy an, wenn ein Drogenring hochgenommen werden musste oder irgendeine andere schwierige Verhaftung bevorstand.

Ja, er war einer der freundlichsten und gutmütigsten Männer, die ich je gekannt hatte. Jemand, der dir sein letztes Hemd geben würde. Bis irgendein Blödmann wie Billy versuchte, ihm die Suppe zu versalzen. Dann wurde es meistens sehr schnell sehr hässlich.

»Stimmt«, sagte T-Tommy. »Sie brauchen gar nichts zu tun. Das ist Ihr verfassungsmäßiges Recht. Natürlich habe ich wiederum das verfassungsmäßige Recht, mir einen Durchsuchungsbefehl zu besorgen. Der auf der Stelle da sein wird. Und dann können wir Ihnen die ganze Bude auf den Kopf stellen. Oder vielleicht auch die Kollegen von der Drogenfahndung rüberkommen lassen, um sich hier mal umzusehen. Ich nehme an, Sie haben ein Rezept für das Kraut, das ich da rieche? Wegen eines Glaukoms, nicht wahr?«

»So eine verdammte Scheiße! Das Mistding von Klimaanlage ist kaputt, wir krepieren hier drin vor Hitze, und dann kommt auch noch ihr Arschlöcher und legt euch mit mir an.«

Die Julihitze zerrt an den Nerven aller und macht die Leute weniger gastfreundlich. Besonders einen Typen wie Billy, der wahrscheinlich auch an einem guten Tag nicht sehr entgegenkommend war. Und der vielleicht gerade einen Haufen Steroide und Wachstumshormone im Kreislauf hatte, die seine Kabel Funken sprühen ließen.

»Geben Sie uns zehn Minuten«, sagte ich. »Dann sind wir wieder weg.«

»Und wer sind *Sie*?«

T-Tommy beantwortete die Frage. »Er ist Tatortanalytiker und hilft uns herauszufinden, wer Skip ermordet hat. Sie wollen doch bestimmt, dass wir ihn finden, Billy?«

»Das kommt 'n bisschen spät. Skip ist nicht mehr.«

Ich sah, wie T-Tommys Blick zu dem kleineren Mann glitt, der an Billy vorbei zu uns hinübersah. »Ich weiß, dass es eine schwere Zeit für Sie ist, Billy. Ich kann ja sehen, wie hart es Sie getroffen hat. Lassen Sie uns einfach nur unsere Arbeit tun.«

Billy zögerte noch einen Moment, trat dann aber beiseite. »Sieht nicht so aus, als hätte ich eine andere Wahl.«

Als ich das Wohnzimmer betrat, vermischte sich der Geruch nach Marihuana mit verschiedenen anderen: frische Farbe, neuer Teppichboden und irgendeine Art von Chlorreiniger. Die Wohnung war renoviert worden. Ich ging zum Schlafzimmer. Es war überhaupt nicht mehr so wie auf den Fotos, die ich gesehen hatte: Bett und Teppichboden waren nagelneu, und die Wände waren in einem fleckenlosen Grau gestrichen. Trotzdem schien noch ein schwacher Geruch nach Blut und Tod in der Luft zu hängen … Aber wahrscheinlich bildete ich mir das nur ein.

Im Geiste versuchte ich, das Zimmer vor mir mit den Fotos zu überlagern, die an den Wänden der Sondereinheit hingen. Skip Allisons Körper auf einem blutbefleckten Bett, die Abspritzmuster an der Wand, das defekte Muster, wo der Täter gestanden hatte, auf der rechten Seite. Keine Abschleuderspritzer an der Zimmerdecke. Nudelhölzer als Waffe verursachten nicht so viele Blutspritzer wie Baseballschläger.

Ich ging langsam durch die Wohnung und sah mir jedes Zimmer an. Billys Freund lungerte auf dem Wohnzimmersofa herum, aber Billy folgte mir wie ein Schatten. Nicht so sehr, um mich im Auge zu behalten, sondern weil es ihn neugierig zu machen schien, was ich hier tat.

Wieder im Schlafzimmer, lehnte ich mich an den Türrahmen und versuchte mir die Bewegungen des Mörders vorzustellen, wie schon in Petersens Apartment. Die unverschlossene Eingangstür bot leichten Zugang. Allison schlief und bekam nichts mit. Hier verschwendete der Mörder jedoch keine Zeit, sondern richtete die Waffe ganz aus der Nähe auf Allisons Schläfe und drückte ab. Das Blutspritzmuster zeigte, dass Allisons Kopf noch auf dem Kissen gelegen hatte, als er erschossen wurde. Was bedeutete, dass der Mörder Allison keine Chance hatte geben wollen, um sein Leben zu kämpfen. Und es bedeutete auch, dass er von Anfang an geplant hatte, die Waffe zu benutzen, und dass es keine spontane Entscheidung gewesen war. Was verständlich war nach dem Fiasko bei Petersen.

Doch die drei Tatorte ergaben keinen Sinn. Sie wimmelten wie Würmer in meinem Bauch herum. Dieses Gefühl bekam ich oft, wenn die Fakten sich nicht in Einklang bringen ließen. Dieser Killer ließ sich nicht in die üblichen Schubladen einordnen. Seine Vorgehensweise und der Zutritt waren genauestens geplant. Vielleicht sogar geprobt. Er ging nicht einfach hinein und begann zu randalieren, wie ein psychotischer, planlos agierender Mörder es tun würde. Andererseits deutete die Brutalität der Schläge auf genau das hin – auf die Tat eines Menschen, der vollkommen außer Kontrolle war. Ich konnte mir keinen Reim auf diese beiden Profile machen. Jedenfalls bis jetzt noch nicht.

Hatte der Täter nur die eigentlichen Morde geplant und nicht, was danach kam? Hatten die Leichen vor ihm irgendeine unterdrückte Wut in ihm entfacht und ihn dazu getrieben, auf die Toten einzuprügeln? Gut einhundert Schläge waren es bei Skip Allison gewesen. Wer weiß, wie viele bei Mike. Stillte das die Wut des Mörders? Oder verdrängte es seinen Wahnsinn nur in irgendeine dunkle Ecke, wo er dann lauerte und wartete? Auf jeden Fall sah es so aus. Wie viel Kontrolle hatte er über seine Dämonen?

Ich dankte Billy, von dem ich jedoch nur ein Grunzen zur Antwort bekam, als T-Tommy und ich gingen.

10. KAPITEL

Montag, 12.01 Uhr

Blinde Wut. Zorn. Rage. Das Bedürfnis, um sich zu schlagen. Jemanden zu verletzen. Zu quälen. Zu töten.

Brian wusste, er musste weg von Wanda, von den Schwachköpfen, die um ihn herum saßen und in ihre Headsets brummten wie ein Schwarm nervtötender Insekten. Mit geballten Fäusten stand er an seinem Schreibtisch und biss die Zähne so fest zusammen, dass sie schmerzten. Die plötzliche Hitze im Raum verdichtete die Luft. Ein Schweißtropfen lief an seiner Wange hinab. Über die halbhohe Wand seiner Kabine sah er, dass einige seiner Kollegen ihn anstarrten.

Was glotzt ihr so, ihr Affen?

Er umklammerte die Rückenlehne seines Stuhls, bis die Knöchel weiß hervortraten. Am liebsten hätte er den Stuhl nach der Tussi geworfen … wie hieß die Schlampe gleich, die neben ihm saß? Die dicke junge Kuh mit den großen, von schillernd blauem Lidschatten umrahmten Augen. Und dem scheußlichen orangeroten Haar, das an der einen Seite kurz rasiert und auf dem Oberkopf zu unordentlichen Locken aufgetürmt war. Mit diesem bescheuerten Kettchen mit bunten Steinen, groß wie Murmeln, das von ihrem linken Ohr herabbaumelte. Glenda Sowieso. Der Name Riordan fand den Weg durch das Rauschen in seinem Kopf. Das war's … Glenda Riordan. Sie sah aus wie ein fetter Kakadu. Wie ein verängstigter fetter Kakadu. Brian konnte ihre Furcht fast auf der Zunge schmecken. Er fragte sich, wie sie wohl aussehen würde, wenn er …

Raus! Geh raus hier, schnell!

Er warf sich seinen Rucksack über die Schulter und stürmte aus der Tür. Die Augen vor der grellen Sonne schützend, stieg er die drei hölzernen Stufen hinunter und ging über den Fußweg auf den Parkplatz zu. Zwei mexikanische Gärtner arbeiteten zwischen den Blumenrabatten rechts von ihm. Einer nickte ihm rasch zu und widmete sich dann wieder dem Unkrautjäten.

Als Brian den asphaltierten Parkplatz erreichte, trat ein Mann hinter dem Wagen der Gärtner hervor. Sein Gesicht war von Pockennarben verunstaltet, und seine Zähne, von denen oben einer fehlte, waren gelb verfärbt.

»Hey, Kumpel.« Seine Stimme war rau und angegriffen. Er streckte Brian eine schmutzige Hand hin. »Wie wär's mit 'nem Dollar für was zu futtern?«

Brian war nicht in der Stimmung, sich mit Gesindel abzugeben. »Warum besorgst du dir keinen Job, du Penner?«, versetzte er und schob sich an dem Schnorrer vorbei.

»Fick dich!«

Brian fuhr zu dem Mann herum und sagte mit zusammengebissenen Zähnen: »Verschwinde hier, bevor was passiert.«

»Her mit deiner Brieftasche!«

Das Messer erschien wie aus dem Nichts. Die Klinge streifte Brians Unterarm. Blut schoss aus der Wunde und tropfte auf den heißen Asphalt.

Der unbändige Zorn in Brian entlud sich. Mit einem wütenden Aufschrei schwang er seinen Rucksack, der den Mann an der Schulter traf und ins Schwanken brachte. Das Messer flog ihm aus der Hand und rutschte scheppernd über den Asphalt. Ein zweiter Schlag mit dem Backpack traf den Kopf des Mannes. Wieder schwankte er, schaffte es aber immer noch, sich aufrecht zu halten. Erst Brians Faust streckte ihn nieder. Der Kopf des Mannes schlug mit einem hässlichen Knacken auf den Asphalt.

Brian stürzte sich auf den benommenen Stadtstreicher und prügelte wild auf ihn ein. Rechts, links, rechts. In blinder Rage stieß er dem inzwischen bewusstlosen Mann die Fäuste ins Gesicht. Blut floss aus dessen Mund und der krummen Nase. Die Gärtner packten Brian an den Armen und zerrten ihn weg, aber er entwand sich ihrem Griff und schnappte sich eine Hacke von der Ladefläche ihres Pick-ups.

Zwei Frauen kamen aus Noreens Blumenladen und begannen im Duett zu kreischen. Brians Kopf fuhr zu ihnen herum. Eine der Frauen ließ ein großes Blumengesteck fallen, das die Treppe hinunterkullerte und auf den Stufen einen Blütenteppich hinterließ. »Ruf die Polizei!«, schrie die andere, und beide zogen sich fluchtartig ins Blumengeschäft zurück.

Brian wandte sich wieder dem Auslöser seines Wutanfalles zu. Mit dem Griff der Hacke schlug er auf die Brust und das Gesicht des Mannes ein. Zwei weitere Gärtner kamen, und zu viert gelang es ihnen, Brian niederzuringen.

»Runter von mir!«, brüllte er.

»*Señor. No se mueva, por favor.* Bewegen Sie sich nicht«, sagte einer der Gärtner.

»Lassen Sie mich los!« Brian wehrte sich, so gut er konnte, schaffte es aber nicht, sich loszureißen. »Okay, okay. Ich werde keinem was tun.«

Sie hielten ihn noch immer fest.

»Sehen Sie denn nicht, dass ich blute? Lassen Sie mich los!«

»Okay, Señor«, erwiderte einer der Gärtner. »Wir lassen Sie los. Aber nicht mehr schlagen. Okay? Jetzt ist Ruhe, ja?«

»Versprochen.«

Sie lockerten ihren Griff, und Brian rappelte sich auf. Einer der Gärtner reichte ihm einen schmutzigen Lappen, den er auf seinen Arm drückte, um die Blutung zu stoppen.

Ein Streifenwagen bog mit quietschenden Reifen und flackerndem Blaulicht auf den Parkplatz ein und bremste neben den Männern. Zwei Polizeibeamte sprangen aus dem Wagen, die Schlagstöcke in der Hand.

»Was ist hier los?«, fragte der Ältere der beiden. Er war groß und kräftig und hatte ein Auftreten, das jeden davor warnte, sich mit ihm anzulegen. Seine dunklen Augen, das schwarze Haar und die bronzefarbene Haut deuteten auf eine hispanoamerikanische Herkunft hin.

»Dieser Penner hat mich angegriffen.« Brian nahm den schmutzigen, blutdurchtränkten Lappen von der blutenden Wunde. »Er wollte mich berauben.«

Einer der Polizisten hockte sich neben den bewusstlosen Mann, fühlte ihm den Puls und legte ihm die Hand auf die Brust. »Er lebt. Herrgott, was für eine Schweinerei! Lass einen Rettungswagen kommen, Hal.« Noch immer in der Hocke, drehte er sich zu Brian um. »Was haben Sie mit ihm gemacht?«

»Das sagte ich doch schon. Er hat mich mit diesem Messer da angegriffen. Ich habe mich nur verteidigt.«

»Womit? Mit einem Lkw?« Der Beamte richtete sich auf. »Ich bin Deputy Paul Rodriguez, und das ist mein Partner, Deputy Hal Oakley. Wie ist Ihr Name?«

»Brian Kurtz. Ich arbeite hier.« Er nickte zu der Eingangstür von Gulf Coast hinüber.

»Was genau ist passiert?«, fragte Rodriguez.

»Der Kerl hat mich mit einem Messer angegriffen und verlangte meine Brieftasche. Als ich mich weigerte, hat er mich mit dem Messer verletzt.«

»Hal, wirf mir mal den Erste-Hilfe-Kasten zu.«

In der Ferne war die Sirene einer Ambulanz zu hören.

»Für diesen Mann kann ich nicht viel tun. Er muss ins Krankenhaus«, sagte Rodriguez. »Aber Sie … Lassen Sie mich mal Ihren Arm sehen.«

Brian streckte ihn Rodriguez hin, der mehrere Gazekompressen auf die Wunde legte, die er mit zwei Streifen Heftpflaster befestigte. »Das müsste bis ins Krankenhaus reichen«, meinte er und führte Brian zum Streifenwagen, wo er ihn sich auf den Rücksitz setzen ließ. »Den haben Sie ganz schön fertiggemacht«, bemerkte er.

»Ich dachte, der Kerl bringt mich um. Das ist das größte Messer, das ich je gesehen habe.«

»Kannten Sie ihn?«

»Ich hatte ihn nie zuvor gesehen.«

»Warten Sie hier, während ich mit diesen Männern spreche.« Der Polizist schloss die Wagentür und ging zu den Gärtnern, mit denen er auf Spanisch ein paar Worte wechselte.

Brian spürte, wie seine Wut ein wenig verrauchte. Ein Rettungswagen hielt mit quietschenden Bremsen auf dem Parkplatz; zwei Sanitäter sprangen heraus und liefen zu dem am Boden liegenden Straßenräuber. Vom Rücksitz aus beobachtete Brian das Geschehen um sich herum: die Sanis, die den verletzten Ganoven versorgten, sowie Rodriguez und Oakley, die noch immer mit den Gärtnern sprachen.

Zwanzig Minuten später hatten die Sanitäter den Stadtstreicher mit einer Sauerstoffmaske, Halskrause und Infusion versehen und sprachen nun über Funk mit dem Krankenhaus, um ihre voraussichtliche Ankunftszeit von etwa zehn Minuten anzukündigen. Dann schnallten sie den Verletzten auf eine Trage und verfrachteten ihn in den Rettungswagen. Ein Sani stieg hinten ein und zog die Türen hinter sich zu. Der andere setzte sich ans Steuer, und mit plärrendem Martinshorn fuhren sie ab.

Als Rodriguez mit den Gärtnern fertig war, benutzte er einen Stift, um das Messer in einen Beweisbeutel zu schieben. Er verschloss ihn und reichte ihn seinem Partner. Dann ging er zu dem Blumenladen und sprach mit den zwei Frauen. Was gesagt wurde, konnte Brian nicht hören, aber die Frauen waren sichtlich aufgeregt, als sie mit weit aufgerissenen Augen und heftig gestikulierend auf den Polizisten einsprachen.

Brian lächelte. Wie jämmerlich. Bei ihren perfekten kleinen Familien und langweiligen Dinner-Partys würden sie noch jahrelang von diesem Tag erzählen. Sie würden nie wieder ohne ein ungutes Gefühl hierher zurückkehren und sich jedes Mal wachsam auf dem Parkplatz umsehen, bevor sie aus dem Wagen stiegen.

Schließlich gingen die beiden Cops zum Wagen zurück, und Oakley setzte sich ans Lenkrad, während Rodriguez sich auf dem Beifahrersitz niederließ. Dann jagten sie vom Parkplatz und bogen auf die Straße ein.

Rodriguez schaltete sein Funkgerät ein. »Hier Rodriguez, Einheit 671. Wir sind mit einem männlichen Verdächtigen zur ärztlichen Versorgung unterwegs zum Memorial Medical Center.«

»Roger. Braucht ihr Verstärkung?«

»Nein«, sagte Rodriguez und schaltete das Funkgerät ab.

»Verdächtiger?«, fragte Brian. »Ich bin hier das Opfer und kein Verdächtiger.«

»Der andere Typ sah wie das Opfer aus«, sagte Oakley über die Schulter hinweg.

»Er hat angefangen. Als ich über den Parkplatz ging und mich um meinen Kram gekümmert habe, hat der Kerl versucht, mich zu berauben!«

»Beruhigen Sie sich«, sagte Rodriguez. »Die Zeugen werden den Vorfall genauso darstellen, wie Sie sagten. Sie haben alles mitbekommen.«

Rodriguez nahm den Beweisbeutel in die Hand und betrachtete das Messer darin. Brian konnte sehen, dass zerfranstes Isolierband den gesprungenen Holzgriff zusammenhielt. Die rostige, fünfzehn Zentimeter lange Klinge hatte eine gut geschliffene Schneide mit Resten von Blut daran. Von seinem Blut.

»Das Ding sieht aus, als hätte es schon einige Meilen auf dem Buckel«, bemerkte Oakley.

Rodriguez ließ die Tüte auf den Sitz fallen und drehte sich zu Brian um. »Der Kerl entspricht der Beschreibung eines Verdächtigen, den wir wegen einiger ähnlicher Raubüberfälle suchen. Die gleiche Vorgehensweise und Personenbeschreibung. Wir haben Fingerabdrücke von einigen der anderen Tatorte, deshalb werden wir bald wissen, ob er es ist.« Seine dunklen Augen richteten sich auf Brian. »Was ich nicht verstehen kann … warum haben Sie ihn so brutal zusammengeschlagen?«

Das war noch gar nichts. Er hatte Schlimmeres verdient und hätte es auch bekommen, wenn diese mexikanischen Saftsäcke nicht da gewesen wären. Ich hätte den Hurensohn umbringen sollen.

»Ich hatte Angst«, sagte Brian. »Ich dachte, er würde wieder aufstehen und mich erneut angreifen. Da habe ich wohl ein bisschen überreagiert.«

»Das ist mächtig untertrieben. Die Gärtner sagten, sie hätten Angst vor Ihnen gehabt. Sie hätten Sie selbst zu viert kaum von dem Kerl herunterbekommen, und Sie hätten sich wie ein Verrückter gewehrt.«

Brian wusste, dass die Männer Angst gehabt hatten. Er hatte es in ihren Augen gesehen. »Weiß ich nicht mehr«, sagte er ruhig. »Es ging alles so schnell. Ich erinnere mich nur noch an das Messer und dass ich mich mit allem gewehrt habe, was ich in die Finger kriegen konnte.«

11. KAPITEL

Montag, 12.21 Uhr

Nachdem wir Billy Holcomb seinem neuen Gespielen überlassen hatten, fuhren T-Tommy und ich zu Mullins Restaurant. Die Parkplätze waren gut besetzt wie üblich, aber wir hatten Glück und fanden noch eine Lücke direkt unter dem schachbrettartigen, blau-gelben Eingangsschild. Drinnen setzten wir uns an einen der gelben Fornika-Tische an der hinteren Wand, unter eine Sammlung von Fotos, die das alte Huntsville zeigten.

T-Tommy zog die Speisekarte unter dem Serviettenhalter und dem Zuckerstreuer in der Mitte des Tisches hervor. Ich weiß nicht, warum. Er wusste ebenso gut, was er bestellen würde, wie ich. Die besten Burger der Stadt. Ich nahm einen Cheeseburger, T-Tommy gleich zwei – mit Fritten und einem Schokoladenmilchshake. Ich beträufelte meinen Burger großzügig mit Tabasco aus dem Fläschchen, das ich immer in der Jackentasche habe. Dann schwenkte ich es vor T-Tommy, obwohl ich wusste, dass er ablehnen würde. Das tat er immer. Und er reagierte wie immer: mit hochgezogener Augenbraue, einem verächtlichen Schnauben und: »Es sind deine Eingeweide.«

Tabasco. Der Saft des Lebens. Immer gleich und zuverlässig. Hergestellt vom McIlhenny-Clan in Avery Island, Louisiana. Chilischoten, Salz und Essig. Das ist alles. Und drei Jahre gereift in Eichenfässern. Die gleiche Herstellungsweise seit 1869, als der alte Edmund McIlhenny seine erste Fuhre zusammenbraute. Tabasco machte normales Essen gut, gutes Essen fabelhaft und einen Mullins-Burger zu einem echten kulinarischen Genuss.

Nach dem Essen zahlten wir und fuhren zu Dr. Lou Drummond weiter.

Das kriminaltechnische Labor des Staates Alabama befand sich unmittelbar nördlich der Stadt am Arcadia Circle. Es teilte sich ein langes, flaches Backstein- und Betongebäude mit dem Amt für Öffentliche Sicherheit und der Ermittlungsbehörde und Einsatzdienststelle der Polizei. Ich hatte dort fast sechs Jahre als Laborant gearbeitet, nachdem ich mein Medizinstudium geschmissen hatte. Nachdem ich fast alles geschmissen hatte. Nachdem Claire mich aus meiner Interesselosigkeit herausgeholt hatte. Ah, und nach meinem zweijährigen Einsatz als Militärpolizist bei der US-Marine. Aber das ist eine lange Geschichte.

Während meines Aufenthalts dort entwickelte ich Interesse für Blutspritzmuster und Spurenanalyse. Und ich wurde ziemlich gut auf dem Gebiet. Lou Drummond, mein Chef und Mentor, sah, dass ich ein Händchen dafür hatte, Beweismaterial auszuwerten und Verbrechen zu rekonstruieren, sowohl physisch als auch psychologisch. Ich bin mir nicht sicher, woher diese Gabe kam. Höchstwahrscheinlich von der ausgeprägten Vernunft, die ich meinem Dad verdankte.

Lou ermutigte mich, meinen Horizont zu erweitern, und verhalf mir zu einer Stellung bei der Verhaltensanalyseeinheit des FBI in Quantico. Danach fungierte ich als Berater bei schwierigen Verbrechen überall im Land, schrieb ein paar Bücher – der beste Weg, im Licht der Öffentlichkeit zum Experten zu werden – und hielt Vorträge. Von Zeit zu Zeit kehrte ich nach Quantico zurück, um ein paar Klassen zu unterrichten. Ich hatte auch als Berater an mehreren Fällen mitgearbeitet, von denen der berühmteste der des reizenden Billy Wayne Packwood war.

Wir trafen Lou in seinem Büro an, den Hörer am Ohr. Er trug seine übliche graue Arbeitskleidung mit einem weißen Laborkittel darüber. Lou, ein dünner, an ein Frettchen erinnernder Mann mit spärlichem Haar und dicken, buschigen Augenbrauen, war schon länger Gerichtsmediziner in Madison County, als irgendjemand sich erinnern konnte. Er war ein Workaholic, der nie nach Hause zu gehen schien. Und ein echter Zappelphilipp, immer in Bewegung. Wie eine langschwänzige Katze in einem Zimmer voller Schaukelstühle. Wenn er sprach, dirigierten seine Arme ein unsichtbares Orchester. Ich hatte einmal gesagt, man müsse Lou Handschellen anlegen, um ihn dazu zu bringen, ruhig zu bleiben. Selbst wenn er saß, war das eine oder andere seiner Beine ständig in Bewegung, als würde er jeden Moment aufspringen und aus dem Zimmer rennen. Nur seine blauen Augen blickten immer fest und ruhig. Wenn sein Blick dich erst einmal erfasste, ließ er dich nicht mehr los. Als würde er jedes deiner Worte sezieren.

Jetzt spielte er mit dem Telefonkabel, wickelte es um seine Finger und rollte es wieder ab. Dann legte er kopfschüttelnd den Hörer auf. »Meine Tochter«, sagte er und fuhr sich mit den Fingern durchs Haar. »Sie und dieser Loser, mit dem sie zusammen ist, sind unten in Destin. Sind auf seiner Harley runtergefahren!« Dann wechselte er sofort den Gang und sah mich an. »Freut mich, dich zu sehen.«

»Mich auch.« Wir schüttelten uns die Hände.

»Du warst drüben bei Mike, hab ich gehört.«

»Ja. Und an den anderen beiden Tatorten.«

Er nickte. »Ich habe gerade Mikes Autopsie beendet.«

Lou verschwendete nie Zeit. Er hatte die Leiche erst ein paar Stunden zuvor erhalten und seine Aufgabe bereits erledigt.

»Und?«, fragte ich.

»Todesursache war die schwere Gehirnverletzung durch die Schusswunde. Ich gehe davon aus, dass er nichts gemerkt hat. Alles andere ist eindeutig postmortal.«

Gott sei Dank!

»Die Kugel ist deformiert, aber nicht allzu sehr. Ich hab sie schon zur Ballistik runterbringen lassen.«

»Dann lass uns die anderen Fälle durchgehen. Was hast du bisher über sie?«, fragte ich.

Lou ging im Zimmer auf und ab. »Petersen starb an mehreren Schlägen auf den Kopf. Jeder einzelne könnte der tödliche Schlag gewesen sein. Bei Allison war es wie bei Mike ein einziger Schuss mit einer Neunmillimeter. Seine Wunde befindet sich im linken Schläfenbereich. Wie bei Mike wurden ihm alle anderen Verletzungen nach dem Tod zugefügt. Die Blutspritzer und Wunden deuten darauf hin, dass der Mörder kräftig ist, Rechtshänder und zwischen eins fünfundachtzig und eins neunzig groß.« Lou lehnte sich an seinen schweren Holzschreibtisch und trommelte mit den Fingern auf die Kante. »Sidau Yamaguchi sagte mir, der Betreffende wiegt vermutlich zwischen neunzig und hundert Kilo, hat Kleidergröße zehn und trägt Halbschuhe, jedenfalls nach den Schuhabdrücken, die er heute Morgen bei Mike in der Erde fand.«

»Ihr habt weder Blut noch Körperflüssigkeiten des Mörders von einem der Tatorte?«, fragte ich.

»Leider nein.« Lou setzte sich auf den Schreibtisch. Einer seiner Füße begann einen Stepptanz zu irgendeinem inneren Trommelschlag.

»Keine Anzeichen eines sexuellen Übergriffs?«

»Nichts dergleichen.«

»Und die Baumwollfasern? Von gewöhnlichen Gärtnerhandschuhen?«, warf T-Tommy ein. »Von den Nullachtfünfzehn-Dingern, die man überall kaufen kann?«

»So sieht's aus. Aber wir schicken Proben ins FBI-Labor. Vielleicht können sie den Hersteller herausfinden.« Lous Finger setzten ihren monotonen Trommelrhythmus fort. »Ich bin da eher pessimistisch, aber einen Versuch ist es wert.«

»Schuhabdrücke?«

»Das Gleiche. Der Abdruck stammt von Nike-Sohlen, aber von der Art, die weit verbreitet ist. Mein Kollege beim FBI sagt, dass es den Abdruck auf ein paar Millionen eingrenzt.«

Ich hörte hinter mir die Tür und drehte mich um. Becka Cooksey kam herein, eine Akte in der Hand.

»Der Bericht der Ballistik«, sagte sie. »Es war bei Mike und bei Allison dieselbe Waffe.«

12. KAPITEL

Montag, 12.35 Uhr

»Zur Notaufnahme! Trauma-Patient!«, plärrte eine Frauenstimme aus den Lautsprechern an der Decke des Memorial Medical Centers.

Dr. Charlie Beck warf den Rest seines Thunfisch-Sandwichs in den Papierkorb neben seinem Schreibtisch. So viel zu seinem Mittagessen. Er eilte aus seinem Büro und flitzte den Gang zur Notaufnahme hinunter.

»Der Trauma-Patient, den wir erwarteten, ist gerade eingetroffen, Dr. Beck!«, rief Marcy Clark, die Oberschwester der Notaufnahme, während sie auf Trauma-Raum 1 zulief.

Charlie beeilte sich, mit ihr mitzuhalten. Als er den hell erleuchteten Raum betrat, sah er einen arg zusammengeschlagenen und blutüberströmten Mann auf einer Trage liegen. Deborah Studen, eine der Schwestern der Unfallstation, war bereits dabei, die schmutzstarrende, blutige Kleidung des Mannes aufzuschneiden.

Charlie verschaffte sich einen raschen Überblick. Das Opfer, offensichtlich ein Stadtstreicher, roch nach Straßenschmutz und Urin. Seine Haut war mit Insektenstichen in verschiedenen Stadien der Abheilung übersät. Hinter geschwollenen und blutverkrusteten Lippen verbargen sich gelbe Zähne. Zahlreiche Prellungen und Abschürfungen verfärbten sein Gesicht, die Schultern, Brust und Arme.

»Vitalfunktionen?«, fragte Charlie.

Das Ventil der Blutdruckmanschette zischte, als die Luft daraus entwich. »Neunzig zu sechzig«, sagte Deborah. »Puls einhundertfünfundzwanzig. Atmung achtunddreißig und flach. Sauerstoffsättigung achtundsechzig Prozent unter zehn Liter.«

»Intubieren«, sagte Charlie.

Er streifte Handschuhe über und trat an das Kopfende der Trage. Marcy reichte ihm ein Laryngoskop und einen Endotrachealtubus. Charlie führte das Laryngoskop in den Mund des Mannes ein und schob die Zunge aus dem Weg. Carina und Stimmbänder kamen in Sicht. Charlie ließ den Tubus mühelos in die Luftröhre gleiten. Dann pumpte er den Cuff auf und setzte den Ambu-Beutel auf. »Überprüfen Sie die Atemgeräusche.«

Marcy legte das Stethoskop zuerst auf die eine Seite des Brustkorbs, dann auf die andere, während Charlie den Ambu-Beutel immer wieder zusammendrückte und dabei jedes Mal die Lunge des Mannes aufblähte. »Links gute Geräusche, rechts Stille.«

Charlie überprüfte den Sitz des Endotrachealtubus. »Der liegt richtig. Ist dann wohl ein Pneumothorax. Haben wir ein Thoraxdrainage-Set hier?«

»Hier.« Marcy entfernte die sterile Verpackung und stellte das Tablett auf einen Instrumentenwagen.

»Ich wette, er hat eine oder zwei gebrochene Rippen und eine punktierte Lunge«, sagte Charlie, bevor er die Brust des Mannes mit Jodlösung abrieb und ihm Lidocain zur lokalen Betäubung spritzte. Mit einem Skalpell machte er an der Seite des Brustkorbs zwischen zwei Rippen geschickt einen tiefen Schnitt, spreizte die Wunde mit einer Gefäßklemme und schob dann das Instrument mit einer schnellen, sicheren Bewegung in die Brusthöhle. Blut quoll heraus und strömte wie ein Wasserfall zu Boden. Charlie schob einen Finger in die Öffnung und bewegte ihn prüfend in alle Richtungen, um sicherzugehen, dass die Lunge überall frei von der Brustwand war.

»Thoraxdrainage.« Er nahm den fingerdicken Plastikschlauch

von Marcy entgegen und schob ihn behutsam durch die Öffnung. Sofort sprudelte Blut durch den Schlauch in den Eimer mit Rollen, den Marcy mit dem Fuß zurechtgeschoben hatte.

»Nadel und Faden.« Charlie vernähte die Wunde mit mehreren Stichen, um sie zu verschließen und den Drainage-Schlauch an Ort und Stelle festzuhalten, während Marcy das andere Ende des Schlauchs an einer Absaugflasche befestigte.

»Der Blutdruck ist rauf auf hundertzehn«, berichtete Deborah.

»Sehr gut.« Charlie streifte seine blutigen Handschuhe ab und zog ein sauberes Paar an. »Dann wollen wir mal sehen, was er sonst noch hat.« Da der Patient stabilisiert war, untersuchte er ihn nun viel gründlicher. »Keine neurologischen Ausfälle. Hoffen wir, dass dieses Koma nur eine Gehirnerschütterung ist. Nase und linker Unterarm gebrochen. Eine Prellung an der linken Augenhöhle. Keine Anzeichen von inneren Bauchverletzungen, aber sicher bin ich mir nicht.« Er drehte sich zu Deborah um. »Fordern Sie notfallmäßig ein großes Blutbild, SMA-20, eine Blutgasanalyse, Röntgenaufnahmen von Brustkorb und Schädel und eine laterale Quertisch-Aufnahme der Halswirbelsäule an. Außerdem machen wir gleich eine Blutgruppenbestimmung mit Kreuzprobe für zwei Einheiten Blut. Wo liegt seine Sauerstoffsättigung jetzt?«

»Bei dreiundneunzig Prozent.«

»Okay. Dann lassen Sie die Laboruntersuchungen und Röntgenaufnahmen machen.«

Charlie diktierte seinen Operationsbericht über das Anlegen der Thoraxdrainage, während er auf die Ergebnisse des Röntgens wartete. Zwanzig Minuten später brachte ein Techniker die fertigen Bilder in die Notaufnahme. Charlie hielt sie eins nach dem anderen vor den Röntgenschirm. Marcy stand neben ihm. »Kein Schädelbruch. Auch der Hals scheint unversehrt zu sein. Allerdings hat er zwei gebrochene Rippen rechts.« Er stieß Marcy mit dem Ellbogen an. »Finden Sie es nicht auch großartig, wenn ich recht habe?«

»Unerträglich ist das Wort, das mir dazu einfällt.«

Charlie lachte und hob eine weitere Aufnahme ins Licht. »Gute Lage von Tubus und Drainage.« Ein weiteres Bild wurde geprüft. »Fraktur der rechten Ulna. Welcher Unfallchirurg hat heute Dienst?«

»Dr. Sammons. Ich piepe ihn an«, sagte Marcy.

»Und für Neuro und Orthopädie?«

»Samuelson für Ortho und Riegel, glaube ich, für Neuro.«

»Dann holen Sie die beiden auch ans Telefon. Und lassen Sie ein notfallmäßiges Schädel-CT machen.«

»Dr. Beck?«

Charlie drehte sich um und sah, dass Deborah, von zwei Polizisten flankiert, auf ihn zukam.

»Wie geht es ihm, Doc?«, fragte der Größere der beiden.

»Weiß ich noch nicht. Sind Sie die Beamten, die am Tatort waren?«

»Ja. Ich bin Paul Rodriguez, und das ist Hal Oakley.«

»Er hat zwei gebrochene Rippen, eine punktierte Lunge, einen gebrochenen Arm und eine eingeschlagene Nase«, sagte Charlie. »Er ist noch bewusstlos. Wir müssen noch andere Untersuchungen vornehmen, bevor wir mehr sagen können. Wo ist der Mann, den Sie verhaftet haben?«

»Wir haben ihn in Trauma-Raum 2 gebracht«, sagte Deborah im selben Moment, in dem Rodriguez sagte: »Wir haben ihn nicht verhaftet.«

Charlie traute seinen Ohren nicht. »Sie haben den Kerl nicht festgenommen? Nach allem, was er angerichtet hat?«

»Er war nicht der Täter. Das war der andere Mann. Dieser John Doe oder wie Sie Unbekannte nennen.«

»Sie scherzen.« Charlie blickte von einem der Polizisten zum anderen. »Ich habe schon viele Überfälle gesehen, aber das hier?«

Rodriguez zuckte mit den Schultern. »Für uns sah es zu Anfang auch so aus.«

»Was ist passiert?«

»Offensichtlich richtete dieser John Doe hier ein Messer auf …«, Rodriguez blätterte in seinem Notizbuch, »… auf Brian Kurtz, als er versucht hat, Kurtz zu berauben. Doe entspricht der Beschreibung eines Mannes, den wir schon wegen mehrerer ähnlicher Raubüberfälle suchen. Zeugen bestätigten Kurtz' Aussage. Deshalb stufen wir es als Notwehr ein, bis wir etwas finden, das etwas anderes besagt. Natürlich wollen wir John Doe so bald wie möglich sprechen. Was glauben Sie, wann das möglich wäre?«

»Das lässt sich noch nicht sagen. Diese Entscheidung liegt bei Dr. Riegel, seinem Neurologen.«

»Danke. Dann werden wir unseren Bericht jetzt abschließen und wieder auf Patrouille gehen. Ein anderer Beamter wird bald hier sein, um den Unbekannten zu bewachen, bis er wieder so weithergestellt ist, dass er in die Krankenstation des Gefängnisses überstellt werden kann. Sollten Sie Probleme haben, rufen Sie uns an.«

Charlie ging auf Trauma-Raum 2 zu, wartete dann aber noch einen Moment vor der Tür und versuchte, sich im Geiste ein Bild von dem Patienten zu machen, der in dem Zimmer wartete.

Was für ein Mensch konnte das getan haben?

13. KAPITEL

Montag, 13.34 Uhr

Ich setzte T-Tommy in der City ab, damit er sich Scotty Simpson anschließen konnte, um das halbe Dutzend zusätzlicher HPD-Uniformierter einzuweisen, die der Soko zugewiesen worden waren. Ich musste noch bei Walker Lumber vorbeifahren, meiner Bauholzfirma, die ich von meinen Eltern geerbt hatte, um Schecks zu unterschreiben, da montags Löhne ausgezahlt und Rechnungen beglichen wurden. Ich versprach T-Tommy jedoch, rechtzeitig wieder zurück zu sein, bevor wir uns mit Luther zusammensetzen mussten.

Die Fahrt zu Walker Lumber dauerte nur zehn Minuten. Als ich auf den vorderen Parkplatz einbog, sah ich Milk mit einem Kunden neben einem mit Kanthölzern beladenen blauen Pick-up stehen. Da die 5x10er Balken gut einen Meter zwanzig über die Ladefläche des Pick-ups hinausragten, befestigte Milk gerade ein rotes Fähnchen am Ende eines dieser Hölzer, damit kein anderer Wagen versehentlich darunter landete.

Im Süden sind Spitznamen etwas ebenso Alltägliches wie Baptistenkirchen. Einige Spitznamen haben sogar wiederum ihre eigenen Spitznamen. Einen solchen hatte Bertie Jackson. Für die meisten war er Buttermilk, ein Beiname, der ihm von Familienmitgliedern wegen seiner Vorliebe für die Buttermilchplätzchen seiner Mutter verliehen worden war. Für gute Freunde hingegen war er nur Milk.

Er war ein teuflisch guter Baseballspieler gewesen. Selbst jetzt noch, dreißig Jahre später, waren seine Glanzleistungen als Kid auf dem Feld der Träume legendär. Gut, heutzutage waren die Storys vielleicht ein bisschen übertrieben, aber nicht zu sehr. Er spielte ein paar Jahre Baseball in der Double-A-Liga, bevor er es aufgab, weil er einsah, dass der Aufstieg zu den großen Profiligen viel zu steil war. Damals fing er an, bei meinem Dad zu arbeiten. Als die Firma mir gewissermaßen in den Schoß fiel, überließ ich ihm für einen Anteil am Gewinn den gesamten laufenden Geschäftsverkehr.

Er klopfte auf die Ladefläche des Pick-ups, als der Kunde abfuhr.

»Wie läuft's?«, fragte ich, als ich aus dem Wagen stieg. Die Sonne war ganz schön heiß und aufdringlich hier draußen.

»Sehr gut. Größtenteils zumindest«, erwiderte er und kratzte sich am Ohr. »Wir haben schon wieder eine schlechte Lieferung Rigipsplatten bekommen. Einige waren angeschlagen oder sogar zerbrochen.«

»Von derselben Firma in Tennessee?«

Er nickte. »Ich hatte einen kleinen Wortwechsel mit denen. Aber ich würde die Firma nur ungern aufgeben, weil sie uns bisher immer gut beliefert hat. Ich glaube, das Problem ist, dass der Laden den Besitzer gewechselt hat.« Mit einem Zischlaut sog er die Luft zwischen den Zähnen ein. »Aber für alle Fälle habe ich die Fühler schon nach anderen Firmen ausgestreckt.«

»Hoffentlich kommt es nicht so weit.«

»Wenn ja, ist es nicht zu ändern. Aber geh du ruhig.« Er nickte zum Büro hinüber. »Ich habe alle Schecks schon ausgefüllt. Sie liegen auf dem Schreibtisch. Ich muss schnell zu den Jungs hinüber, ihnen beim Aufladen von Dachziegeln helfen. Wir sehen uns aber noch, bevor du gehst.« Und damit ging er auch schon am Büro vorbei und verschwand zwischen den Stapeln Bauholz, die dahinter lagen.

Im Büro war es kühl, da die Klimaanlage am Fenster auf Hochtouren lief. Ich brauchte nur ein paar Minuten, um die Schecks zu unterzeichnen und die Bücher durchzugehen. Es war eine gute Woche gewesen. Schließlich ging ich wieder hinaus und schlängelte mich zwischen den Holzstapeln hindurch, die in der Sonne herrlich frisch und sauber rochen. Für mich gab es keinen angenehmeren Geruch als diesen. Ich sah Milk, der zwei Highschool-Kids erklärte, wie das Gewicht der Dachdeck-Materialien auf dem Firmenlaster mit anderthalb Tonnen Ladegewicht verteilt werden musste. Die Jungs waren Footballspieler, die sich für den Herbst in Form brachten. Im Sommer stellten wir immer drei oder vier von ihnen ein.

Ich erinnere mich noch gut an die Sommer, in denen ich das Gleiche getan hatte. Die harte, schweißtreibende Arbeit war genau das Richtige gewesen, wenn im August die sogenannten Two-a-days mit zwei Spielen am Tag begannen. Ich erinnerte mich an einen Tag Anfang August, an dem die Temperatur weit über 30 Grad betrug und mit sehr hoher Luftfeuchtigkeit verbunden war. Das war ungefähr eine Woche, bevor das Footballtraining anfing. Milk und ich waren mit dem Sattelschlepper zum Güterbahnhof gefahren, um einen Waggon voller Dachziegel zu entladen. Da dieser Waggon auf einem Abstellgleis stand, konnten wir den Laster direkt vor die Frachttür an der Seite fahren und uns an die Arbeit machen. Vierzig Paletten mit jeweils zehn Quadratmetern Ziegel; jeder Quadratmeter bestand aus drei Paketen, und jedes Paket wog 33,5 Kilo und musste per Hand ausgeladen werden. In dem Güterwagen herrschte eine Temperatur von mindestens 50 Grad oder sogar mehr. Im Waggon stehend, warf ich ein Paket nach dem anderen zur Tür hinaus, wo Milk sie auffing und auf den Laster stapelte. Ungefähr alle zehn Minuten wechselten wir den Platz, weil keiner von uns es mehr in dieser Sauna aushielt. Die Arbeit nahm den ganzen Tag in Anspruch und brachte uns beide beinahe um. Aber das

Gute daran war, dass die Schufterei die Two-a-days in jenem Jahr zu einem Spaziergang machte. Hätte ich je mit dem Gedanken gespielt, nicht aufs College zu gehen und Medizin zu studieren, hätte dieser Tag mir meine Zweifel gründlich ausgetrieben.

Und wenn dieser heiße Augusttag meinen Weg zur medizinischen Fakultät sicherte, so stieß mich Jills Entführung wieder auf einen ganz anderen Weg. Auf den, auf dem ich heute war. Statt mich um kranke Menschen zu kümmern, hatte ich den größten Teil meines Erwachsenenlebens mit der Frage nach dem Warum verbracht. Warum hatte dieser Mensch eine Bank überfallen, ein anderer seine Frau getötet und wieder ein anderer sein Geschäft niedergebrannt? Warum machte Billy Wayne Packwood ausgerechnet Huntsville zu seinem Jagdrevier? Warum hatte unser neuester Killer Mike ermordet? Warum hatte ich meine Schwester nicht retten können? Warum hatte ich sie im Stich gelassen? Sie enttäuscht? Das Einzige, was ich noch mehr hasste als die Frage nach dem *Warum*, war die nach dem *Was wäre gewesen, wenn …*

Mein Leben hätte anders verlaufen können. Vielleicht besser, vielleicht auch nicht. Wer konnte das schon sagen. Und es war ja auch nicht so, dass ich jemals etwas daran ändern konnte. Das Meiste jedenfalls nicht. Dass ich meine Eltern und Jill verloren hatte – ja, das würde ich natürlich ändern. Alles andere war gut so, wie es war.

Auf der Highschool war ich ein guter Schüler und ein ganz guter Sportler gewesen. Gut genug jedenfalls, um als Footballstürmer zu beginnen und es in der Mittel- und Oberstufe sogar bis in die Auswahlmannschaft zu schaffen. Später dann machte ich meine Sache auf akademischem Gebiet auch ganz gut. Mit Chemie als Hauptfach. Dann kam die medizinische Fakultät in Birmingham, die ich beinahe abschloss. Nur noch drei Monate fehlten bis zum Goldenen Ring. Dann verschwand Jill. Paff! Von einem Moment auf den anderen war sie weg.

Viele Leute können ihr Leben in zwei verschiedene, durch irgendein einschneidendes Erlebnis abgegrenzte Abschnitte aufteilen. Ein Erlebnis, das ihren Lebensweg extrem verändert hat. Es um 180 Grad aus der Bahn warf. Für mich war dieser Moment vor einem Dutzend Jahren am zwölften Oktober um 19.30 Uhr eingetreten. Ich sah ihn wie in Zeitlupe an mir vorüberziehen. In allen Einzelheiten.

Es war eine kalte, regnerische Nacht. Ich war damals im letzten Studienjahr an der medizinischen Fakultät und machte mein Praktikum in der Notaufnahme, während Jill in ihrem ersten Studienjahr an der Universität von Alabama war. Sie wollte an jenem Tag bis sechs Uhr nachmittags, wenn ich dienstfrei hatte, in der Bibliothek arbeiten. Dann wollten wir uns an meinem Wagen treffen und zu Mom und Dad zum Abendessen fahren. Der Parkplatz für Studenten war vier Blocks vom Krankenhaus entfernt und nicht sehr gut beleuchtet.

Ich kam zu spät. Über eine Stunde. Kurz bevor ich Dienstschluss hatte, wurde ein Mann mit einer Schusswunde in der Brust und massiven inneren Blutungen hereingebracht. Der Verletzte stand unter Schock. Des akuten Kreislaufversagens wegen blieb keine Zeit, ihn in den Operationssaal zu bringen, und der diensthabende Chirurg bereitete sich darauf vor, seine Brust schon in der Unfallstation zu öffnen. Das war nichts Alltägliches, und so blieb ich, um zuzuschauen, zu helfen und zu tun, was immer der Chirurg und mein Chef mir zu tun erlaubten. Es war eine sehr lehrreiche Gelegenheit, die ich mir nicht entgehen lassen durfte.

Als ich später dann auf dem Parkplatz stand, geriet mein Leben aus den Fugen. Ich fand Jills Schuh, einen braunen Mephisto, auf der Seite liegend, die Schnürsenkel noch zugebunden. Dann ihre Handtasche, deren Lederriemen an einer Seite abgerissen war; der Inhalt war über den Asphalt verstreut. Eine Brieftasche mit Geld darin, ein goldener Armreif.

Es war kein Raubüberfall gewesen.

Monate der Selbstvorwürfe und Abkapselung folgten. Ich hatte keinen Antrieb mehr, mein Medizinstudium fortzusetzen. Ich hatte kaum noch den Antrieb, weiterzuleben.

Dass Jills Verschwinden meine Schuld war, ließ sich nicht bestreiten. Nicht für mich und wahrscheinlich auch nicht für meine Eltern. Auch wenn sie nicht wahrhaben wollten, dass sie mir die Schuld gaben, sogar versuchten, mich zu trösten. Doch was ungesagt blieb, erzählte eine andere Geschichte. Die Art, wie meine Mutter stundenlang ins Leere starrte und vor Resignation und Trauer die Schultern hängen ließ. Wie mein Vater sich in sich zurückzog und alles Licht aus seinem Blick verschwand.

Das unbehagliche Schweigen, von dem die nächsten Jahre geprägt waren, war wie ein Blutfleck auf einem weißen Laborkittel. Unmöglich zu übersehen, zu ignorieren oder abzustreiten.

Als meine Eltern bei einem Autounfall ums Leben kamen, war es beinahe schon enttäuschend. Ein Teil von mir war bereits tot, während ein anderer Teil von mir wusste, dass dies die Strafe war, und dass ich sie verdiente.

Während dieser depressiven Phase heirateten Claire und ich. Wir hatten also nicht gerade den besten Start. Bis heute liebe ich sie dafür, dass sie mich damals gerettet hat. Nicht, dass ich je wirklich an Selbstmord gedacht hatte. Nicht ernsthaft jedenfalls. Der Gedanke kam mir zwar ein paar Mal, aber ich tat ihn stets als feige ab. Als zu endgültig. Ich wusste, dass irgendwo da draußen Licht war; ich hatte nur Schwierigkeiten, dieses Licht zu finden. Doch Claire half mir dabei, und das kann ich ihr nicht hoch genug anrechnen.

Nachdem wir beschlossen hatten, unsere Ehe aufzugeben,

ging ich zur Marine. Es schien mir das Richtige zu sein, und so war es dann auch. Zwei Jahre Dienst bei der Militärpolizei. Keine schlechte Sache. Ich dachte sogar daran zu bleiben, aber am Ende war das Militär dann doch nicht die richtige Laufbahn für jemanden wie mich. Zu starre Strukturen. Zu viele Vorschriften.

Und so hängte ich meine Uniform an den Nagel und ging zurück nach Huntsville. T-Tommy versuchte, mich fürs Huntsville Police Department zu gewinnen, aber ich entschied mich für das Institut für Rechtsmedizin in Alabama. Ich sagte allen, ich nähme die Stelle an, weil mich die Arbeit dort interessierte und ich eine Aufgabe wolle, bei der ich meine medizinische Ausbildung nutzen könne … so unvollkommen sie auch war. Aber das war nur die Hälfte der Wahrheit. Die andere Hälfte war, dass Jills Entführung mich in diese Richtung gedrängt hatte. Ich wollte erfahren, ob und wie ich meine Schwester finden konnte, war anscheinend aber kein allzu guter Schüler. Und auch nicht sehr clever. Denn was ich nach nunmehr zwölf Jahren weiß, ist das hier:

Jill wurde entführt.

Drei andere junge Frauen verschwanden unter ähnlichen Umständen.

Keine von ihnen war je gefunden worden.

Das wär's. Das ist alles, was ich habe. Keine Hinweise, keine Zeugen, keine Leichen, keine Knochen. Gar nichts. Und ich war nicht schlau genug, um mehr herauszufinden.

Jill war tot. Das wusste ich. Ich sprach es nie aus, aber tief im Herzen wusste ich, dass es so sein musste. Und ich wusste auch, dass der Kerl, der Jill und die anderen Mädchen auf dem Gewissen hatte, vermutlich längst weitergezogen war in einen anderen Bundesstaat. Um dort noch mehr Opfer zu hinterlassen. So ist das nun mal.

Selbst heute, zwölf Jahre später, vergeht noch immer kein Tag, an dem ich nicht an sie denke. Selbst bei der Arbeit an einem

Fall wie diesem ist Jill stets präsent. Das Schmerzlichste ist, dass meine ganze Familie für mich verloren war. Nicht nur physisch, sondern ganz und gar verloren. Weil ich keine echten Erinnerungen mehr hatte. Nur noch verschwommene Bilder meines Dads, wie er mir beibringt, einen Baseball zu schlagen oder einen Football zu werfen. Wie er mir zeigt, wie man Rigipsplatten auf einen Laster lädt, ohne sie zu zerbrechen. Genau hier. Genau an dieser Stelle, an der ich gerade stand.

Und Mom? Ich erinnerte mich noch schwach, wie sie das Thanksgiving-Dinner zubereitete oder mich einige unserer Familienrezepte lehrte. Oder ich sah sie im Garten bei der Pflege ihrer Rosen, die stets der Stolz unserer Straße gewesen waren. Manchmal hörte ich im Geiste auch ihren Gesang in der Kirche, die ich nie wieder betreten hatte.

Egal, welche Bilder ich aus der Vergangenheit hervorholte, alle waren verschwommen und irreal. Vielleicht hatte ich die Dinge so in Erinnerung, wie sie meiner Meinung nach sein müssten, und nicht so, wie sie gewesen waren. Die, von denen ich wusste, dass sie wirklich waren, zeigten Mom und Dad auf dem Sofa, schweigend, wie erstarrt, kaum noch atmend. Kein Lachen, kein Leben, keine Farbe mehr. Die wenigen Bilder, die ich noch heraufbeschwören konnte, waren allesamt schwarz-weiß.

Und Jill? Ihr Gesicht sah ich nur in meinen Träumen. Nie während des Wachseins. Nie, wenn ich es wollte.

14. KAPITEL

Montag, 13.53 Uhr

Als Dr. Charlie Beck die Tür zu Trauma-Raum 2 aufstieß, erwartete er … ja, was erwartete er eigentlich zu sehen? Einen brutalen, aggressiven Kerl? Einen vor Wut schäumenden Irren? Ein in Ketten gelegtes Monster?

Zu seinem Erstaunen war der junge Mann, der auf dem Untersuchungstisch saß, nichts von alledem. Obwohl groß und kräftig, war er keineswegs ein wahnsinniger, durchgeknallter Klotz von einem Mann. Er hatte kluge blaue Augen, und bis auf sein zerzaustes Haar und das zerrissene, blutige Hemd wirkte er ruhig und vollkommen vernünftig.

»Guten Abend. Ich bin Dr. Beck.«

»Ich bin Brian Kurtz«, erwiderte der Mann mit einem freundlichen Lächeln.

»Tut mir leid, dass Sie so lange warten mussten, Mr. Kurtz, aber wir hatten heute alle Hände voll zu tun.«

»Das macht nichts.«

»Dann wollen wir mal sehen, was wir hier haben.« Charlie streifte Latexhandschuhe über und entfernte die Mullbinde von Brians Arm. »Na, das geht ja noch. Ich habe schon Schlimmeres gesehen.«

»Das glaube ich Ihnen gerne, Doc.«

Charlie tupfte die Wunde mit einem sterilen Wattebausch ab. »Sagen Sie es mir, wenn es wehtut.«

»Schon okay. Machen Sie ruhig weiter.«

»Sieht aus wie ein sauberer Schnitt. Müsste problemlos zu beheben sein. Eine der Schwestern wird die Wunde reinigen und in einer keimtötenden Lösung baden. Dann komme ich wieder, um sie zu nähen.«

*

Das grelle Licht der Operationslampe brannte in Brians Augen, aber er hielt still, als die junge Schwester seinen Arm mit irgendeiner roten, medizinisch riechenden Flüssigkeit säuberte. Sie sagte, das Zeug hieße Betadine oder so ähnlich. Ihr Namensschildchen wies sie als »Deborah Studen, EK« aus, wobei Letzteres für »examinierte Krankenschwester« stand. Was sie mit seinem Arm anstellte, war schmerzhaft, aber nur eine kleine Ablenkung. Schmerz machte Brian nicht viel aus, er war vorübergehend, leicht zu beherrschen und ebenso leicht zu vergessen. Sein Zorn, ja das war eine andere Geschichte. Aber zumindest war es ihm gelungen, die Wut in einen Winkel seines Bewusstseins zu verbannen, wo er sie gefangen hielt.

Zumindest stellte er es sich so vor: Eine dunkle Höhle tief in einem Winkel seines Hirns, wo seine Wut zwar außer Sicht war, aber unaufhörlich knurrte und fauchte wie ein eingesperrter Drache. Gelegentlich ließ die Bestie ihre Zunge oder ihren langen Schwanz hervorschnellen. Gerade lange genug, um Brian ein angenehmes Aufwallen von Energie verspüren zu lassen. Es war definitiv eine Hassliebe, die er für die Bestie empfand. Auch wenn die Liebe größer war als der Hass.

Manchmal kam es aber auch vor, dass das Biest aus der Höhle heraussprang und weißglühendes Feuer von ungeheurer Hitze ausspie. Unkontrollierbar und unerbittlich, verzehrte dieses Feuer ihn ganz und gar und pumpte eine nicht enden wollende Furcht durch seine Adern.

Doch die Ruhe, die eintrat, wenn der Zorn verrauchte, war

einzigartig. So etwas hatte er nie zuvor erlebt. Wie jetzt wieder. Die wilde Wut, die er an diesem Bastard, diesem Stück Straßendreck ausgelassen hatte, war explosiv gewesen, aber jetzt war er völlig ruhig. Lethargisch sogar, könnte man sagen. Das Tier war in seine Höhle zurückgekehrt, aber es schlief nicht, sondern sammelte neue Kräfte. Brian konnte sein regelmäßiges, rauschendes Atmen hören, wie ein gewaltiger Blasebalg. Kein Problem. Er konnte die Bestie unter Kontrolle halten. Auf jeden Fall lange genug, um hier herauszukommen.

Sie würden nie erfahren, wie sehr es ihn drängte, dieses Stück Dreck, das es gewagt hatte, ihn anzugreifen, ins Jenseits zu befördern. Wenn er weg war, würden sie sagen: »Er muss eine Scheißangst gehabt haben, dass er diesen Stadtstreicher so schwer verletzt hat. Eigentlich ist er viel zu nett, um so etwas ohne Grund zu tun.«

Aber er tat es. Und er genoss es.

»Tut es sehr weh?«, fragte die Schwester.

»Überhaupt nicht.«

*

Charlie spritzte Lidocain in den Bereich um Brians Wunde. »Das wird ein paar Sekunden brennen.«

»Nur zu«, sagte Brian.

Charlie konnte die beiden Bilder in seinem Kopf nicht miteinander in Einklang bringen. Dieser höfliche, sympathische junge Mann und das Monster, das John Doe fast totgeschlagen hatte. Es passte einfach nicht. In all den Jahren in seinem Job hatte er die verschiedensten Menschen gesehen – die stoischen, die manischen, die wütenden, die deprimierten und die eindeutig Verrückten. Krankheit und Verletzungen brachten das Beste, aber auch das Schlimmste im Menschen hervor. Die meisten waren still und tapfer, andere jedoch aggressiv und boshaft.

Dieser Brian Kurtz war Charlie ein Rätsel. So ruhig und höflich, obwohl er allem Anschein nach vor einer Stunde noch ein tobender Irrer gewesen war. Dafür musste es eine Erklärung geben. Für derart sonderbare, völlig gegensätzliche Verhaltensweisen gab es immer einen Grund. Aber was war es hier? Schizophren war Brian offensichtlich nicht. Dazu war er zu rational. Absolut nicht wahnhaft. Und er ließ auch keine Anzeichen erkennen, dass er auf Drogen war. Er zeigte weder die schläfrige Verwirrtheit von Betäubungsmittel-Nutzern, noch die großäugige Paranoia eines Kokainabhängigen oder die überdrehte, manische Unruhe eines Metamphetamin-Junkies.

»Wie ist das passiert?«, fragte Charlie, als er die Wunde zu vernähen begann.

»Irgend so ein Stadtstreicher wollte mich berauben. Er hat mich mit einem Messer angegriffen.«

»Und da haben Sie sich verteidigt?« Charlie verknotete einen weiteren Faden.

»Hätten Sie das nicht getan?«

»Na klar.« Charlie zog den nächsten blauen Nylonfaden stramm. »Sie haben allerdings eine ganz schöne Nummer mit ihm abgezogen.«

»Er hatte es nicht besser verdient. Ich hätte ihn umbringen sollen.«

»Hat nicht viel gefehlt.«

Brian grinste. »Ich hätte ihm den Kopf abreißen, ihm den Schädel aufschlagen und sein verdammtes krankes Hirn in den Boden stampfen sollen.«

Charlie konnte fühlen, wie sich die Muskeln in Brians Unterarm zusammenzogen, als seine Hände sich zu Fäusten ballten. *Lass ihn in Ruhe. Zwing ihn nicht, sich zu rechtfertigen.* Charlie wechselte das Thema. »Wie ich sehe, arbeiten Sie bei einer Telefonmarketing-Firma.«

»Ja, stimmt.«

»Ich wette, da lernen Sie interessante Leute kennen.«

»Vor allem arrogante Idioten mit wenig Zeit und noch weniger Gehirn.«

»Verstehe.«

»Wirklich?«

Charlie fühlte sich zunehmend unbehaglich und suchte erneut nach einem unverfänglichen Gesprächsthema. »Ich möchte Ihnen ein paar Fragen zu Ihrer medizinischen Vorgeschichte stellen, während ich mit Ihnen beschäftigt bin, okay?«

»Muss das sein?«

»Ich fürchte ja.«

»Aber wieso?« Brians Augen wurden schmal. An seinem Kinn zuckte ein Muskel.

»Jeder ist anders. Was für den einen gut ist, kann für den anderen gefährlich sein.« Charlie lächelte Brian an, erhielt im Gegenzug aber nur einen kalten Blick. »Sind Sie gegen irgendwas allergisch?«

»Nein.«

»Haben Sie andere medizinische Probleme? Herz- oder Lungenkrankheiten zum Beispiel?«

»Nein.«

»Alte Verletzungen? Gab es Operationen oder Krankenhausaufenthalte vor diesem hier?«

»Ich wurde einmal angeschossen.«

Charlie blickte auf. »Wie kam es dazu?«

»Ich war bei der Army. Im Irak. Vor zwei Jahren hat mir einer dieser gottverdammten Turbanträger mit einer AK-47 ins Bein geschossen.«

»Hatten Sie noch andere Verletzungen?«

»Einen Schädelbruch. Den habe ich mir allerdings beim Footballspielen an der Highschool geholt. Seitdem habe ich fast ununterbrochen Kopfschmerzen.«

»Gehen Sie deswegen zu einem Arzt?«

»Zu Dr. Hublein, ja. Robert Hublein. Kennen Sie ihn?«

»Nicht persönlich, nur dem Namen nach. Er leitet das Neuropsychiatrische Forschungsinstitut ein Stück die Straße runter, nicht wahr?«

»Genau. Er ist angeblich der Beste.«

»Er soll sehr gut sein, habe ich gehört. Hat er Ihnen Medikamente verordnet?«

»Ja. Ich weiß aber nicht, was er mir spritzt.«

Charlie nahm seine Brille ab. »Wir sind hier fertig. Ich mochte, dass Sie die Wunde sauber und trocken halten und in zwei Tagen wiederkommen, damit ich mir anschauen kann, wie sie verheilt.«

»Ist das nötig?«

»Ich fürchte ja.«

»Wie Sie meinen, Doc.«

Die Höflichkeit war wieder da.

15. KAPITEL

Montag, 14.51 Uhr

Zurück in der Innenstadt, fand ich ein leeres Büro gegenüber von dem der Sonderkommission und rief die Verhaltensanalyseeinheit in Quantico, Virginia an. Das Büro von Mort Canfield, einem alten Freund und FBI-Profiler. Nachdem ich an seiner Assistentin vorbeigekommen war, hörte ich seine Stimme. »Agent Canfield.«

»Hallo, Mort. Hier Dub.«

»Hey, Dub. Ist lange her.«

»Und du bist noch immer fleißig bei der Arbeit, wie ich sehe.«

»Nicht mehr lange. In drei Monaten steige ich aus.«

»Ich hätte nie gedacht, dass du mal in Rente gehst.«

»Ich auch nicht. Was macht die Kunst im tiefen Süden?«

»Es lief schon mal besser. Ich brauche deine Hilfe bei einer Mordserie hier unten.«

»Was ist los?«

»Erinnerst du dich an Mike Savage?«

»Na klar. Wie geht es ihm?«

»Er ist eines der Opfer.«

»O Gott. Was kann ich tun?«

»Mit mir besprechen, was wir haben, und sehen, ob ich auf der richtigen Spur bin.«

Wir redeten eine halbe Stunde. Mort stimmte meiner Einschätzung weitestgehend zu und hatte wie gewöhnlich ein paar eigene Erkenntnisse beizutragen. Ich dankte ihm und versprach, ihn auf dem Laufenden zu halten. Dann erstellte ich eine kurze Liste dessen, was ich als »psychologische Elemente« zu bezeichnen pflegte. Es waren einfach nur Aspekte eines Verbrechens, die auf die Psyche des Täters hinwiesen. Vor allem auf die Gründe, die ihn dazu brachten, gewisse Dinge zu tun oder sie auf eine bestimmte Weise zu tun. Einige Leute würden es als Profiling oder als Erstellen eines Persönlichkeitsprofils bezeichnen, und das war es eigentlich auch. Aber der Begriff Profiling konnte auch eine Falle sein.

Wenn ein Profil für einen bestimmten Verdächtigen erstellt wird und die Ermittlungen sich zu sehr auf diese spezielle Sicht des unbekannten Täters konzentrieren, konnte der wahre Schuldige übersehen werden. Besagt das Profil, dass der Täter Anfang zwanzig ist, arbeitslos und ein Einzelgänger, werden andere potenzielle Verdächtige, die verheiratet, berufstätig und über dreißig sind, möglicherweise nicht so genau unter die Lupe genommen, wie es angebracht wäre. Scheuklappen waren der Todesstoß für eine Mordermittlung.

Deshalb zog ich persönlich die Bezeichnung »psychologische Elemente« vor. Vielleicht war es nur eine Frage der Formulierung, aber ich hielt diesen Begriff für sinnvoll. Außerdem führte ich die Bezeichnung in meinem zweiten Buch ein, sodass ich jetzt mehr oder weniger damit verheiratet bin.

Und hier können Sie lesen, was ich auf ein Stück Papier gekritzelt hatte:

Nächtliche Angriffe: Wohnt allein oder bei Verwandten – eine Ehefrau oder Familie würde kein nächtliches Verschwinden dulden. Ist arbeitslos oder arbeitet am Tag – vielleicht bei einem Nachtlieferservice oder Streifendienst – Cop?

Opfer sind geografisch weit verstreut: Zugriff auf Auto – arbeitet, hat Geld oder Gönner – unauffälliges Fahrzeug – wahrscheinlich hoher Tachostand.

Verschiedene Szenarien:

Organisierter Täter: Sorgfältiger Planer – trägt Handschuhe – benutzt Schalldämpfer – kennt Ein- und Ausgänge – kann mit Schlössern umgehen – bringt Waffe mit (nach Petersen) – mögliche Probeläufe
Schlussfolgerung: Ende zwanzig oder Anfang dreißig – clever – gebildet – geistig gefestigt

Unorganisierter Täter: Overkill – benutzt griffbereiten Gegenstand zur Verstümmelung – am Tatort zurückgelassene Leichen
Schlussfolgerung: Anfang zwanzig – schizophren – psychotisch

Beschreibung der unbekannten Person:

Äußeres: Zwischen eins fünfundachtzig und eins neunzig – 100 Kilo – Rechtshänder – keine sichtbaren körperlichen Mängel

Motiv: Wut oder von einer Mission getrieben – Ziel ist, Stress zu verringern oder ein Statement abzugeben – oder beides?

Anmerkung: Kennt die Opfer (notwendig wegen Planung und Probeläufen) – kennt Grundriss des Tatorts, Zeitpläne und Gewohnheiten des Opfers – weiß, dass er Zeit am Tatort hat – woher?

16. KAPITEL

Montag, 15.08 Uhr

Brian tigerte fast eine halbe Stunde im Warteraum umher, bevor endlich das Taxi kam, das er zum Krankenhaus bestellt hatte. Zigaretten- und Schweißgeruch begrüßten ihn, als er sich auf den Rücksitz fallen ließ.

»Warum hat das so lange gedauert? Ich habe ewig gewartet.«

»Tut mir leid. Bin am Flughafen steckengeblieben.« Die Stimme des Fahrers war seltsam schwach und rau. Er war vielleicht um die fünfzig und sah krank aus mit seinem ungepflegten Haar und der gelblichen Haut. Nikotinverfärbte Finger schalteten den Taxameter an. Ein feuchter, rasselnder Husten schüttelte seinen Körper.

»Wohin geht's denn, Kumpel?«

»Gulf Coast Telemarketing.«

»Wo ist das?« Wieder verkrampfte sich sein Körper bei dem Versuch, Schleim aus seinen Lungen auszustoßen.

Brian beschrieb ihm den Weg.

»Was ist passiert? Scheint so, als hätten Sie den Arm bis oben hin verbunden.«

Was du nicht sagst, du ignoranter Penner. »Ist nichts Ernstes.«

»Es ist doch hoffentlich kein Bruch? Meine Frau hatte sich mal den Arm gebrochen …«

Er hörte nicht auf mit seinem Gefasel, dem Brian jedoch kaum Beachtung schenkte. Er ballte nur mehrmals die Hand zur Faust und entspannte sie dann wieder. Der Verband ziepte an seiner

Haut, als sich die Muskeln an seinem Unterarm bewegten, aber der Schmerz war minimal. Brian lehnte sich zurück, schloss die Augen und blendete das Geschwätz des Fahrers aus.

Schließlich verlangsamte das Taxi seine Fahrt und hielt vor Gulf Coast an. Brian zahlte den Fahrpreis und stieg aus. Eigentlich wollte er nur seinen Jeep abholen und nach Hause fahren. Er hatte keinen Grund, hier herumzuhängen. Dummerweise öffnete sich gerade jetzt die Tür der Firma, und Glenda Riordan in ihrer ganzen Papageien-Pracht trat aus dem Gebäude.

Na prima.

Als sie Brian sah, drehte sie sich um und rief durch die Tür nach hinten: »Hey, Leute – Wanda – Brian ist wieder da!«

Einige seiner Kollegen kamen heraus und eilten den Pfad zum Parkplatz hinunter, auf dem er stand. An derselben Stelle, an der er den Stadtstreicher zusammengeschlagen hatte. Brian konnte noch das getrocknete Blut auf dem Asphalt sehen. Sein eigenes und das von dem Kerl, der es gewagt hatte, ihn zu überfallen.

Seine Kollegen versammelten sich in einem Halbkreis um ihn herum. Allerdings kamen sie ihm nicht zu nahe, sondern blieben in sicherem Abstand stehen.

»Alles in Ordnung?«, fragte Wanda, als sie zu der Gruppe trat.

Als ob dir das nicht scheißegal wäre, du blöde Kuh. »Nur ein Kratzer«, sagte Brian und hob den verbundenen Arm.

Alle starrten ihn mit ausdrucksloser Miene, aber spürbarer Unruhe an. Er wusste, dass sie lieber woanders wären, ihre Neugier aber stärker war als ihre Angst. Wie furchtsame kleine Kaninchen standen sie um ihn herum.

»Mein Gott«, sagte Glenda. »Hast du keine Angst gehabt?«

Nein, du dummes Miststück, ich hatte keine Angst. Nicht so wie du gerade.

»Natürlich hatte ich Angst«, sagte er. »Der Kerl hatte ein riesiges Messer.«

»Wer war der Mann? Hast du ihn gekannt?«, wagte einer seiner jämmerlichen Kollegen zu fragen, wenn auch mit einer Stimme, die beinahe wie ein Piepsen klang.

»Ich habe ihn nie zuvor gesehen. Er war bloß irgendein Stadtstreicher. Die Polizei sagte, er hätte schon ein paar Leute ausgeraubt.«

»Wie geht es ihm?«, fragte Wanda und runzelte besorgt die Stirn. »Er sah schwer verletzt aus.«

Nicht schwer genug. »Der Doktor meint, er wird wieder.«

Wanda schüttelte den Kopf. »Ich kann nicht glauben, dass das passiert ist. Ist wirklich alles in Ordnung mit Ihnen, Brian?«

Da war sie wieder, Wandas honigsüße, falsche Sorge.

»Mir geht's gut. Ich muss nur meinen Wagen holen.« Damit drehte Brian sich um und stapfte los. Wanda folgte ihm. Als er den Jeep erreichte, öffnete er die Tür.

»Es tut mir leid«, sagte Wanda. »Das war kein guter Tag für Sie.«

Er blickte auf sie hinunter. »Ich sagte doch, es geht mir gut.«

»Ich habe mit Dr. Hublein gesprochen. Er meinte, Sie würden ihn gegen Ende der Woche sehen.«

»Ich sehe ihn jede Woche.«

»Erholen Sie sich, Brian, und ich werde wieder einen Job für Sie finden, sobald Dr. Hublein sagt, dass es Ihnen besser geht.«

»Es geht mir jetzt schon besser.« Er stieg in den Wagen, zog die Tür hinter sich zu, ließ den Motor an, fuhr ab und ließ Wanda stehen.

Er jagte vom Parkplatz und schlug die Richtung zum Memorial Parkway ein. Dort raste er die Einfahrt hinauf und zwängte seinen Jeep zwischen einen Minivan und eine japanische Blechkiste. Der Blechkistenfahrer machte einen Schlenker und betätigte die Lichthupe. Brian zeigte ihm den Mittelfinger.

Die Ereignisse des Tages wirbelten ihm durch den Kopf. Dieses Kushner-Arschloch, der Straßenräuber, der arrogante Dr. Beck, der stinkende, geschwätzige Taxifahrer, Wanda Fisher, Glenda Riordan und der Rest der Clowns, mit denen er arbeitete – alle hatten sich verschworen, seine Wut noch zu steigern. Er hatte sich alle Mühe gegeben, sich im Zaum zu halten, doch jetzt umklammerte er so fest das Lenkrad, dass seine Knöchel weiß hervortraten, während er gegen den Impuls ankämpfte, einen weiteren Minivan mit seinem Jeep zu rammen. Diese verdammten Scheißdinger schienen überall zu sein.

Reiß dich zusammen!, sagte er sich. *Das ist jetzt nicht der richtige Moment dafür.*

Brian Kurtz kannte sich aus mit Wut. Er hatte sie sein Leben lang gekannt. Die trunkene Rage seines Vaters, die schizophrenen Tiraden seiner Mutter, ganz zu schweigen von seinem eigenen Jähzorn, der zu mehr Prügeleien geführt hatte, als er sich erinnern konnte. Seit der Kindheit hatte er sich gegen seinen inneren Aufruhr gewehrt. Meistens hatte er gewonnen, aber manchmal auch versagt. Und die Ausfälle, die auf ein solches Versagen folgten, hätten seine Highschooljahre wohl vorzeitig beendet, wäre er kein so exzellenter Footballspieler gewesen. Denn diese Ausfälle hatten mehr als einmal die Polizei und das Gericht beschäftigt.

Aber jetzt war sein Zorn anders. Er war zu etwas anderem mutiert. War mächtiger, gebieterischer, schwerer zu beherrschen. Und zweifellos viel explosiver. In den letzten beiden Monaten, wenn er gestresst oder verärgert war, kochte sein Zorn urplötzlich in ihm hoch, und es erforderte seine ganze Kraft, den Impuls zu beherrschen, wie ein Wilder um sich zu schlagen. Manchmal gewann er diesen inneren Krieg, manchmal nicht. Dann bekam es irgendein Pechvogel wie dieses Stück Straßenmüll oder auch nur irgendein unbeweglicher, toter Gegenstand zu spüren.

Natürlich gab es auch noch diese anderen Zeiten. Die Augenblicke, in denen die Wut ihn dazu trieb, Dinge zu tun, die er selbst nicht verstehen konnte. Petersen. Allison. Savage … Warum?

Diese neue, *andere* Wut erschreckte und verlockte ihn. Ihre Intensität und die Wildheit seiner eigenen Handlungen jagten ihm eine Höllenangst ein, aber das mit Savage war … *was* gewesen? Er fand kein Wort dafür. *Überwältigend? Alles verzehrend?* Nein, diese Begriffe waren nicht stark genug. Nicht annähernd. *Berauschend?* Ja, aber es war noch mehr als das. Seltsamerweise fand er es abstoßend, was er getan hatte, wenn er die Ereignisse später noch einmal Revue passieren ließ. Aber in dem Moment, wenn es aus ihm hervorbrach, erzeugte es solch intensive Gefühle der Macht und Befriedigung in ihm, dass er sich an der Hitze weidete.

Das war das eigentliche Problem. Dieses *Ding*, das an ihm nagte. Seine Sucht nach dieser weißglühenden Rage, die immer größer wurde. Denn genau das war es: eine Sucht. Und er war schon genauso abhängig davon, als würde er sich Heroin in die Venen jagen oder die giftigen Dämpfe einer Crackpfeife einatmen. Die Planung seines nächsten »Ausflugs« schien schon fast jede seiner wachen Stunden zu beanspruchen, und die Erwartung machte die endgültige Freisetzung der Wut noch machtvoller. Als würde jeder Zug, den er von seinen ganz persönlichen Drogen nahm, der Wut und der Raserei, ihn noch tiefer in ihre Umarmung ziehen, eine Umarmung, so warm und wohltuend wie die einer tröstenden Mutter.

17. KAPITEL

Montag, 15.25 Uhr

Ich lehnte an der Wand neben dem Fenster in Luthers Büro. T-Tommy und Scotty hatten es sich auf dem Sofa an der gegenüberliegenden Wand bequem gemacht, Luther hockte hinter seinem Schreibtisch. Es war mir vorher nicht aufgefallen, aber Luther sah aus, als wäre er im letzten Jahr um eine Dekade gealtert. Die Last und Verantwortung eines Sheriffs forderten ihren Tribut. Sein kurz geschnittenes Haar war beträchtlich schütterer geworden und inzwischen graumeliert.

Seine Wahl vor zwei Jahren war nicht unumstritten gewesen. Nicht so sehr seiner schwarzen Hautfarbe wegen, sondern weil er erst seit fünf Jahren in der Abteilung war. Das machte ihn immer noch ein bisschen zu einem Außenseiter. Eine Empfehlung des in Pension gehenden Mike Savage hatte geholfen, aber es war Luthers knallharte Einstellung zum Verbrechen, was die Sache letztendlich besiegelt hatte. Die Wählerschaft von Madison County konnte seine Unerfahrenheit und Hautfarbe übersehen, solange er die Bösewichter hinter Schloss und Riegel brachte.

»Dann hatte T-Tommy also recht«, sagte Luther und ordnete den Stapel Papiere auf seinem Tisch. »Die Ballistik hat die Verbindung zwischen zweien der drei Tatorte geklärt.« Er sah mich an. »Was ist mit Petersen? Können wir ihn dazuzählen?«

»Darauf würde ich jede Wette eingehen. Zum einen der Brutalität der Schläge wegen, aber auch, weil er irgendeinen x-beliebigen, griffbereiten Gegenstand benutzte und keine Waffe, die er mitgebracht hatte. Die Angriffe fanden nachts im Haus der Opfer statt. Die Leichen wurden am Tatort liegen gelassen; der Täter hat nicht einmal versucht, sie zu verbergen oder wegzuschaffen. Dann die Baumwollfasern. Es gibt schon ein paar Unterschiede, aber ich glaube, wir können von einer Verbindung zwischen den drei Morden ausgehen.«

»Im Gegensatz zu den anderen hat er Petersen jedoch nicht erschossen«, sagte Luther. »Stört dich das nicht?«

Ich schüttelte den Kopf. »Petersen war das erste Opfer. Ein alter Mann. Den Fotos nach auch kein großer Mann. Wahrscheinlich wirkte er nicht gerade bedrohlich. Aber dann hat er sich doch sehr tapfer geschlagen, und das hat den Täter wohl dermaßen erschreckt, dass er beschlossen hat, in Zukunft eine Waffe mitzunehmen.«

»Er hat aus seinem Fehler gelernt«, warf T-Tommy ein.

Ich nickte. »Diese Typen ändern ihre Vorgehensweise oft. Passen sich an und werden besser bei dem, was sie tun.«

»Also, wer ist der Kerl?«, fragte Luther. »Nach was für einem Menschen müssen wir suchen?«

»Ich habe Mort Canfield angerufen. Er ist Profiler bei der Verhaltensanalyseeinheit des FBI und ein alter Freund aus meinen Zeiten dort. Ich habe die ganze Sache mit ihm besprochen, um sicherzugehen, dass ich alles richtig zusammenfüge.« Ich lehnte mich mit der Hüfte an das Fensterbrett, denn die warme Brise, die durch den rissigen Fensterrahmen drang, tat meinem Rücken gut. »Wir haben hier primäre Tat- und Auffindeorte, die sich im Großen und Ganzen in unterschiedlichem Zustand befanden. Einerseits geht dieser Typ sorgfältig und methodisch vor. Er stürmt nicht einfach nur herein, sondern bereitet alles vor und sieht sich jedes Opfer wahrscheinlich vorher sehr gut an. Vielleicht probt er sogar ein- oder zweimal. Das alles weist auf einen planenden Täter hin. Auf einen reifen, klar denkenden Menschen.« Ich kratzte mich am Ohrläppchen. »Wenn ihr nur nach diesen Fakten geht, wäre der Täter jemand von Ende zwanzig bis Anfang dreißig, der berufstätig ist und verheiratet sein könnte. Er wäre ein umgänglicher Mensch, der Freunde hätte und im Wesentlichen allen, die ihn kennen, ganz normal erscheinen würde.«

»Aber?«, fragte Luther.

»Ja, richtig, ein Aber gibt es immer. Und hier haben wir ein großes Aber.« Ich hörte einen Laster über die Straße unten rumpeln. »Die Verstümmelungen. Der totale Overkill. Besonders die postmortalen Verletzungen. Bis auf die Handschuhe, die er trägt, macht er kaum einen Versuch, seine Verbrechen zu verbergen. Er bewegt oder beseitigt die Leichen nicht, ja, er versucht nicht mal, sie zu verbergen. Damit haben wir einen desorganisierten Tatort, der auf einen unausgereiften und unbesonnenen Täter hindeutet. Hier würde das Profil darauf hinweisen, dass er Anfang zwanzig ist, arbeitslos oder eine schlecht bezahlte, untergeordnete Tätigkeit ausübt. Vermutlich lebt er allein oder mit einer weiblichen Verwandten zusammen. Einer Mutter oder Schwester. Er ist Einzelgänger, der kaum Freunde hat, falls überhaupt, und vielleicht sogar erwiesenermaßen schizophren ist.«

T-Tommy blickte auf. »Falls dieser Typ ein Schizo ist, wie plant er dann all diesen Scheiß?«

Ich zuckte mit den Schultern. »Da liegt das Problem. Sollte er wirklich schizophren sein, ist er mehr oder weniger hochfunktional. Jedenfalls, bis er eine Leiche vor sich hat.«

»Wenn er das Opfer schon getötet hat, warum macht er dann noch all den anderen Mist?«, fragte Scotty.

T-Tommy grunzte. »Weil er nicht anders kann.«

»Bingo«, sagte ich. »Wenn der Täter psychisch so instabil ist, wie die Tatorte erkennen lassen, ist nicht das Töten das eigentliche Ziel, sondern das, was danach kommt. Das ist seine Methode, mit seinen Dämonen umzugehen.«

»Er hat sich lange genug zusammengerissen, um ins Erskine einzubrechen«, sagte Luther. »Und das war kein Spaziergang.«

»Das erinnert mich an etwas.« Ich blickte T-Tommy an. »Hast du die Bänder der Überwachungskameras von dort?«

»Ja.«

»Kann ich Kopien bekommen?«

»Klar. Warum?«

»Ich hab einen Freund bei der NASA. Wendell Volek. Er hat an der Entwicklung des VISAR-Systems mitgewirkt.«

»Glaubst du, er kann uns helfen?«

»Schaden kann es nicht.«

»Dann tu's«, sagte Luther und sah mich an. »Was noch?«

Ich löste mich vom Fenster und verschränkte die Arme vor der Brust. »Was mich am meisten beunruhigt, ist das schnelle Töten.«

»Wieso?«, fragte T-Tommy.

»Weil Serienmörder normalerweise nicht so töten. Einige tun es, wie Berkowitz zum Beispiel, der Son of Sam, aber die meisten sind interaktive Killer. Sie müssen ihre Opfer beherrschen, demütigen und erniedrigen, bevor sie töten. Das Vorspiel ist der Kick. Der eigentliche Mord ist oft nur ein nachträglicher Einfall. Etwas Unvermeidliches, weil er den Zeugen zum Schweigen bringen muss. Viele sagen, das eigentliche Töten mache ihnen keinen Spaß. Und Drummond sagte, dass es keinen sexuellen Übergriff bei irgendeinem dieser Fälle gab.«

T-Tommy nickte.

»Das ist beunruhigend«, fuhr ich fort. »Die meisten Serienkiller töten aus irgendeiner bizarren Fantasie heraus. Die Opfer sind Teil eines komplexen, sexuell motivierten Drehbuchs, das nur dem Mörder bekannt ist und sich ihm vermutlich schon in frühen Jahren eingeprägt hat. Deshalb überschreiten sie für gewöhnlich keine ethnischen Grenzen oder vermischen Geschlechter. Weiße töten Weiße, und sie suchen sich entweder Männer oder Frauen aus, nicht beides.«

»Hier sind alle Opfer männlich«, warf Luther ein.

»Jeffrey Dahmer, Randy Kraft und John Wayne Gacy standen auf Männer. Ted Bundy und das Buono-Bianchi-Duo zogen Frauen vor. Keiner von ihnen überschritt die Grenze zwischen den Geschlechtern.«

»Und warum ist das so?«, wollte Scotty wissen.

»Denkt daran, dass diese Männer von Fantasien getrieben sind. Fantasien, die oft Jahre brauchen, um perfektioniert zu werden, und sehr spezifisch sind. Geschlecht, Größe und Haarfarbe können bei der Opferauswahl ungeheuer wichtig sein. Bundy wählte Frauen mit langem dunklem Haar und Mittelscheitel. Das ist sehr spezifisch. Aber unser Täter gehört nicht zu der sexuell sadistischen Kategorie. Es hat keinen sexuellen Übergriff oder Genitalverstümmelungen gegeben. Seine Opfer sind so unterschiedlich, wie man nur sein kann. Ein alter Mann, ein junger Homosexueller und … Mike. Diese Männer sind wohl eher nicht die Gegenstände einer sexuellen Fantasie.«

Luther legte die Fingerspitzen aneinander und stützte das Kinn darauf. »Jetzt bin ich verwirrt, Dub. Ist dieser Kerl nun ein Serienkiller oder nicht?«

»Ich bin genauso verwirrt wie du. Und nicht sicher, was er eigentlich ist. Unser Freund ist auf jeden Fall nicht ganz richtig im Kopf, aber auf andere Weise, als es bei den meisten Serienmördern der Fall ist. Einige würden ihn vielleicht sogar als missionsorientierten Typ bezeichnen. Diese Zeitgenossen haben ein Ziel. Für sie geht es beispielsweise darum, ein Unrecht wiedergutzumachen oder die Gesellschaft von unerwünschten Individuen zu befreien … wen immer der Täter als solche definiert. Erinnert ihr euch an Gary Ridgeway, den Green River Killer? Seine Mission war, die Welt von Prostituierten zu befreien.«

»Aber wie du gesagt hast, sind unsere Opfer unterschiedlich«, bemerkte T-Tommy. »Was also hat den Täter an diesen Leuten interessiert?«

»Wenn wir das wissen, sind wir auf dem besten Weg, ihn ausfindig zu machen.« Ich löste meine vor der Brust verschränkten Hände und schob sie in die Hosentaschen. »Ihr kennt mich und wisst, dass ich kein Freund von Psychogeschwätz und Etikettierung bin. Ich glaube, dass jeder Mörder anders ist und alle unterschiedliche Motive haben. Natürlich haben Serienmörder gemeinsame Elemente, doch irgendeinen von ihnen vorschnell in eine bestimmte Schublade zu stecken, kann eine Ermittlung im Nu verderben. Dieser Typ passt sowieso in keine der herkömmlichen Schubladen. Er ist ... nun ja, eine Mischung, ein besseres Wort fällt mir im Moment nicht ein. Teils Amokläufer, teils Serienkiller. Wahrscheinlich hat er mehr von einem Amokläufer. Er ist getrieben von Wut und nicht von Fantasien, aber bei ihm scheint es eine Abkühlphase zwischen den Morden zu geben. Und diese Zeit nutzt er, um seine nächste Tat zu planen. Würde er einfach nur von Ort zu Ort ziehen und Fremde umbringen, wäre er ein typischer Amokläufer. Es sieht aber nicht so aus, als ob er das täte. Seine Überfälle sind geplant.«

»Was für ein erfreulicher Gedanke«, sagte Scotty.

»Er ist schon lange Zeit sehr zornig«, fuhr ich fort. »Er ist nicht erst vor ein paar Wochen ausgeflippt, sondern hat schon lange am Rande des Wahnsinns existiert. Wahrscheinlich schon seit Jahren. Ich weiß nicht, welche Laus ihm über die Leber gelaufen ist, aber aufgrund dessen, was ich bisher gesehen habe, ist es nicht irgendeine wilde sexuelle Fantasie, in die er unfreiwillige Spieler mit hineinzieht.«

Luther ließ die Spitze eines Bleistifts auf dem Schreibtisch auf und ab hüpfen, was unangenehme klickende Geräusche verursachte. »Also eher Wut als Fantasie.«

Ich zuckte mit den Schultern. »Sieh dir die Tatorte an. Das ist pure, unverfälschte Wut. Ohne jegliche Moral, ohne Gewissen. Als versuchte er, die Opfer zu entmenschlichen oder vollkommen auszulöschen.«

Luther ließ den Stift fallen. »Ich hasse diese Psychos!«

»Dann wirst du diesen besonders hassen«, sagte ich. Luther blickte mich an. »Er hat gerade erst angefangen. Und er wird weiter töten, solange er eine Zielscheibe für seine Rage hat.«

Luther zog eine Augenbraue hoch.

»Er liebt es«, fuhr ich fort. »Fiebert geradezu danach. Die Morde und Verstümmelungen befriedigen etwas in ihm. Er wird nicht, *kann nicht* damit aufhören.«

»Na toll«, sagte Luther.

»Es kommt noch besser.«

Luther seufzte. »Du steckst ja voller guter Neuigkeiten.«

»Er kennt die Opfer.« Niemand sagte etwas, aber ich hatte ihre volle Aufmerksamkeit. »Er kennt die Grundrisse und Einrichtung seiner Tatorte. Die Gewohnheiten der Opfer. Er weiß, dass er am Tatort so viel Zeit hat, wie er braucht, um zu töten und zu verstümmeln … Plätzchen zu essen … sich zu waschen. Er weiß, dass er nicht gestört wird.« Ich hielt für einen Moment inne, um das Gesagte sinken zu lassen, und fügte dann hinzu: »Das bedeutet, dass er sich sein nächstes Opfer wahrscheinlich schon ausgesucht hat und eben gerade dabei ist, den nächsten Mord zu planen.«

»Du bereitest mir Kopfschmerzen, Dub«, sagte Luther.

»Tut mir leid. Du wolltest meine Meinung hören.«

»Ich dachte, du würdest sagen, wir hätten bloß einen weiteren Nullachtfünfzehn-Irren. Aber das?« Er rieb sich die Schläfen. »Und wie soll es nun weitergehen?«

»Wir müssen herausfinden, was ihn anmacht«, sagte ich. »Den Auslöser. Und wie und warum er seine Opfer auswählt.«

T-Tommy nickte. »Wir schauen uns schon die Opfer näher an. Wer sie waren, wen sie kannten, wohin sie gingen, bei welcher Bank sie waren, wer ihren Rasen mähte, wer sie anrief und wen sie anriefen. Alles. Vielleicht finden wir ja die Verbindung.«

»Seht euch Gewaltverbrechen aus dem letzten Jahr an«, riet ich. »Diese Morde waren nicht der erste Ausraster unseres Täters. Er hat mit ziemlicher Sicherheit schon Vorstrafen.«

Luther schaute auf die Uhr. »Was soll ich der Presse und der Öffentlichkeit sagen? Dass er ein Amokläufer ist? Ein Serienkiller? Etwas, wofür wir keinen Namen haben?«

Ich dachte einen Moment darüber nach. »Wir wollen die Öffentlichkeit warnen und erreichen, dass die Leute Augen und Ohren offenhalten, nicht?« Luther nickte. »Dann bezeichne ihn als Serienkiller. Erinnerst du dich an den Film *Der weiße Hai*? Darin sagte der Bürgermeister zu Sheriff Brody, er solle nichts von einem Haiangriff erwähnen, weil das die Touristen in der Hauptsaison abschrecken würde. Er meinte, wenn sie stattdessen das Wort ›Barrakuda‹ benutzten, würden alle nur sagen: ›Was?‹ Wenn aber das Wort ›Hai‹ fiele, würde Panik ausbrechen. Nicht, dass wir hier eine Panik wollen, aber wir müssen die Aufmerksamkeit der Öffentlichkeit gewinnen. Ein bisschen Angst kann da eine gute Sache sein. Das Wort ›Amokläufer‹ wäre etwa so, als würden wir ›Barrakuda‹ sagen. Aber Serienkiller sind nun mal Haie.«

»Ich hoffe, du hast recht.« Luther stand auf und kündigte damit das Ende der Besprechung an. »In einer Viertelstunde ist die Pressekonferenz.«

18. KAPITEL

Montag, 15.54 Uhr

Zurück in seiner Wohnung, zog Brian Shorts und ein T-Shirt an, holte sich eine Dr. Pepper aus dem Kühlschrank und schaltete seinen Computer ein. Während des Boot-Vorgangs holte er eine Mappe aus seinem Rucksack. Die letzten drei Seiten zog er heraus und breitete sie auf dem Schreibtisch aus.

Mit den Fingerspitzen strich er die erste Seite glatt und las den Namen, der ganz oben stand. *Carl Petersen*. Brian erinnerte sich, wie er die Treppe im Russel Erskine Hotel hinaufgestiegen war und dann auf dem stillen Flur vor Petersens Tür gestanden hatte. Wut und Furcht kämpften in ihm; während die Wut ihn voranpeitschte, bewirkte die Furcht, dass er sich nach dem Ausgangsschild am Ende des Gangs umsah. Am liebsten wäre er dorthin gelaufen, dann die Treppe hinunter und zurück zu seinem Jeep, einem sicheren Kokon, in dem er die Impulse unterdrücken konnte, die ihn antrieben. Selbst jetzt noch konnte er die Furcht spüren, die seine Haut zum Kribbeln gebracht hatte.

Eine Hand bereits auf dem Türgriff, hatte er dagestanden und gezögert. Trotz der Handschuhe, die er trug, fühlte der Türgriff sich eisig kalt an. Dann der Augenblick der Entscheidung. Den Rückzug antreten oder hineingehen? Er wusste, wenn er erst die Schwelle überschritten hatte und in Petersens Wohnung eingedrungen war, gab es kein Zurück mehr, und der Zorn würde siegen.

Und so war es dann auch.

Als er vor dem schlafenden Mann stand und das Gewicht des

Baseballschlägers in der Hand spürte, triumphierte der Zorn, und als er den Schläger hob und dem Schlafenden den ersten Schlag versetzte, wurde er von einem Gefühl der Macht durchflutet, das geradezu erstickend war in seiner Wucht und Schwere. Als der alte Mann sich wehrte und aufschrie, loderte kurz Brians Furcht auf, verflog aber gleich wieder, als seine fieberhaften, rasenden Schläge ihr Ziel erreichten.

Später, nachdem sein Zorn verraucht und er nach Hause zurückgekehrt war, kroch er ins Bett, rollte sich zitternd vor kalter Angst unter der Decke zusammen und schwor sich, nie wieder seiner Wut nachzugeben.

Doch tief im Innern, in diesem dunklen Winkel, wo der Drache lebte, wusste Brian, dass es ein Versprechen war, das er nicht halten konnte.

Sein Blick glitt zu der nächsten Seite mit dem Namen William Allison. Wieder war die unverschlossene Tür eine unwiderstehliche Einladung. Er konnte den schlafenden, angreifbaren jungen Mann sehen. Brian erinnerte sich, gedacht zu haben, wie sanft und zart der Mann wirkte, ganz und gar nicht so, wie er ihn sich vorgestellt hatte. Am Telefon war seine Stimme tief und maskulin gewesen, seine Sprache ordinär und aggressiv. Der Mensch vor ihm dagegen wirkte beinahe passiv – dachte Brian jedenfalls bis zu dem Augenblick, als er ihm mit einer Neunmillimeter fast den Kopf wegblies.

Die nächste Seite. *Savage.* Das war bisher das Beste gewesen. Die Wut hatte ungeahnte Höhen erreicht, die Erlösung eine ganz neue Intensität. Brian atmete schneller. Der Drache regte sich.

Er riss sich zusammen. Nicht jetzt.

Ein Klopfen an der Tür. Hart, angriffslustig.

Brian steckte die Seiten wieder in die Mappe und stand auf. Durch einen Spalt im Vorhang sah er Carl Millonzi. Was wollte dieser Trottel von ihm? Er zog die Tür auf.

Carl war groß, um die eins neunzig, aber dünn. Sehr dünn. Seine schlabberigen Jeans hingen tief auf seinen Hüften, und sein blaues T-Shirt schien ein paar Größen zu weit für ihn zu sein.

»Wo war meine Frau gestern Nacht?«, herrschte Carl ihn an.

»Fragen Sie sie.«

»Sie lügt.« Die Adern an Carls Nacken traten hervor wie Taue. »Ich habe sie dreimal angerufen. Zwischen Mitternacht und zwei. Sie ist nicht drangegangen.«

»Ist nicht mein Problem.«

»Könnte es aber sein. War sie hier drüben?«

Brian spürte die Hitze in sich auflodern. Seine Hände ballten sich wie von selbst zu Fäusten. »Wie gesagt, fragen Sie sie.« Er wollte die Tür schließen, was Carl jedoch verhinderte, indem er schnell einen Fuß in den Türspalt schob.

»Ich frage *Sie*.«

Brian trat auf Carl zu, ergriff eine Handvoll von seinem Haar und riss ihn daran nach vorn. Dann hielt er die Lippen an Carls Ohr. »Es gibt sechs Milliarden Menschen auf diesem Planeten. Ich bin der Letzte, mit dem Sie sich anlegen sollten.« Er rammte Carl seine Schulter mit solcher Wucht gegen die Brust, dass der Mann rückwärts taumelte und gegen das Geländer des Vorbaus prallte. »Und nun machen Sie, dass Sie wegkommen, bevor ich Ihnen richtig wehtue«, sagte Brian und schlug die Tür zu.

19. KAPITEL

Montag, 15.56 Uhr

An der Südseite des Gerichtsgebäudes, die von dem weißen Säulenvorbau beschattet war, der das gesamte Bauwerk umschloss, trat ich aus der Tür. Hier hatte Luther am oberen Ende der Stufen ein Podium errichten lassen. Auf dem Bürgersteig darunter drängten sich fast zweihundert Einwohner und Reporter, deren Stimmengewirr fast wie das Summen eines gewaltigen Bienenschwarms war.

Das Madison County Courthouse nahm den gesamten Downtown Square in Anspruch. Der moderne Bau, der ein traditionelleres Südstaaten-Gerichtsgebäude ersetzt hatte – eines dieser stattlichen Bauwerke mit massiven Säulen vor dem Portikus, breiten Treppen und einer vieleckigen Uhrturm-Kuppel –, war lange Zeit ein Streitpunkt gewesen. Viele Einwohner fanden den neunstöckigen grauen Betonklotz ausgesprochen hässlich. Und damit hatten sie nicht ganz Unrecht.

Die Geschichte Huntsvilles lebte um diesen Platz herum. Zu meiner Rechten bildete Alabamas erste Bank, die heute Regions Bank hieß, die südwestliche Ecke und überblickte Big Spring, wo 1905 die Stadt gegründet worden war. Die Westseite des Platzes war einst die Cotton Row gewesen, an der jährlich Tonnen von Baumwolle den Besitzer gewechselt hatten. Zu meiner Linken, an der südöstlichen Ecke, stand das graue, dreistöckige Schiffman-Gebäude, ein weiteres Stück Huntsviller Geschichte. In diesem Haus war Tallulah Bankhead, eine der berühmtesten Töchter unserer Stadt, geboren worden. So stand es zumindest auf dem metallenen Hinweisschild an einer Stange neben der Eingangstür.

Ich erinnerte mich, mit meinem Vater einmal vor diesem Schild gestanden zu haben. Damals war ich acht oder neun gewesen und hatte noch nie von Tallulah gehört, bevor er mir von ihr erzählte. Ein komischer Name, dachte ich, und wie ich später erfahren sollte, auch ein weltberühmter. Ich erinnerte mich, die Gedenktafel gelesen zu haben. Tallulah war 1902 geboren und starb im Jahre 1968. Sie war die Tochter des einstigen Sprechers des Repräsentantenhauses der Vereinigten Staaten, William B. Bankhead. Ich weiß noch, dass auf der Gedenktafel einige ihrer Filme angegeben waren. Mein Lieblingsfilm war *Lifeboat*. Ich hatte ihn mindestens ein halbes Dutzend Mal gesehen.

Später erfuhr ich, dass Dad mir das Beste verschwiegen hatte, denn Tallulah war nicht nur berühmt für ihre Schauspielkunst, sondern auch für ihre Späße und ihre spitzen Bemerkungen. Abgesehen von ihrer Angewohnheit, jeden »Dahhhling« zu nennen, war sie eine ständige Peinlichkeit für ihren Vater, von dem sie einmal sagte: »Mein Vater hat mich vor Männern und Alkohol gewarnt, aber von Frauen und Kokain hat er nie etwas gesagt.«

Ich wünschte, sie lebte noch. Ich würde liebend gern bei einer Flasche Bourbon mit ihr zusammensitzen. Und ich wette, dass auch Claire das gerne täte.

Ich sah sie beim Übertragungswagen des Channel 8, der in einer Parklücke auf der anderen Straßenseite stand. Sie trug das marineblaue Jackett ihres Senders und plauderte mit Jeffrey, ihrem Kameramann. Schließlich blickte sie auf, winkte und kam zu mir herüber. Ich traf sie am Fuß der Treppe.

»Erinnert mich an Packwood«, sagte sie.

Das letzte Mal, dass sich hier so viele Leute versammelt hatten, um den Sheriff sprechen zu hören, war bei der Pressekonferenz im Fall Billy Wayne Packwood gewesen. Heute herrschte obendrein eine unheimliche Atmosphäre.

»Eine ganz schöne Versammlung«, sagte Claire mit einer Handbewegung auf die vielen Leute. »Einige Leute kommen aus Nashville, andere sogar aus Atlanta. Selbst Blaine ist hier, und den kann nicht mehr viel aus seinem Büro locken.«

Blaine Markland war der Lokalredakteur der *Huntsville Times*. Er machte nicht mehr viel Straßenberichterstattung, aber diese Story lockte auch die großen Tiere aus ihren Büros. »Da hast du recht.«

»Irgendwas Neues?«

Ich schüttelte den Kopf. »Was hörst du hier draußen?«

»Den üblichen Quatsch. Dass die organisierte Kriminalität hinter dem Mord an Sheriff Savage steckt. Oder dass es die Rache eines auf Bewährung Entlassenen war. Einer sagte sogar, er habe gehört, es seien Satanisten gewesen.«

Es ging doch nichts über die Gerüchteküche. »Ich glaube, Luther hat die Absicht, alldem Einhalt zu gebieten.«

»Was wird er sagen? Dass es das Werk eines Serienkillers ist?«

»Ja.« Das Stimmengewirr verstummte, und die Menge wandte sich dem Podium zu, als Luther darauf zuschritt. »Bleibst du anschließend noch?«, fragte ich Claire.

»Klar. Eine Zeit lang jedenfalls. Ich muss noch ein paar Ortsaufnahmen für meinen abendlichen Bericht machen.«

»Dann suche ich dich, wenn das hier zu Ende ist.« Ich stieg die Stufen hinauf und stellte mich hinter Luther und neben T-Tommy.

Luther bog das Bündel Mikrofone vor sich so zurecht, dass sie nach oben zeigten, um sie seiner Körpergröße anzugleichen. Die Reporter und Einwohner der Stadt drängelten sich um die besten Plätze. Ich sah Claire in eine Lücke in der ersten Reihe schlüpfen. Weniger hätte ich auch nicht von ihr erwartet.

»Sehr geehrte Damen und Herren!«, begann Luther. »Vielen Dank, dass Sie gekommen sind. Ich habe eine kurze Ankündigung zu machen, und danach werde ich Fragen beantworten. Die meisten von Ihnen wissen sicher schon, dass der pensionierte Sheriff Mike Savage gestern Nacht in seinem Haus ermordet wurde. Wir haben noch keine Verdächtigen, aber unsere Ermittlungen laufen. Wir haben eine Sonderkommission eingerichtet, die von meinem Büro aus geleitet wird. Die Ermittlungen des Sheriff's Departments wird Deputy Scotty Simpson leiten. Bei der Huntsviller Polizei wird es der Chefermittler Tommy Tortelli sein. Außerdem habe ich Dub Walker als Berater zu den Ermittlungen hinzugezogen.«

Mehrere Reporter bombardierten ihn mit Fragen, aber Luther winkte ab.

»Mir ist klar, dass Sie wissen wollen, weshalb eine Sonderkommission eingerichtet wurde«, sagte er und räusperte sich. »Einige von Ihnen haben vielleicht schon Vermutungen darüber angestellt, dass der gestrige Mord mit anderen, erst kürzlich in diesem County begangenen Verbrechen zu tun haben könnte. Nun, ich kann Ihnen sagen, dass wir Beweise haben, die in diese Richtung deuten.«

Die Menge wurde zu einem aufgeregten Bienenstock. Reporter zogen Mobiltelefone aus Hosen-, Jacken- und Handtaschen und tippten hektisch Zahlen ein.

»Ich möchte nicht, dass Sie die Sachverhalte übertreiben oder zur Sensation aufbauschen, und ich bitte darum, dass jeder von Ihnen verantwortungsbewusst in seiner Berichterstattung ist. Ich will keine Panik, aber die Öffentlichkeit hat nicht nur das Recht, die Wahrheit zu erfahren, sie *sollte* sie auch wissen. Es ist möglich – und ich betone, dass es *möglich* ist, aber keineswegs bestätigt –, dass ein Serienkiller für diese Morde verantwortlich ist.« Das Stimmengewirr wuchs an. »In Anbetracht dessen sollte die Öffentlichkeit einige Vorsichtsmaßnahmen treffen. Halten Sie Ihre Türen und Fenster verschlossen. Lassen Sie das Licht in Ihren Häusern brennen, möglichst auch im Garten. Melden Sie umgehend alle verdächtigen Personen und versuchen Sie auf keinen Fall, einem Fremden selbst entgegenzutreten. Und nun werde ich ein paar Fragen beantworten.«

Hände schossen in die Luft und wedelten wild herum, um Aufmerksamkeit zu erregen. Aus allen Richtungen wurden Fragen geschrien. Luther zeigte auf Blaine Markland.

»Welchen Beweis haben Sie für eine Verbindung zwischen diesen Morden, und wie viele Opfer hat es insgesamt gegeben?«

»Wir vermuten, dass der gestrige Mord mit mindestens einem anderen Fall in Verbindung steht, möglicherweise sogar mit einem dritten. Aber ich kann Ihnen keine Einzelheiten nennen, ohne unsere Ermittlungen zu gefährden.«

Markland meldete sich erneut zu Wort. »Wann genau ist der Mord von gestern Abend geschehen?«

»Zwischen zehn Uhr abends und ein Uhr morgens.« Luther zeigte auf einen untersetzten, kahl werdenden Reporter aus dem nahen Decatur. Ich erkannte ihn, nur sein Name fiel mir gerade nicht mehr ein.

»Wer waren die Opfer der anderen beiden Morde, und wann und wo wurden sie verübt?«

»Mr. Carl Petersen wurde am fünfundzwanzigsten Juni im Russel Erskine getötet, Mr. William Allison am dritten Juli in seinem Apartment bei Madison.«

Jetzt nickte Luther Claire zu.

»Ich habe eine Frage an Mr. Walker.« Bevor Luther reagieren konnte, fuhr sie fort: »Sind diese Morde Ihrer Meinung nach das Werk eines Serienkillers?«

Luther zögerte einen Moment und winkte mich dann nach

vorn. »Die meisten von Ihnen kennen Dub Walker. Haben wahrscheinlich auch einige seiner Bücher gelesen und wissen, dass er ein Experte in dieser Art von Morden ist. Sie wissen sicher auch, dass er bei der Ermittlung half, die vor zwei Jahren zur Ergreifung von Billy Wayne Packwood führte.«

Luther trat beiseite, und ich stellte mich vor die Reihe von Mikrofonen. »Das ist eine sehr gute Frage, Ms. McBride.« Mr. Walker? Ms. McBride? Ich konnte gerade noch ein Lächeln unterdrücken. »Die Definition eines Serienmörders hängt davon ab, wen Sie fragen. Gewöhnlich ist es jemand, der drei oder mehr Menschen an verschiedenen Orten und zu verschiedenen Zeiten tötet, mit jeweils einer Abkühlphase zwischendurch. Wir wissen, dass der Mann, hinter dem wir her sind, zwei Menschen ermordet hat. Die Beweise deuten darauf hin, dass er auch für den Tod von Carl Petersen verantwortlich ist. Wenn dem so ist, würde er der Definition entsprechen.«

Claire zögerte nicht. »Wurden Sie wegen Ihrer Freundschaft mit Sheriff Savage oder aufgrund Ihres Fachwissens über Serienkiller zu den Ermittlungen hinzugezogen?«

»Wahrscheinlich spielte beides eine Rolle.«

Luther trat vor, und ich zog mich wieder zurück. Er wollte einem anderen Reporter das Wort erteilen, aber Claire blieb hartnäckig wie eine Bulldogge.

»Von meinen Quellen weiß ich, dass die Leichen von Mr. Petersen und Mr. Allison übel zugerichtet waren«, sagte sie. »War das auch bei Sheriff Savage der Fall?«

Luther warf mir einen Blick zu. Erwischt. »Dazu kann ich im Moment nichts sagen.«

Fragen stürmten aus allen Richtungen auf ihn ein.

»Ist es wahr, dass die Morde mit Bandenkriminalität in Zusammenhang stehen?«

»Glauben Sie, es wird noch mehr Morde geben?«

Luther hob die Hand. »Für weitere Fragen haben wir leider keine Zeit. Sobald wir mehr Informationen haben, lassen wir es Sie wissen. Ich danke Ihnen«, sagte er, bevor er in das Gebäude zurückkehrte. Ich machte Claire ein Zeichen, dass ich sofort zurückkommen würde, und folgte ihm hinein.

Luther blies mir den Marsch, weil ich Claire vom Zustand der Leichen erzählt hatte, und sagte, ich hätte es mit ihm abklären müssen. Er hatte recht, aber ich gab zu bedenken, dass Claire eine Unterstützung für uns sein könnte. Und auch die Öffentlichkeit, wenn sie nur genügend aufgerüttelt wurde. Ich erinnerte ihn an das, was ich vorher schon gesagt hatte: Dass Angst ein machtvoller Motivator ist, und dass die Einwohner nicht nur ihr Zuhause besser absichern, sondern auch allem und jedem mehr Aufmerksamkeit widmen würden, wenn sie die Wahrheit über die Morde wüssten. Und das wiederum könnte uns nützliche Informationen liefern. Oder, wie Luther einwandte, die Spinner mobilisieren. Diejenigen, die alles gestanden. Die sicher waren, dass ihr nächster Nachbar der Mörder war, weil er nie seinen Rasen mähte, da er zu beschäftigt damit war, nach zukünftigen Opfern zu suchen. Oder der seine Vorhänge zugezogen ließ, damit niemand sah, wie er Leichen zerteilte. Die Fantasie der Öffentlichkeit kannte keine Grenzen.

T-Tommy ergriff Partei für mich, entlockte Luther damit aber nur ein Knurren und Stirnrunzeln. Ich entschuldigte mich und versprach, künftig nicht mehr aus der Reihe zu tanzen.

Dann ging ich wieder hinaus und traf Claire beim Abschluss ihrer Dreharbeiten an. Mit dem Gerichtsgebäude im Hintergrund stand sie da und sprach in die Kamera. Ich wartete, bis sie fertig war, und fragte Jeffrey dann nach den Aufnahmen, die er an diesem Morgen vor Mikes Haus gemacht hatte.

»In zwei Stunden habe ich sie geschnitten und auf CD gebrannt«, versprach er. »Dann gebe ich sie Claire.«

»Danke, Jeffrey.« Ich sah Claire an. »Wie wär's später mit einem Drink? Bei Sammy's?«

Sie schaute auf die Uhr. »Ich bringe meinen Bericht in den Achtzehn-Uhr-Nachrichten. Gegen halb acht könnte ich dort sein. Wie wär's?«

»Dann sehen wir uns dort.«

20. KAPITEL

Montag, 19.23 Uhr

Sammy's Blues 'N' Q war eine Huntsviller Institution und ein beliebter einheimischer Treffpunkt. »Q« hatte hier schon so gut wie jeder gegessen, der die Rocket City besuchte. Wissenschaftler aus allen Ecken der Welt, Astronauten, Senatoren, Kongressmitglieder, sogar der eine oder andere Präsident. Tom Hanks und Ron Howard kamen vorbei, als sie *Apollo 13* drehten.

Der verwitterte Holzbau mit seinem Blechdach und der abblätternden, verblassten roten Farbe hätte eine Renovierung vertragen können, aber das kümmerte die Gäste nicht. Bei Sammy's ging es nicht um Ästhetik, sondern um gutes Essen und Musik. Ein verrosteter Ofenrohr-Kamin pumpte den rauchigen Duft von Rippchen, Rinderbrust und Würstchen im Maisteigmantel – drei von Sammys Spezialitäten – mehrere Blocks in alle Richtungen, und durch die offenen Fenster wehten die melancholischen Klänge des Blues hinaus.

Die federunterstützte Eingangstür klappte hinter mir zu, als ich eintrat. Die meisten der dreißig Tische und auch die zwei Dutzend mehr in dem überdachten Anbau, den Sammy vor einem Jahr hatte errichten lassen, waren wie immer gut besetzt. Auf einer kleinen Bühne in der Ecke spielte Colin Dogget, ein einheimischer Blues-Musiker, auf einer Dobro-Gitarre seine eigene Version des Delta Blues. Eine Gibson-Akustikgitarre, eine Les Paul, eine abgegriffene Fender Stratocaster und eine in Memphis von John Lowe persönlich hergestellte Lowebowe Cigarbox-Gitarre standen hinter ihm auf Ständern und warteten auf ihren Einsatz. Die Lowebowe war ein Geschenk der lokalen Blues-Legende Dave Gallaher an Colin. Oft begleitete ich Colin und spielte dann am liebsten diese Lowebowe. Es gab kaum etwas Schöneres für mich.

Auch jetzt nickte Colin mir zu und zeigte dann mit dem Kopf auf den leeren Stuhl an seiner Seite. Er wollte, dass ich mitspielte. Ich nickte und formte mit den Lippen: »Später vielleicht.«

Abgesehen von einem Barbecue- und Blues-Tempel war Sammy's aber auch eine Kathedrale des Footballs an der University of Alabama. Die Gläser, Servietten und Tischdecken trugen das Emblem der Schule, und die Wände waren bedeckt von signierten Fotos ehemaliger Spieler mit Namen wie Namath, Stabler, Jordan, Neighbors und Musso. Ein Who is Who des Alabamaer Footballs. Eine Wand war reserviert für die Nationalmannschaften. Alle dreizehn. Hinter der Bar hingen Dutzende Fotos von Bear dem »Bären« Bryant. Mit Hahnentrittmuster-Hut und allem.

Ich setzte mich auf einen Barhocker direkt unter dem wachsamen Blick des Bären. Zu bestellen brauchte ich nicht. Sammy Lange, der Besitzer, schenkte mir meinen üblichen Drink ein: Blantons Bourbon ohne alles.

Sammy, der vielleicht um die siebzig war, was aber niemand mit Sicherheit wusste, war ein drahtiger, robuster, schon fast kahlköpfiger Mann und zweifellos einer der feinsten Menschen, denen ich je begegnet war. Er gab einem seinen letzten Penny und verlangte niemals eine Gegenleistung. Jetzt fuhr er mit einem Tuch über die Bar und warf es sich dann über die Schulter, wo es immer hing. Weil es die Suche danach viel leichter machte, wie er meinte.

Sammy legte die Unterarme auf den Tresen. »Ich kann nicht glauben, dass Mike so etwas zugestoßen ist. Es ist schon in aller Munde.« Er nickte zu dem an der Wand montierten Fernseher hinüber. »Ich habe die Pressekonferenz gesehen.«

»Tut mir leid, dass du es auf diese Weise erfahren hast«, sagte ich. »Ich hätte dich anrufen sollen.«

»Du hattest heute doch sicher alle Hände voll zu tun.«

»Trotzdem hätte ich mich melden sollen.«

»Der Kerl hat auch diese anderen Leute ermordet?«

»Ja.«

»War Mike auch so … zugerichtet wie die anderen?«

Ich nickte nur.

»Es ist ein verdammt verkorkster Planet, auf dem wir leben. So 'n Scheiß, der auch noch jemanden wie Mike trifft … das gibt einem schon zu denken.« Er kratzte sich am Ohr. »Du wirst diesen Kerl doch schnappen?«

»Ich werde versuchen, dabei zu helfen.«

Sammys Küchenchef, Willie Tucker, ein hünenhafter Afroamerikaner, der ein zu kleines T-Shirt unter einer mit Sauce befleckten Schürze trug, kam aus der Küche und stellte einen Teller mit zwei Mini-Würstchen im Maisteigmantel vor mich hin. »Damit du was zu knabbern hast.«

»Hm«, sagte ich. »Die riechen gut.«

»Hab ich selbst gemacht.« Willie setzte sein breites Grinsen auf. »Die hier haben jede Menge Schweinefleisch, ein klitzekleines bisschen Apfelmus und einen Hauch Cayenne. Müssten dir eigentlich schmecken.« Damit drehte er sich um und marschierte wieder in die Küche.

»Sie brauchen nur noch eins.« Ich zog mein Fläschchen Tabasco aus der Jackentasche und besprenkelte die Würstchen. Sie waren butterzart und einfach köstlich. Willie war zweifelsohne ein Genie.

Sammy stützte sich mit einem Ellbogen auf den Tresen und legte das Kinn auf seine Faust. »Bist du heute für ein Spiel zu haben?« Er fand immer einen Weg, die Stimmung aufzuhellen oder dafür zu sorgen, dass ich mich ein bisschen besser fühlte, indem er mich zum Lachen brachte, auch wenn mir nicht danach zumute war. Unser Spiel war eine Art Trivial Pursuit, bei dem wir einander stets zu übertrumpfen versuchten. Ich war gut, aber Sammy war besser.

»Ein Spiel? Klar«, sagte ich.

Sammy wischte die Bar ab. »Welche Hauptstadt eines Bundesstaates beginnt mit demselben Buchstaben wie der Staat?«

»Honolulu auf Hawaii. Indianapolis in Indiana. Oklahoma City in Oklahoma.« Ich zögerte, um Billy glauben zu lassen, ich wüsste die Letzte nicht, und sagte dann: »Und Dover in Delaware.«

Er lachte. »Und ich dachte, ich hätte dich.«

»Dann geht's heute um Staaten? Nenn mir die drei Staaten, die unabhängige Nationen waren, bevor sie sich der Union anschlossen.«

Sammy schüttelte den Kopf, was bei ihm so etwas wie »ein Kinderspiel« bedeutete. »Hawaii, Kalifornien und natürlich die texanische Republik.«

Ich schaute auf die Uhr. 19.45.

»Musst du irgendwohin?«, fragte Sammy.

»Ich wollte mich hier mit Claire McBride treffen. Falls sie nicht zu beschäftigt war.«

»War sie nicht.« Sammy nickte mit dem Kopf zur Tür hinüber.

Ich drehte mich zum Eingang um. Claire kam wie ein frischer Wind hereingeweht und stiefelte auf uns zu. Sie trug hellbraune Hosen, eine schwarze Seidenbluse und einen dazu passenden Pullover, den sie sich um die Schultern gelegt hatte. Ihr rotes, zu einem Pferdeschwanz gebundenes Haar hüpfte hinter ihr her.

»Tut mir leid, dass ich zu spät komme«, sagte sie und zog sich auf den Hocker neben mir.

»Was kann ich dir bringen?«, fragte Sammy.

»Dewar's. Mit Eis.«

Sammy schenkte ihr den Scotch ein und schob ihn über die Bar. »Was meint ihr – soll ich Willie ein paar Sandwichs mit gegrilltem Schweinenacken für euch machen lassen?«

»Das wäre großartig«, sagte Claire. »Ich bin schon halb verhungert.«

Ich schob ihr die Würstchen im Teigmantel zu. »Fang schon mal damit an. Sie sind wirklich ausgezeichnet heute.«

»Hast du dieses Chilizeug daraufgetan?«

»Beleidige nicht den Saft des Lebens.«

»Eines Tages, das schwöre ich dir, wird dir ein Blutgefäß im Magen platzen, und du wirst an inneren Blutungen sterben.«

»Was für eine angenehme Art du hast.«

Sie warf mir einen unwilligen Blick zu. »Ich warte lieber auf das Schwein. Das bewahrt meinen Magen vor Verwüstungen.«

Ich aß noch etwas von dem Würstchen. »Du weißt ja nicht, was du verpasst.«

»Sodbrennen? Hatte ich schon und mochte ich nicht.« Sie zog eine CD aus ihrer Handtasche und gab sie mir. »Jeffrey hat das ganze Reporterzeug herausgeschnitten und eine DVD für dich gebrannt. Er sagte, es sind alle drauf, die heute Morgen da waren. Auch sämtliche Autos zwei Querstraßen weit in beiden Richtungen, einschließlich der Nummernschilder.«

»Danke. Ich bringe sie gleich morgen früh zur Sondereinheit«, sagte ich und schob die CD in meine Jackentasche.

»Ich hoffe, sie ist euch eine Hilfe.« Sie nippte an ihrem Scotch. »Gibt es schon was Neues?«

»Nun ja, das ViCap-Suchprogramm des FBI hat nicht viel ergeben. Zwei heftige postmortale Prügelattacken in den letzten sechs Monaten. Ein Mann aus Florida, der seine Frau ermordet hat, und eine Mutter in Massachusetts. Sie hat ihr sechs Monate altes Baby ertränkt und nach dem Tod verprügelt. Beide sind in Haft.«

»Das ist nicht gerade viel.« Sie drehte ihre Handfläche nach oben und winkte mir mit den Fingern. »Na los. Gib her.«

»Was?«

»Den Rest. Die interessanten Sachen.«

»Das war alles.«

»Zwing mich nicht, Dub. Du weißt noch mehr. Ich weiß, dass du mehr weißt. Und ich weiß, wo du wohnst.«

»Beschwatzt du alle so charmant?«

»An meiner sozialen Kompetenz werde ich später arbeiten.« Wieder machte sie diese auffordernde Bewegung. »Aber jetzt erst mal raus damit.«

»Mir wurde schon der Arsch aufgerissen, weil ich dir von den Leichen erzählt habe.«

»Gut, dann bist du ja keine Jungfrau mehr. Also arbeite mit mir zusammen.«

»Aber was ich dir jetzt sage, hast du nicht von mir.«

Sie warf mir einen Blick zu, der besagte, dass das ja wohl selbstverständlich war. Claire kannte die Spielregeln und wusste, wie man eine Quelle schützte. Deshalb war sie den anderen Reportern auch immer einen Schritt voraus. Sie verfolgte dich, ja, sie piesackte dich bis aufs Blut, aber sie würde dich nie verraten.

»Zwischen zwei Tatorten besteht eindeutig eine Verbindung. Sehr wahrscheinlich gilt das auch für den dritten.«

»Und die Ballistik?«

Ich nickte nur.

»Weiß das sonst noch jemand?«

»Noch nicht.«

»Die Liebe gewinnt«, bemerkte sie und machte sich ein paar Notizen.

Willie erschien mit zwei Tellern in den Händen. »Bitte sehr. Sandwichs mit gegrilltem Schweinenacken und Krautsalat. Sieh an, sieh an.«

Ich träufelte Tabasco auf mein Sandwich. Es sprach für Claire, dass sie kein Wort dazu verlauten ließ.

Wir aßen in kameradschaftlichem Schweigen, bis sie sagte: »Ich würde morgen gern ein Live-Interview mit dir führen. In den Achtzehn-Uhr-Nachrichten? Ist das möglich?«

»Warum?«

»Wegen der Glaubwürdigkeit. Es ist eine Sache, die Nachrichten wie irgendein TV-Sprecher zu bringen, aber eine völlig andere, sie von einem Insider zu bekommen.«

»Danke. Wenigstens hast du nicht Blinzler oder Sonderling gesagt.«

»Dazu möchte ich mich nicht äußern.«

Ich lächelte. »An deiner sozialen Kompetenz musst du wirklich noch arbeiten.«

»Das höre ich oft.«

»Warum interviewst du nicht T-Tommy oder Scotty Simpson? Sie leiten die Ermittlungen.«

»Weil du ein lokaler Held bist. Nach dem Packwood-Fall und all deinen Büchern bist du ein gottverdammter Medienliebling.«

Du liebe Zeit. »Ich werde es mit Sheriff Randall abklären, aber ich denke, es wird möglich sein.«

»Ruf mich morgen an, sobald du es weißt, dann bereite ich alles vor.«

21. KAPITEL

Montag, 23.03 Uhr

Brians Rastlosigkeit trieb ihn durch einen anstrengenden zweistündigen Workout. Aber es half nichts. Er trank vier Bier, die auch nicht halfen. Dann nahm er eine lange, heiße Dusche. Auch sie war keine Hilfe. Jetzt saß er auf dem Sofa, nackt bis auf das Handtuch über seinem Schoß, und starrte auf den Fernseher. Er hatte die Nachrichten eingestellt und den Ton auf stumm geschaltet. Im Grunde scherte es ihn einen Dreck, was draußen in der Welt vorging.

Das Telefon klingelte. Als er abnahm, sagte der Mann: »Bedauerlicher Zwischenfall heute.«

»Woher …?« Brian beendete die Frage nicht, weil er begriff, dass diesem Mann, wer immer er sein mochte, nicht viel entging. Und dass er alles zu wissen schien. Was wiederum bedeutete, dass er auch über den Stadtstreicher Bescheid wusste. »Vor allem für ihn.«

»Wie wahr.« Ein leises Lachen. »Schade, das mit Ihrem Job. Gefeuert zu werden ist bestimmt nicht lustig.«

»Dr. Hublein wird dafür sorgen, dass ich ihn wiederkriege. Er ist Teil meiner Behandlung, und Hublein hasst es, zu versagen.«

»Vielleicht schafft er es, vielleicht auch nicht. Was spielt das schon für eine Rolle?«

»Für Sie vielleicht nicht. Aber ich muss meine Miete zahlen.«

»Keine Angst, es wird schon klappen.«

»Schön, dass Sie so zuversichtlich sind.«

»Haben Sie sich wegen Kushner schon entschieden?«

Brian konnte sein scharfes Einatmen nicht verbergen.

Der Mann lachte. »Schon gut. Ich stimme Ihnen ja zu. Er ist ein aufgeblasener Mistkerl und verdient, was er bekommt.«

»Woher wissen Sie das?«

»Wie hat er Sie genannt? Arschloch?«

Das war zu viel. Wie konnte er von einem Gespräch wissen, das erst Stunden her war? Es sei denn, er hatte Brians Telefon angezapft. Er sah sich um. Vielleicht war ja sogar sein ganzes Apartment verwanzt?

»Lassen Sie mich in Ruhe«, sagte Brian.

»Das kann ich nicht. Sie brauchen mich.«

»Nein, tue ich nicht.«

Die Stimme zögerte einen Moment. »Sie glauben doch wohl nicht, dass Türen sich von selbst aufschließen? Oder wie von Zauberhand eine Waffe auftaucht? Dachten Sie vielleicht, Sie hätten nur Glück gehabt?«

Brian hasste diesen Kerl. Hasste es, dass er so viel wusste. Dass er alles bis ins kleinste Detail plante. Dass er Waffen bereitstellte und Türen öffnete. Dass er sich so verdammt überlegen gab, als käme Brian nicht ohne ihn zurecht!

»Warum tun Sie das?«

»Das haben wir doch schon besprochen.«

»Tun Sie mir den Gefallen und sagen Sie es mir noch einmal.«

»Weil ich an das glaube, was Sie tun. Und weil es eine gute Sache ist.«

»Schön, dass wir uns darin einig sind, aber wir wissen beide, dass ich das auch ohne Sie tun kann.«

Der andere lachte. »Das glaube ich nicht. Beim ersten Mal haben Sie Mist gebaut und hätten sich fast von diesem alten Mann bezwingen lassen.«

»Er hat dafür bezahlt.«

»Trotzdem hätte es schlecht ausgehen können, und dann wäre Schluss gewesen. Es hätte keine Allison und keinen Savage mehr gegeben. Und keinen von denen, die noch kommen werden. Sie haben noch viel zu tun.« Als Brian nichts erwiderte, fuhr der Unbekannte fort. »Es wird nicht mehr lange dauern. Die Gefühle erwachen doch schon wieder, nicht?«

Das stimmte. Das Kribbeln in Brians Bauch hatte ihn den ganzen Tag verrückt gemacht. Es hatte mit all diesem Mist bei Wanda begonnen und war zur Weißglut herangereift, als er von diesem Stück Straßendreck angegriffen worden war. Dann hatte er diesen smarten Unfalldoktor ertragen müssen und den Taxifahrer mit dem Husten, der sich wie das Geröchel eines Sterbenden anhörte. Ganz zu schweigen von seinen jämmerlichen Mitarbeitern. Die Schlangen in seinem Bauch waren definitiv aus ihrem Schlaf erwacht. »Und was ist, wenn ich den Gefühlen nicht nachgebe? Wenn ich sie ignoriere?«

»Sie sind zu stark.«

»Bin ich auch.«

»Ja, sind Sie. Aber dieser Drang ist stärker.«

»Was wissen Sie denn schon! Das können Sie nicht wissen.«

»Ach nein? Es kommt in feurigen Wellen, die jegliche Vernunft verzehren? Es lässt sich weder kontrollieren noch mit sich handeln? Es kann höchstens … was ist das richtige Wort? … abgeschwächt werden? Trifft es das mehr oder weniger?«

Zum Teufel mit ihm. Trotzdem konnte Brian sich der Wahrheit seiner Worte nicht entziehen. Die rasende Wut war alles beherrschend. Er konnte damit kämpfen, sie gelegentlich in Schach halten, aber letzten Endes siegte sie. Sie siegte immer.

»Ich weiß, was Sie durchmachen«, fuhr die Stimme fort. »Und was Sie brauchen. Ich weiß, wie ich Ihnen helfen kann.«

Brian seufzte. Ermüdung überkam ihn. Er glitt vom Stuhl, setzte sich auf den Boden und lehnte sich an den Schreibtisch.

Ein Schauer durchlief seinen Körper, und er zog die Knie an die Brust.

»Ich will noch immer wissen, warum. Was springt dabei für Sie heraus?«

»Alles zu seiner Zeit.« Der Mann schwieg ein paar Sekunden, aber Brian konnte sein langsames, ruhiges Atmen hören. Dann fragte er: »Wollen Sie Kushner?«

»Ja.«

»Die Informationen, die Sie benötigen, sind unterwegs. Lesen Sie sie, dann melde ich mich wieder.« Damit war die Leitung tot.

Brian wartete ein paar Minuten und rief dann seine E-Mails ab. Wie erwartet, fand er eine Mail von einem anonymen Absender. Er öffnete sie und las die Informationen auf dem Bildschirm.

Oben auf der Seite stand: *Albert Kushner,* darunter folgte eine detaillierte Beschreibung des Wegs zu seinem Haus. Anhänge enthielten einen Lageplan der Wohngegend, eine Skizze von Kushners Haus und den Grundriss des Erdgeschosses.

Also alles, was Brian brauchte.

22. KAPITEL

Dienstag, 8.11 Uhr

Ich schaute bei der Sonderkommission vorbei, übergab Scotty die DVD, die ich von Claire erhalten hatte, und schnappte mir T-Tommy. Bei Starbucks in der Madison Square Mall am University Drive holten wir uns einen Kaffee, bevor wir zu unserem Neun-Uhr-Termin bei Dr. Wendell Volek nach Redstone hinausfuhren.

Das Redstoner Waffenarsenal der US-Armee war 1941 eingerichtet worden und seit damals ebenso sehr ein Teil der Huntsviller Geschichte wie der fruchtbare Boden, der mehr Baumwolle hervorbrachte als irgendwo anders in den Vereinigten Staaten. Während des Zweiten Weltkriegs war eine Unmenge von Waffen von den Fließbändern des Stützpunkts gelaufen. Nach dem Krieg wurde er zum Hauptquartier der Raketen-Kommandozentrale der US Army, und in den 1950ern zogen Wernher von Braun und sein deutsches Flugkörper-Spezialistenteam dort ein. Die NASA pachtete 30 Prozent der Basis und richtete 1960 dort das Marshall Space Flight Center ein, und Huntsville wurde sehr schnell zu Leib und Seele des Raumfahrtprogramms. Unter von Braun und seinem Stab beim MSFC wurden die Raketentriebwerke entwickelt, die Satelliten in die Erdumlaufbahn schossen und Menschen von der Erde zum Mond beförderten, und auf Redstones 38 000 Morgen hügeligem Terrain getestet.

Wir parkten am Besucherzentrum in der Nähe von Gate 9, gingen hinein und setzten uns auf die Kunststoffsessel, um auf unsere Begleitung zu warten. Ich trank noch immer meinen dreifachen »Americano« und hoffte, dass er die Spinnweben beseitigen würde, die mein Gehirn im Würgegriff zu haben schienen. Ich hatte gestern Nacht kaum Schlaf bekommen. Aber das war immer so, wenn ich mit einem Fall beschäftigt war.

Gestern Abend, nachdem Claire Sammy's verlassen hatte – zumindest sie bewies ein wenig Vernunft –, blieb ich noch und setzte mich zu einer kleinen Jamsession zu Colin, und wir spielten bis nach Mitternacht. Es war fast eins, als ich endlich den Weg zum Bankhead Parkway fand und daheim ins Bett kroch. Doch statt einzuschlafen, wälzte ich mich fast noch eine Stunde lang herum und kämpfte mit den Kissen. Ich fand keine bequeme Stellung, und wenn ich mal einschlief, dann immer nur für kurze Zeit. Der Anblick bei Mike, die Tatortfotos, der Autopsieraum, Billy, Luther, T-Tommy und Petersens Apartment im Russel Erskine Hotel marschierten mir durch den Kopf. Sogar Jill trat ein paar Mal in Erscheinung.

Der Traum von Jill, ein Relikt aus der Vergangenheit, war stets der gleiche. Und der einzige Moment, in dem ich mich an ihr Gesicht erinnern konnte. Was mir nie gelang, wenn ich es wirklich wollte. Jill, die in einem tiefen, unglaublich dunklen Schacht festsaß, nur gerade außer Reichweite. Ich streckte und dehnte mich, und manchmal streifte ich ihre Fingerspitzen, konnte aber niemals ihre Hand ergreifen. Schaffte es nie, sie herauszuziehen und in Sicherheit zu bringen. Stattdessen versank sie immer tiefer in dem Abgrund, bis sogar ihr Wimmern schwächer wurde und schließlich ganz verklang. Der Traum war einst ein allnächtlicher Besucher gewesen, aber mit den Jahren war er nach und nach geschwunden. Seit seinem letzten Besuch waren über vier Jahre vergangen. Und jetzt war er auf einmal wieder da.

Ich träumte selten, und wenn, erinnerte ich mich kaum daran. Und das war auch gut so, da die Träume, an die ich mich erinnerte, immer hässlich zu enden schienen. Ich konnte mich nicht entsinnen, je einen angenehmen Traum gehabt zu haben. Vielleicht vor Jahren, als ich noch naiv und blauäugig war im Hinblick auf die wahre Welt. Bevor ich bei so vielen sinnlosen Morden zurate gezogen worden war. Bevor ich so viel über die dunkle Seite des menschlichen Tieres wusste. Bevor Jill verschwand.

Unsere »Eskorte« erwies sich als nüchterner Militärpolizist der US-Armee. Sein Namensschildchen wies ihn als P. Whitworth aus. Ich erfuhr, dass das »P« für Paul stand, und an seinen Schulterstreifen war zu erkennen, dass sein Rang der eines Sergeants war. Er war steif und unpersönlich, hatte perfekte Bügelfalten und Stiefel, die glänzten wie mit Spucke aufpoliert, und er unterstrich alles, was er sagte, mit einem knappen »Sir«.

Wir stiegen auf die Rückbank des weißen Militärtransporters, und Sergeant Whitworth fuhr mit uns durch zwei bewachte Kontrollpunkte, an denen er jedes Mal kurz vor den Wachen salutierte. Schließlich bog er auf den Parkplatz vor dem Hauptquartier des George C. Marshall Space Flight Centers ein.

Das hohe, rechtwinklige Gebäude aus grauem Beton, Stahl und Glas ragte vor mir auf, als ich aus dem Wagen stieg. Zwei Raketentriebwerke auf ihren konisch geformten Abdampfstutzen standen auf einem Grasstreifen auf der anderen Seite der Einfahrt zum Gebäude. Zu meiner Rechten sah ich ein großes, rot-weißes Schild mit schwarzen Lettern, das darauf hinwies, dass dies Gebäude 4200 des MSFC war. In der Blütezeit des Raumfahrtprogramms hatte Wernher von Braun den gesamten neunten Stock und das Penthouse mit seinem Team beansprucht.

Obwohl ich schon hier gewesen war, konnte ich jedes Mal von Neuem die Geschichte dieses Ortes spüren. Und immer wieder jagte sie mir einen Schauer über den Rücken.

Wir dankten dem braven Sergeant und erhielten ein steifes Nicken zur Antwort, bevor wir die Eingangsstufen hinaufstiegen und durch die doppelten Glasschiebetüren gingen.

Ein junger NASA-Sicherheitsoffizier namens Tim Russett begrüßte uns. Im Gegensatz zu Sergeant Whitworth lächelte er sogar. Mit einem Aufzug fuhren wir in den vierten Stock, wo er uns in einen Konferenzraum führte und versprach, dass Dr. Volek jeden Moment kommen würde. Es war 8.45 Uhr.

T-Tommy erschnupperte sofort einen Ecktisch mit frischem Kaffee und Muffins. Er nahm sich von beidem, während ich mich auf Kaffee beschränkte.

»Sieh an, sieh an! Freut mich, dich hier zu sehen, Dub.«

Ich drehte mich um, als Wendell Volek hereinkam. Ich hatte ihn ein paar Jahre nicht gesehen, aber er erschien mir keine Minute älter als zuvor. Er war noch immer groß und schlank, und nur ein Anflug von Grau war in seinem dichten braunen Haar zu sehen. Er trug einen blauen Anzug, ein weißes Hemd und eine rote Krawatte. Volek gehörte zu der Art von Männern, die immer Eleganz ausstrahlten.

Er war der Vater des VISAR-Systems. VISAR stand für Video Image Stabilization and Registration. Das computergestützte Video-Bildstabilisierungs- und Registrierungsprogramm war ursprünglich während der Untersuchung des Bombenangriffs auf die Olympischen Spiele 1996 in Atlanta entwickelt worden, als Volek einen Zwölf-Sekunden-Videoclip vom FBI erhielt. Der von einer Nachrichtencrew gedrehte Film war dunkel und zeigte nur die Umrisse eines offenbar herrenlosen Rucksacks, der an einer Bank lehnte. Volek machte sich an die Arbeit, und irgendwann hatte er das Video so weit gereinigt und aufgehellt, dass die Bombe in dem Rucksack und die aus der Deckklappe heraushängenden Kabel leicht zu erkennen waren. Nach diesem Erfolg erwies sich VISAR auch in vielen anderen berühmten Fällen als nützlich: bei dem Mord an Mike Bell, den Entführungen von Elizabeth Smart und Katie Poirier und dem Unfall der Raumfähre Columbia, um nur einige wenige zu nennen.

Ich machte Volek und T-Tommy miteinander bekannt und fragte dann: »Wie geht's denn so?«

»Viel zu tun. Mit der Sonnenerforschung, mit der wir beschäftigt waren, und dem Orion-Projekt, das auf Touren kommt, bleibt nicht viel Zeit für Spaß.«

Das Orion-Raumschiff, auch Crew Exploration Vehicle oder CEV genannt, gehörte zusammen mit der Ares-Rakete zum Sternenkonstellation-Programm, dem seit Jahren ehrgeizigsten Projekt der NASA. Das Orion-Raumschiff erinnerte eher an die alte Apollo-Kapsel als an die flugzeugähnliche Raumfähre, die es ersetzen würde. Kleiner, leichter und funktioneller, sollte es nicht nur in der Erdumlaufbahn arbeiten, sondern auch bei zukünftigen Mond- und Marsmissionen. Der Plan sah vor, das Orion-Raumschiff mit der Ares-I-Rakete zu vereinen und um das Jahr 2017 zum Mond zurückzukehren, diesmal allerdings mit dem Ziel, dort dauerhafte Kolonien einzurichten. Ich halte mich auf dem Laufenden in diesen Dingen. Das war schon in meiner Kindheit so, weil alles, was mit Raketen zu tun hat, mich von klein auf fasziniert hatte.

In meiner Jugend hatte ich in unserem Garten Hunderte davon gebaut. Die meisten wurden von zerstampften Streichholzköpfen angetrieben oder von Schießpulver, das ich aus Dads Gewehrpatronen geklaut hatte. Einige funktionierten, andere verpufften, und zwei explodierten wie die alte Vanguard-Rakete. Eine brachte Jill und mich fast um. Dad war nicht gerade glücklich, und Mom noch weniger. Fast hätten sie unser Anfänger-Raumfahrtprogramm jäh beendet.

Volek schenkte sich eine Tasse Kaffee ein und setzte sich an den Tisch. »Und in was bist du dieses Mal hineingeraten?«

Ich nahm auf einem Stuhl ihm gegenüber Platz, erzählte ihm von der Mordserie und schob ihm dann die Videokassette zu. »Das ist eine Kopie des ursprünglichen Bandes. Es stammt von der Überwachungskamera im Russel Erskine Hotel, wo der erste Mord verübt wurde.«

Er sah mich an. »In einem Hotel?«

Ich zuckte mit den Schultern. »Der Kerl ist sehr wagemutig. Auf dem Band sieht man eine Person durch die Eingangshalle gehen und ungefähr eine halbe Stunde später zurückkommen. Etwa um die Tatzeit. Und er sieht weder so aus, noch bewegt er sich wie einer der Bewohner, die alle über sechzig sind.«

Volek nahm das Band und ging damit zu einem Stapel Videoanlagen auf der anderen Seite des Raumes. Er schob die Kassette in einen Rekorder, und die Aufnahme erschien auf dem großen Bildschirm am Ende des Konferenztisches. Ich hatte das Band zur richtigen Stelle vorgespult, sodass man nach ein paar Sekunden im stillen Foyer von links unten einen Mann erscheinen sah, der dann die breite Marmortreppe hinaufstieg. Leider war er nur für ein paar Sekunden auf dem Bild zu sehen, und fast nur von hinten. Er wirkte groß und trug eine Windjacke und eine Baseball-Kappe. Er ging wie ein Athlet, mit langen, zielstrebigen Schritten, und nahm immer zwei Stufen auf einmal beim Hinaufsteigen der Treppe. Er war definitiv kein Bewohner des Seniorenheims.

Volek spulte das Band ein paar Mal zurück und ließ es wieder vorlaufen. »Kein sehr gutes Bild. Ich kann sein Gesicht kaum sehen.« Wieder spulte er das Band zurück, um es dieses Mal in Zeitlupe zu betrachten. Dann hielt er es an. »Genau hier ist ein kurzer Blick auf ein Teilprofil.«

»Kannst du irgendwas damit anfangen?«

»Klar. Es wird nicht leicht sein und vielleicht nicht sehr hilfreich, aber ich werde sehen, was ich herausholen kann.« Er schaltete den Videorekorder aus. »Wann brauchst du es?«

»Gestern.«

»Das dachte ich mir.«

23. KAPITEL

Dienstag, 9.47 Uhr

Dr. Charlie Beck parkte vor der Notaufnahme des Memorial Medical Centers, ging die Madison Street hinauf und bog dann nach Westen auf die Saint Clair Avenue ab, die zum North Alabama Neuropsychiatric Research Institute führte. Ein ungutes Gefühl erwachte in seinem Magen, als er sich dem Neuropsychiatrischen Forschungsinstitut näherte. Er war nicht sicher, warum das so war, aber all die Jahre der Behandlung von Verletzten, Kranken und Besorgten hatten ihn gelehrt, Bauchgefühle nicht zu ignorieren. Sie waren gewöhnlich sehr genaue Barometer.

Gestern, nachdem Brian Kurtz gegangen war, hatte Charlie Dr. Hubleins Praxis angerufen, aber nur herausgefunden, dass Hublein den ganzen Tag beschäftigt war. Catherine Frommer, seine Assistentin, eine sympathische, kompetente Frau, schlug vor, einen Termin zu vereinbaren. Und das tat Charlie dann auch. Als er Brian Kurtz als Grund für sein Gespräch mit Dr. Hublein nannte, lag plötzlich Anspannung in Catherine Frommers Stimme; vielleicht war das der Grund für Charlies ungutes Gefühl. Vielleicht lag es aber auch an dem imposanten fünfstöckigen Gebäude aus grauem Marmor und schwarz gefärbten Fenstern, das sich jetzt vor ihm erhob. Oder er war einfach nur ein Dummkopf.

Er fuhr mit dem Aufzug in den vierten Stock, wo sich eine Welt der Opulenz vor ihm auftat: ein Foyer mit grauem Marmorboden und Einbauleuchten, die dezent die rosafarbenen Wände erhellten und mehrere Werke moderner Kunst hervorhoben. In der Mitte dieses eindrucksvollen Eingangsbereichs standen ein

Säulentisch mit einer kostbar aussehenden orientalischen Urne von der Größe einer Wassermelone sowie zwei dick gepolsterte Sessel, die einen Tisch flankierten, auf dem eine bauchige Messinglampe und ein Gesteck aus frischen Blumen standen. Zwei sehr attraktive, gut gekleidete junge Frauen, eine blond, die andere dunkelhaarig, besetzten einen ausladenden Empfangstresen.

Sie lächelten, als Charlie auf sie zukam. Die Brünette fragte: »Was kann ich für Sie tun?«

»Ich bin Dr. Beck und habe einen Termin bei Dr. Hublein.«

»Ach ja, Dr. Beck. Ich werde Dr. Hubleins Assistentin mitteilen, dass Sie hier sind. Möchten Sie inzwischen Platz nehmen?«, sagte sie, während sie zum Hörer griff.

»Darf ich Ihnen etwas anbieten? Kaffee oder etwas Kühles?«, fragte die Blondine.

»Nein, danke.« Charlie setzte sich in einen der Sessel, in dessen Polstern er so tief versank, dass er sich fragte, ob er je wieder herauskommen würde. Der angenehme Duft der Blumen umhüllte ihn.

Die Dunkelhaarige legte den Hörer auf und lächelte ihn an. »Catherine, Dr. Hubleins Assistentin, wird gleich bei Ihnen sein.«

»Danke.« Charlie nahm eine Ausgabe des *Architectural Digest* vom Tisch und blätterte darin. Als er nichts Interessantes fand, legte er das Magazin wieder auf den Tisch zurück. Er konnte nicht umhin, sich zu fragen, was sein Vater, oder besser noch sein Großvater, die beide daheim in Iowa Kleinstadtärzte waren, von dieser Praxis halten würden. Wahrscheinlich wären sie empört über einen solchen Prunk, der nichts damit zu tun hatte, »kranke Menschen« zu behandeln, und würden ihn als Affront gegen ihren Beruf bezeichnen.

Charlie war ganz ihrer Meinung.

»Dr. Beck?« Charlie blickte auf. »Ich bin Catherine Frommer. Wir haben gestern telefoniert.«

Charlie umklammerte die Lehnen des Sessels und hievte sich mühsam aus den Tiefen der Polster. »Hallo, Ms. Frommer.« Sie war eine schlanke, gut gekleidete Dame in einem grauen Hosenanzug mit weißer Bluse, die Charlie auf Mitte vierzig schätzte. Ihre braunen Augen wurden lebendig, wenn sie lächelten.

»Bitte sagen Sie Catherine zu mir. Gehen wir erst einmal in mein Büro. Dr. Hublein erwartet Sie, aber er führt gerade noch ein Konferenzgespräch.«

Charlie folgte ihr einen von Kunst geradezu überwucherten Gang hinunter und durch breite, eichene Doppeltüren mit Schriftzügen aus glänzendem Messing, die den Besucher darauf hinwiesen, dass Dr. Robert Hublein der medizinische Direktor und Dr. Melvin Wexlar der Vorsitzende des North Alabama Neuropsychiatric Research Institute waren.

»Hatten Sie Mühe, uns zu finden?«

»Nein. Ich habe dieses Gebäude schon oft gesehen, war aber noch nie darin. Es ist ziemlich eindrucksvoll.«

»Die Doktoren sind der Meinung, dass alles erste Qualität sein muss.« Catherine bot ihm einen Platz an und setzte sich hinter ihren Schreibtisch. »Sieht so aus, als spräche Dr. Hublein noch«, sagte sie mit einem Blick aufs Telefon. »Aber er wird gleich hier sein.« Ihr etwas schiefes Lächeln machte sie noch sympathischer. »Soviel ich weiß, leiten Sie die Notaufnahme im Memorial.«

»So ist es.«

»Das hält Sie bestimmt ganz schön auf Trab, oder?«

»Schubweise und sporadisch. Besuchen Sie das Krankenhaus manchmal?«

»Nein«, sagte sie lachend. »Sehe ich etwa krank aus?«

Charlie lachte mit ihr. »Absolut nicht. Ich dachte nur, Sie hätten vielleicht einen Grund, dort ab und zu vorbeizuschauen … für Dr. Hublein.«

Sie schüttelte den Kopf. »Ich bin noch nie dort gewesen.«

»Ich habe auch Dr. Hublein noch nie dort gesehen. Behandelt er denn keine Krankenhauspatienten?«

»Nein. Seine Praxis – und auch Dr. Wexlars – ist nur für Patienten, die ambulant behandelt werden. Und für ihre eigenen Forschungen natürlich.«

»Forschen sie denn viel?«

»Ja. Ich glaube, im Moment haben wir sechsundzwanzig Studien laufen, und drei weitere beginnen im nächsten Monat.«

»Das hält auch Sie bestimmt ganz schön auf Trab?«

»Schubweise und sporadisch.« Sie schenkte ihm erneut ein etwas schiefes Lächeln. »Ihnen werden ständig Studien angeboten. Sie lehnen mehr ab, als sie annehmen, weil sie einfach nicht die Zeit haben, sie alle durchzuführen und ihre Sache gut zu machen.« Sie warf einen Blick aufs Telefon. »Dr. Hublein spricht nicht mehr. Ich werde ihm sagen, dass Sie hier sind.« Sie stand auf und ging durch eine weitere, reich geschnitzte Eichentür rechts von Charlie.

Als sie zurückkam, führte sie ihn in ein höhlenartiges Büro mit dunklen Holzpaneelen an den Wänden und Regalen, die mit dicken Fachbüchern und gebundenen Fachzeitschriften gefüllt waren. Zwei vom Boden bis zur Decke reichende Fenster waren hinter schweren kastanienbraunen Vorhängen verborgen, die die gesamte gegenüberliegende Wand bedeckten. Ein mächtiger Schreibtisch, mit Stapeln von Papieren beladen und erhellt von einer Messinglampe, nahm eine zentrale Stellung im Zimmer ein. Einbauleuchten in der Decke, die mehr Schatten warfen als Licht abgaben, trugen zur düsteren, ein wenig unheimlichen Atmosphäre des Zimmers bei.

Dr. Hublein kam mit ausgestreckter Hand um seinen Tisch herum. »Willkommen, Dr. Beck.«

»Danke, dass Sie sich Zeit für mich genommen haben. Und nennen Sie mich doch bitte Charlie.«

»Meine Freunde und Kollegen nennen mich Bob. Bitte nehmen Sie doch Platz.« Hublein wies auf einen Stuhl mit gerader, leiterähnlicher Rückenlehne.

Der nur mit einem dünnen Kissen versehene Stuhl war wesentlich weniger bequem als die Sessel im Warteraum. Das Warten wurde hier anscheinend gefördert; die Zusammenkünfte mit den Ärzten offensichtlich nicht.

Hublein saß in einem Ledersessel mit hoher Rückenlehne hinter seinem Schreibtisch. Er war massig wie das Zimmer, gut eins fünfundneunzig groß und brachte mindestens hundertfünfundzwanzig Kilo auf die Waage. Er trug einen teuren blauen Anzug, ein blütenweißes Hemd und eine dezent gemusterte rote Krawatte. Eine goldene Rolex prangte an seinem linken Handgelenk, und am kleinen Finger der rechten Hand trug er einen Ring mit einem großen viereckigen Brillanten.

»Ich bin in Eile wie immer, also kommen wir gleich zur Sache. Catherine sagte mir, Sie wollten mich wegen Brian Kurtz sprechen.«

»So ist es. Ich habe ihn gestern in der Notaufnahme behandelt.«

»Was ist passiert?«

»Er war überfallen worden.«

»Überfallen? Ist er verletzt?«

»Nicht ernsthaft. Er hatte nur eine Schnittwunde am Unterarm.«

»Gott sei Dank.« Dr. Hublein schien erleichtert. »Und was kann ich also für Sie tun?«

»Das Problem ist nicht seine eigene Verletzung, sondern was er dem Angreifer angetan hat.«

Hubleins Blicke irrten durchs Zimmer, als suchte er nach Worten. Da ihm anscheinend nichts einfiel, schaute er wieder Charlie an.

»Der Mann hatte Rippenbrüche, eine punktierte Lunge, eine Fraktur der Ulna und eine Gehirnerschütterung. Ich sehe ständig Opfer irgendwelcher Prügeleien, aber diese Schläge waren reichlich übertrieben.«

»Das ist leider ein Problem bei Brian. Er kam wegen seiner Gewalttätigkeit und Problemen mit seiner Impulskontrolle zu uns. Ich habe ihn wegen einer posttraumatischen Belastungsstörung behandelt.«

Charlie wusste, dass der Brian, den er gestern gesehen hatte, ein gestörter junger Mann war, und Hublein hatte ihm das Gefühl bestätigt. »Wir haben auch in der Notaufnahme PTBS-Patienten. Meist leiden sie unter Stress, Kopfschmerzen, Schlafproblemen und dergleichen. Ein paar von ihnen waren ausgesprochen garstig, ja. Aber Brian war … etwas völlig anderes.«

»Er hatte kein leichtes Leben«, fuhr Hublein fort. »Es begann mit einer schweren Kindheit. Er hatte alkoholkranke, alles andere als engagierte Eltern. Sie waren nicht wirklich grob zu ihm, konnten sich für ihre Elternschaft aber anscheinend nie erwärmen. Eine Zeit lang lebte er bei seiner Großmutter mütterlicherseits, bis sie beim Sturz von einer Treppe starb. Sie hatte sich das Genick gebrochen. Brian fand ihre Leiche – ein sehr traumatisches Erlebnis für ihn.«

»Das kann ich mir vorstellen.«

»Danach kehrte er in sein Elternhaus zurück, unerwünscht, aber ohne andere Möglichkeiten.«

»Er sagte, Sie behandelten ihn wegen chronischer Kopfschmerzen.«

»Wegen Kopfschmerzen und Verhaltensproblemen. Brian war auf der Highschool ein begabter Sportler und rechnete damit, ein Footballstipendium für das College zu erhalten.«

»Aber er wurde verletzt.«

Hublein nickte. »Schädel-Impressionsfraktur mit Hirnquetschung. Er lag mehrere Tage im Koma und musste operiert werden.«

»Und danach war Schluss mit Football.«

»Ganz und gar.« Hublein befingerte einen Stapel Papiere auf seinem Schreibtisch. »Trotzdem hat er es irgendwie geschafft, in die Armee zu kommen. Als Computertechniker und Kommunikationsoffizier.«

»Soviel ich weiß, ging er in den Irak.«

Hublein nickte. »Nicht zum Kampfeinsatz. Nicht direkt jedenfalls. Allerdings erlebte er ein paar Sprengstoffanschläge mit und musste mit ansehen, wie Freunde dabei umkamen.«

»Und fing sich eine Kugel im Bein ein.«

Dr. Hublein seufzte. »Ich wünschte, das wäre alles, was er sich da drüben eingefangen hat.« Wieder befingerte er die Papiere und schob sie zu einem ordentlichen Stapel zusammen. »Nach seiner Heimkehr hatte er Anpassungsprobleme. Seine Kopfschmerzen verschlimmerten sich. Er wurde zunehmend schwieriger, lieferte sich Schlägereien und dergleichen und wurde immer gewalttätiger und verschlossener. Nach seiner zweiten Festnahme wegen Körperverletzung wurde er im Zuge eines Programms, ihn vor einer Haftstrafe zu bewahren, zu mir geschickt. Wir behandeln eine ganze Reihe von Leuten, die von den Gerichten an uns verwiesen werden. Brian kam vor über einem Jahr zu uns. Ich diagnostizierte PTBS und behandele ihn seitdem. Und ob Sie es glauben oder nicht, er hat hervorragende Fortschritte gemacht.«

»Glauben Sie, der gestrige Vorfall könnte eine Ausnahme sein?«

»Ich hoffe es jedenfalls.«

»Er sagte, er bekäme ein neues Medikament.«

»Er nimmt an einer unserer Studien teil. Wir forschen sehr viel für verschiedene Pharmaunternehmen, die Nationalen Gesundheitsinstitute und dergleichen.«

»Welches Medikament bekommt er denn?«

Wieder huschte Hubleins Blick durchs Zimmer. »Es ist ein neues Benzodiazepin-Derivat, das bei PTBS sehr wirkungsvoll zu sein scheint. Brian nimmt es jetzt schon ungefähr acht Monate. Es hat seine Kopfschmerzen drastisch verringert, und bis zu dem Vorfall gestern schien er auch seine Aggressivität unter Kontrolle zu haben.«

»Vielleicht hat er aus eigener Initiative aufgehört, das Medikament zu nehmen.«

»Das ist nicht möglich«, sagte Hublein.

»Wieso?«

»Weil es injiziert wird. Es ist ein depotartiges Präparat mit langsamer Freisetzung. Dazu kommt er einmal in der Woche her.«

»Vielleicht muss seine Dosis angepasst werden.«

»Mal sehen.« Hublein schlug eine der Krankenakten auf seinem Schreibtisch auf. »Wir überprüfen den Blutspiegel unserer Patienten alle drei oder vier Wochen.« Er blätterte in der Akte, bis er fand, was er suchte. »Brian ist erst vor zwei Wochen untersucht worden. Zu der Zeit war alles in Ordnung.«

Charlie nickte.

»Dennoch werde ich ihn zu einer Analyse herkommen lassen und seinen Blutspiegel noch einmal überprüfen.« Hublein erhob sich, um damit anzudeuten, dass die Besprechung beendet war. »Danke, dass Sie mich über diesen Vorfall unterrichtet haben.«

Charlie stand auf. »Ich war der Meinung, Sie sollten es wissen.«

»Brian ist im Grunde ein anständiger Kerl.« Hublein schaute auf die Uhr. »Ich muss zu einem Meeting. Kann ich sonst noch etwas für Sie tun?«

»Sie waren mir eine große Hilfe, Dr. Hublein.«

Er begleitete Charlie zur Tür.

»Wissen Sie, ob Brian in Schwierigkeiten steckt?«, fragte Hublein. »Ob er verhaftet worden ist?«

»Nein. Die Polizei hielt es für Notwehr.«

Hubleins Erleichterung war ihm deutlich anzusehen. »Das ist gut. Brian kann keine weiteren rechtlichen Probleme brauchen. Geht es dem Angreifer schon wieder besser?«

»Es geht ihm sogar sehr gut. Wahrscheinlich wird er in ungefähr einer Woche auf die Gefängnis-Krankenstation verlegt.«

»Er wurde verhaftet?«

»Wie es aussieht, hat er bereits mehrere Personen überfallen. Nur hatte er sich diesmal offenbar den Falschen ausgesucht.«

Hublein hielt die Tür auf. »Nochmals vielen Dank für Ihre Hilfe«, sagte er und schloss die Tür hinter Charlie.

»Alles erledigt?«, fragte Catherine.

»Ja.«

Das Telefon summte, und sie nahm ab. »Ja, Dr. Hublein.« Sie runzelte die Stirn. »Ich glaube, Dr. Wexlar ist drüben in der Forschung. Ich werde ihn suchen.« Sie drückte eine Taste der Wechselsprechanlage. »Entschuldigen Sie mich einen Augenblick«, sagte sie zu Charlie und sprach dann wieder in den Hörer. »Dr. Wexlar, Dr. Hublein möchte Sie umgehend in seinem Büro sehen.« Sie legte auf und blickte Charlie an. »Wie ich sehe, haben Sie ihn glücklich gemacht, Dr. Beck«, bemerkte sie ein wenig spöttisch. »Was haben Sie ihm gesagt?«

»Nur etwas über ein Problem, das ich mit Brian Kurtz hatte.«

»Verstehe.« Ein nervöser Beiklang schlich sich in ihre Stimme.

»Wie gut kennen Sie ihn?«, fragte Charlie.

»Ich sehe ihn einmal die Woche, wenn er zur Behandlung kommt.«

»Und?«

»Und was?«

»Was halten Sie von ihm?«

»Ich darf nicht über unsere Patienten sprechen.«

»Auch ich bin sein Arzt. Mit mir können Sie reden. Was halten Sie von ihm?«

»Er ist mir unheimlich.«

»Unheimlich? Das ist kein medizinischer Begriff.«

»Aber der beste, der mir dazu einfällt. Ich weiß nicht, was es ist, aber wenn er hier ist, fühle ich mich unwohl.«

»Warum?«

»Ich weiß es nicht. Er ist einfach irgendwie … gruselig.«

Beide lachten.

»Das finde ich auch«, pflichtete Charlie ihr bei.

»Was ist passiert?«, fragte sie. »Mit Brian, meine ich.«

Charlie erzählte ihr die Geschichte. »Wie er ihn zusammengeschlagen hat, das war der reinste Overkill.«

»Das habe ich mit unheimlich gemeint. Er ist wie eine Zeitbombe.«

»Dr. Hublein sagt, es ginge ihm besser, seit er dieses neue Mittel nimmt.«

»So war es, ja … aber in letzter Zeit scheint sich sein Zustand wieder verschlechtert zu haben. Er ist noch angespannter.«

»Wirklich?«

»Na ja, wahrscheinlich irre ich mich«, sagte Catherine. »Ich sehe ihn nur kurz, wenn er hereinkommt, und ich bin ja keine Expertin.«

»Vielleicht sind Sie es sogar mehr noch, als Sie glauben.«

»Aber sicher«, erwiderte sie spöttisch.

»Sie sehen schließlich den ganzen Tag Verrückte, nicht?«

»Wir bezeichnen unsere Patienten hier nicht als verrückt«, sagte sie und lächelte. »Auch wenn einige von ihnen es sind.«

»Na, sehen Sie. Sie haben praktische Kenntnisse. Und Erfahrung.«

Sie lachte. »Das war meine erste Diagnose.«

24. KAPITEL

Dienstag, 10.24 Uhr

»Verdammt noch mal, Melvin!« Hublein lehnte sich an seinen Schreibtisch und blickte Wexlar an. »Ich wusste, dass das aus dem Ruder läuft.«

Wexlar tat den Protest mit einer Handbewegung ab. »Nichts ist aus dem Ruder gelaufen, Bob.«

»Und ob es das ist! Dieser verdammte Kurtz hätte beinahe jemanden totgeschlagen. Findest du nicht, dass das ein Problem ist?«

»Eigentlich nicht.«

»Natürlich nicht. Es ist ja auch deine beschissene Leitlinie. Ich war von Anfang an dagegen. Es ist wie all die anderen blödsinnigen Projekte, die sie uns übertragen haben.«

»Entspann dich, Bob.«

Hublein beobachtete, wie Melvin Wexlar, mit dem er seit dreißig Jahren befreundet war, durchs Zimmer tigerte. Bei einer Größe von einem Meter vierundsechzig war Wexlar dünn und drahtig, und seine Haltung war stets so steif und gerade, als hätte er einen Stock im Rücken. Sein sich lichtendes rotes Haar war graumeliert wie auch sein dicker Schnurrbart, der die Hälfte seines Mundes bedeckte, sodass nur die Unterlippe sichtbar war. Wie üblich baumelte seine vergoldete Drahtgestell-Brille an einer schwarzen Kordel um seinen Hals. Immer topmodisch gekleidet, trug er heute einen braunen Dreiteiler von Armani, dazu ein hellblaues Hemd und eine gelbe Krawatte, die mit einer diamantbesetzten Krawattennadel am Hemd befestigt war.

»Entspannen?« Hublein ließ sich in seinen Sessel fallen. »Wann werden wir diese Komiker endlich abservieren? Und nur noch für die Nationalen Gesundheitsinstitute arbeiten, wie ich es vorgeschlagen hatte?«

»Weil diese Komiker, wie du sie nennst, sehr gut bezahlen.«

Das stimmte allerdings. Spellman Pharmaceuticals bot dreimal so viel wie jedes andere Pharmaunternehmen. Die Nationalen Gesundheitsinstitute waren ein Witz im Vergleich dazu. Natürlich hatte Spellman seit Jahren kein Medikament mehr entwickelt, das auch nur einen Pfifferling wert gewesen wäre. Jedenfalls nicht auf neuropsychiatrischem Gebiet. Ein paar Antidiabetika und ein neues Cephalosporin-Antibiotikum, aber die drei Psychopharmaka, die sie Hublein geschickt hatten, waren Schrott. Die Bezahlung war allerdings sehr gut gewesen. Aber *dieses* Mittel?

»Ich habe einfach ein ungutes Gefühl bei diesem Medikament.« Hublein lehnte sich im Sessel zurück. »Es hat einen schlechten Stammbaum.«

»Das war die alte Rezeptur. Sie ist verändert worden. Die neue wirkt. Du hast es gesehen.«

»Du meinst, ausgehend von dem, was Kurtz getan hat? Oh ja, da scheint sie wirklich eine durchschlagende Wirkung zu haben.« Hublein konnte seinen Sarkasmus nicht verbergen und wollte es im Grunde auch gar nicht.

»Wir haben fünfundzwanzig Patienten in der Studie, und nur Kurtz zeigte ein solches Verhalten.«

»Du vergisst wohl Martin Hankins und Robert Swenson. Und was *sie* getan haben.«

»Hankins bekam erst seit einem Monat dieses Mittel. Er war von Natur aus gewalttätig. Das Medikament hatte nichts damit zu tun.«

»Das kannst du nicht wissen.« Hublein ließ seinen Sessel erst zu einer Seite herumschwingen, dann zur anderen. Er konnte sich nicht entscheiden, ob er auf und ab gehen oder sitzenbleiben sollte.

»Waren nicht all seine Blutspiegel normal? Sogar niedrig?«

Auch das traf zu. Deshalb waren sie auch nie zur Polizei gegangen. Hatten ihnen nie gesagt, dass Hankins dieses Mittel bekam. Sie hätten es tun sollen, aber jetzt war es zu spät.

»Und Swenson war einfach nur verrückt«, fuhr Wexlar fort. »Möglicherweise haben wir da einen Fehler gemacht. Vielleicht hätte er nicht an der Studie teilnehmen dürfen.« Wexlar kratzte sich am Ohr.

»Und wenn die Polizei die Sache mit Swenson oder Kurtz nun bis hierher zurückverfolgt?«

»Das werden sie nicht.«

»Wie kannst du dir sicher sein?«

»Niemand weiß auch nur, wo Swenson ist. Nach dem Zwischenfall mit seiner Freundin ist er abgehauen. Die Polizei sucht ihn schon seit ein paar Monaten. Er ist vermutlich längst in einem anderen Bundesstaat.«

»Aber es geht ihm nicht gut. Er könnte es wieder tun. Und diesmal könnte er geschnappt werden und die Polizei direkt hierher führen.«

»Na und? Er und Kurtz haben beide gewalttätige Vorgeschichten. Ein Vorfall mehr wird keinen großen Unterschied machen. Deshalb wurden sie ja für die Studie ausgesucht. Aus dem gleichen Grund, aus dem auch alle anderen dafür ausgesucht wurden.«

Hublein ging zu einem Schrank und öffnete die Tür zu seiner eingebauten Bar. Er schenkte sich zwei Fingerbreit Scotch ein und stürzte ihn in einem Schluck hinunter. Dann betrachtete er sich im Spiegel über der Bar. Vielleicht hatte Melvin ja recht. Vielleicht war Spellmans neues Medikament ja wirklich ein Volltreffer. Es war nur für die aggressivsten PTBS-Patienten entwickelt worden. Für diejenigen mit gewalttätigem Hintergrund, bei denen keine der Standardtherapien zu helfen schien.

Er musste zugeben, dass das Mittel bei einigen Patienten in der Studie Wunder gewirkt hatte. Bis auf Hankins, Swenson und jetzt auch Kurtz waren die anderen regelrechte Vorzeigebürger geworden, was sie viele Jahre nicht von sich hatten behaupten können.

Trotzdem hatte dieses Medikament eine bewegte Vergangenheit. RU-1193, wie es genannt wurde, war eine Weiterentwicklung von RU-1186, einem Präparat mit einer sehr unschönen Erfolgsbilanz. Die neue Rezeptur jedoch, das RU-1193, hatte sich als gut verträglich und hochwirksam erwiesen. Vorangegangene Studien hatten ergeben, dass die einzige wirkliche Nebenwirkung, eine Verstärkung von Wut und aggressivem Verhalten, nur dann eintrat, wenn zu hohe Blutkonzentrationen erreicht wurden. Hankins, Swenson, Kurtz und all die anderen waren streng überwacht worden, und ihre Blutspiegel lagen alle im unteren therapeutischen Bereich. Vielleicht reagierte er ja zu heftig.

Hublein schenkte sich einen weiteren Schuss Whisky ein. »Möchtest du?«, fragte er Wexlar.

»Nein.«

»Wahrscheinlich hast du recht«, sagte Hublein. »Die Studie erfolgt ausschließlich an jungen, aggressiven Männern. Es war zu erwarten, dass die Substanz bei einigen von ihnen nicht wirkt.«

»Genau.« Wexlar setzte seine Wanderung durchs Zimmer fort. »Und abgesehen davon wüsste ich nicht, warum jemand uns die Schuld an ihren Taten geben sollte. Egal, ob es ein noch experimentelles Medikament ist oder nicht. Im Gegenteil. Wir sind ihre Ärzte und versuchen nur, ihnen zu helfen.«

»Eine schöne Hilfe sind wir.« Hublein ließ sich wieder schwer in seinen Sessel fallen und spreizte die Hände auf der Schreibtischplatte. »Es gefällt mir einfach nicht, dass es bei dreien unserer Patienten zu gewalttätigen Episoden gekommen ist.«

»Gewalttätig waren sie schon lange, bevor sie zu uns kamen. Das war vorauszusehen. Zu erwarten. Mit oder ohne Behandlung musste es bei diesen Typen zu Zwischenfällen kommen. Das war schon vorher so und wird auch nach der Behandlung noch so sein. Darum geht es schließlich bei der Studie. Herauszufinden, ob dieses Medikament die Wahrscheinlichkeit solcher Anfälle verringert.«

Hublein nickte.

»Das Mittel wurde nicht entwickelt, um zu heilen«, fuhr Wexlar fort. »Es soll ihren Zustand nur verbessern. Und genau das erreichen wir. Mal abgesehen von diesen dreien.«

Hublein seufzte. »Und was tun wir jetzt?«

Wexlar setzte sich aufs Sofa. »Ich würde vorschlagen, dass wir diesen Kurtz eine Zeit lang von Pearce beschatten lassen. Falls er sich erneut in Schwierigkeiten bringt, nehmen wir ihn aus der Studie heraus. Nur um übervorsichtig zu sein.«

Hublein griff nach dem Telefon. »Catherine? Suchen Sie Harold Pearce, und lassen Sie ihn unverzüglich zu mir ins Büro kommen.«

Hublein hatte gemischte Gefühle in Bezug auf Harold Pearce. Er war ein Einzelgänger, sprach kaum und lächelte nie. Die Hälfte der Zeit wusste Hublein nicht, wo er war oder was er tat. Was auch das Beste war. Es war besser, dass dieser Mann für sich blieb. Spellman Pharmaceuticals hatte ihn im Zuge der drei Studien hergeschickt, die sie für sie durchführten. Besonders für die PTBS-Studie, die Milliarden wert sein könnte. Der Vertrag mit Spellman erforderte einen Sicherheitsbeauftragten vor Ort, um das Projekt zu schützen. Oder Konkurrenz-Spionage aufzudecken. Da so viel Geld auf dem Spiel stand und mindestens ein weiteres Pharmaunternehmen Medikamente im PTBS-Bereich entwickelte, schien das nur vernünftig, und so stimmte Hublein den Sicherheitsvorkehrungen zu. Er mochte nur Pearce persönlich nicht.

»Sie wollten mich sprechen?«

Harold Pearce stand in der Tür. Hublein hatte nicht einmal gehört, wie er sie geöffnet hatte. Er war plötzlich da. Pearce war ein kleiner Mann, vielleicht eins fünfundfünfzig, wirkte aber durchtrainiert und fit. Er hatte kurz geschnittenes hellbraunes Haar und ein eckiges Kinn, und wie üblich trug er Khakihosen, ein schwarzes Sweatshirt und eine schwarze Lederjacke.

»Wir haben ein Problem«, sagte Hublein.

»Nicht wirklich ein Problem«, warf Wexlar ein. »Eine etwas heikle Situation.«

»Situation, Problem ... was auch immer. Worum geht es?«, fragte Pearce, während er eintrat und die Tür hinter sich schloss.

»Eine der Versuchspersonen des PTBS-Projekts ist möglicherweise außer Kontrolle«, sagte Hublein.

»Was ist passiert?« Pearce' stahlgrauer Blick glitt zwischen den beiden Männern hin und her.

»Brian Kurtz hat einen Stadtstreicher zusammengeschlagen«, sagte Hublein. »Die Polizei wurde hinzugerufen. Ich möchte ihn aus der Studie nehmen, aber Dr. Wexlar ist anderer Meinung.«

»*Er* wurde angegriffen«, sagte Wexlar. »Er hat sich nur verteidigt.«

Hublein stand auf und lehnte sich an seinen Schreibtisch. »Trotzdem gefällt es mir nicht, dass er so viel Aufmerksamkeit erregt hat. Zuerst die der Polizei, dann auch noch die von diesem Unfalldoktor.«

»Und was wollen Sie von mir?«, fragte Pearce.

»Dass Sie ihn im Auge behalten«, antwortete Hublein. »Aber lassen Sie es ihn nicht merken.«

Ein Grinsen legte sich auf Pearce' Gesicht. »Das wird er nicht. Sonst noch was?«

»Nein.«

Pearce ging so sorglos, wie er gekommen war.

25. KAPITEL

Dienstag, 10.51 Uhr

Harold Pearce war kein glücklicher Mann. Nicht, dass er überhaupt je fröhlich wäre, aber dieser Auftrag war ihm auf den Magen geschlagen. Nachdem er Hubleins Büro verlassen hatte, zog er eine Flasche Mylanta aus seiner Jackentasche und trank einen Schluck daraus. Wie lange war es her, seit sein Magen ihm so zu schaffen gemacht hatte? Fünf Jahre? Vielleicht sechs. Das letzte Mal war er regelrecht aufgeschmissen gewesen und hatte faul in einem Büro im Pentagon herumhängen müssen. Zehn Monate hatte er damit zugebracht, einem Haufen alter West-Point-Colonels die Nase zu putzen. Nabobs, die nur darauf warteten, in Pension gehen zu können.

Er nahm den Aufzug ins Parterre, trank noch einen Schluck von dem Magensäuremittel und ging den fensterlosen Gang zu seinem Büro hinunter.

Was machte er hier eigentlich? Acht Jahre beim Geheimdienst, zwei am Golf, eine Dekade bei einer Sonderkommission der CIA, und jetzt saß er hier in diesem gottverdammten Alabama und spielte den Babysitter für zwei studierte Trottel und einen Korb voller Spinner. Eigentlich hätte er noch immer bei den Sondereinsatzkräften sein müssen, wo er hingehörte. Wo seine Fähigkeiten am wirksamsten waren. Wie viele Eliminierungen hatte er für sie vorgenommen? Mindestens ein Dutzend, soweit er sich erinnern konnte. Seine Opfer waren vor seinen Augen gestorben, einige unter seinen Händen, wobei sie ihm ihren letzten Atem ins Gesicht gehaucht hatten. Sprengstoffe, Scharfschützengewehre, Klingen – er hatte alles benutzt. Wie viele Rettungsaktionen hatte er gemeistert? Die beiden Piloten in der Nähe von Bagdad und die drei im Iran inhaftierten Spione waren die, an die er sich auf Anhieb erinnern konnte.

Trotzdem saß er hier. Vielleicht hätte er General McKesson nicht zusammenschlagen sollen. Ach, hol ihn der Teufel, diesen arroganten Hurensohn.

Natürlich hatte er diesen Job in Huntsville angenommen. Er hatte ja gar keine andere Wahl gehabt. Seine militärische Laufbahn hatte McKesson zerstört. Und die bei Special Operations auch. Er hatte ihn im Pentagon aufs Schärfste in die Mangel genommen und ihn dann hinausgeworfen. Und so war es entweder dieser Job gewesen oder einer als Wachmann. Irgendwie konnte Pearce es sich aber nicht vorstellen, die ganze Nacht in einem Lagerhaus oder Gott weiß wo herumzusitzen, Donuts zu futtern, Kaffee zu schlürfen und vor einem Fernseher einzuschlafen. Der Ruhestand war auch keine Option. Die zwanzigtausend, die er auf der Bank hatte, waren nicht gerade ein goldener Fallschirm.

Deshalb war Pearce auf Smithsons Vorschlag eingegangen, als der damit angekommen war. Aber Smithson sollte sich hüten, ihn zu verarschen, und lieber dafür sorgen, dass der Sack Geld, der ihm versprochen worden war, auch wirklich kam.

Pearce betrat sein spartanisches Büro und zog die Tür hinter sich zu. Ein schlichter Schreibtisch, ein einfacher schwarzer Drehstuhl, eine altersschwache Schwanenhalslampe, ein schwerer Metallsafe und ein Rechner. Beigefarbene Wände ohne Fotos oder Bilder.

Pearce setzte sich in den Sessel und schwenkte zu dem Safe in der Ecke hinter seinem Tisch herum. Er gab die Kombination ein, zog die schwere Tür auf und nahm seine schwarze Überwachungstasche heraus. Nachdem er ihren Inhalt überprüft hatte, warf er noch eine zusätzliche Flasche Mylanta hinein und zog das Handy heraus, das Smithson ihm gegeben hatte.

Smithson antwortete beim zweiten Klingeln. Sie sprachen weniger als fünf Minuten; dann fuhr Pearce den Computer hoch und öffnete die E-Mail, die Smithson ihm gerade geschickt hatte. Durch die Verschlüsselung und Weiterleitung über zahlreiche sichere Computer bestand keine Gefahr, dass die Nachricht abgefangen werden konnte.

Beim Lesen lächelte Pearce beinahe.

26. KAPITEL

Dienstag, 11.05 Uhr

Als T-Tommy und ich das Büro der Sonderkommission betraten, bemerkte ich sofort, dass die dritte Pinnwand jetzt Tatortfotos aus Mikes Haus enthielt. Ich wandte den Blick ab, um das Ganze nicht noch einmal zu durchleben.

Scotty Simpson saß an einem der Tische und hatte jede Menge Papiere vor sich ausgebreitet. Bei meinem Eintreten blickte er auf. »Habt ihr Luther gesehen?«, fragte er.

»Nein.«

»Er sucht euch, und er sah nicht gerade erfreut aus.«

»Was haben wir getan?«, fragte T-Tommy.

Scotty zuckte mit den Schultern. »Das hat er nicht gesagt, und ich habe es vorgezogen, ihn nicht danach zu fragen.«

Ich hob die heutige Ausgabe der *Huntsville Times* vom Schreibtisch auf. Die Titelseite zeigte ein Foto von der gestrigen Pressekonferenz; der Text darunter besagte: »Forensik-Experte Dub Walker unterstützt Sheriff Luther Randall, Deputy Scotty Simpson und Tommy Tortelli von der Mordkommission bei der Suche nach brutalem Killer.«

Ich reichte T-Tommy die Zeitung. Er warf einen Blick darauf und brummte dann nur leise. Das war seine Art zu sagen, dass er nicht beeindruckt war. T-Tommy hatte ein Händchen dafür, einen mit den Füßen auf dem Teppich zu halten und mit dem Kopf … na ja.

»Irgendwas Neues?«, fragte ich.

Scotty blätterte in den Papieren auf dem Tisch und reichte mir eine Seite. »Die Ballistik- und Autopsie-Ergebnisse kennst du ja schon. Der toxikologische Bericht besagt, dass Mike eine Blutalkoholkonzentration von 0,4 Promille hatte.«

»Scotch«, sagte ich. »Mike trank gerne Scotch.«

»Das gesamte bisher untersuchte Blut ist von Mike. Sidau hat am Tatort ein paar Haare gefunden. Im Spülbecken und am Handtuch. Sie gehören nicht Mike, deshalb stammen sie vermutlich vom Killer.«

»Irgendwelche Follikel?«

»Jep. Sidau sagte, er könne einen DNA-Abgleich machen, falls wir einen Verdächtigen finden.«

»Ich nehme an, er wird ein Profil erstellen und es ins CODIS eingeben, die DNA-Datenbank.«

»Ist schon in Arbeit.«

»Das ist mehr, als wir gestern hatten.« Ich warf T-Tommy einen Blick zu. »Sollen wir Luther suchen und uns anhören, was er zu sagen hat?«

»Das werden wir wohl müssen.«

Alice, Luthers Verwaltungsassistentin, warf uns einen Blick zu, als sie uns die Tür zu Luthers Büro aufhielt. Es war ein Blick, der besagte, dass wir Schüler waren und sie die Lehrerin, und dass wir gerade das Büro des Schulleiters betraten. Ich setzte ein Lächeln auf, das aber schnell verblasste, als ich Luthers düstere Miene sah. Er forderte uns nicht auf, Platz zu nehmen, sondern stand hinter seinem Schreibtisch, die Arme vor der Brust verschränkt, und ließ das Ganze tatsächlich wie eine Vorladung bei einem strengen Schuldirektor erscheinen.

»Da schau her! Ich habe heute Morgen einen Anruf von Billy Holcomb bekommen. Er sagte, zwei Männer hätten ihn unter Druck gesetzt. Einer von ihnen hätte ihn sogar bedroht. Sie hätten sich den Weg in sein Apartment erzwungen. Wollt ihr mir erzählen, was dort abgelaufen ist?«

»Da ist gar nichts abgelaufen«, sagte ich. »Ich hab mir nur den Tatort angeschaut. Und dieser Billy hat den harten Typen gemimt.«

»Und?«

»Und nichts. Schließlich hat Billy uns hereingebeten.«

»Kommt mir ja nicht blöd.« Er fing T-Tommys Grinsen auf und bedachte ihn mit einem zornigen Blick. »Findest du das lustig, Tortelli?«

T-Tommy schüttelte den Kopf. »Er hat uns wirklich hereingebeten.«

Luther stieß ein ungläubiges Schnauben aus. »Einfach so? Ach kommt doch bitte herein und seht euch um?«

»Mehr oder weniger«, sagte ich.

Luther setzte sich. »Erzähl mir, wie es war.«

»T-Tommy hat Billy gesagt, welche Alternativen er hat. Daraufhin sagte Billy, er würde uns gerne seine Wohnung zeigen.«

Luther rieb sich die Stirn. »Alternativen? Lass mich raten. Festnahme? Die Wohnung auf den Kopf stellen? Solche Alternativen?«

Ich zuckte mit den Schultern. »Mehr oder weniger.«

Luther drehte sich zu T-Tommy um. »Möchtest du etwas hinzufügen, Tortelli?«

»Ich hab den Mann nicht angefasst. Ihn nicht einmal bedroht. Jedenfalls nicht mit Prügeln oder so.« T-Tommy kratzte sich am Ohr. »Aber die ganze Bude stank nach Marihuana … vielleicht hab ich was von einem Besuch der Kollegen aus dem Drogendezernat erwähnt. So was in der Art.«

Luther ballte eine Faust. »Lasst mich eins klarstellen. Ich kann euch zwei diese Ermittlung nicht vermasseln lassen. Ich kann es nicht gebrauchen, dass ein Bürger eine Beschwerde einreicht oder mit einer Polizeieinschüchterungs-Geschichte zu den Medien rennt. Ist das klar?« Wir nickten. »Wir befinden uns hier praktisch unter dem Mikroskop. Die Öffentlichkeit ist sehr angespannt. Der Bürgermeister sitzt mir im Nacken. Sie erwarten von uns, dass wir diesen Kerl aufspüren. Sie erwarten, dass wir die Bürger beschützen. Aber sie erwarten *nicht*, von uns herumgeschubst zu werden.«

Darauf hatte ich keine Antwort. Und T-Tommy auch nicht. Aber wir nickten beide zustimmend, wobei ich allerdings den Eindruck hatte, dass mein Nicken aufrichtiger war als das von Tommy.

»Und jetzt raus hier«, sagte Luther.

»Eins noch«, sagte ich. »Claire McBride will mich in den Achtzehn-Uhr-Nachrichten interviewen.«

Luther lehnte sich zurück und runzelte die Stirn. »Und was für Fragen wird sie dir stellen?«

»Da bin ich mir nicht sicher. Wahrscheinlich will sie wissen, nach was für einer Art von Täter wir suchen und dergleichen.« Ich zögerte, doch Luther sagte nichts dazu. Die Falte zwischen seinen Brauen vertiefte sich allerdings ein wenig. »Das wäre eine Chance für uns, die Öffentlichkeit zu beteiligen. Sie wissen zu lassen, nach wem wir suchen.« Luther schürzte die Lippen, als würde er darüber nachdenken. »Schaden kann es nicht«, schloss ich.

Er warf mir einen Seitenblick zu. »Richtig.« Luther verstand sich auf Sarkasmus. Dann schüttelte er den Kopf und blickte buchstäblich durch mich hindurch. »Vermassele es nur nicht.«

»Natürlich.«

»Natürlich *nicht*«, berichtigte mich T-Tommy. »Du wirst es *nicht* vermasseln.«

»Ja. Genau das wollte ich sagen.«

Luther zeigte nur schweigend zur Tür.

27. KAPITEL

Dienstag, 18.02 Uhr

»Hör auf, herumzualbern«, sagte Claire und gab mir einen Klaps auf den Hinterkopf.

Sie stand hinter mir. Ich blickte auf zu ihrem Bild, das ich im Spiegel vor mir sah. »Es kitzelt.«

»Du schneidest Grimassen. Wenn du nicht damit aufhörst, wird Maria nie fertig. Wir gehen in acht Minuten auf Sendung.«

»Ich brauche kein Make-up.«

»Glaub mir, Dub, du brauchst es.« Sie schüttelte den Kopf und wandte sich zu Maria: »Dieses Theater macht er jedes Mal, wenn er auf Sendung geht.«

Maria Sanchez, die für meinen Geschmack viel zu stark geschminkt war, fuhr mit dem weichen Pinsel über meine Nase, worauf diese unwillkürlich zuckte, weil es kitzelte.

»Es ist eigentlich gar nicht nötig. Du quälst mich nur sehr gern.«

»Das ist wahr«, sagte Claire. »Maria gibt dir ein bisschen Farbe und nimmt deiner Haut den Glanz. Wenn nicht, würdest du aussehen wie auf einem Fahndungsfoto.«

»Und so komme ich mir vor wie ein Covermodel fur *Transvestite's Quarterly*.«

»Wohl eher nicht«, sagte Claire lachend. »Irgendwie kann ich mir dich nicht in Spitze und Pumps vorstellen.«

»Komisch, bei dir kann ich mir das sogar sehr gut vorstellen.«

Sie gab mir wieder einen Klaps. »Benimm dich.«

»Fertig!« Maria nahm mir den Schmink-Umhang ab.

Ich inspizierte mich im Spiegel. Eine Schicht hellbraunes Make-up bedeckte mein Gesicht, und meine Lippen glänzten ein wenig und waren röter als normalerweise. *Du liebe Güte*. Ich sah aus wie einer dieser Jungs von KISS.

Ich folgte Claire einen Gang hinunter und ins Studio, wo der Moderator soeben an die Werbung übergab. Ein Typ mit Kopfhörern über den Ohren führte uns an Scheinwerferständern, Kameras und einem Dutzend Elektrokabeln vorbei, die wie Spinnweben auf dem Boden lagen. Er setzte uns an einen Tisch links neben die beiden Moderatoren und brachte kleine Mikrofone an unseren Revers an.

»Bist du bereit?«, fragte Claire.

»Ich sehe aus wie ein Clown.«

»Nicht für die da«, sagte sie und nickte zu den Kameras hinüber.

Das starke Licht trieb mir Schweißperlen auf die Stirn. Maria tauchte plötzlich vor mir auf und betupfte mein Gesicht erneut mit diesem kitzeligen Pinsel. Dann trat sie zurück, um ihr Werk zu begutachten, schenkte mir mit erhobenem Daumen ein Lächeln und verschwand hinter dem Vorhang gleißend heller Lichter.

Zu unserer Rechten sagte der Moderator: »Und nun zurück zu unserer Top-Story, der Mordserie, die hier in Huntsville begangen wurde. Unsere heutige Berichterstatterin und besonderer Gast ist Claire McBride. Claire«, sagte er mit einer einladenden Handbewegung.

Claire sprach zu der Kamera, als wäre sie immun gegen die Scheinwerfer, während ich mich mir wie ein Grillhähnchen am Spieß vorkam.

»Heute Abend haben wir das Glück, einen Mann bei uns zu haben, den viele von Ihnen durch seine Bücher oder frühere Besuche in dieser oder anderen Nachrichtensendungen kennen.

Sie erinnern sich vielleicht auch, dass Dub Walker bei der Festnahme Billy Wayne Packwoods, eines berüchtigten Serienkillers, mithalf. Jetzt arbeitet er mit dem Sheriff's Department und der Sonderkommission der Huntsviller Polizeibehörde zusammen, um den brutalen Mörder aufzuspüren, der drei Menschen das Leben nahm. Danke vielmals, Dub, dass Sie gekommen sind.«

»Ich bedanke mich für die Einladung.«

»Lassen Sie mich als Erstes fragen, ob die Sonderkommission der Ergreifung des Mörders schon näher gekommen ist?«

»Die Untersuchungen der Tatorte haben einige Beweise ergeben, die letztendlich zu seiner Festnahme führen werden, davon sind wir überzeugt. Man könnte also sagen, wir sind verhalten optimistisch.«

Claire hatte ihre professionelle Miene aufgesetzt und ihre Reporterstimme angenommen. Bei Sammy's oder in jeder anderen gesellschaftlichen Umgebung war sie taff, witzig, ja oft sogar ein bisschen derb und sprach mit ihrem natürlichen, gedehnten Südstaatenakzent. Doch wenn sie arbeitete, änderte sich alles: Gesicht, Stimme, Körpersprache … vor den Kameras war alles anders. Hier war sie Profi, durch und durch. Natürlich stellte ich sie mir mit einem Bourbon in der Hand vor. Oder auch in einem Hauch von Spitze und High Heels …

»Bevor wir auf Sendung gingen, sprachen wir über die Art von Mensch, der solche Morde begehen würde. Dieser Mörder ist anders als die meisten Serienkiller, nicht wahr?«

Ich nickte und sah in die Kamera. »In vieler Hinsicht, ja. Die meisten Serienmörder bemächtigen sich ihrer Opfer mit Gewalt oder durch irgendeinen Trick und bringen sie zu einem abgelegenen Ort, wo dann der Mord stattfindet. Danach verstecken sie die Leiche oder legen sie irgendwo ab, für gewöhnlich in einem Gelände, in dem sie nicht so leicht gefunden werden. Wie Packwood es getan hat. Unser Täter dagegen, der diese Morde hier verübt, schleicht sich nachts in die Wohnungen der Opfer und tötet sie im Schlaf. Er versucht nicht einmal, seine Verbrechen zu vertuschen.«

»Was sagt Ihnen das über den Mörder?«

»Dass er entweder sozial inkompetent oder ein Feigling ist. Er besitzt nicht das Auftreten, um sich mit charmanten Worten Zutritt zu einer Wohnung zu verschaffen, oder er hat Angst, seinen Opfern gegenüberzutreten.«

»Sie glauben, der Täter ist ein Feigling? Der Angst vor seinen Opfern hat?«

»Zwei der drei Opfer wurden im Bett erschossen. Nur beim ersten, Mr. Carl Petersen, einem gebrechlichen Siebzigjährigen, war es nicht so. Hier deuten die Beweise darauf hin, dass Mr. Petersen sich heftig zur Wehr gesetzt hat. Ich glaube, das hat dem Mörder Angst gemacht, weil die nächsten Opfer erschossen wurden, bevor sie eine Chance bekamen, sich zu verteidigen. Für mich ist das Feigheit.«

Claire nickte und warf einen Blick auf ihre Notizen, die sie vor sich hatte. »Meinen Recherchen habe ich entnommen, dass die meisten Serienkiller von irgendeiner kranken Fantasie getrieben werden. Aber Sie haben den Eindruck, dass es bei diesem Täter nicht so ist. Wie kommen Sie darauf?«

»Es gab keine sexuellen Übergriffe auf die Opfer«, sagte ich. »Daher würde ich davon ausgehen, dass dieser Täter mehr von Wut und Zorn als von irgendeiner krankhaften sexuellen Fantasie getrieben ist. Er hat viel von dem, was wir als Amokläufer-Merkmale bezeichnen.«

»Was meinen Sie damit?«

»Ein Amokläufer ist jemand, der in blinder Wut verschiedene Menschen an unterschiedlichen Orten tötet. Wie Andrew Cunanan. Oder der Kerl, der Versace umgebracht hat. Das Problem, unseren Täter als Amokläufer einzustufen, ist nur, dass er

Abkühlphasen zwischen seinen Morden zu haben scheint. Im Gegensatz zum klassischen Amokläufer hetzt er nicht von Ort zu Ort und tötet wahllos Menschen, sondern plant und probt. In seinem Fall haben wir es eher mit einem organisierten Serienmörder zu tun, der Merkmale eines Amokläufers aufweist. Zumindest ist das meine Interpretation der bisher vorliegenden Informationen.«

»Was sollte die Öffentlichkeit noch über den Mörder wissen?«

»Dass er zwischen eins fünfundachtzig und eins neunzig groß ist, um die hundert Kilo wiegt und Rechtshänder ist. Aller Voraussicht nach ist er sehr stark und arbeitet wahrscheinlich mit den Händen oder trainiert mit Gewichten.«

»Woher wissen Sie das?«

»Ich kann Ihnen keine Einzelheiten nennen. Aber die Tatortanalyse deutet darauf hin, dass diese Beschreibung auf ihn zutrifft.« Claire wollte eine weitere Frage stellen, doch ich ließ sie nicht zu Worte kommen und fuhr fort: »Ich möchte noch hinzufügen, dass er aller Wahrscheinlichkeit nach impotent ist und ein latenter oder praktizierender Homosexueller sein könnte. Ich sage das, weil seine Opfer ausschließlich Männer sind.«

Claire zögerte eine Sekunde, blickte mich an und fragte dann: »Wie könnte ein impotenter Feigling, wie Sie ihn nennen, auf solch brutale Weise morden?«

»Wenn Sie sich da mal nicht irren. Dieser Mann ist groß, kräftig und voller Wut. Wahrscheinlich ist er jähzornig, leicht erregbar und hat ein gewalttätiges Vorleben. Vermutlich lebt er allein oder bei einem Familienangehörigen. Seine Wutausbrüche würden von den meisten Menschen nicht toleriert.«

»Das hört sich furchteinflößend an. Dieser *Mann* ist furchteinflößend.«

Ich nickte. »Das ist er, und noch viel mehr.«

»Was würden Sie der Öffentlichkeit raten?«

»Bis wir diesen Kerl fassen – und das werden wir – halten Sie Fenster und Türen gut verschlossen. Sollten Sie eine Alarmanlage haben, benutzen Sie sie. Sollten Sie irgendetwas Verdächtiges bemerken, melden Sie es der Polizei. Und vor allem sollten Sie sich sich gar keinen Fall mit einem Fremden anlegen. Dieser Kerl ist mehr als nur gefährlich.«

»Danke, Dub. Sie haben uns sehr viel zum Nachdenken gegeben.« Claire wandte sich der Kamera zu. »Sie können Dub Walkers neuestes Buch ›Mehrfachmörder, Natur oder Erziehung‹ übrigens in Ihrer hiesigen Buchhandlung erwerben.«

Der Moderator ergriff das Wort und stellte den nächsten Beitrag vor. Wir bahnten uns wieder einen Weg durch das Gewirr von Kameras und Kabeln und gingen zu Claires Büro zurück. Sie schloss die Tür und wandte sich mir zu.

»Was sollte das eigentlich, Dub?«

»Was?«

»Versuch nicht, mir etwas vorzumachen. Ich habe das Skript geschrieben. Dein plötzliches Gerede, der Täter könnte homosexuell sein. Ich dachte, du wärst sicher, dass er kein sexuell motivierter Täter ist.«

»Ist er auch nicht.«

»Was sollte dann die Bemerkung?«

»Wir sind bisher in der Defensive gewesen. Deshalb wollte ich ihm eine Granate zuwerfen und ihn damit vielleicht aus dem Gleichgewicht bringen.«

»Er *ist* aus dem Gleichgewicht. Er ist total meschugge!«

»Ja, eben. Wenn wir ihm noch mehr zusetzen, macht er vielleicht Fehler. Das ist unsere beste Chance, diesen Kerl zu kriegen.«

Claire pustete sich eine lose Haarsträhne aus dem Gesicht. »Das hättest du mir sagen sollen. Ich war nicht darauf gefasst, und ich mag keine Überraschungen, wenn ich auf Sendung bin.«

Ich lächelte sie an. »Du hattest alles im Griff.« Sie runzelte die Stirn. »Und es ist nicht gesagt, dass er die Sendung gesehen hat. Vielleicht ist er kein Fan von dir.« Claires Stirnrunzeln vertiefte sich. Offensichtlich forderte ich mein Glück heraus. Es wurde Zeit für einen Themawechsel. »Darf ich mir jetzt das Gesicht waschen?«

Claire konnte das Lächeln nicht zurückhalten, das sich auf ihre Lippen stahl. Sie konnte mir nie lange böse sein. Glaubte ich jedenfalls. »Ja, tu das bitte. Ich möchte nicht, dass du den Kindern draußen Angst einjagst.«

28. KAPITEL

Dienstag, 19.35 Uhr

Brian Kurtz lag rücklings auf der Hantelbank. Jeweils zwei fünfundzwanzig Kilo schwere Metallplatten waren an beiden Seiten der dicken Eisenstange befestigt, die quer über seiner Brust lag. Mit einem Grunzen stemmte er die mehr als hundert Kilo schwere Stange hoch und senkte sie langsam wieder. Dann begann er mit seiner dritten Serie und zählte stumm die Wiederholungen, die jedes Mal von einem lauten Ächzen begleitet wurden. Dreizehn, vierzehn, fünfzehn …

Okay. Brian ließ die Hantel in ihre Halterung herab und richtete sich auf. Wie immer nach seinem zweistündigen Krafttraining machte er mit Stretching-Übungen weiter, setzte sich dann ein paar Minuten zum Abkühlen an seinen Schreibtisch und wischte sich mit einem dunkelblauen Handtuch den Schweiß vom Gesicht.

Kushners Akte lag auf dem Schreibtisch. Er schlug sie auf und las jede Seite zum inzwischen fünften Mal. Sie enthielt mehr Informationen, als er brauchte. Viel mehr. Der Anrufer hatte nichts ausgelassen. Brian schloss die Akte, streckte sich auf dem Boden aus, verschränkte die Hände hinter dem Kopf und starrte an die Zimmerdecke.

Wer war der Anrufer? Woher zum Teufel wusste er so viel? Und was hatte er davon? Brian hatte schon vor langer Zeit gelernt, dass im Leben nichts umsonst war. Dass niemand etwas nur so zum Spaß tat.

Abgesehen davon war Brian überzeugt, dass er auch ohne die

Hilfe dieses Mannes zurechtgekommen wäre. Problemlos. Man brauchte kein Genie zu sein, um irgendwo einzubrechen und jemanden zu töten. Okay, die Sache mit Petersen war ein bisschen heikel gewesen. Ins Russel Erskine Hotel hinein- und wieder hinauszukommen war riskant, und dabei hatte der Anrufer ihm wirklich sehr geholfen. Er wusste, wann der richtige Zeitpunkt war, kannte den besten Weg und hatte alles gut organisiert. Trotzdem glaubte Brian, dass er es auch allein zustande gebracht hätte. Man brauchte nur den Willen, Konzentration und die nötige Entschlossenheit. Er dachte daran, was sein Drill Sergeant bei der Army immer gesagt hatte: Bleib konzentriert und in Bewegung. Geh immer weiter und verlier niemals das Ziel aus den Augen.

Vielleicht war es das. Der Anrufer besaß weder die nötige Konzentration, Entschlossenheit oder den Mut, die Sache selbst durchzuziehen. Klar, er konnte planen, detaillierte »Drehbücher« ausarbeiten und kleine Karten zeichnen. Wer könnte das nicht? Aber in die Tötungszone eindringen und tun, was zu tun ist … konzentriert bleiben, obwohl dir das Herz bis zum Hals schlägt und dein Verstand sich dreht und windet und dich anschreit, *nichts wie raus hier …* das war das Schwierige. Das Furchteinflößende. Und zugleich das Schöne, das die Bestie stärkte. Der Anrufer benutzte ihn einfach nur, um zu tun, was er selbst nicht konnte.

Trotzdem musste Brian zugeben, dass dieser Typ, wer immer er sein mochte, ihm die Sache erleichterte. Auch wenn er ein arroganter Pinsel war. Wie bei dieser Geschichte mit Kushner. Er hatte Brian gesagt – nein, ihm eigentlich sogar *befohlen* –, sich von Kushner fernzuhalten, bis er sein Okay gab. Sagte, Kushner sei bis morgen nicht in der Stadt, und vielleicht würde es morgen Nacht klappen. Dass er entscheiden werde, wann die Sache steigt, und es Brian dann mitteilen werde.

Was dachte der Kerl sich eigentlich? Dass Brian bloß sein Laufbursche war? Der Teufel sollte diesen Penner holen! Wenn er, Brian, jemanden abchecken wollte, würde er es tun. Wenn diesem Blödmann das nicht gefiel, dann sollte er doch rüberkommen und sich beschweren. Brian hatte nichts dagegen.

Mal sehen, wie überheblich der Typ noch ist, wenn er mir Auge in Auge gegenübersteht.

29. KAPITEL

Dienstag, 19.43 Uhr

Ich stand in der Küche und zupfte grünen Salat in mundgerechte Stücke, die ich in eine große hölzerne Schüssel gab, während T-Tommy vor einem Topf stand und wie immer viel Wirbel um seine berühmte Sauce Bolognese machte. Ich gab fein geschnittene Pilze, Oliven, gewürfelte Tomaten und eine Handvoll karamellisierter Pekannüsse in meinen Salat. Dann folgten Roquefort-Käse und eine selbst gemachte Vinaigrette, die behutsam unter den Salat untergehoben wurden.

Ich hatte Claire und T-Tommy zum Abendessen eingeladen. T-Tommy sagte, er käme nur, wenn er kochen dürfe. Jetzt war er schon eine Stunde damit zugange. Claire saß derweil mit einem Glas Wein auf der Gartenterrasse und genoss das nachlassende Sonnenlicht, das jetzt nur noch ein rötlicher Schimmer im Westen war. Sie arbeitete an ihrem Laptop, einem neuen MacBook Air, und bereitete wahrscheinlich ihre nächste Sendung vor.

Mein kleines Landhaus schmiegte sich an den westlichen Kamm des Monte Sano Mountain, einem der letzten Ausläufer der Appalachen. Von dem stark bewaldeten Monte Sano blickte man auf die Huntsviller Innenstadt hinunter, genau wie von meinem Garten und der Terrasse, auf der Claire saß. Das Haus befand sich dort, wo die Old Church Road in einer engen Schleife um eine hundertjährige Eiche endete. Das andere Ende zweigte zum Monte Sano Boulevard ab, einer von Bäumen beschatteten, zweispurigen Straße, die sich über die Schulter des Berges schlängelte und im Süden am geschäftigen Governors Drive und im Norden am kurvenreichen Bankhead Parkway endete, den einzigen beiden Verbindungen zur Stadt hinunter. Die steinernen Überreste der Kirche aus der Zeit vor dem Sezessionskrieg, von der die kurze Straße ihren Namen hatte, lagen an der Kreuzung von Old Church und Monte Sano. Die Kirche war vor nahezu hundert Jahren niedergebrannt worden, sodass heute nur noch ein Schornstein von ihr übrig war, noch immer geschwärzt vom Feuer.

Während T-Tommy frische Fettuccine in kochendes Wasser gab, sagte er: »Deine Vögel attackieren deine Ex.«

Meine Vögel hießen Kramden und Norton, zwei Krähen, die ich aus der Kiefer eines Nachbarn gerettet hatte, nachdem ihre Mutter verschwunden war. Wahrscheinlich war sie von einem Jäger erschossen worden. Zuerst ernährte ich die Kleinen mit einer Pipette, dann mit einem Brei aus Würmern und Körnern, und sie wuchsen zu nervigen jungen Erwachsenen heran. Das war der Punkt, an dem ich den begehbaren Käfig öffnete, den ich für sie gebaut hatte, und sie freiließ. Heute durchstreiften sie mit Artgenossen das gesamte County, schafften es aber dennoch, mindestens einmal am Tag zu Besuch zu kommen. Normalerweise, um gefüttert zu werden oder mir irgendeinen glänzenden Gegenstand zu bringen, den sie gefunden hatten. Krähen sind geborene Diebe und lieben alles, was glänzt und funkelt. Norton war ein genialer Dieb, Kramden war dick und geräuschvoll.

Ich schaute aus dem Fenster. Kramden hielt den Kopf über Claires Computerbildschirm gebeugt, während sie tippte, während Norton neben ihr stand und sie beäugte.

»Sie kann mit den Tieren umgehen.«

So war es auch. Sie kraulte Kramden den Kopf und gab Norton einen Cracker von der Käseplatte, die ich vorbereitet hatte. Norton schnappte ihn sich und hüpfte damit über den Tisch und in den Garten. Kramden folgte ihm auf dem Fuße, und lautes

Gezänk brach aus. Sowie sie den Cracker verschlungen hatten, erhoben sie sich in die Luft, noch immer nach einander hackend, und flogen in Richtung Westen. Ihre schwarzen Silhouetten hoben sich deutlich von dem orangeroten Himmel ab, und ihr Gekrächze hallte von den Bäumen wider. Es wurde Zeit für sie, einen Schlafplatz für die Nacht zu suchen.

Als das Essen fertig war, setzten wir uns damit zu Claire an den Terrassentisch. Die Pasta war hervorragend wie immer. T-Tommy kannte sich in der Küche aus. Er hatte das Kochen von seiner Mutter gelernt, nach alten Familienrezepten, und wir begleiteten die köstliche Pasta mit einem Black Chicken Zinfandel von Robert Biales Weingut im Napa Valley.

Beim Essen sprachen wir über den Fall. Es gab nichts Neues, wir gingen nur noch einmal alles durch, was wir bisher hatten. Das war nicht viel, aber allein schon, wenn man über einen Fall redete, änderte das häufig die Sichtweise. Dinge, die man übersehen hatte, tauchten plötzlich auf. Aber diesmal leider nicht. Noch nicht jedenfalls. Vielleicht, wenn wir mehr Anhaltspunkte hatten als im Augenblick.

Claire schenkte sich Wein nach und bot auch T-Tommy und mir noch etwas an. Ich nickte, aber er winkte ab.

»Nach der Sendung heute Abend habe ich ein bisschen über Amokläufer recherchiert«, sagte Claire.

»Schön, dass ich dich dazu inspiriert habe«, erwiderte ich.

»Du inspirierst mich immer, Dub, wenn auch hauptsächlich zu mörderischen Wutanfällen.«

»Ha, ha. Sehr witzig.«

Sie warf mir einen bösen Blick zu. »Jedenfalls neigen Amokläufer zu impulsivem Handeln«, fuhr sie dann fort. »Sie planen selten etwas. Sie agieren und reagieren nur. Oft greifen sie völlig wahllos an. Einfach nur, weil sich ihnen eine günstige Gelegenheit bietet. Richtig?«

»Ja«, sagte ich. »Sie haben es vielleicht auf ein ganz bestimmtes Opfer, eine Gruppe oder Organisation abgesehen, aber auf dem Weg dorthin und zurück töten sie jeden, der ihren Weg kreuzt. Andrew Cunanan brachte zwei Männer um, die er kannte, und verschwand. Das war in Minnesota. Die Opfer hießen Jeffrey Trail und David Madson. Dann tötete er einen gewissen Lee Miglin in Chicago und einen William Reese in New Jersey, weil er ihr Geld und ihre Autos brauchte, und machte sich auf den Weg nach Süden. Kaum war er in South Beach, nahm er sich Versace vor. Vielleicht war Versace von Anfang an die Quelle seiner Wut. Vielleicht stellte Versace aber auch nur etwas dar, das Cunanan nicht ausstehen konnte. Oder es ging um einen Club, in dem für ihn kein Platz war. Könnte beides sein. Aber das werden wir nie erfahren, da Cunanan sich eine Kugel in den Kopf jagte. Ein Jammer, dass er es nicht vorher schon getan hatte.«

»Das hört sich nach dem Täter an, hinter dem ihr her seid«, meinte Claire.

»Größtenteils.«

»Ich habe gelesen, dass diese Typen oft schon rasend vor Wut sind, wenn sie losziehen und dann in einem Restaurant um sich feuern oder sich eine Schießerei mit der Polizei liefern.«

Ich nickte. »Hoffen wir, dass er einen Fehler macht, bevor es so weit kommt.«

»Wenn dieser Kerl verrückt ist, müsste das nicht jemand wissen? Wäre er nicht schon mal verhaftet worden oder hätte einen Psychiater aufgesucht oder etwas in der Art?«

»Das überprüfen wir gerade«, sagte T-Tommy. »Und dass Dub heute Abend mit dir im Fernsehen war, könnte dabei helfen. Die Öffentlichkeit muss wissen, wen wir suchen.«

»Vielleicht ruft jemand an und gibt den goldrichtigen Tipp«, sagte Claire.

T-Tommy seufzte. »Das Problem ist, dass Gott und alle Welt

anrufen wird. Weil sie ihre Ehemänner, Onkel oder Kollegen für den Mörder halten. Und der richtige Hinweis, falls einer kommt, geht irgendwo unter all den anderen verloren.«

Claire schaute ihn über das Weinglas hinweg an, das sie in beiden Händen hielt. »So viele Anrufe bekommt ihr?«

»Hunderte«, sagte T-Tommy.

30. KAPITEL

Dienstag, 21.47 Uhr

»Herrgott noch mal, ich hab die Schnauze voll von diesem Mist! Wie spät ist es überhaupt?« Deputy Larry Curtis fühlte sich nicht gut heute Abend. Er hatte Kopfschmerzen, sein Magen brannte von zu viel Pizza, und er fühlte sich gefangen in einem scheinbar immer mehr schrumpfenden Raum.

Er und die Deputies Marvin Kilborn und Mickey Fitch waren Neulinge, weshalb sie stets die blödesten Aufträge bekamen. Wie diesen hier. In den letzten zwölf Stunden hatten sie Hunderte von Polizeiberichten über Gewaltdelikte durchgesehen. Meterhohe Aktenstapel bedeckten zwei Tische und die Hälfte des Fußbodens in dem beengten, fensterlosen Raum, in dem es nach Schweiß, abgestandenem Kaffee, zerknüllten McDonald's-Tüten und Pizzakartons roch.

»Es geht auf zehn Uhr«, sagte Kilborn.

Curtis setzte seine Tirade fort. »Ich hab nicht die Polizeischule hinter mich gebracht, um hier auf meinem Arsch zu sitzen! Ich will auf der Straße sein und richtige Polizeiarbeit machen!«

»Das hier ist Polizeiarbeit«, erinnerte ihn Fitch.

»Mist, verdammter.«

»Was ist?«

Curtis blickte auf und sah Jeanette Hopkins mit einem weiteren Stapel Akten vor ihrer üppigen Brust im Eingang stehen.

»Nicht du schon wieder«, seufzte Curtis.

Sie lachte. »Ich kann hier keine Liebe spüren, Jungs.«

Jeanette war seit mehr als dreißig Jahren die leitende Archivarin des Madison County Sheriff Departments. Heute hatte sie sich bereit erklärt, Überstunden zu machen, um die Akten durchzugehen und die Unterlagen über Gewaltverbrechen herauszusuchen. Niemand kannte sich besser aus im Archiv als Jeanette, und nur wenige wussten so viel über Verbrechen. Ungefähr jede halbe Stunde tauchte sie mit einem weiteren Stapel Akten auf. Es schien ein nicht enden wollender Vorrat zu sein. Zum Glück hatte sie diesmal wenigstens nur einen Stapel dabei statt des ganzen Wagens, den sie sonst hereinschob.

Curtis nahm ihr den Stapel ab. »Natürlich lieben wir dich, Jeanette. Aber diese Akten eher nicht.«

»Keine Bange, das sind die letzten. Für heute jedenfalls. Die hier sind von diesem Wochenende und ein paar von gestern.«

»Frisch gedruckt.«

»Viel Spaß damit, Jungs. Ich gehe jetzt nach Hause.«

»Nimm uns mit«, bat Fitch.

»Hmm. Ich frage mich, was mein Mann dazu sagen würde, wenn ich drei gut aussehende junge Typen mitbrächte.« Damit wandte sie sich lachend ab und ging den Flur hinunter.

Curtis legte die Akten vor sich auf den Schreibtisch. »Das ist die reinste Zeitverschwendung. Wir haben nichts gefunden außer Dieben, prügelnden Ehemännern und Gang-Abschaum. Ich bin mir nicht mal sicher, wonach wir überhaupt noch suchen.«

»Nach besonders gewalttätigen Verbrechen«, erinnerte ihn Kilborn.

»Morde, Körperverletzungen und Vergewaltigungen, meinst du? Dann passen die alle hier«, entgegnete Curtis und zeigte mit einer Handbewegung auf die bereits durchgesehenen Stapel von Unterlagen.

»In diesen Akten geht es um alltägliche Gewalt. Wir aber suchen nach ungewöhnlicher, exzessiver Gewalt«, sagte Fitch.

»Okay. Dann lass uns mal sehen, was wir hier haben.« Curtis griff nach der obersten Akte auf dem Stapel vor ihm. »Eine frische Tat von gestern erst. Wir haben einen John Doe. Na, das ist ja mal ein origineller Name. Moment mal. Dieser John hat einen Namen … Dan Hargrove. Sieht so aus, als lebte Danny Boy auf unseren Straßen. Er hat versucht, einen Mr. Brian Kurtz mit einem Messer anzugreifen, doch Mr. Kurtz nahm ihm das offenbar sehr übel und schlug ihn grün und blau. Ist das nun gewöhnliche oder ungewöhnliche Gewalt?«

Weder Kilborn noch Fitch antworteten.

»Sie sollten Mr. Kurtz einen Orden verleihen. Wenn wir mehr Opfer wie ihn hätten, wäre unser Job viel leichter.« Er legte die Akte auf den Stapel, der ins Archiv zurückgehen sollte.

»Lass mich mal sehen«, sagte Kilborn.

Curtis warf ihm die Mappe zu und nahm sich eine weitere Akte vor.

Kilborn las die Seiten durch und sagte dann: »Lasst uns diese hierbehalten.«

»Warum?«, fragte Curtis.

»Es sieht so aus, als wäre Hargrove auf der Intensivstation gelandet. Das würde ich dann doch als exzessive Gewalt bezeichnen.«

»Wahrscheinlich hatte er es nicht anders verdient«, sagte Curtis.

»Ja, möglich.« Kilborn nickte. »Aber es war trotzdem übertrieben, findet ihr nicht?«

31. KAPITEL

Dienstag, 22.05 Uhr

Brian hielt das Tempo der anderen Fahrzeuge, die auf dem Memorial Parkway in Richtung Norden brausten. Nachdem er den Sparkman Drive überquert hatte und am Alabama A&M Footballstadion vorbeigefahren war, bog er auf die Winchester ab. Hier war der Verkehr nicht mehr so dicht und die Straße dunkler. Die Zivilisation ging in Ackerland mit ein paar vereinzelten Landstraßen und Höfen über.

Irgendwann fuhr Brian über die gewundenen Straßen in Richtung Norden und in ein neues, noch kaum bebautes Gebiet. Jetzt war es nicht mehr weit. Noch ein paar Kurven und Abzweigungen, und Brian befand sich auf dem Manfred Drive. Kushners Straße. Eine halbe Meile lang und nur von sechs Häusern gesäumt. Kushners Haus lag ganz am Ende auf der linken Seite, kurz bevor der Asphalt einem ausgefahrenen Feldweg wich, der von einem massiven Metallzaun abgeriegelt war. *Privatgelände*, stand in roter Schrift auf einem verwitterten weißen Schild, das ein wenig schief von einem der Pfosten hing.

Kushners Haus, ein weißer Schindelbau auf rotem Backstein mit gemauerten Schornsteinen rechts und links, hatte einen großen, nach frisch gemähtem Gras riechenden Vorgarten. Gepflegte Hecken umgaben das Haus, und eine schwache gelbe Leuchte erhellte den Eingangsbereich.

Brian machte eine Kehrtwende und fuhr den Manfred Drive wieder hinauf. Alle Häuser waren dunkel, bis auf eins, wo das Flimmern eines Fernsehschirms hinter dünnen Gardinen zu erkennen war. Hier draußen gingen die Leute anscheinend früh zu Bett. Am Ende der Straße kehrte Brian wieder um und parkte seinen dunkelblauen Jeep ungefähr zweihundert Meter von Kushners Haus entfernt. Hier stellte er den Motor ab und blieb still im Wagen sitzen.

Mit einer kleinen Stiftlampe sah er sich noch einmal die Karte und die anderen Informationen an, die er sich von der E-Mail des Anrufers ausgedruckt hatte. Albert und Roberta Kushner, zweiundvierzig und vierzig Jahre alt. Sie besaßen eine Ladenzeile und zwei Tankstellen. Spendeten großzügig an verschiedene Wohltätigkeitsorganisationen. Saßen im Beratungsausschuss eines einheimischen Museums. Waren Mitglieder im Elks Club und im Lions Club. Bla, bla, bla.

All das ließ Kushner wie einen Vorzeigebürger, wie den Mann des Jahres erscheinen. Was totaler Blödsinn war. Brian kannte die Arroganz und Feindseligkeit des Mannes. Wie die anderen hielt er sich für etwas Besseres und konnte grob und erniedrigend jenen gegenüber sein, die er für nicht ebenbürtig hielt.

Eine Zeile auf dem Blatt besagte: »Kushner ist auf Geschäftsreise. Kommt morgen zurück.«

Ein vierundzwanzigstündiger Vollstreckungsaufschub, Mr. Kushner.

Der Anrufer hatte Brian gesagt, er solle sich dem Haus nicht nähern. Dass alles vorbereitet sei. Dass die ganze Aufklärung, wie er es nannte, schon erledigt sei. *Zum Teufel mit ihm.* Brian stieg aus dem Jeep. Er trug Jogginghosen und ein T-Shirt, beides schwarz, und setzte jetzt noch eine dunkelblaue Kappe auf. Das Gewicht der Waffe und des Schalldämpfers in der Bauchtasche, die er um die Taille trug, fühlte sich solide und beruhigend an. Schade nur, dass er sie heute Nacht noch nicht benutzen würde.

Die Nacht war lau, der Himmel schwarz. Ein dreiviertelvoller

Mond hing tief über Kushners Haus. Am westlichen Horizont sah Brian Blitze aufzucken. Aber sie waren zu weit entfernt, um den Donner noch zu hören.

Kushners Haus zog ihn wie magisch an. Er ging die Straße hinunter, an einem stillen, dunklen Haus vorbei und dann quer durch Kushners Vorgarten, als gehörte er dorthin. Er umrundete das Haus und stellte fest, dass der hintere Garten größer, aber genauso gut gepflegt war wie der Vorgarten. Ein von Blumen umranktes Vogelbad stand mitten im Garten; eine Zwei-Personen-Schaukel hing zwischen zwei Pfosten rechts von ihm, und dichte, nicht ganz so gut gepflegte Hecken bildeten die hintere Begrenzung des Grundstücks und schirmten es vor den neugierigen Blicken von Nachbarn ab. Perfekt.

Brian schlich zur Hintertür, wo eine verschnörkelte Lampe schwaches Licht auf eine kleine Terrasse warf. Links neben der Tür befand sich ein Fenster mit Aluminiumrahmen, das von einem dünnen Fliegengitter bedeckt war. Sich hier Zugang zu verschaffen würde ein Kinderspiel sein. Die Hände wie Trichter um die Augen gelegt, drückte Brian sie an das Fliegengitter und spähte in einen großen, dunklen Raum. Ein Großbildfernseher, der gegenüber von einem Sofa stand, bedeckte fast die gesamte linke Wand. Rechts von Brian standen ein Tisch und vier Stühle; dahinter befand sich eine kleine Küche. Der Zeichnung des Anrufers nach führte der ihm gegenüberliegende Gang zu den Schlafzimmern der Kushners.

Leider war Kushner nicht da. Aber seine Frau vermutlich schon …

Brian spürte, wie sich in seinem Bauch etwas regte und die vertraute Wärme in seine Brust aufstieg. *Nicht jetzt.* Er trat zurück aus Angst, dass er das Fenster einschlagen würde, und ging zu der Schaukel, um sich zu setzen.

Ein seltsames Gefühl überkam ihn. Eine Mischung aus dem

Bewusstsein der eigenen Macht und Zufriedenheit. Hier saß er, und niemand wusste es. Die schlafende Frau im Haus hatte keine Ahnung, dass das Raubtier schon ganz nahe war. Dass der, der ihrem Leben und dem ihres Mannes in weniger als vierundzwanzig Stunden ein Ende setzen würde, schon hier auf der Lauer lag, wartete, beobachtete. Ohne Hast.

Ja, Raubtier war genau die richtige Bezeichnung dafür, wie sich Brian fühlte. Nicht anders als ein Löwe auf dem Transvaal, der seine Beute beäugte und sich aus der Herde das Opfer erwählte, das erlegt werden musste.

Unwillkürlich begann er zu schaukeln und empfand das Auf und Ab als sehr beruhigend. Die leise quietschende rostige Kette erinnerte ihn an die Schaukel in seinem Elternhaus. An einen der wenigen Zufluchtsorte, die er gehabt hatte. Ein Platz, an dem er hin und her schwingen und davon träumen konnte, davonzulaufen und bei einer anderen Familie zu leben. Einer normalen Familie, in der die Eltern nicht ständig betrunken waren oder stritten, herumschrien oder andere erniedrigten.

Ein letztes Mal blickte er sich um, bevor er wieder um das Haus herum und zurück zu seinem Jeep ging. Als er die Tür öffnen wollte, zögerte er. Irgendetwas stimmte nicht. Er fühlte sich … exponiert. Schutzlos. Als würde er beobachtet. Er blickte die Straße hinauf und hinunter, sah aber nichts, was sich verändert hatte. Bis auf den Fernsehgucker, dessen Haus inzwischen auch im Dunkeln lag.

Brian kam sich dumm vor und war wütend auf sich selbst, weil er sich von diesem Gefühl hatte beschleichen lassen. Niemand beobachtete ihn. Alle schliefen hier; meilenweit in sämtlichen Richtungen lagen sie warm und behütet in ihren Betten, ohne das Geringste von seiner Existenz zu ahnen.

Er stieg in seinen Jeep und blieb noch eine Minute reglos sitzen. Die Wut in ihm wuchs noch immer. Warum gerade jetzt?

Was hatte diese Wut entfacht? Sein Zorn über sich selbst? Oder weil er Kushner so nahe war?

Die Hitze, die ihn erfasst hatte, und das seltsame Gefühl in seinem Magen nahmen zu.

Fahr los, sagte er sich. *Verschwinde hier.*

Er ließ den Motor an, wendete und machte sich schnell wieder auf den Weg zum Memorial Parkway, auf dem er in südlicher Richtung weiterfuhr. Aber nicht lange. Seine Brust schnürte sich zusammen; seine Sicht schien sich zu einem endlosen Tunnel zu verengen. Schweiß durchnässte sein T-Shirt. Er musste von der Straße runter.

Brian nahm die nächste Ausfahrt, bog nach links ab und dann nach rechts in eine stille Wohngegend. Er hielt so abrupt, dass das rechte Vorderrad des Jeeps gegen den Bordstein prallte. Seine Hände zitterten, als er das Fenster öffnete. Sein Mund war trocken, sein Speichel zähflüssig und von einem metallischen Geschmack. Er versuchte, seine Atmung zu kontrollieren. Ein, aus – ein, aus. Er versuchte, die Wut in seinem Innern zurückzudrängen, aber heute Abend gehorchte sie ihm nicht.

Er sah, dass er vor einem kleinen Haus geparkt hatte. Es war hellgelb, mit weißen Fensterläden und Zierleisten. Ein niedriger weißer Lattenzaun umschloss den Garten. Der widerlich süße Geruch von Rosen und blühenden Sträuchern erfüllte die Nachtluft. Eine Woge der Übelkeit erfasste Brian.

Kushner mochte auf Reisen sein, aber diese Leute hier waren daheim. Lagen schlafend und verwundbar in ihrem hübschen kleinen Haus, das aussah wie aus einem Märchen. Brian wollte in das Haus hineinstürmen und alle darin töten, ohne Plan, ohne Überlegung, einfach so. Er konnte beinahe schon den Schock und das Entsetzen der Bewohner auf der Zunge spüren. Die tiefe, instinktive Furcht, die keine Grenzen kannte. Die Furcht zu wissen, dass der Tod gekommen war und Flucht nicht möglich war.

Wer mochte da drinnen sein? Alte Leute? Junge? Mann? Frau? Kind? Was würden sie tun? Sich ängstlich ducken und betteln oder versuchen, wegzulaufen? Würden sie sich wehren? Das war eher unwahrscheinlich. Er würde mit einer solch verheerenden Wucht in ihr Leben einbrechen, dass sie völlig überrumpelt wären und keine Chance hätten, sich zu wehren. Er umklammerte das Lenkrad, als eine neuerliche Hitzewelle ihn durchflutete.

Warum passierte das? Wie konnten sich diese Empfindungen so schnell und unkontrollierbar in ihm ausbreiten? Wo er doch gar nicht provoziert worden war? Er hatte immer genügend Selbstkontrolle gehabt, um Zorn, Furcht und Schmerz beiseite zu schieben. Der Football und die Army hatten ihn gelehrt, was seine ständig alkoholisierten Eltern versäumt hatten: dass solche Gefühle und Impulse nur vorübergehend waren. *Steh sie durch, und sie werden vergehen.* Zumindest war es immer so gewesen. Doch obwohl er Schmerz und Furcht noch immer ganz gut unterdrücken konnte, war sein Zorn zu etwas ganz anderem geworden. Er konnte sehr schnell so intensiv, so übermächtig werden, dass es seine ganze Kraft erforderte, ihn zu beherrschen.

So wie jetzt. Seine Knöchel schmerzten, so fest umklammerte er das Lenkrad, als er die immer stärkere Rage, die in seinem Inneren wütete, im Zaum zu halten versuchte. Aber es gelang ihm nicht.

Es dauerte weniger als eine Minute, aus dem Wagen zu springen, über den Zaun hinwegzusetzen, die Einfahrt hinaufzurennen und mit aller Kraft gegen die Eingangstür zu treten. Die Tür hielt der Wucht nicht stand; der Pfosten brach und zersplitterte. Doch eine Angel hielt, sodass die Tür jetzt schief im Rahmen hing.

Brian stürmte durch das Wohnzimmer hindurch auf einen Flur, wo drei offene Türen zu zwei leeren Schlafzimmern und einem ebenfalls leeren Bad führten. Eine vierte Tür am Ende des

Flurs war geschlossen. Wer auch immer sich in diesem Raum verbarg, musste inzwischen wach sein. Erschrocken, verwirrt und desorientiert.

Da bin ich.

Auch diese Tür brach Brian mit der Schulter auf, was sogar noch leichter war als bei der Eingangstür.

Er rechnete damit, Schreie zu hören und in Augen zu blicken, die vor Angst weit aufgerissen waren, aber das Zimmer war leer.

Verdammt, verdammt, verdammt!

Brian drehte beinahe durch vor greller Wut. Er stürmte durchs Haus. Tische, Stühle, Pflanzen, Lampen, Bilder, Truhen, ein Schrank voller Porzellan – alles fiel seiner rasenden Wut zum Opfer. Er tobte und randalierte, bis seine Arme und Schultern ermüdeten und schmerzten. Erst dann ließ er sich inmitten der Trümmer im Wohnzimmer auf die Knie fallen.

Seine Kleidung klebte schweißdurchtränkt auf seiner Haut, und er fror vor Erschöpfung und zitterte am ganzen Körper.

32. KAPITEL

Dienstag, 23.11 Uhr

»Was darf ich Ihnen bringen?« Die spindeldürre Kellnerin, eine Frau mittleren Alters, trug eine mit Ketchup- und Fettflecken beschmutzte Schürze. Ihr roter Lippenstift ging hier und da über den Rand hinaus, und sie hatte zwei rote Flecke auf den Zähnen. Ihr mausbraunes Haar war mit einem Bleistift zu einem Knoten aufgesteckt. Wenn sie sprach, linste sie über eine Halbbrille, die an einer Kordel um ihren Nacken hing, die aus zwei zusammengebundenen Schnürsenkeln zu bestehen schien.

»Cheeseburger, Fritten und Kaffee, schwarz«, sagte Brian.

Die Kellnerin notierte sich die Bestellung und verschwand in der Küche.

Nach der Randale in dem Märchenhaus war Brian ziellos durch die Gegend gefahren und hatte mit seinem Dämon gekämpft. Er nahm den Highway 20, der am Raumfahrtmuseum mit den hell erleuchteten Raketen vorbeiführte, die sich gleißend weiß gegen den Nachthimmel abhoben, und fuhr den ganzen Weg bis Decatur. Er fuhr schnell, mit offenen Fenstern, um die Nachtluft hereinzulassen, die ihn angenehm kühl umspielte. Er jagte über die Brücke am Tennessee River, nahm die Ausfahrt an der Wilson Street und machte eine Kehrtwendung, um wieder über den Highway nach Huntsville zurückzufahren. Schließlich lockerte der Dämon seinen Griff, und der Aufruhr in seinem Magen legte sich und wurde von Hunger verdrängt.

Seit dreißig Jahren hatte Mac's Diner rund um die Uhr geöffnet, sogar an den Weihnachtstagen, wie das Schild *Wir schließen nie* an einem der Fenster verkündete. Wie üblich um diese späte Stunde war es still im Diner, nur zwei der roten Vinyl-Nischen waren besetzt, und der Tresen war leer. Bis auf Brian, der auf einem der Hocker saß, die Ellbogen auf die einst gelbe und heute verblasste und abgewetzte Fornica-Platte gestützt.

Zehn Minuten später brachte die Bedienung sein Essen. »Ketchup und Senf?«

»Klar.«

Der Burger schmeckte gut, die Fritten sogar noch besser. Beim Essen blickte er zu dem Fernsehgerät, das an der Wand hinter dem Tresen angebracht war. Ein gut gekleideter Mann und eine selbstbewusste Blondine plapperten über die wichtigsten Nachrichten des Tages: ein nachmittäglicher Auffahrunfall dreier Autos auf der 431, wo die Steigung zum Monte Sano Mountain begann, der für mehrere Stunden den Verkehr aufhielt; eine Schießerei in West Huntsville von einem vorbeifahrenden Auto aus; ein Kind, das in der Nähe von Limestone County fast in einem Pool ertrunken wäre … Der gleiche Quatsch wie gestern.

»Und nun zurück zu unserem Hauptthema«, sagte der Moderator. »Die Morde an dem pensionierten Sheriff Mike Savage, Mr. Carl Petersen und Mr. William Allison. In den Achtzehn-Uhr-Nachrichten brachten wir einen Livebericht von Claire McBride und ihrem Gast, dem bekannten Autor und Forensik-Experten Dub Walker. Hier ist ein Teil dieses Beitrags.«

Brian konzentrierte sich, als Claire McBrides Gesicht den Bildschirm ausfüllte. »Vorher aufgezeichnet« erschien in der unteren rechten Ecke. Claire saß sehr gerade und mit gestrafften Schultern da und blickte in die Kamera. Tatsächlich schien sie sogar direkt Brian anzuschauen. Dann erschien dieser Typ. Dieser Dub Walker, von dem Brian noch nie gehört hatte. Sie redeten über ihn, bla, bla, bla, und sagten jede Menge gemeines Zeug. Er hörte Worte wie *sexuelle Fantasie, impotent, latent homosexuell* und *Feigling*. Der Dämon rührte sich wieder. Brians Kopf begann zu pochen, seine Brust wurde eng, und er spürte, wie seine Ohren heiß wurden, wie die Hitze sich schnell auf seinem Gesicht ausbreitete. Angewidert ließ er den halb aufgegessenen Burger auf den Teller fallen.

Die Kellnerin schenkte ihm Kaffee nach und beäugte ihn über den Rand ihrer Brille hinweg. »Alles in Ordnung, Sir?«

Das Dröhnen in seinem Kopf ließ ihre Stimme tonlos klingen und so, als käme sie aus weiter Ferne. »Alles bestens.«

Sie legte ihm die Rechnung hin und ging wieder zur Küche, wobei sie zweimal über die Schulter blickte, bevor sie die Schwingtür aufstieß. Brian warf einen Zwanziger auf den Tresen und ging zur Herrentoilette.

Hier spritzte er sich Wasser ins Gesicht und war froh über dessen Kälte. Dann erleichterte er sich in dem einzigen Urinal, das früher einmal weiß gewesen war, aber jetzt von dem Wasser, das ununterbrochen aus verrosteten Rohren tröpfelte, mit braunen Streifen verunziert war. Er betrachtete die Graffiti an der Wand vor ihm: Krude Zeichnungen von nackten Frauen und ejakulierenden Penissen, Telefonnummern, Gedichte und Lebensweisheiten.

Scheißhauspoeten.

Er zog den Reißverschluss hoch und verließ das Restaurant. Ein »Danke« der Bedienung folgte ihm zur Tür hinaus.

*

Während der zwanzigminütigen Heimfahrt öffnete der Himmel seine Schleusen. Brian fuhr langsamer und schloss die Wagenfenster bis auf einen Spalt, um die saubere, ozongesättigte Luft riechen zu können. Blitze zuckten über den nächtlich dunklen

Himmel. Das Fernsehinterview hatte seine Stimmung noch verschlechtert und seine Wut wieder entfacht, und die schweren Regentropfen, die jetzt auf das Dach des Jeeps trommelten, machten seinen Zorn noch schlimmer. Für wen hielt sich dieser Quatschkopf Walker? All diese Lügen über ihn auszuspucken!

Endlich zu Hause angekommen, war Brian viel zu aufgebracht, um schlafen zu können. Er versuchte es mit Armbeugen und Gewichtestemmen, aber auch das half nicht.

Dann klingelte das Telefon.

Als er abnahm, sagte der Anrufer: »Das war gar nicht klug, bei Kushner herumzuschnüffeln. Und dieses andere Haus in Trümmer zu legen.«

»Woher wissen Sie das?«

»Was zählt, ist nur, dass ich es weiß. Die Frage ist ... werden Sie meine Anweisungen nun befolgen oder nicht?«

»Sie können mich mal. Ich bin nicht Ihre Marionette.«

»Ich will nur helfen.«

»Sie wollen helfen? Dann geben Sie mir diesen Kerl, der in den Nachrichten diesen Mist über mich erzählt hat.«

»Ja, das habe ich gesehen.«

»Und diese Reporter-Schlampe.«

»Ich werde sehen, was ich über sie herausfinden kann.«

Brian war überrascht. Er hatte Widerstand erwartet.

»Ich liefere sie Ihnen«, fuhr der Anrufer fort, »aber zuerst müssen wir uns um Kushner kümmern. Es sei denn, Sie hätten auch das vermasselt.«

»Niemand hat mich dort gesehen.«

»Ich schon.«

Brians Instinkt hatte ihn nicht getäuscht. Er hatte gespürt, dass jemand ihn beobachtete. Doch wie? Von wo aus? »Das glaube ich Ihnen nicht.«

»Was? Dass ich Sie durch ein Fenster spähen sah? Oder vor aller Augen auf einer Schaukel sitzend? Glauben Sie, dass das sehr klug war?«

Brians Magen krampfte sich zusammen.

Einen Moment herrschte Stille in der Leitung, dann sagte der Mann: »Sie müssen sich auf Kushner konzentrieren. Er ist der Richtige. Der … wie sagten Sie noch? Der aufgeblasene Mistkerl, der verdient, was er bekommt.«

Brian lächelte. Das gefiel ihm. Der Anrufer zitierte ihn jetzt schon. *Der aufgeblasene Mistkerl, der verdient, was er bekommt.* Die perfekte Beschreibung. Für Kushner, für sie alle. »Okay, aber danach will ich diese anderen beiden.«

»Zur rechten Zeit gehören sie Ihnen. Bei Kushner ist alles bereit für morgen Nacht. Die Familie geht normalerweise früh zu Bett. Also irgendwann nach zehn.«

33. KAPITEL

Mittwoch, 00.49 Uhr

Ich war mir nicht ganz sicher, wie es dazu kam. Nach dem Abendessen und einem etwa einstündigen Gespräch über die Morde machte sich T-Tommy auf den Weg nach Hause. Claire blieb. Wir sahen uns einen Film an. Oder ich zumindest. Claire streckte sich auf dem Sofa aus und schlief ein. Bis das Gewitter aufzog.

Ein gleißend heller Blitzstrahl und ein Donnerschlag ließen sie aus dem Schlaf hochfahren. Der Regen trommelte auf das Dach. Claire stand auf und ging zur Hintertür, um sie zu öffnen. Kühle, saubere Luft wehte herein.

»Ich liebe Gewitter«, sagte sie. Ein Gespinst von Blitzen tanzte über den Himmel, diesmal weiter weg, über der Stadt. Das flimmernde Licht verschärfte Claires Silhouette vor der offenen Tür. Sekunden später zog ein dumpfes Donnergrollen den Hang hinauf. »Sie sind so belebend«, sagte sie und schlang die Arme um sich.

Ich trat hinter sie. Der Duft ihres Parfums vermischte sich mit dem frischen, feuchten Geruch der Nachtluft.

Sie drehte sich um. »Möchtest du, dass ich bleibe?«

Ich lächelte sie an. »Ich hätte nichts dagegen. Du?«

Sie schlang die Arme um meine Taille und küsste mich. Lange, langsam und sehr intensiv. Und so begann es.

Jetzt lagen wir nebeneinander auf meinem Bett, verschwitzt und erschöpft, und kamen allmählich wieder zu Atem. Ich bemerkte, dass das Gewitter nachgelassen hatte und jetzt nur noch leichter Regen fiel.

»Das war schön.« Claire schmiegte sich an meine Brust. »Auch wenn du mich mit Alkohol abgefüllt und verführt hast.«

»Du hast damit angefangen.«

»Und du warst wohl bloß unschuldiger Statist?«

»Ich war nur höflich.« Ich zog ein Laken über uns, da die Luft nun schon ein bisschen kühl war.

»Höflich? Dass ich nicht lache.«

»Nun ja …« Ich lachte und kniff sie in den Po.

»Im Bett war's immer gut bei uns, nicht wahr?«

»Mehr oder weniger.«

Sie stieß mich in die Rippen. »Ich habe nie Klagen gehört.«

»Wirst du auch nie.«

Das Zimmer und unsere Körper kühlten sich ab, und da das dünne Laken nicht mehr genügte, zog ich die Daunendecke über uns. Claire schmiegte sich noch fester an meine Brust, und wir verfielen in ein angenehmes Schweigen, in dem nur unsere leisen, gleichzeitigen Atemzüge zu hören waren. Bald fühlte ich, wie Claire sich entspannte und ihr Atem sich verlangsamte, als sie in den Schlaf hinüberglitt.

Aber nicht ich. Wie viele Nächte hatte ich damit verbracht, an die Decke zu starren und wieder und wieder Einzelheiten eines Falles durchzugehen? Mir Fragen zu stellen. Manchmal verließ ich sogar das warme Bett, um barfuß im Garten herumzuspazieren und das kühle Gras zwischen meinen Zehen zu spüren. Und versuchte, aus Indizien ein verständliches Paket zu schnüren. Besonders bei Fällen wie diesem. Mit so viel Gewalt. So vielen Unbekannten. So persönlich. Warum gerade Mike?

Wir hatten nichts. Keine echten Hinweise, die uns zum Täter führen würden. Wir hatten sogar nur wenig, was die Suche einschränkte. Schuhabdrücke. DNA. Die uns beide nicht viel nützten, bis wir einen Verdächtigen hatten. Nur eins wusste ich mit Sicherheit: Dass er es wieder tun würde. Bald und oft. Er wollte es, brauchte es. Das war das Erschreckende daran. Wünsche können unterdrückt oder verschoben werden; Bedürfnisse dagegen lassen sich nicht ignorieren.

Ich war erschöpft, kämpfte aber trotzdem gegen den Schlaf an. Ich wusste, dass der Schlüssel zu alldem irgendwo dort draußen war. Wenn ich schlief, könnte ich genau den Hinweis verpassen, den ich brauchte, wenn er mir in den Sinn kam. Außerdem war da draußen der Traum und wartete. In der Hoffnung, dass ich einschlief, um sich wieder in mein Bewusstsein zu schleichen.

Die Rückkehr meines Albtraums neulich nachts war kein Zufall. Mike Savages Ermordung war kein Zufall. Es war Gott – oder wer auch immer –, der mich bezahlen ließ. Eine Schuld, die ich für mein Versagen begleichen musste.

Das schrille Klingeln des Telefons schreckte mich auf. Auch Claire bewegte sich. Als ich nach dem Hörer griff, blitzte in mir die Erinnerung an Luthers Anruf auf, dass Mike ermordet worden war. Dieser Anruf war am Tag gekommen; jetzt, mitten in der Nacht, konnten es erst recht nur schlechte Nachrichten sein.

Ein weiterer Mord?

34. KAPITEL

Mittwoch, 1.09 Uhr

»Dub Walker?«

»Ja.«

»Schön, dass Sie zu Hause sind. Es ist mir ein Vergnügen, mit Ihnen zu reden, da Sie doch jetzt eine Berühmtheit sind.«

Ich fuhr herum, setzte mich auf die Bettkante und knipste die Nachttischlampe an. »Wer spricht da?«

»Sie kennen mich nicht, aber ich wette, Sie denken gerade an mich.«

»Wer sind Sie?«

Claire setzte sich auf. Ihre Miene zeigte Besorgnis. Ich berührte beruhigend ihre Hand, während meine eigene Unruhe wuchs.

»Würde ich es Ihnen sagen, müssten Sie sich nicht selbst bemühen, es herauszufinden.« Die Stimme war kühl und unbewegt. »Und das wäre lange nicht so unterhaltsam.«

»Kommt darauf an, was Sie unter unterhaltsam verstehen«, versetzte ich.

»Werden Sie nicht gleich sauer.«

»Ich bin nicht sauer.« Aber natürlich war ich es.

»Das glaube ich aber schon. Und wissen Sie was? Das freut mich.«

»Es würde Sie nicht freuen, wenn Sie jetzt hier wären.«

»Redet man so mit jemandem, der einen berühmt macht? Oder vielleicht sollte ich sagen, noch berühmter. Sie haben einen ziemlichen Ruf. Die Titelseite war echt Spitze.«

»Was wollen Sie?«

»Ihnen sagen, wie erfreut ich bin, dass die einheimischen Kasper Sie hinzugezogen haben. Das finde ich sehr schmeichelhaft. Sie scheinen mich für einen schwierigen Fall zu halten.«

»Einige Fälle sind es, andere nicht. Wie kommen Sie darauf, dass Sie zu den schwierigen Fällen gehören?«

»Weil ich clever bin. Vielleicht sogar cleverer als Sie. Auf jeden Fall schlauer als die anderen Cops.«

»Das glaube ich nicht.«

»Natürlich tun Sie das. Ich würde sogar jede Wette eingehen, dass Sie die Cops, mit denen Sie zusammenarbeiten, oft für schwerfällig und fantasielos halten. Macht es Sie nicht verrückt, wie einfältig die sind?«

»Merken Sie sich, was Sie da gerade gesagt haben. Sie werden sehen, wohin diese Einschätzung Sie führt.«

»Sie hat mich schon auf das Titelblatt gebracht.«

»Sie könnte Sie auch auf die Seite mit den Todesanzeigen bringen.«

Claire rutschte zu mir herüber und setzte sich neben mich. Nachdem sie sich die Daunendecke umgelegt hatte, wollte sie etwas sagen, aber ich hob warnend einen Finger und schüttelte den Kopf.

»Eher unwahrscheinlich. Ich weiß, dass Sie gerade überlegen, ob dieser Anruf zurückverfolgt werden kann. Das kann er nicht. Natürlich werden Sie Ihr Telefon anzapfen lassen, aber auch das wird Sie nicht weiterbringen. Ich bin Ihnen meilenweit voraus, Dub.« Der Anrufer lachte. »Sie sind ein schlauer Bursche. Vielleicht sogar ein harter Bursche. Aber ich verrate Ihnen ein Geheimnis: Sie sind genauso angreifbar, wie Ihr Freund, der Sheriff, es war.«

Ich spürte, dass der Zorn mir das Blut in die Wangen trieb, und tat einen tiefen Atemzug. *Lass dich nicht in Rage bringen.* »Warum Mike Savage? Was hatte er Ihnen getan?«

»Er war ein Arschloch.«

»Sie haben ihn gekannt?«

»Ich weiß, dass er ein arroganter Blödmann war.«

»Dann kannten Sie ihn nicht richtig.«

Wieder lachte er leise. »Was haben Sie von meinem Werk gehalten?«

»Nicht viel.«

»Ihr Freund Savage war meine beste Arbeit. Ein echtes Kunstwerk.«

»In Ihrem kranken Hirn vielleicht.«

»Oh ja, das hätte ich fast vergessen. Sie haben mich ja zu einem Psycho abgestempelt und … wie sagten Sie doch noch so schön? Zu einem impotenten Feigling.«

»Ich glaube, die meisten Psychiater würden mir beipflichten.«

»Die meisten Psychiater sind selbst nicht ganz dicht und wohl kaum stabil genug, um den Geisteszustand anderer zu beurteilen.«

»Kennen Sie welche?«

»Nein.«

»Irgendwie habe ich das Gefühl, dass das nicht stimmt. Ich glaube, dass Sie irgendwann mal schwerwiegende Probleme hatten und bei einem Psychiater Hilfe gesucht haben.«

Wieder lachte er. »Sagen Sie, Dub, bereuen Sie es eigentlich, nicht Doktor spielen zu dürfen? So nahe dran und doch so weit davon entfernt. Da haben Sie ja wohl versagt, was?«

Lass dich nicht auf sein Spiel ein. Versuch lieber, etwas aus ihm herauszulocken.

»Und Allison und Petersen? Warum mussten sie sterben?«

»Die Schwuchtel und der alte Miesepeter? Weil sie ebenfalls Arschlöcher waren.«

»Woher wussten Sie das? Sie haben die beiden im Schlaf getötet.«

»Vielleicht bin ich ja Hellseher.«

»Das wird es wohl sein.« Ich machte eine Pause, aber zu meiner Enttäuschung erwiderte er nichts. »Und wie soll es jetzt weitergehen?«, fragte ich schließlich.

»Na, wie bisher.«

»Und wann?«

»Bald. Heute Nacht vielleicht schon. Oder morgen Nacht.«

»Und wer wird das nächste Opfer sein?«

»Soll ich Ihnen die Adresse geben? Vielleicht können Sie ja hinkommen und anschließend ein Bierchen mit mir trinken.«

»Vielleicht auch vorher schon.«

»Das glaube ich nicht. Aber eins kann ich Ihnen verraten. Es ist ein Ehepaar. Sie sind schon tot, sie wissen es nur noch nicht.«

»Warum?«

»Ich habe meine Gründe.«

»Dann würde ich Ihnen raten, sich auf mich zu konzentrieren. Denn Ihr Feind bin ich. Und früher oder später werde ich Sie finden. Sie werden es vermasseln, und dann werde ich zur Stelle sein.«

»Nun ja, vielleicht werde ich Dub Walker ja auch auf meine Liste setzen. Und die Fernsehschlampe. Schließlich verbreitet auch die gute Claire McBride Lügen über mich.«

»Lassen Sie Claire aus dem Spiel.«

»Oh, wie schnell Sie zu ihrer Verteidigung eilen! Aber sie ist ja auch recht attraktiv. Und sicher auch ganz gut im Bett. Ist es so? Oder war das der Grund, warum ihr zwei euch habt scheiden lassen?«

Ich biss die Zähne zusammen, weil ich ihm am liebsten die Meinung gegeigt hätte, mich aber beherrschen musste, um ihm keinen Vorteil zu verschaffen. »Sie hat nichts damit zu tun«, sagte ich. »Sie ist bloß Reporterin.«

Claires Augen weiteten sich, und ich drückte beschwichtigend ihre Hand.

»Ach ja? Ihr habt eine gemeinsame Geschichte. Sind Sie sicher, dass Sie es ihr nicht immer noch besorgen?«

Plötzlich schoss mir der Gedanke durch den Kopf, dass er draußen sein könnte und Claires Wagen in meiner Einfahrt sah. »Wie gesagt, konzentrieren Sie sich auf mich. Sie werden mich doch sicher finden können.« Ich wartete auf eine Antwort, doch wieder kam keine. »Aber vielleicht haben Sie ja Angst. Schließlich bin ich kein alter Mann und auch kein schmächtiger junger Homosexueller.«

»Wer weiß. Vielleicht besuche ich Sie ja tatsächlich. Vielleicht aber auch nicht.« Wieder lachte er. »Das liegt ganz bei mir, nicht wahr? Sie haben in dieser Sache nichts zu sagen.«

»Hören Sie …«

»Ich könnte die ganze Nacht mit Ihnen plaudern, Dub, aber ich habe einen anstrengenden Tag – genauer gesagt, eine anstrengende Nacht vor mir. Wir unterhalten uns bald wieder.«

Er legte auf.

35. KAPITEL

Mittwoch, 1.19 Uhr

»Das war er, nicht wahr?«, fragte Claire.

»Ja.«

Claire zog die Daunendecke noch fester um sich, als könnte sie sie schützen. »Was wollte er?«

»Mir Angst machen.«

»Und mir auch?«

»Na ja, du bist ihm auch nicht gerade sympathisch.«

»Ich habe ihm nichts getan.«

»Psychopathen betrachten jeden als Feind, einschließlich der sprichwörtlichen Boten.«

Ich ging zum Fenster und zog die Gardine zurück. Im Lichtkegel der Straßenlampe sah ich den schräg fallenden Regen, ansonsten wirkte alles ruhig und normal.

»Mir gefällt die ganze Sache nicht«, sagte Claire.

»Es wird schon gut gehen. Er versucht nur, mich zu ärgern.« Ich wandte mich vom Fenster ab, setzte mich aufs Bett und griff wieder nach dem Telefon. »Ich muss T-Tommy anrufen.« Als er sich meldete, war seine Stimme rau vom Schlaf.

»Wach auf, T-Tommy.«

»Dub?«

»Ich habe Neuigkeiten. Unser Freund hat mich gerade angerufen.«

»Was? Wer?«

»Mikes Mörder.«

»Was hat er gesagt?« T-Tommy war plötzlich hellwach.

»Vor allem hat er mich verspottet. Aber er hat mir auch bestätigt, dass alle drei Morde auf sein Konto gehen.«

»Das heißt, dass er die Zeitung liest oder dich gestern Abend im Fernsehen gesehen hat.«

»Und jetzt hat der Fuchs den Kopf aus dem Bau gesteckt. Das können wir nutzen. Wir müssen ihn nur am Reden halten.«

»Bis er einen Fehler macht.«

»Es kommt noch schlimmer, T-Tommy. Als Nächstes ist ein Ehepaar dran.«

»Verdammt. Das bedeutet, dass du recht hattest. Er kennt die Opfer wirklich.«

»Ja. Ich weiß nicht woher, aber er kennt sie.«

»Wir haben jede mögliche Verbindung überprüft. Banken, Kirchen, Gärtner, Stromableser, Müllmänner und Gott weiß was sonst noch.«

»Überprüf sie alle noch einmal«, bat ich. »Es gibt eine Verbindung. Wir müssen nur dahinterkommen.«

»Kann ich die Jungs dein Telefon anzapfen lassen? Falls er noch mal anruft.«

»Na klar. Mein Handy auch. Ich bezweifle allerdings, dass es helfen wird. Er hatte sich schon gedacht, dass wir das tun.«

T-Tommy seufzte. »Ich werde sehen, ob wir den Anruf von heute Nacht zurückverfolgen können. Wahrscheinlich hat er von einem Münztelefon aus angerufen, aber einen Versuch ist es wert.«

»Er könnte irgendwann auch Kontakt zu einem Psychiater gehabt haben. Lass das von deinen Leuten überprüfen.«

»Wird gemacht«, sagte T-Tommy.

»Und noch etwas. Ich muss Claire McBride wissen lassen, dass er angerufen hat.« Ich schaute sie an, als ich das sagte.

»Warum?«

»Weil er sie erwähnt und bedroht hat. Sie muss das erfahren.«

»Luther könnte anderer Meinung sein.«

»Sollte es Ärger geben, nehme ich das auf meine Kappe. Ich wollte es dich nur wissen lassen.«

»Gut. Dann bis morgen früh.«

Nachdem ich aufgelegt hatte, saß ich kurze Zeit da und starrte auf den Fußboden. Mein Telefon hatte eine Geheimnummer, und trotzdem kannte er sie. Und von meiner gescheiterten medizinischen Laufbahn wusste er auch. Genauso wie von Claire und mir.

Ich holte meinen 357er Smith & Wesson aus der Nachttischschublade, öffnete die Trommel und ließ sie wieder einrasten, als ich sah, dass der Revolver geladen war.

»Wofür ist der?«, fragte Claire.

»Nur für den Notfall.«

»Meinst du, der Mörder könnte hierherkommen?«

»Nein, das halte ich für unwahrscheinlich. Er hätte mich nicht gewarnt, wenn er das vorhätte.« Ich legte mich wieder hin, zog die Daunendecke über uns und drehte mich auf die Seite, um Claire anschauen zu können. »Er weiß sehr viel. Über mich, über dich, dass wir mal verheiratet waren … und vermutlich noch viel mehr.«

»Bist du sicher?«

»Für mich hörte es sich so an, als hätte er noch nicht alle Karten auf den Tisch gelegt. Als hielte er welche zurück.«

»Muss ich jetzt besorgt sein?«

»Vorsichtig.«

»Was genau bedeutet das?«

»Halte dich immer in der Nähe anderer Leute auf. Sorg dafür, dass du nirgendwo allein bist.«

»Ich *lebe* allein, Dub.«

»Möchtest du hierbleiben, bis alles vorbei ist?«

»Damit ich dich beschützen kann?«

»Komisch, aber ich würde wirklich besser schlafen, wenn du bleibst.«

»Nein, würdest du nicht.«

»Du hast recht. So, wie du die ganze Decke für dich in Anspruch nimmst …«

Sie zögerte, dann sagte sie: »Okay. Aber ich spüle weder das Geschirr, noch putze ich die Fußböden oder Fenster, und ich mache auch kein Frühstück.«

»Das alles hast du sowieso nie getan.«

»Ich erinnere dich nur daran.«

»Das brauchst du nicht.«

»Darf ich meine Waffe mitbringen?«

»Ich habe eine, wie du gesehen hast.«

»Ich meinte, eine richtige. Nicht dieses mickrige kleine Pusterohr, das du mit dir herumschleppst.«

Ich wusste, dass Claire eine .44er Magnum neben ihrem Bett liegen hatte. Und dass sie damit umgehen konnte. »Sprechen wir noch von Schusswaffen?«

Sie lachte. »Meine ist okay. Es ist dein kleiner Revolver, der nichts taugt. Sollte dieser Psychopath hier auftauchen, möchte ich sichergehen, dass er mehr als eine Fleischwunde davonträgt.«

»Okay, du kannst deine .44er mitbringen.«

»Super! Dann wird es genau wie bei einer Highschool-Pyjamaparty sein.«

Gott bewahre!

36. KAPITEL

Mittwoch, 9.28 Uhr

Unter der Dusche kam es zu einem weiteren erotischen Intermezzo zwischen Claire und mir. Wahrscheinlich brauchten wir es einfach. Vor der gestrigen Nacht hatten wir über sechs Monate nicht mehr »rumgemacht«, wie man so sagt. In den Jahren seit unserer Scheidung hatte es heiße und kalte Phasen zwischen uns gegeben. Für ein paar Tage waren wir zusammen, dann kühlte die Leidenschaft wieder ab. Dieses System schien bei uns beiden ziemlich gut zu funktionieren.

Heute Morgen war es Claires »Schuld« gewesen. Ich stand unter der Dusche, und sie schlüpfte zu mir herein, während ich mir die Haare wusch. Nachdem wir wieder zu Atem gekommen waren, geduscht und uns angezogen hatten, tauchten Kramden und Norton auf. Krächzend hockten sie am Küchenfenster und hüpften auf dem Terrassentisch herum. Wahrscheinlich waren sie hungrig aufgewacht. Claire brachte ihnen eine Schale Mais. Während sie sich lautstark darum stritten, schloss ich ab, und wir gingen zu unseren Autos.

Ich sagte Claire, ich würde ihr nach Hause hinterherfahren. Keine Ahnung, warum ich das Bedürfnis hatte. Vielleicht nur meiner Paranoia wegen, oder der Anruf des Mörders war mir doch mehr unter die Haut gegangen, als ich wahrhaben wollte. Claire protestierte zunächst, als ich dann aber sagte, dass ich es so oder so tun würde, nannte sie mich lachend einen Don Quichotte. Ich war mir nicht sicher, ob das gut oder schlecht war, aber in gewisser Weise, glaube ich, fühlte sie sich besser, als ich darauf bestand, ihr hinterherzufahren. Was sie natürlich nie zugeben würde, wie ich sie kannte.

Unterwegs hielten wir bei The Bagel. Es war ein seltsames Gefühl, dort ohne Mike zu sein, dessen liebstes Frühstücksbistro das Bagel gewesen war. Ein junges Mädchen mit violett gesträhntem Haar und einem goldenen Ring in einem Nasenflügel bediente uns. Sie war sympathisch, sah aber keinen Tag älter als vierzehn aus.

Beim Essen ermahnte ich Claire noch einmal, sich immer in der Nähe von Menschen aufzuhalten und gleich nach ihrer abendlichen Sendung zu mir zurückzukommen. Leider musste sie danach zu einer Veranstaltung, vor der sie sich nicht drücken konnte, da es um eine Auszeichnung ging, die ihr vom Bürgermeister für eine Artikelserie verliehen worden war, die sie vor ein paar Monaten über die Huntsviller Polizei geschrieben hatte. Die feierliche Übergabe und der anschließende Empfang würden im Haus des Bürgermeisters auf der Adam's Avenue stattfinden.

»Willst du nicht mitkommen? Mein Date für heute Abend sein?«, fragte sie mich lachend.

»Es ist nicht mein Ding, mich fein zu machen.«

»Ich weiß, aber das beantwortet meine Frage nicht.«

»Nein, ich verzichte. Ich sehe dich, wenn du zu mir nach Hause kommst. Wann wird das sein?«

»Solche Events können sich hinziehen. Wahrscheinlich so gegen elf.«

»Sei bitte vorsichtig.«

Sie schüttelte den Kopf. »Dub, ich werde mit dem Bürgermeister, dem Polizeichef und ein paar Dutzend Cops zusammen sein. Ist das sicher genug?«

Da war was dran.

*

Nachdem ich Claire nach Hause gebracht hatte, fuhr ich in die Innenstadt. Der Soko-Raum war leer, und so nahm ich mir einen Becher Kaffee und setzte mich damit an einen Tisch am Fenster. In der nächsten Stunde ging ich durch, was wir über die Morde hatten. Fotos, Akten, meine eigenen Notizen. Leider war es immer noch nicht allzu viel. Dann erschienen T-Tommy und Scotty. Scotty hatte einen kleinen Stapel Akten bei sich, die er auf den Tisch warf.

»Ihr seht ja schrecklich aus«, bemerkte ich, denn beide waren ungekämmt, unrasiert und hatten dunkle Schatten unter den Augen.

»Zu wenig Schlaf. Aber dafür haben wir viel getan«, sagte T-Tommy. »Wir haben die Fangschaltung bei dir installiert, fürs Festnetz und fürs Handy, und festgestellt, woher der gestrige Anruf kam.« Er nickte Scotty zu, damit er fortfuhr.

»Er kam von einem Prepaid-Handy.«

»Na prima«, sagte ich. »Der Kerl ist wirklich kein Dummkopf.«

Die meisten Kriminellen sind nicht besonders helle, und das ist gut so. Sie scheinen zu glauben, dass Mobiltelefone sich nicht orten lassen, da sie nicht wie normale Telefonleitungen und Festnetzanschlüsse funktionieren, sondern über Funk arbeiten. Und so führt der Ehemann, der einen Killer anheuert, um seine Frau ermorden zu lassen, mehrere Telefongespräche mit dem Todesschützen – nicht nur vor, sondern auch unmittelbar nach dem Mord. Dann behauptet er, den Mörder nicht zu kennen. Seine Handy-Datensätze aber zeigen Zeit, Dauer und Nummer jedes von ihm getätigten Anrufs. Oder der erhaltenen Anrufe. Ups! Ein Kinderspiel für einen Strafverfolger.

Durch Mobilfunk-Ortung können Handys auch mehr oder weniger genau einem bestimmten Bereich zugeordnet werden. Man kann sehen, über welche Mobilfunkantenne gesendet wird.

Bewegt sich der Anrufer, wird er die Basisstation wechseln, und auch das kann nachverfolgt werden. Ich habe viele Fälle gesehen, die allein durch solche Beweise gelöst wurden. Die Behauptung eines Mörders, er sei nirgendwo in der Nähe des Tatorts gewesen, löst sich in Luft auf, wenn erwiesen ist, dass sein Handy zur Zeit des Mordes mit einem Sendemast in der Nähe verbunden war.

Nichts von alldem gibt einem jedoch den Namen desjenigen, der die Anrufe getätigt hat, und gerade diese Information ist entscheidend für die Lösung eines Falles. Das Telefon ist natürlich registriert, und die erste Person, die Besuch von der Polizei erhalten wird, ist die, von der die Rechnungen beglichen werden. Er oder sie wird also einiges zu erklären haben. *Haben Sie die Anrufe gemacht? Wer hatte Zugang zum Telefon zur Zeit der Anrufe?* Vor allem diese Art von Fragen wird man ihnen stellen.

Doch bei Prepaid-Handys sieht die Sache anders aus. Den Besitzer zu ermitteln ist äußerst schwierig, eigentlich sogar unmöglich. Jeder kann in einen Laden gehen, bar bezahlen und mit einem Prepaid-Handy hinausspazieren. Die Aktivierung des Geräts ist ein Klacks. Ein einziger Anruf bei dem Mobilfunkanbieter unter falschem Namen und Adresse wird genügen – was es unmöglich macht, das Telefon zu seinem Benutzer zurückzuverfolgen. Das Gerät wird funktionieren, bis die erworbenen Minuten aufgebraucht sind. Der Besitzer kann dann entweder mehr Zeit kaufen oder das Telefon einfach wegwerfen und sich ein neues zulegen. Drogendealer tun das ständig.

»Wir haben den Mobilfunkanbieter eingeweiht und werden sofort erfahren, wann und wo das Telefon erneut benutzt wird«, sagte Scotty.

»Woher kam der Anruf gestern Nacht?«, fragte ich.

»Über einen Sendemast in der Nähe des Cummings Research Parks. Der Anrufer blieb dort oder wechselte zumindest nicht den Mast.«

»Sind noch andere Anrufe mit dem Gerät getätigt worden?«

Scotty schüttelte den Kopf. »Das war der erste.«

»Also ist es ein neues Telefon.«

»Nicht ganz«, sagte T-Tommy. »Wir haben die Codes der Telefone. Dieses Gerät war eins von etwa vierzig, die vor ein paar Monaten aus einem Warenlager geklaut worden waren.«

»Was bedeutet, dass wir keine Chance haben, sie ausfindig zu machen, wenn wir den Dieb nicht finden«, sagte ich.

»Vielleicht könnten wir einen Tipp bekommen«, sagte T-Tommy.

»Und wie?«

»Nicht wie, sondern von wem. Shaniqua Waters. Sie ist die Anführerin der Satan's Sisters. Diese Gaunerbande ist schon seit Jahren im Telefon- und Kreditkartengeschäft. Egal was auf die Straßen gelangt – Shaniqua hat wahrscheinlich die Hand im Spiel. Und wenn nicht, wird sie zumindest wissen, wer die Ware geklaut hat.«

»Gibt es was Neues über die Opfer?«, fragte ich.

Scotty schüttelte den Kopf. »Nichts. Es ist fast so, als hätten sie auf anderen Planeten gelebt.«

»Haben sie aber nicht.« Ich trank den Rest meines Kaffees und warf den leeren Becher in den Mülleimer. »Der Mörder kannte sie, und nach dem, was er gestern Nacht sagte, muss er auch seine zukünftigen Opfer kennen. Die Frage ist, warum gerade diese Leute seine Aufmerksamkeit – oder seinen Zorn – erregt haben.«

Luther kam herein. Ohne uns zu begrüßen, legte er gleich los. »Gestern, als ich dein Interview mit Claire McBride hörte, dachte ich, du hättest ihm vielleicht zu sehr zugesetzt und die falschen Knöpfe gedrückt. Ihn in Wut versetzt. Aber seit ich weiß, dass er dich angerufen hat, halte ich es für möglich, dass es vielleicht – nur *vielleicht* – genau richtig war, ihn so anzugreifen.«

»Das hatte ich gehofft«, gestand ich. »Ich hatte zwar nicht damit gerechnet, dass er anruft, hatte aber das Gefühl, dass der Kerl irgendwas zu sagen hatte. Eine Botschaft zu überbringen hatte. Ich wollte ihn dazu bringen, dass er reagiert, indem ich ihn herausgefordert habe.«

Luther nickte. »Du glaubst also, so könnten wir ihn aus der Reserve locken?«

»Er schaut sich die Nachrichten an und teilt sich mit. Das ist immerhin schon mal ein Vorteil.«

»Und der Nachteil?«

»Der Kerl könnte einen Zusammenbruch erleiden und sich auf einen echten Amoklauf begeben.«

»Ist das wahrscheinlich?«

»Es ist möglich.«

»Jetzt machst du mich aber gar nicht glücklich, Dub.«

»Dieser Kerl ist sauer. Stocksauer. Auf irgendjemanden. Auf eine Organisation. Auf was auch immer. So ist das bei diesen Amokläufern. Die kommen immer mehr auf Touren. Die Morde werden zahlreicher und brutaler.«

»Ich wüsste nicht, wie sie in diesem Fall noch brutaler werden könnten«, warf Scotty ein.

»Das können sie und werden sie«, sagte ich.

Ein Ausdruck tiefster Besorgnis stand Luther im Gesicht geschrieben. »Wird es ihn nicht noch gefährlicher machen, wenn wir ihn reizen?«

»Es könnte ihn auch durcheinanderbringen.«

»Was meinst du damit?«

»Auf irgendeiner Ebene kennt er seine Opfer. Und irgendwas an denen ärgert ihn.« Luther wollte etwas einwenden, aber ich ließ ihn nicht zu Wort kommen. »Bei einem Mord gibt es immer zwei Beteiligte, den Mörder und das Opfer. Es findet eine Art Tanz zwischen den beiden statt. Ein *Danse macabre*, aber trotzdem ein Tanz. Vielleicht hatten sie irgendeine Beziehung zueinander. Oder sie haben irgendwie Kontakt gehabt. Vielleicht war es ein bestimmter Blick, ein Ort, eine Präsenz. Aber irgendetwas am Killer und dem Opfer hat sie zur selben Zeit an denselben Ort gebracht und die Voraussetzungen geschaffen für das, was folgte. Jetzt ist es an uns, herauszufinden, was die beiden zu dem Tanz gebracht hat.« Ich schob die Hände in die Hosentaschen. »Oder den Tanz zu verändern.«

»Und wie?«

»Er hat sich seine Partner ausgesucht. Vielleicht können wir ihm ja neue anbieten. Wenn wir seine Aufmerksamkeit von den anderen ablenken und auf mich oder die Polizei richten können, macht er vielleicht einen Fehler.«

»Du meinst, wir sollen ihn auf *Cops* hetzen?«, fragte Luther.

»Viele dieser Typen bringen sich um, wenn sie in die Enge getrieben werden, oder lassen sich von der Polizei erschießen. Das erscheint mir immer noch besser, als wenn er brave Bürger im Schlaf ermordet.«

Stille breitete sich aus, als die anderen darüber nachdachten.

Schließlich seufzte Luther und rieb sich den Nacken. »Okay, Dub, aber vieles an deinem Plan gefällt mir nicht. ›Unkalkulierbar‹ ist eins der Worte, das mir dazu einfällt.«

»Unkalkulierbar trifft präzise auf den Täter zu. Einem wie ihm bin ich noch nie begegnet. Gestern Nacht habe ich versucht, ihn zu verärgern. Nichts. Er blieb beherrscht. Es ist beinahe so, als würde er seine Dämonen nur unter bestimmten Umständen aus sich herauslassen – Umstände, die er bestens unter Kontrolle hat. Deshalb halte ich einen Ausraster bei ihm für eher unwahrscheinlich.«

»Aber du kannst dir nicht sicher sein?«

»Ziemlich sicher.«

»Ziemlich reicht mir nicht.«

Ich lehnte mich an den Fensterrahmen. »Sein Anruf gestern Nacht beweist, dass er die Nachrichten verfolgt. Wenn wir richtig gegen ihn zu Felde ziehen, sagt er vielleicht das Falsche und verrät sich.« Ich suchte Luthers Blick. »Ich glaube, ich sollte ein weiteres Interview im Fernsehen geben und ihn noch mehr bedrängen. Noch einen draufsetzen sozusagen.«

Luther rieb sich das Kinn, als er über den Vorschlag und die Konsequenzen nachdachte, falls die Sache in die Binsen ging. »Ich bin nicht völlig überzeugt«, sagte er schließlich, »aber es ist das Beste, was wir haben. Also lasst es uns versuchen.« Er wandte sich zum Gehen, blieb dann aber noch einmal stehen und schaute sich nach mir um. »Falls das in die Hose geht, Dub, werden wir eine Menge zu erklären haben.« Und damit war er auch schon draußen.

»Und rate mal, auf wen es dann zurückfällt«, sagte T-Tommy.

Scotty zeigte auf die Unterlagen, die er vorher auf den Tisch geworfen hatte. »Die Jungs sind gestern über zwölfhundert Akten durchgegangen. Sie haben sich die ganzen letzten vier Jahre vorgenommen und die mit extremer Gewalt verbundenen Fälle aussortiert. Fälle, in denen der Täter zum Zeitpunkt dieser Morde nicht hinter Gittern oder tot war. Alles in allem sind es vierunddreißig. Nachdem ich sie durchgesehen habe, glaube ich nicht, dass mehr als ein halbes Dutzend infrage kommt. Ich lasse sie trotzdem alle weiterverfolgen, aber ich wollte eure Meinung zu diesen wenigen Fällen hier hören.«

»Kein Problem«, sagte ich. »Ich rufe nur schnell Claire an, ob ich noch heute in ihrer Nachrichtensendung erscheinen kann.«

»Ich muss sowieso zum Kommissariat rüber und mit einigen Streifenpolizisten reden«, sagte Scotty. »Wir sehen uns dann später.«

»Und ich verschwinde auch, um die Satansschwestern auszuhorchen«, verkündete T-Tommy.

»Was dagegen, wenn ich mitkomme?«, fragte ich.

»Aber nein. Ruf Claire an, ich muss ohnehin einen Moment mit Luther sprechen. In ein paar Minuten bin ich wieder da.«

Ich rief Claire an. »Wie geht's?«

»Was kann ich für dich tun?« So viel zum Thema Nettigkeiten. Claire war wieder im Arbeitsmodus.

»Ich bräuchte noch ein zweites Interview. Heute Abend. Kriegst du das hin?«

»Wäre morgen auch okay?«

»Nicht heute Abend?«

»Vielleicht. Worum geht's? Was Großes?«

»Ich brauche nur ein Sprachrohr, um mich mit dem Killer auszutauschen.«

»Du willst mich nur benutzen?«

»Könnte man so sagen.«

Ich hörte, wie sie die Hand über den Hörer legte und mit jemandem sprach. Dann war sie wieder da. »Entschuldige. Glaubst du, der Mörder wird sich die Sendung anschauen?«

»Gestern Abend hat er es getan. Typen wie der tun das immer. Weil sie stolz sind auf ihr Können und andere gern darüber reden hören.«

»Ich will sehen, was ich arrangieren kann.«

»Ich schulde dir was.«

»Oh ja«, sagte sie und legte lachend auf.

Ich blätterte in den sechs Akten, die Scotty dagelassen hatte. Robert Swenson. Hatte vor zwei Monaten seine Freundin mit einem Montierhebel totgeschlagen. Langes Vorstrafenregister wegen Tätlichkeiten. Zur Zeit des letzten Mordes war er auf Bewährung draußen. Ein Haftbefehl lag gegen ihn vor. Aufenthaltsort unbekannt. Möglich, dachte ich und legte diese Akte rechts von mir auf den Tisch.

In den nächsten beiden Fällen ging es um häusliche Gewalt.

Beide Männer waren Wiederholungstäter, aber noch nie wegen irgendetwas anderem verhaftet worden. Bei einem schien Geld der Auslöser gewesen zu sein, bei dem anderen eine Affäre. Keiner der beiden war unser Mörder. Die Zielscheibe ihres Zorns war genau dort, wo es geschehen war. Im Haus. Trotzdem sollte jemand diesen Kerlen zeigen, was Misshandlung war. Ich legt die beiden Akten auf die linke Seite meines Tisches.

Der Nächste war Brian Kurtz. Er hatte einen Straßenräuber auf die Intensivstation geprügelt. Vor zwei Tagen. Er war schon des Öfteren verhaftet worden, meist wegen Tätlichkeiten und Körperverletzung. Er ging zu einem Seelenklempner. Ein weiterer möglicher Verdächtiger.

Der Nächste, ein gewisser Frankie Alvarez, hatte einen Schuss auf das Haus des Nachbarn abgegeben und ihn dann mit Ziegelsteinen attackiert, als der Mann herauskam. Zwei weitere Verhaftungen wegen Tätlichkeiten. Einer bei der Arbeit, einer wegen eines Wutanfalls im Straßenverkehr. Ein weiterer möglicher Kandidat.

Der Letzte hatte vor zwei Jahren einen Postboten angegriffen. Mit einer Motorsäge. Der Postbote hatte sich mit seiner Tasche geschützt, die von der Motorsäge zerfetzt worden war, aber der Bote kam unverletzt davon. Der Täter ersparte sich eine Anklage vor dem Bundesgericht wegen »Zerstörung von Postsachen«, indem er sich schuldig bekannte, sechzig Tage im Countygefängnis absaß, zweihundert Stunden Sozialdienst leistete und an einem Aggressionsbewältigungskurs teilnahm. Keine Vorkommnisse mehr seitdem. Seine Akte wanderte auf den linken Stapel.

Unser Gesuchter war höchstwahrscheinlich kein Ersttäter. Und bestimmt auch kein Mann, der seine Ehefrau verprügelte. Er hatte mit Sicherheit ein viel gefährlicheres Strafregister. Wie Swenson, Kurtz und Alvarez.

37. KAPITEL

Mittwoch, 11.12 Uhr

In der Notaufnahme herrschte Ruhe. Vorher hatte ein stetiger Strom von Patienten Dr. Charlie Beck und das Personal auf Trab gehalten, doch jetzt war nur noch ein quengelndes, von Koliken geplagtes Baby mit seiner Mutter da.

Marcy Clark legte ein neues Krankenblatt auf Charlies Tisch. »Unser Lieblingspatient ist wieder da.«

Charlie schaute auf den Namen: *Brian Kurtz.*

»Sind Sie neulich zu seinem Arzt gegangen?«, fragte Marcy. »Zu diesem Forschungsinstitut?«

»Ja.«

»Wie ist es dort?«

»Stinkvornehm.«

»Das habe ich auch gehört.« Sie tippte auf das Krankenblatt. »Was hat er über unseren bösen Buben gesagt?«

»Dr. Hublein zufolge hat er PTBS und wird mit einem neuen Medikament behandelt.«

»Das aber nicht zu wirken scheint.«

Charlie nahm das Krankenblatt und stand auf. »Bringen wir es hinter uns.«

Brian saß auf einem Untersuchungstisch, den einen Arm auf ein metallenes chirurgisches Gestell gelegt. Er wirkte ruhiger, als Charlie ihn in Erinnerung hatte. Könnte es sein, dass er sich in Brian getäuscht hatte? Vielleicht zu viel in die Situation hineininterpretiert hatte? Immerhin war dieser Brian Kurtz unmittelbar nach einem Kampf mit einem bewaffneten Angreifer hierhergebracht worden. Das könnte seine Erregung erklären. Jetzt wirkte er auf jeden Fall entspannter.

»Dann wollen wir mal sehen, was die Verletzung macht«, sagte Charlie.

Marcy entfernte den Verband. »Sieht gut aus.«

Brian öffnete und schloss die Hand zur Faust. »Die Wunde tut auch nicht weh. Meistens merke ich nicht mal was davon.«

Marcy reinigte die Stelle mit Jodlösung, tupfte sie trocken und verband sie wieder.

»Halten Sie sie sauber und bedeckt«, sagte Charlie. »In fünf Tagen kommen Sie wieder, dann ziehen wir die Fäden.«

»Okay.«

»Wie läuft denn alles andere?«

»Was meinen Sie damit?« Brians Blick huschte zwischen den beiden hin und her.

»Sie hatten neulich ein traumatisches Erlebnis. Da wäre es ganz normal, noch ein bisschen innere Unruhe zu spüren.«

»Kann ich nicht behaupten. Das ist vorbei.«

»Gut.«

Brian legte den Kopf ein wenig schief und blickte Charlie an. »Übrigens habe ich einen Anruf von Dr. Hublein erhalten. Er will mich morgen sehen. Haben Sie eine Ahnung, warum?«

»Ich habe mit ihm gesprochen, nachdem Sie hier waren.«

»Sind Sie sogar zu ihm gegangen.« Gereiztheit schwang plötzlich in Brians Stimme mit. »Warum?«

»Weil er Ihr behandelnder Arzt ist und ich ihn auf dem Laufenden halten wollte. Das tut ein guter Mediziner immer.«

Brian umklammerte den Rand des Untersuchungstischs so fest, dass seine Knöchel weiß hervortraten. »Suchen Sie die Ärzte von allen Ihren Patienten persönlich auf?«

Charlie warf Marcy einen Blick zu. Er bemerkte, dass die Tür hinter ihr zugefallen war. »Nein.«

Brian grinste. »Also nur bei mir?«

Charlie schenkte ihm ein wohlwollendes Lächeln. »Nun ja, Sie müssen zugeben, dass es ein bisschen ungewöhnlich war, was neulich vorgefallen ist.«

»Wirklich? Inwiefern?«

»Sie haben diesem Mann sehr schwere Verletzungen zugefügt.«

»Ich hätte Schlimmeres tun können.«

Charlie trat unwillkürlich einen halben Schritt zurück. Um die Situation zu entschärfen, sagte er: »Na ja, jedenfalls erholt der Missetäter sich sehr gut.«

»Schade.« Brians blaue Augen waren kalt wie Eis.

»Warum besprechen Sie das nicht mit Dr. Hublein?«

»Ihretwegen werde ich es wohl müssen.« Er hob den Arm, ballte und entspannte ein paar Mal die Faust und verdrehte seinen Unterarm nach rechts und links. Dann kehrte sein Blick zu Charlie zurück. »Ihr Gutmenschen steckt eure Nase in Dinge, die euch nichts angehen, wirbelt Staub auf und macht Ärger, und dann haut ihr wieder ab. Warum tut ihr nicht einfach eure Arbeit und lasst mich in Ruhe?«

»Es war nicht meine Absicht, Ihnen Ärger zu machen. Dr. Hublein schien dankbar zu sein, dass ich mit ihm gesprochen habe. Er hat mir versichert, bei Ihnen sei alles okay.«

»*Okay?* Was soll das heißen?« Kurtz' Kinnmuskeln spannten sich, und seine Halsvenen traten dick wie Taue hervor.

»Er sagte, Sie hätten gewisse Probleme, aber dank seiner Behandlung ginge es Ihnen gut.«

»Meine Probleme, ob echt oder eingebildet, gehen Sie nichts an!«

Marcy öffnete die Tür einen Spalt.

»Na los«, sagte Brian zu ihr. »Machen Sie ruhig ganz auf, wenn Sie sich dann sicherer fühlen.«

»Darum geht es nicht«, erwiderte Marcy. »Wir haben noch andere Patienten, um die ich mich kümmern muss.«

»Für mich geht es hier nicht gerade hektisch zu.« Brian glitt vom Tisch und drängte sich durch die Tür, wobei er Marcy so hart mit der Schulter anstieß, dass sie sich an der Wand festhalten musste, um das Gleichgewicht zu halten. Am Ende des Gangs öffneten sich zischend die automatischen Türen, und Brian verschwand draußen auf dem Parkplatz.

»Mein Gott!«, sagte Marcy. »Dieser Kerl ist die reinste Zeitbombe.« Sie stupste Charlie mit dem Ellbogen an. »Ich glaube, Sie werden mich nach Dienstschluss zu meinem Wagen hinausbegleiten müssen.«

38. KAPITEL

Mittwoch, 11.53

T-Tommy und ich zwängten uns in meinen Porsche. Es wurde Zeit, Satans Schwestern zu besuchen. Auf dem Weg gab T-Tommy mir einen kurzen Überblick über die Geschichte der Schwestern.

»Satan's Sisters« war eine Gang afroamerikanischer Mädchen, die einen zwölf Häuserblocks umfassenden Bereich von West-Huntsville beherrschten. Sie waren die einzige weibliche Gang in der Stadt, was sie jedoch nicht weniger gefährlich machte. Shaniqua Waters hatte vor einem Jahr die Führung übernommen, als Lynette Baldwin, ihre ursprüngliche Anführerin, Ron Dog Jefferson, den Bandenchef der Black Pythons, aus einem vorbeifahrenden Auto heraus erschossen hatte. Man munkelte, dass Shaniqua am Steuer saß. Die Pythons waren gegen den Crystal-Meth-Handel der Schwestern vorgegangen. Lynette verübelte ihnen das sehr, und so machten Ron Dog und zwei seiner Freunde den Abgang. Lynette selbst allerdings auch, zwei Tage später auf einem Motel-Parkplatz. Es gelang ihr noch, einen Polizisten zu verwunden, aber drei andere pumpten sie mit achtzehn Kugeln voll. Und das war's für sie.

Die Schwestern dealten nicht nur mit Meth, auch mit GHB, Gammabutyrolacton, auch als Liquid Ecstasy bekannt, und hin und wieder auch mit Waffen. Was bedeutete, dass sie stets bewaffnet waren und unter Strom standen. Eine gefährliche Kombination. Außerdem mischten sie aktiv beim Handel mit Diebesgut mit, besonders im Bereich Kreditkarten und Elektronik – und das war der eigentliche Grund für unseren Besuch. Falls die verschwundenen Mobiltelefone also nicht sogar von den Schwestern selbst gestohlen worden waren, so waren sie mit Sicherheit durch Shaniquas Hände gegangen.

T-Tommy erzählte mir Shaniquas Geschichte. Eine ledige, fünfzehnjährige Mutter hatte sie zur Welt gebracht. Der Vater verdünnisierte sich lange, bevor Shaniqua ihren ersten Atemzug tat. Mit acht wurde sie von einem Nachbarn sexuell belästigt, der heute noch in Holman einsaß. Mit zehn schloss sie sich den Schwestern an, mit dreizehn saß sie wegen bewaffneten Raubes eine Jugendstrafe ab, mit achtzehn war sie wieder draußen. Seither war sie ein paar Mal wegen tätlicher Angriffe, aber nichts Größerem mehr festgenommen worden. Zumindest gab es nichts, das man ihr nachweisen konnte. Denn abgesehen davon, dass sie die Fahrerin bei der Erschießung von Ron Dog gewesen war, stand sie noch in drei anderen Mordfällen unter Verdacht.

»Wie wirst du die Sache angehen?«, fragte ich.

T-Tommy zuckte mit den Schultern. »Direkt. Die Sisters lassen sich nichts gefallen, nicht mal von jemandem mit einer Marke. Eine angedeutete Drohung könnte allerdings helfen, denn sie halten sich lieber bedeckt.«

»Und ein bisschen Kohle? Würde das auch helfen?«

»Schaden könnte es nicht.«

»Ein paar Hunderter vielleicht?«, fragte ich.

»Klingt gut.«

Ich bog vom Governor's Drive auf die Seminole ab; an dem inzwischen verlassenen und verfallenen roten Ziegelbau der Dallas Mill schwenkte ich auf die Ninth Avenue ein, eine vierspurige Straße, die für ihre Resozialisierungszentren, Obdachlosenunterkünfte und Prostituierten bekannt war. Und hier waren auch die Satan's Sisters daheim. Der weiße Schindelbau, das Zuhause der kriminellen Schwesternschaft, schien leer zu sein. Ich parkte in der Einfahrt; dann ging T-Tommy mit mir um das Haus herum, wo wir die Schwestern fanden.

Sie hatten die Hinterhofgarage in eine Art Fitnessstudio verwandelt. Hanteln, Trainingsbänke und -geräte, Stapel von Gewichten. Die Garagentür stand offen. Eine Schwester stemmte Gewichte auf der Bank, eine andere unterstützte sie dabei. Drei weitere blickten auf, als wir uns näherten.

Die Gewichtheberin legte die Stange auf das Gestell zurück. Eines der Mädchen tippte ihr auf die Schulter und nickte zu uns hinüber, worauf sie sich von der Bank erhob und hinaus in die Sonne kam. Die anderen folgten und bildeten eine Art Halbkreis hinter ihr. Keines der Mädchen zeigte auch nur den Anflug eines Lächelns.

T-Tommy machte mich mit Shaniqua bekannt. Sie war über eins achtzig groß, um die hundert Kilo schwer, muskulös und durchtrainiert, mit Armen und Schultern, die bei den meisten Männern Neid erregen würden. Sie trug Shorts und ein Muskelshirt, das kurz genug war, um einen echten Waschbrettbauch zu offenbaren. Ihre tiefschwarze Haut glitzerte vor Schweiß und spiegelte das Sonnenlicht. Sie stemmte die Fäuste in die Hüften und legte den Kopf zur Seite.

»Was zum Henker willst du denn hier?«, fragte sie.

»Ich freue mich auch, dich wiederzusehen«, antwortete T-Tommy.

Sie schaute mich an. »Ich kenne diesen weißen Wichser. Du bist der Kerl mit den Büchern. Der im Fernsehen war.«

Ich lächelte, um möglichst harmlos auszusehen. Aber wem versuchte ich hier etwas vorzumachen? Diese Shaniqua sah nicht so aus, als könnte irgendetwas ihr Angst einjagen. Kampflustig hob sie das Kinn und starrte mich an. »Warum verpisst ihr euch nicht, bevor euch was passiert?«

»Warum hörst du dir nicht an, was mein Freund zu sagen hat?«, entgegnete ich. »Könnte gut für dich sein.«

Ihr Blick glitt zu T-Tommy. »Ist das wahr?«

»Handelst du noch mit geklauten Handys?«, fragte er.

Ihre ausdruckslose Miene veränderte sich nicht. »Wer will das wissen?«

»Ich«, antwortete ich.

»Warum sollte ich dem Typ was sagen?«

T-Tommy erwiderte nichts, stand nur da und starrte sie an.

»Geht's um diesen Ex-Sheriff, der gekillt wurde?«, fragte Shaniqua.

»Kann schon sein.«

Eines der Mädchen warf ihr ein Handtuch zu, und sie wischte sich den Schweiß von ihrem Gesicht. »Was hast du für mich?«

»Zwei Scheine.« Ich nahm ein Bündel Geldscheine aus der Tasche und zog zwei Hunderter heraus, die ich ihr jedoch nicht anbot, sondern in der Hand behielt.

»Willst du mich verarschen? Dafür würde ich nicht mal über die Straße gehen.«

»Wir sind nicht hier, um zu verhandeln«, mischte T-Tommy sich ein. »Du hast etwas, und wir werden dafür zahlen. Wenn nicht, gehen wir wieder. Und wenn du uns zu berauben versuchst … sagen wir mal so: Ich könnte ein Licht auf deine kleine Schwesternschaft hier werfen. Und das will doch keiner von uns, oder?«

Einen, zwei Herzschläge lang sagte Shaniqua nichts, dann: »Was willst du wissen?«

»Diese Prepaid-Handys, die vor ein paar Monaten gestohlen wurden, weißt du was darüber?«

Sie lächelte. Wahrscheinlich ihre Art, die Frage zu bejahen.

»Haben welche von deinen Mädchen Handys an jemand Ungewöhnlichen verscherbelt?«, fragte ich. »An jemanden, der nicht eurem typischen Kundenprofil entspricht? Einem weißen Typen wahrscheinlich.«

Shaniqua blickte zu einem dicken Mädchen hinüber, das an einer Wange eine Messernarbe trug. Ihr Haar war an den Seiten kurz rasiert und oben auf dem Kopf in einer Mischung aus Blond und Burgunderrot gefärbt. Das Mädchen deutete auf die Garage und schlenderte dorthin.

»Sekunde mal.« Shaniqua folgte dem Mädchen. Ich konnte sehen, wie die beiden die Köpfe zusammensteckten und miteinander flüsterten, während sie hin und wieder in unsere Richtung blickten. Dann trat Shaniqua wieder hinaus in den Sonnenschein. »Ja. Weißer Typ. Vor ungefähr drei Wochen. Er hat zwei Stück gekauft.«

»Nur zwei?«

»Sag ich doch.«

Ich nickte zu dem dicken Mädchen hinüber. »Erinnert sie sich an ihn? Wie er aussah?«

Shaniqua nickte dem Mädchen zu und erlaubte ihr zu sprechen.

»Er war kleiner als du«, sagte die Dicke. »Vielleicht eins fünfundfünfzig. Hatte 'nen Igelschnitt und sah aus wie einer von diesen beknackten Marines.«

Kleiner als ich? Das passte nicht zu dem Blutspurenmuster. Vielleicht war das hier eine Sackgasse. »Einen Namen habt ihr wohl nicht?«

Shaniqua lachte. »Aber ja doch. Und eine Sozialversicherungsnummer, einen Fingerabdruck, den Mädchennamen der Mutter und ein Empfehlungsschreiben.«

Ich gab ihr die zwei Hunderter.

T-Tommys Handy klingelte. Er ging dran, lauschte ein paar Sekunden und murmelte »Shit!«, als er es zuklappte. »Gehen wir.«

39. KAPITEL

Mittwoch, 13.16 Uhr

Das Parkway Place Einkaufszentrum befand sich an der Kreuzung Drake Avenue und Memorial Parkway. Der von einem neu erbauten Parkdeck verdunkelte Haupteingang lag dem Parkway gegenüber. Ich hielt mich links und bog auf die ebenerdige Ebene des Parkdecks ab. Rot und blau flackernde Lichter strahlten von seiner flachen Decke und den L-förmigen Stützwänden ab. Zwei Dutzend Streifenwagen, drei Ambulanzen und um die zwanzig Polizisten des HPD und des Sheriff's Department hatten sich etwa sechzig Meter vor dem Eingang des Einkaufscenters versammelt. Andere Uniformierte scheuchten hundert oder mehr Käufer auf das ferne Ende des Parkdecks zu, um sie aus der Schusslinie zu bringen.

Nicht weit entfernt vom Rand der Versammlung, geschützt von einer Stützwand, parkte der Übertragungswagen der Channel 8 News zwischen zwei Streifenwagen. Claire stand in der Nähe und sprach in ihr iPhone. Als wir aus dem Porsche stiegen, klappte sie das Handy zu und kam zu uns herüber.

»Warst du schneller hier als die Polizei?«, fragte ich sie.

Sie lächelte. »Schneller als die meisten von denen.«

»Was ist hier los?«

Sie zeigte mit einer Kopfbewegung auf das Einkaufszentrum. »Irgendein Irrer ballert da drinnen wild herum. Soviel ich weiß, hat die Schießerei vor ungefähr einer halben Stunde angefangen. Die Leute, die herauskommen, reden von einem Blutbad, von mindestens einem Dutzend Verletzten oder Toten. Ich habe gehört, dass dieser Irre sich mit ein paar Geiseln verschanzt hat.«

»Ein einziger Mann?«

»Sieht so aus.«

»Haben sie schon Kontakt zu ihm?«

»Das Police Department hat es versucht, bisher vergebens. Jedenfalls ist das der letzte Stand der Dinge.«

Ich nickte. »Warte hier. Ich komme wieder.«

T-Tommy und ich schlängelten uns durch das planlose Gewühl der Fahrzeuge, bis wir so etwas wie eine provisorische Polizeisperre erreichten – zwei Einsatzwagen des Huntsville Police Departments, die Stoßstange an Stoßstange etwa dreißig Meter vor dem Eingang standen. Scotty und ein halbes Dutzend Uniformierte vom HPD und vom Sheriff's Department knieten hinter den beiden Wagen.

»Ist es nur ein einzelner Schütze?«, fragte T-Tommy.

»Scheint so«, erwiderte Scotty. »Offenbar hält er eine Handvoll Geiseln in dem Buchgeschäft gleich links hinter dem Eingang fest.«

»Habt ihr jemanden da drinnen?«

»Noch nicht. Es ist alles abgeriegelt, und an jedem Eingang stehen Kollegen.«

»Aber ihr habt noch keinen Kontakt?«

»Wir haben's mit einem Megafon versucht und im Laden angerufen. Aber es tut sich nichts.«

Ich warf einen Blick über die Motorhaube des Wagens vor mir. Die gläsernen Türen des Hintereingangs waren zerbrochen; scharfkantige Splitter steckten noch in den Rahmen, und der Boden war übersät mit Scherben. Gleich hinter der Tür lag eine reglose Gestalt. »Wie viele Opfer?«

»Bisher haben wir sechs bestätigte Todesfälle und acht weitere Opfer, von denen wir wissen. Zwei wurden in kritischem Zustand ins Krankenhaus gebracht. Nach Zeugenaussagen könnte es noch ein Dutzend oder mehr Tote und Angeschossene in der Lebensmittelabteilung im ersten Stock geben.«

Mir schoss der Gedanke durch den Kopf, dass dieser Irre hier unser Mann sein könnte. Unser Amokläufer/Serienkiller, der hier mit einer Orgie der Gewalt seinen letzten Auftritt zelebrierte. Und mich beschlich der Gedanke, das alles könnte meine Schuld sein. Ich hatte dem Kerl zugesetzt, ihn verspottet und gereizt, um ihn aus der Reserve zu locken, und dies hier könnte das Ergebnis sein.

T-Tommy sah anscheinend die Besorgnis in meinem Gesicht. »Was ist?«, fragte er.

»Der Kerl hier könnte unser Mann sein.«

»Möglich.«

Ich blickte Scotty an. »Habt ihr eine Beschreibung von dem Schützen?«

»Ein Mann um die dreißig. Alles Weitere variiert von Zeuge zu Zeuge. Das SWAT-Team ist schon unterwegs.«

Zwei Kaufhäuser, Belk am südlichen Ende und Dillard's am nördlichen, bildeten den Abschluss des oberen Bereichs des T-förmigen Einkaufszentrums. Der Fuß des »T« war der Eingang vor uns.

T-Tommy nickte zum Nordende hinüber. »Ich gehe rein. Ich muss sehen, womit wir es zu tun haben.«

»Ich gehe mit«, sagte ich.

»Nein. Du bleibst hier.«

Ich schüttelte den Kopf. »Vielleicht kommen wir nahe genug heran, um mit dem Kerl zu reden. Falls er unser Mann ist, kennt er mich. Nach unserem Geplauder gestern Nacht sind wir ja schon alte Freunde. Vielleicht hört er auf mich. Einen Versuch ist es wert, meinst du nicht?« Ich konnte sehen, dass T-Tommy darüber nachdachte. »Außerdem könnte das alles meine Schuld sein.«

Er musterte mich mit schmalen Augen. »Bleib hinter mir.«

»Darauf kannst du Gift nehmen.«

Wir gingen ungehindert um das Nordende herum. Am Eingang nahmen wir vier uniformierte Polizisten mit und durchquerten mit schnellen Schritten Dillard's. Der Hauptgang verlief noch ziemlich weit von uns, aber wir arbeiteten uns nach und nach zur Einmündung vor. Ein Paar mittleren Alters lag neben einem Mobiltelefon-Verkaufsstand. Auf beide war geschossen worden: die Frau in die Brust, der Mann in den Kopf. Ich suchte bei beiden nach dem Puls. Bei der Frau schlug das Herz noch, bei dem Mann nicht. Hier konnte ich nichts tun. Die Frau musste auf der Stelle in eine Notaufnahme. T-Tommy schickte einen Polizisten zurück, um die Sanitäter zu holen, und wies einen anderen an, bei der verletzten Frau zu bleiben.

Wir setzten unseren Weg fort und kamen an drei weiteren Opfern vorbei. Alle tot. An der Stelle, wo das T sich mit dem Hauptgang kreuzte, bewegten wir uns zur gegenüberliegenden Wand und schlichen weiter, dicht an sie gedrückt, als wir uns der Buchhandlung näherten. Zwei weitere Opfer lagen in einer großen Blutlache in der Nähe des Eingangs. Das Glas der Ladentür und des Schaufensters wies spinnwebenartige Brüche von mehreren Einschussstellen auf.

Ich hörte ein Baby weinen und dann die Stimme eines Mannes. »Stopf dem verdammten Balg das Maul.«

Dann eine Frauenstimme. Schrill. Hysterisch. »Bitte! Er hat nur Angst.«

Ich warf einen schnellen Blick um die Ecke des zersprungenen Fensters. Im Hintergrund, im linken Teil des Ladens, stand ein Mann vor einer Gruppe von Leuten, die vor einem Schaukasten mit Kinderbüchern kauerten. Sie waren acht, soweit ich sehen konnte – plus das Baby. Ihre Gesichter waren angstverzerrt, auf einigen konnte ich Tränen sehen. Der Amokläufer war vielleicht eins fünfundfünfzig groß und trug Jeans und ein weites, dunkelgrünes T-Shirt. Er schwenkte seine Pistole, die er in der linken Hand hielt, vor der entsetzten Gruppe hin und her, als suchte er sein nächstes Opfer aus. Für sie muss die Waffe wie eine Kanone ausgesehen haben.

Der Kerl war ein Irrer, aber er war nicht unser Irrer. Unser Mann war viel größer und Rechtshänder. Doch meine Erleichterung, dass nicht ich die Dämonen dieses Wahnsinnigen wachgerufen hatte, hielt sich in Grenzen, zu schrecklich war das Blutbad, das ich bis jetzt schon gesehen hatte.

Die Stimme des Irren, die Anspannung, mit der er seine Waffe hielt, sein wütendes, sprunghaftes Hin- und Herlaufen – seine ganze Körpersprache sagte mir, dass man nicht vernünftig mit ihm reden konnte. Zuzuhören interessierte ihn nicht mehr. Er war ein toter Mann, und das wusste er. Aber vorher wollte er noch so viele andere Menschen töten, wie er nur konnte. Er musste ausgeschaltet werden – und zwar schnell. Genau das flüsterte ich T-Tommy über die Schulter zu.

Ich konnte seinen Atem in meinem Nacken spüren. »Von hier aus habe ich keine freie Schussbahn. Die Geiseln sind im Weg.«

Das Baby fing wieder zu weinen an, und die Glock richtete sich auf die Mutter. »Sorg dafür, dass dein Balg die Klappe hält, oder ich knall euch beide ab!«

Einer der Männer sagte: »Lassen Sie sie gehen. Sie haben uns andere.«

Der Mann richtete die Waffe auf ihn. »Du willst deine Nase in meine Angelegenheiten stecken? Und dir eine Kugel einhandeln?«

»Bitte«, sagte der Mann erneut und blickte zu dem Lauf der Waffe auf. »Lassen Sie die Frau und ihr Baby doch einfach gehen.«

Die Waffe krachte dreimal. Der Mann wurde nach hinten

geschleudert. Blut spritzte aus seiner Brust. Er stieß gegen den Schaukasten, aus dem sich mehrere Bücher lösten. Sie fielen auf ihn, während sein Kopf nach vorn sackte.

Die anderen brachen in einen Chor schriller Schreie aus. Einige rutschten von dem Toten weg. Das Baby schrie noch lauter.

»Halt die Fresse!«, schrie der Schütze. Er warf das Magazin der Waffe aus und stieß ein anderes hinein. Dann ging er zu der Frau, packte sie am Arm und riss sie auf die Beine. »Heute ist dein Glückstag. Bring dein rotznäsiges Balg hier weg.«

Die Frau drückte das Kind an ihre Brust, rührte sich aber nicht vom Fleck. Wahrscheinlich war sie gelähmt vor Angst.

»Hau ab, oder ich pump das ganze Magazin in dich rein!«

Endlich stolperte die Frau zur Tür und blickte sich ein paar Mal um, als rechnete sie damit, jeden Moment erschossen zu werden. Das Glas auf dem Boden knirschte unter ihren Schuhen. Als sie in der Nähe der Tür war, sah sie mich, und ich legte schnell einen Finger an die Lippen. Man musste ihr in dieser Situation hoch anrechnen, dass sie keine Reaktion zeigte, sondern nur ihr Kind noch fester an sich drückte. T-Tommy winkte sie mit gezogener Waffe zur hinteren Ausgangstür. Ohne Zögern lief die Frau in diese Richtung.

T-Tommy ging neben mir in die Hocke. »Was meinst du?«

Durch das Fenster sah ich den Mann vor den Geiseln hin und her gehen. Er rieb sich das Kinn mit dem Pistolenlauf. Seine andere Hand, die an der Seite hing, ballte sich abwechselnd zur Faust und öffnete sich wieder. Im Profil sahen sein Gesicht gerötet und seine Züge unbewegt aus, seine Augen waren aufgerissen, und seine Halsvenen standen hervor. Sein Stresspegel war auf jeden Fall extrem hoch und stieg noch weiter.

Ich hockte mich wieder unter das Fenster. »Seine Welt ist eine Scheibe, und sein Schiff stürzt jeden Moment über den Rand. Wir müssen etwas tun, um ihn abzulenken.«

»Ich könnte ein paar Schüsse auf die Decke über seinem Kopf abgeben. Vielleicht kriege ich ihn dazu, sich von der Stelle zu bewegen, damit ich freie Schussbahn habe.«

Ich dachte kurz darüber nach. »Oder er duckt sich einfach hinter das Bücherregal und feuert sein Magazin auf diese Leute ab.« Ich riskierte einen weiteren Blick durchs Fenster. Zwei Frauen weinten leise. Ein Mann schien zu beten; seine Augen waren geschlossen, und er bewegte lautlos die Lippen. »Gibt es noch einen anderen Zugang zu dem Laden?«

»Vermutlich eine Hintertür zum Auslieferungsbereich.«

»Lass zwei deiner Leute diese Tür hier überwachen. Dann können wir beide versuchen, durch die Hintertür reinzukommen.«

T-Tommy wandte sich den beiden hinter uns kauernden Polizisten zu. »Verstanden?«

Sie nickten.

T-Tommy und ich zogen uns wieder auf den Gang zurück. Neben dem Buchgeschäft befand sich ein Plätzchenladen, dahinter eine Metalltür mit der Aufschrift »Arbeitsbereich – nur für Angestellte«. Die Tür war unverschlossen. Wir betraten einen mit Sperrholz verkleideten, von Neonröhren erhellten Flur und gingen an einer grauen Metalltür vorbei zu einer zweiten, die sich nicht weit vom Ende des Gangs befand. T-Tommy drückte vorsichtig die Klinke herunter, und mit einem leisen Klicken löste sich der Riegel. »Bist du bereit?«, fragte er.

»Bringen wir's hinter uns.«

Ich hoffte nur, dass die Scharniere gut geölt waren. Ein Quietschen oder Knarzen könnte uns jetzt noch den ganzen Plan verderben.

Ich hielt den Atem an, als Tommy langsam die Tür öffnete. Aber sie gab nicht das leiseste Geräusch von sich. So weit, so gut. Auf der anderen Seite des Raums war über den Reihen von Bücherregalen der Kopf des Amokschützen zu sehen, der sich nervös hin und her bewegte; zum Glück war sein Gesicht von uns abgewandt. Wir schlüpften durch die Tür, und ich schloss sie vorsichtig.

Die Regale als Deckung nutzend, schlich T-Tommy zum vorderen Teil des Ladens, während ich mich auf die Mitte zu bewegte. Auf dem Weg dorthin stand ich plötzlich vor der Leiche eines jungen Mädchens. Sie lag auf dem Rücken, drei Bücher neben ihrer linken Hand. Zwei schwarze Augen und ein Einschussloch in ihrer Stirn schauten zu mir hoch.

O Gott!

Ich stieg über sie hinweg und schlich zum Ende der Regalreihe weiter. Nur noch fünf, sechs Meter von der Stelle entfernt, wo die Geiseln kauerten, konnte ich jemanden leise weinen hören. Die Schuhe des Killers quietschten auf dem Kachelboden, als er seine unruhige Wanderung wieder aufnahm. Das Ladenlokal erschien mir plötzlich heiß und die Luft viel schwerer, drückender. Ich kam mir nackt, schutzlos und dumm vor. Da stand ich hier, fast von Angesicht zu Angesicht einem Kerl gegenüber, der keine Gewissensbisse hätte, mich oder sonst wen mit Kugeln zu durchsieben, und mein .357er Revolver lag unter der Lampe auf meinem Nachttisch. Ich konnte ihn geradezu dort liegen sehen. An derselben Stelle, wo ich ihn gestern Abend hingelegt hatte. Aber ihn mir vorzustellen nützte mir hier gar nichts. Ich hatte eine Genehmigung, die Waffe zu tragen, nahm sie aber nur selten aus der Schublade heraus. Gestern Nacht war das erste Mal seit … ich konnte mich nicht einmal erinnern, wann ich sie zuletzt dabeigehabt hatte.

Und jetzt? Ich hatte die Sache nicht durchdacht. Nicht weiter, als bis an den Killer heranzukommen. Und nun, da ich hier war, sah ich nicht viele Möglichkeiten. Natürlich könnte ich einfach vortreten und »Hallo« sagen. Oder aufspringen und »Hände hoch« schreien. In Filmen klappte das immer. Aber da ich von diesem Film hier nicht das Drehbuch hatte, wusste ich natürlich nicht, wie er enden würde.

»He, du da! Steh auf.«

Ich fuhr zusammen. Mein Herz machte einen Stepptanz, bevor ich merkte, dass gar nicht ich gemeint war.

»Du da in dem blauen Hemd. Ich rede mit dir. Steh auf, verdammt!«

»Bitte …«, jammerte eine Männerstimme.

»Steh auf und stell dich hier drüben hin.«

Ich hörte schleppende Schritte, die in meine Richtung kamen. Dann sah ich den Mann. Er war mittleren Alters und trug eine hellbraune Hose und ein blaues Hemd. Die Hände vor sich ausgestreckt, wie um das Unvermeidliche abzuwehren, kam er rückwärts auf mich zu.

»Bitte«, sagte er noch einmal. »Ich habe eine Frau und zwei Kinder.«

Der Killer lachte. »Als gäbe ich einen Scheiß um dich und deine blöden Bälger.«

Die Waffe krachte. Der Mann griff sich an die Brust und taumelte zurück. Blut rann zwischen seinen Fingern hindurch, und ein rotbrauner Fleck breitete sich vorn auf seinem Hemd aus. Mit ungläubiger Miene blickte er auf seine Brust herab, bevor seine Knie nachgaben. Eine Sekunde lang stand er schwankend da, dann fiel er auf die Seite. Sein Blick begegnete meinem. Er öffnete den Mund, doch bevor er einen Laut hervorbringen konnte, erschlaffte sein Körper, und seine Pupillen weiteten sich zu zwei schwarzen Seen.

Dann kam der Schütze in Sicht, trat vor den toten Mann und blickte auf ihn hinunter.

Ich erstarrte. *Du hockst hier wie eine Lockente*, schoss es mir durch den Kopf.

Der Blick des Killers glitt in die Höhe und zu mir. Seine Augen weiteten sich. Und plötzlich ging alles wie in Zeitlupe vonstatten. Die Waffe in seiner Hand hob sich langsam, während ich zwei Bücher aus dem Regal neben mir riss, wobei ich mehrere andere zu Boden stieß. Der Lauf der Waffe setzte seinen Aufstieg fort, zielte auf meine Knie, meinen Bauch, meine Brust. Ich schleuderte die Bücher nach dem Kerl. Er fuhr zurück, benutzte die Hand mit der Waffe, um sie abzuwehren.

Ich sprang auf und rannte auf ihn zu. Ich musste ihn erreichen, bevor er sich fangen konnte. Doch jetzt schien seine Hand sich schneller zu bewegen. Ich würde es nicht schaffen. Ich merkte, dass ich betete, die erste Kugel möge mich verfehlen. Das wäre meine einzige Chance.

T-Tommys erste Kugel traf seine Schulter, die zweite seine Kehle, die dritte seine Brust, als er zu mir herumfuhr. Er schwankte, taumelte zur Seite. Seine Waffe fiel klirrend zu Boden. Keine Sekunde später folgte sein Körper.

Dann erschien T-Tommy und stieß die Waffe mit dem Fuß über den Boden.

40. KAPITEL

Mittwoch, 18.02 Uhr

Brian döste auf dem Sofa vor sich hin, als der Anruf kam. »Sind Sie bereit für heute Nacht?«, fragte der Mann.

»Natürlich.«

»Aber keine Wichtigtuereien mehr. Halten Sie sich an den Plan.«

»Ja, Boss.« Dieser arrogante Sprücheklopfer brachte ihn zur Weißglut. »Haben Sie was Neues für mich, oder wollen Sie nur ein bisschen plaudern?«

»Schauen Sie sich die Nachrichten auf Channel 8 an. Das wollen Sie garantiert nicht verpassen.«

»Was?«

»Sehen Sie es sich einfach an.« Der Mann legte auf.

*

Ich saß mal wieder mit jeder Menge Make-up im Gesicht unter den unerträglich heißen Lichtern des Studios zwischen Claire und T-Tommy. Claire hatte beschlossen, T-Tommy auch mit in die Sendung zu nehmen, damit sie mit uns beiden über den Amoklauf im Einkaufszentrum sprechen konnte, bevor wir zu dem ursprünglich geplanten Interview übergingen.

Claire wandte sich der Kamera zu. »Um unsere Topstory, den Amoklauf von Gregory Thomas Hay, auf den neusten Stand zu bringen, muss ich Ihnen leider mitteilen, dass gerade ein weiteres seiner Opfer im Memorial Medical Center verstorben ist. Damit erhöht sich die Anzahl der Opfer dieses tragischen Ereignisses auf siebzehn Tote und zwölf Verletzte, von denen sechs noch in Lebensgefahr schweben. Um besser zu verstehen, was heute geschehen ist, und vor allem aus welchem Grund, habe ich zwei besondere Gäste: Detective Tommy Tortelli von der Mordkommission des HPD sowie den bekannten Autor und Fallanalytiker Dub Walker. Willkommen, meine Herren.«

»Danke für die Einladung«, sagte ich, und T-Tommy nickte.

Ihre ersten Fragen stellte sie T-Tommy. »Wie zu Beginn dieser Sendung berichtet wurde, sind Sie angesichts dieses entsetzlichen Massakers furchtlos in das Einkaufszentrum vorgedrungen und konnten den Amokläufer ausschalten. Wie ist Ihnen das gelungen?«

»Durch die Hintertür«, sagte T-Tommy. »Er war mit den Geiseln beschäftigt, so konnten wir uns unbemerkt von ihm hineinschleichen.«

»Es heißt, das SWAT-Team sei unterwegs gewesen, aber Sie hätten beschlossen, nicht zu warten. Warum?«

»Weil der Täter psychisch extrem labil war. Er hat seine Opfer einfach so erschossen, aufs Geratewohl. Mir war klar, dass die Geiseln sich in unmittelbarer Gefahr befanden, und da jede Minute zählte, sind wir ins Einkaufszentrum vorgedrungen.«

»Weil Sie überzeugt waren, dass der Mann weitere Geiseln töten würde?«

»Er hatte bewiesen, dass er kein Problem damit hat, Menschen zu ermorden. Eine der Geiseln hat er sogar vor unseren Augen erschossen, vollkommen grundlos, ohne provoziert worden zu sein.«

Claire wandte sich an mich. »Detective Tortelli kennt solche Situationen. Ich nehme an, das ist bei Ihnen, Mr. Walker, nicht der Fall. Jedenfalls nicht mehr, seit Sie bei der Militärpolizei der Marine waren. Wann war das? Vor zehn Jahren?«

Ich versuchte nicht zu lächeln, aber es gelang mir nicht. Claire wusste ganz genau, wann das gewesen war. Unsere Scheidung wurde zum Abschluss gebracht, während ich noch in der Army war. »Das stimmt«, sagte ich und nickte.

»Soviel ich weiß, hatte der Täter seine Waffe auf Sie gerichtet, als Detective Tortelli ihn erschoss. War das nicht beängstigend?«

»In solchen Augenblicken ist man zu aufgeputscht vom Adrenalin, um Angst zu haben.« Das war eine Lüge. Mein Herz hätte sich beinahe überschlagen, und meine Kehle war erstickend eng gewesen.

»Wie kam es, dass Sie sich mittendrin befanden?«

»Ich hatte Detective Tortelli ins Einskaufszentrum begleitet, um mit dem Amokschützen zu reden, falls sich eine Gelegenheit ergeben sollte.«

»Mit ihm zu reden?«

»Wir hatten die Möglichkeit in Betracht gezogen, dass dieser Mann der Mörder sein könnte, den wir suchen. Der Mann, der Sheriff Savage und die anderen ermordet hat. Wenn ja, hätte ich ihn vielleicht beruhigen können.«

»Und war er es? War Gregory Thomas Hay der Mann, der das ganze County in Angst und Schrecken versetzt hat?«

Ich schüttelte den Kopf. »Er war zu klein. Höchstens einen Meter fünfundfünfzig. Der Mann, den wir suchen, ist über eins achtzig groß. Hay war Linkshänder, unser Killer ist Rechtshänder. Und es gibt noch andere Dinge, die ihn ausschließen.«

»Zum Beispiel?«

»Diese Informationen können wir noch nicht preisgeben.«

»Also sind Sie reingegangen, weil Sie dachten, Sie könnten ihn beruhigen?«

Ich nickte.

»Und zwar deshalb, weil der Mörder Sie angerufen hatte? Bei Ihnen zu Hause?«

Das hatte ich nicht erwartet; andererseits wusste ich ja, wie Claire war. Besonders bei der Arbeit. »Darüber kann ich nicht sprechen.«

»Meine Quellen sagen, der Mörder hätte Sie angerufen und sogar vorgewarnt, es werde noch weitere Morde geben. Ist das wahr?«

Ihre Quellen? Ein böser Gedanke schoss mir durch den Kopf. Was würde sie tun, wenn ich antwortete, dass sie selbstverständlich von dem Anruf wusste? Dass sie dabei neben mir gelegen hatte, splitterfasernackt. Wäre das nicht lustig?

Stattdessen antwortete ich nur: »Dazu kann ich nichts sagen.«

»Aber glaubten Sie nicht genau deswegen, Sie könnten möglicherweise mit ihm reden? Weil eine Art Verbindung zwischen Ihnen beiden entstanden war?«

»Das würde Sinn ergeben. Vorausgesetzt, Ihre Quellen sind zuverlässig.«

»Sind sie es nicht?«

Ich kämpfte dagegen an, aber wieder gewann das Lächeln. »Kein Kommentar.«

»Der Mall-Killer, wie einige ihn getauft haben, was wissen Sie über ihn? Haben Sie eine Ahnung, warum er das getan hat?«

»Wir wissen noch nicht viel über Hay. Die Ermittlungen laufen noch.« Ich spürte den Schweiß, der sich in meinem Nacken sammelte, und wünschte, sie würden die Scheinwerfer ein bisschen herunterdrehen. »Im Gegensatz zu einem Amokläufer oder Serienkiller würde dieser Mann als Massenmörder eingestuft. Solche Täter töten mehrere Menschen gleichzeitig an einem Ort.«

»Was kann einen Menschen dazu bringen, so etwas zu tun?«

»Irgendein tiefsitzender Zorn. Auf irgendwen oder irgendetwas. Auf eine Firma oder die Regierung. Manchmal auf eine Person oder eine Gruppe von Leuten. Mit der Zeit steigert die Wut sich immer mehr, bis der Betreffende sie schließlich ausagiert, indem er eine wilde Schießerei in einem Büro beginnt, zum Beispiel, oder in einem Restaurant oder einem Einkaufszentrum.«

»Gibt es eine Möglichkeit, solche Leute zu erkennen, bevor sie so etwas tun?«

»Das ist schwierig«, sagte ich. »Die meisten behalten für sich, was ihnen zu schaffen macht. Vielleicht sind sie düster, mürrisch oder kapseln sich vor ihrer Umwelt ab. Sie könnten auch jähzornig sein. Oder auch nicht. Freunde und Kollegen bemerken meist nichts Ungewöhnliches an ihnen.« Ich trank einen Schluck Wasser. »Es gibt einige sogenannte Assessment-Center, die Firmenangehörige einer Analyse unterziehen, um festzustellen, ob jemand anfällig für diese Art Verhalten ist. Dadurch können sie schon vorher eingreifen.«

Claire wandte sich an T-Tommy. »Hat dieser Hay in dem Einkaufszentrum gearbeitet? Oder hatte er irgendwie damit zu tun?«

T-Tommy schüttelte den Kopf. »Nichts, wovon wir wissen.«

Claire blickte wieder in die Kamera. »Wir machen jetzt eine kurze Werbepause und kehren dann zurück mit unseren Gästen.« Sie hielt den Blick in die Kamera gerichtet, bis jemand hinter der Wand aus Licht sagte: »Alles klar, wir sind *off*.«

Ich schaute Claire an. »Kein Wort mehr über die Anrufe, hörst du? Sie sind unsere beste Verbindung zu dem Kerl, und ich will nicht, dass ein Haufen Dummköpfe es uns vermasselt.«

Sie nickte. »Okay … fürs Erste.«

Ich runzelte die Stirn. »Bis ich etwas anderes sage. In Ordnung?«

»Zunächst mal ja.«

»Sei so nett.«

»Ich bin immer nett.« Sie lächelte. »Bis ich es nicht mehr bin«, fügte sie hinzu und wandte sich wieder der Kamera zu.

Die Stimme hinter den Kulissen sagte: »Wir gehen wieder auf Sendung … in drei … zwei … eins.«

Claire schaltete sofort wieder auf Arbeitsmodus um. »Wir sprechen mit Detective Tommy Tortelli vom HPD und dem Autor und Fallanalytiker Dub Walker.« Claire blickte an mir vorbei zu T-Tommy. »Wenden wir uns dem anderen Fall zu, an dem Sie beide arbeiten. Hat sich irgendetwas Neues bei der Untersuchung der Morde an Sheriff Mike Savage, Carl Petersen und William Allison ergeben?«

»Wir haben mehrere Anhaltspunkte, die zurzeit überprüft werden. Ich kann noch nicht darüber sprechen, aber wir sind optimistisch.«

»Sie haben aber noch keinen Verdächtigen, nehme ich an.«

»Noch nicht.«

Sie wandte sich mir zu. »Gestern Abend haben Sie uns einen allgemeinen Überblick über die Art von Mensch gegeben, der solch scheußliche Morde begeht. Was können Sie uns sonst noch dazu sagen?«

Ich hatte beschlossen, heute auf die Samthandschuhe zu verzichten und diesem verdammten Mistkerl mal so richtig in die Suppe zu spucken. Ihm Feuer unterm Hintern zu machen, um zu sehen, ob er ins Licht hinauskriecht. Ich hatte allerdings Zweifel an dieser Strategie. Der Kerl war cool gewesen gestern Nacht. Nicht einmal ein Zittern hatte in seiner Stimme gelegen. Er hatte Kontakt aufgenommen und sich gut darauf vorbereitet.

Aber jetzt war ich es, der Zeit und Ort wählte, um ihm einzuheizen. In der Öffentlichkeit, wo es viel erniedrigender sein würde. Die Möglichkeit eines weiteren Ausrasters, eines weiteren Zwischenfalls wie des im Einkaufszentrum, beeinträchtigten meine Zuversicht, aber ihn anzugreifen erschien mir besser, als die Hände in den Schoß zu legen und ihn den Kurs bestimmen zu lassen.

Ich blickte in die Kamera. »Es ist anzunehmen, dass unser Täter als Kind seelisch und körperlich misshandelt wurde. Von einem männlichen Verwandten oder Nachbarn. Er könnte ein latenter oder praktizierender Homosexueller sein. Er ist auf jeden Fall ein Einzelgänger, der kaum Freunde hat. Wahrscheinlich leidet er unter heftigen Stimmungsschwankungen und hat eine lange Vorgeschichte tätlicher Auseinandersetzungen. Er könnte ein noch aktuelles oder vergangenes Problem mit Brandstiftung, Tierquälerei oder Bettnässen haben, da so etwas bei dieser Art von Mördern ziemlich häufig anzutreffen ist.«

Bitteschön, du Arschloch. Daran kannst du erst mal knabbern.

Claire warf einen raschen Blick auf ihre Notizen. »Ist es wahr, dass die Morde gewalttätiger werden? Dass die Brutalität des Mörders eskaliert?«

»Während unseres gestrigen Interviews hatte ich ja bereits die Annahme geäußert, dass dieser Mann von Wut getrieben ist. Ich glaube aber auch, dass er mit dieser Wut kämpft und große Mühe hat, sie zu beherrschen. Sein Charakter verschlechtert sich, was ihn zunehmend gefährlicher macht.«

»Dann wird es also bald noch andere Opfer geben?«

»Ich fürchte ja, wenn wir ihn nicht vorher finden. Natürlich besteht auch die Möglichkeit, dass er mit seinen Dämonen nicht mehr fertig wird und sich das Leben nimmt. Oder er sucht sich das falsche Opfer aus und wird selber getötet.«

»Das falsche Opfer?«

»Einen Polizisten beispielsweise. Jemanden, der mit solchen Situationen umgehen kann. Einen ebenbürtigen Gegner.«

»Aber ohne einen solchen Fehler wird er wahrscheinlich weiter töten. Ist es nicht so, Mr. Walker?«

»Ja. Weil er Geschmack daran gefunden hat. Er tut es nicht nur gern, er braucht es. Vermutlich hat er ein extrem schlechtes Selbstbild, und es mangelt ihm an Selbstvertrauen. Vielleicht ist er regelrecht verrückt.« Ich beugte mich zur Kamera vor. Der Mörder sollte spüren, dass ich zu ihm ganz persönlich sprach.

»Der Mann, der diese scheußlichen Verbrechen begeht, hat weder die Charakterstärke, seinen Zorn zu unterdrücken, noch die psychische Stabilität, um die Hilfe zu suchen, die er so dringend braucht. Seine Dämonen beherrschen ihn. Er ist schwach, feige und leidet möglicherweise unter der Wut des Homosexuellen auf seine eigene Veranlagung.«

»Sie stellen ihn dar wie ein Tier.«

»Er ist schlimmer. Tiere wissen es nicht besser. Er schon.«

»Auf jeden Fall haben Sie uns sehr viel Stoff zum Nachdenken gegeben«, sagte Claire.

Ich konnte spüren, dass sie das Interview zum Abschluss bringen wollte, und so warf ich rasch noch ein: »Eines würde ich gern noch sagen.« Die Kamera schwenkte zu mir herum, und ich konnte sehen, wie der Kameramann den Zoom verstellte. »Irgendjemand da draußen kennt den Mörder. Vielleicht weiß er alles, vielleicht hat er auch nur einen Verdacht. Vielleicht einfach nur das Gefühl, dass irgendetwas nicht in Ordnung ist. Sollte es einem unserer Zuschauer so ergehen, möchte ich ihn bitten, das Sheriff's Department oder das HPD anzurufen. Wenn nicht, könnten auch Sie zu einem Opfer werden. Wir haben es hier mit dem Typ Mörder zu tun, der niemanden verschont. Denken Sie nicht, Sie wären in Sicherheit, weil er ein Verwandter, Freund, Geliebter oder was auch immer ist. Niemand ist vor ihm sicher.«

41. KAPITEL

Mittwoch, 18.31 Uhr

Brian starrte auf das Fernsehgerät. *Du hast verdammt recht, dass niemand vor mir sicher ist.* Er war aufgewühlt vor Wut über Dub Walkers Worte, die ihm nicht mehr aus dem Kopf gehen wollten. *Du suchst Streit, Arschloch? Dann wirst du einen verfluchten Krieg von mir bekommen.*

Er tobte in seinem Apartment herum, schleuderte einen Stuhl an die Wand und hämmerte eine Faust durch die dünne Rigipsplatte. Als er sich nach etwas anderem umsah, an dem er seine Wut auslassen konnte, fand er nichts. Schließlich kniete er sich auf den Boden und presste die Hände an den Kopf. *Jetzt ist nicht der richtige Augenblick. Später, aber nicht jetzt. Kushner … Konzentrier dich jetzt auf Kushner.*

Er ging ins Bad, stellte sich unter die kalte Dusche und ließ das Wasser auf seinen Kopf und die Schultern prasseln. Es dauerte eine Viertelstunde, aber schließlich ebbte die kochende Wut zu einem schwachen Sieden ab. Ein wenig erleichtert trat er aus der Dusche und trocknete sich ab, als er ein Klopfen an der Tür hörte.

Als er öffnete, stand Laranne vor ihm. *Mist, die hat mir gerade noch gefehlt.* Im Moment hatte er weder die Zeit noch die Geduld für sie.

»Du hast meinen Mann neulich zu Tode erschreckt«, sagte sie.

»Er kann froh sein, dass das alles war.«

Sie ging an ihm vorbei in seine Wohnung. »Er ist weg.« Sie

lächelte und legte den Kopf ein wenig schief. »Auf einer zweitägigen Tour.«

»Ich hab jetzt keine Zeit. Ich muss weg.«

»Und später? Wie sieht's damit aus?«

»Vielleicht.«

Sie zog ihm das Handtuch aus den Händen und ließ es auf den Boden fallen. »Wie wär's mit einem kleinen Appetitanreger?«, sagte sie und ließ sich vor ihm auf die Knie nieder.

*

Als wir das Studio verließen, zog T-Tommy sein Handy hervor und schlenderte den Gang hinunter, um einen ruhigen Platz zu suchen. Ich folgte Claire zu ihrem Büro. Sie stieß die Tür auf und trat hinter ihren Schreibtisch. Doch statt sich zu setzen, blieb sie stehen und schaute mich an.

»Was sollte das? Du hast gesagt, du wolltest dieses Interview, um zu dem Killer zu sprechen. Aber Herrgott noch mal, Dub! Versuchst du, diesen Typ noch mehr in Wut zu bringen?«

»Ganz genau.«

Vorübergehend sprachlos, starrte sie mich an. Dass ihr die Worte fehlten, kam bei Claire nur äußerst selten vor.

»Hör zu«, fuhr ich fort, »wir haben hier keine Zeit für Spielchen. Dieser Kerl ist wahnsinnig. Er wird in immer kürzeren Abständen morden und irgendwann völlig ausrasten.«

»Und du willst, dass er bei *dir* ausrastet?«

»Es wäre mir lieber, wenn es nicht so wäre, aber falls ich ihn von der Öffentlichkeit ablenken und von seiner Tagesordnung abbringen kann, wird er es vermasseln. Und genau das brauchen wir im Moment, um ihn fassen zu können.«

»Ich halte es nicht für besonders klug von dir, dich selbst zur Zielscheibe zu machen.«

»Intelligenz wird überschätzt.« Das brachte mir ein Lächeln von ihr ein. »Ich versuche ja gar nicht, seine Wut auf mich zu lenken, sondern auf die Polizei. Sie können mit ihm fertigwerden. Sie sind bewaffnet und rechnen mit ihm, während der Normalbürger keine Chance hat.«

Claire ließ sich in den Sessel hinter ihrem Schreibtisch sinken. »Entschuldige meine Ausdrucksweise, aber du bist total bescheuert.«

»Das höre ich nicht zum ersten Mal.« Ich setzte mich auf den Stuhl ihr gegenüber. »Du warst bei dem Anruf gestern Nacht dabei. Du weißt, dass seine nächsten Opfer ein Ehepaar sein werden. Zwei ganz normale, ahnungslose Menschen.«

»Deshalb versuchst du, ihn von denen wegzulocken und dafür zu sorgen, dass er stattdessen dich oder die Polizei ins Visier nimmt?«

»Scheint mir im Moment die beste Option zu sein.«

»Dass du Mumm hast, wusste ich, Dub. Aber was du jetzt vorhast …«

42. KAPITEL

Mittwoch, 22.11 Uhr

Brian nahm den gleichen Weg wie in der Nacht zuvor und bog an der Winchester Road erneut in Richtung Norden ab. Doch statt zum Manfred Drive zurückzufahren, hielt er sich diesmal an die Wegbeschreibung, die der Anrufer geschickt hatte, und fand sich bald auf einer zweispurigen Asphaltstraße mitten in der Walachei wieder. Dichte Baumreihen säumten rechts und links die dunkle Fahrbahn, bis er zu einer grasbewachsenen Abzweigung gelangte. Genau dort, wo sie auf der Karte des Anrufers verzeichnet war. Brian bog von der Straße ab, versteckte den Jeep unter einem Blätterdach aus knorrigen Baumkronen und -ästen und schaltete die Scheinwerfer aus.

Seine Glock und ein runder Schalldämpfer lagen auf dem Beifahrersitz. Bis vor ein paar Wochen hatte er keine Waffe besessen und seit seiner Entlassung aus der Army auch keine mehr in den Händen gehalten. Dann war diese Pistole aufgetaucht; sie hatte in einer Papiertüte auf dem Boden seines Jeeps gelegen. Das war zwei Tage nach seinem Besuch bei Petersen gewesen. Damals hatte Brian keine Ahnung gehabt, wer die Waffe dort hingelegt haben könnte. Oder wie. Die Türen des Wagens waren verschlossen, und es gab keine Anzeichen dafür, dass sie aufgehebelt worden waren.

An jenem Abend kam der Anruf. Die Waffe war ein Geschenk des Anrufers, wie sich herausstellte. Er riet Brian zu üben und sich damit vertraut zu machen, wenn er eine weitere Situation wie die bei Petersen vermeiden wolle. Brian weigerte sich zunächst und erklärte, er würde nie wieder töten. Der Anrufer lachte nur und erzählte ihm, was er bereits wusste. Dass es ihm Freude gemacht hatte, Petersen zu töten. Wie sehr er die Furcht des Mannes und seine eigene wilde Wut genossen hatte. Und dass er wusste, Brian würde es wieder tun.

Und so war er weit aus der Stadt hinausgefahren, um zu üben. Das Gefühl der schweren Glock, der harte Rückschlag und die Wucht, mit der sie Dosen, Pinienzapfen oder Äste, die er als Ziel benutzte, förmlich explodieren ließ, erwies sich als faszinierend, ja mitreißend. Genau wie das, was sie mit Allison und Savage gemacht hatte.

Er hob die Waffe auf, schraubte den Schalldämpfer fest und streifte die Handschuhe über. Als er von seinem Jeep zurücktrat, steckte er die Glock unter den Bund seiner schwarzen Jogginghose und zog sein T-Shirt darüber, um sie zu verdecken. Der Karte nach musste er eine halbe Meile genau in Richtung Süden durch ein Waldstück gehen, um Kushners Haus zu erreichen.

Er schob einen Ast beiseite und betrat das Wäldchen. Wolken verdeckten den Mond und verdunkelten die Sterne, sodass es heute Abend viel dunkler war als in der Nacht zuvor. Und stiller. Der Waldboden, noch feucht vom gestrigen Gewitter, dämpfte das Knirschen der Piniennadeln unter seinen Schuhen und das Knacken der Zweige, die auch hin und wieder an seiner Hose hängenblieben. Die feuchte Luft erstickte sogar das Geräusch seiner Atemzüge.

Bald gelangte er an einen etwa zweihundert Meter breiten Streifen offenen Geländes, der von vertrockneten braunen Grasstoppeln bedeckt war. Darüber hingen Starkstromkabel von drei massiven Stützmasten und gaben ein kaum wahrnehmbares Summen von sich. Brian ging unter ihnen hindurch und verschwand erneut zwischen den Bäumen, die hier noch dichter und dunkler waren. Er brauchte beide Hände, um die Äste beiseite zu schieben, die er mehr fühlte als sah. Einmal verfing sich sein Fuß in einem umgestürzten Setzling, und er wäre beinahe gestürzt. *Verdammt!*

Hier im tiefsten Teil des Waldes schien die Welt vollkommen schwarz zu sein. Der würzige Kieferduft war geradezu erstickend. Brian hielt inne. Müsste er Kushners Haus nicht längst erreicht haben? Er drehte sich einmal um sich selbst. War er vom Kurs abgekommen? Vielleicht ging er ja im Kreis. Nein. Er hatte sich in einer geraden Linie von seinem Jeep auf Kushners Haus zu bewegt. Er konnte unmöglich vom Weg abgekommen sein. Das Haus musste direkt vor ihm liegen.

Zuversichtlich ging er weiter.

Plötzlich explodierte die Dunkelheit.

Ein schlagendes, schwirrendes und knackendes Geräusch erhob sich überall um ihn herum. Es schien aus sämtlichen Richtungen zu kommen. Brian schrak zurück, stolperte und fiel auf die Knie. Als er nach seiner Waffe griff, verhakte sie sich in seinem Hosenbund. Er zerrte daran, aber sie lockerte sich nicht. *Komm schon. Komm schon!*

Das seltsam schlagende Geräusch wirbelte um ihn herum, bewegte sich dann vorwärts und nach rechts von ihm, um schließlich in der Dunkelheit zu verblassen. In der nun einsetzenden Stille war ein leises kratzendes Geräusch zu hören, als flitzte etwas über die Piniennadeln. Vor ihm und zu seiner Linken.

Brians Panik und Verwirrung legten sich, als ihm klar wurde, um was es sich handelte. Wachteln! Das explosionsähnliche Geräusch hatten die Tiere verursacht, als sie sich in die Luft erhoben und mit den Flügeln Gestrüpp und Äste gestreift hatten. Und das Kratzen und Schaben war von denen gekommen, die sich ins Unterholz geflüchtet hatten. Er hatte nur einen schlafenden Schwarm Wachteln aufgeschreckt. *Du lieber Himmel!*

Brian holte tief Luft und wartete, bis sein Herz zu einem normalen Rhythmus zurückfand. Er wischte sich mit dem Hemd den Schweiß von der Stirn, bevor er sich aufrichtete und weiterging. Am Waldrand schließlich bückte er sich unter einem der letzten Zweige hindurch und sah den hinteren Teil von Kushners Haus. Neben dem Stamm eines Hickorybaumes kauerte er sich auf die Fersen. Alles wirkte friedlich und ganz und gar normal. Die Bewohner schliefen offensichtlich, ohne auch nur zu ahnen, dass ihr Zuhause morgen ein Schauplatz des Grauens sein würde. Der Mittelpunkt des allgemeinen Interesses, an dem es von Cops, Reportern und Neugierigen nur so wimmeln würde.

Die Hitze in ihm regte sich. Was die Fernsehnachrichten vorhin entfacht und die kalte Dusche und Larranes Talente gedämpft hatten, nahm jetzt wieder zu. Vorsichtig, ganz leise, näherte er sich dem Haus. Im Gegensatz zu gestern Nacht brannte das Licht über der Hintertür nicht. Als er näher kam, sah er, dass drei der Fliegengitterschrauben bereits gelockert worden waren. Das Fenster dahinter stand einen winzigen Spalt offen. Die Vorarbeit war geleistet. Dieser Anrufer, wer immer er sein mochte, war gut.

Brian entfernte das Fliegengitter, legte es leise auf den Terrassenboden und schob dann vorsichtig das Fenster hoch. Lautlos schlüpfte er hindurch und blieb lauschend stehen, um sich für die bevorstehende Aufgabe zu wappnen. Als er so weit war, schlich er den Flur hinunter. Er war dunkel bis auf das schwache Licht einer muschelförmigen Nachtlampe in einem Badezimmer rechts. Unmittelbar dahinter lag das Schlafzimmer der Kushners. Brian drückte das Ohr an die geschlossene Tür. Das Holz fühlte sich kühl und beruhigend fest an.

Hier bin ich, Mr. Kushner.

Der Türgriff ließ sich mühelos drehen; die Tür schwang lautlos auf. Brian konnte nur wenig sehen, hörte aber das leise Atmen des schlafenden Ehepaares. Er trat näher und sah Kushner auf dem Rücken liegen, den Mund leicht geöffnet und erschlafft. Seine Frau hatte sich mit dem Rücken zu ihm auf der Seite zusammengerollt.

Erinnern Sie sich an mich, Mr. Kushner? Erinnern Sie sich, wie unhöflich und ausfallend Sie gewesen sind? Natürlich nicht. Ich war ja auch nur ein Nichts, ein Ärgernis.

Brian rollte die Schultern, um gegen die zunehmende Anspannung im Nacken anzukämpfen. Sein Puls raste. Der Druck in seiner Brust nahm zu. *Wollen Sie jetzt auch eine Beschwerde einreichen?*

Brian richtete die Waffe aus vielleicht fünfzehn Zentimetern Abstand auf das Gesicht des Schlafenden und drückte den Abzug. Die schallgedämpfte Waffe gab nur ein leises, dumpfes *Plopp* von sich. Kushners rechtes Auge explodierte, sein Kopf zuckte zurück, als die Kugel ihm den Schädel zerschmetterte. Blut breitete sich auf dem Kissen aus, das beinahe im Dunkel schwarz erschien.

Die Frau bewegte sich, erwachte aber nicht. Brian hielt die Mündung dicht an ihren Hinterkopf. Die Neunmillimeter ruckte in seiner Hand. Die Frau schnappte nach Luft und verkrampfte, verblieb sekundenlang in dieser Haltung und entspannte sich dann mit einem langsamen Ausatmen.

Brian packte den Mann an den Knöcheln und zog ihn vom Bett herunter. Mit einem dumpfen Aufprall landete sein Körper auf dem Boden. Die Kette der Nachttischlampe, die zum An- und Abstellen diente, klimperte gegen den Fuß. Die roten Zahlen auf dem Radiowecker zeigten 22.33 Uhr. Brian zerrte Kushners Leiche den Flur hinunter und ins Wohnzimmer. Dann ging er zurück, doch als er sich dem Schlafzimmer näherte, erschreckte ihn eine dunkle Gestalt in der Tür, die auf ihn zu schlurfte. Er blieb stehen. Es war die Frau. Sie versuchte etwas zu sagen, brachte aber nur einen krächzenden, von Gurgeln und Schnaufen unterbrochenen Laut hervor. Die Kugel hatte die gesamte rechte Seite ihres Gesichts zerstört. Ihr linker Arm hing schlaff an ihrer Seite, und sie zog ihr linkes Bein hinter sich her, als wäre es überflüssiges Gepäck.

Brian trat zurück. Und schon kam sie weiter auf ihn zu, mit ausgestrecktem rechtem Arm, dessen Hand sich so rapide öffnete und schloss, als wäre sie Teil eines wildgewordenen Roboterarms. Ihr einziges noch intaktes Auge war glasig, entrückt und spiegelte den Schein des Nachtlichts wider, der ihm ein schauerliches, unirdisches Aussehen verlieh.

Brian trat einen weiteren Schritt zurück. Und einen zweiten, einen dritten. Dabei verfing sein Absatz sich im Teppich, und er fiel auf den Rücken. Hart. Dann war die Frau auch schon über ihm. Panik presste Brian die Brust zusammen und machte koordinierte Bewegungen unmöglich. Er traf die Wand, als er wild um sich schlug und versuchte, sich zurückzuziehen. Seine Füße verhakten sich mit denen der Frau, und sie fiel auf ihn. Ihre Finger griffen nach seiner Kehle. Blut brodelte aus ihrem zerfetzten Mund und fiel wie ein Wasserfall auf Brians Hals und seine Brust. Er schlug ihr mit der Faust ins Gesicht und stieß sie an die Wand zurück. Mit einem Zischlaut entwich ihr letzter Atem, ein leichtes Zittern durchlief ihren Körper, und sie erschlaffte.

Brian saß an der gegenüberliegenden Wand, tat ein paar schnelle Atemzüge, um seine Lungen zu füllen, und wartete, dass sein wie verrückt hämmerndes Herz sich beruhigte. Es dauerte ein paar Minuten, bis er gefasst genug war, um aufstehen zu können. Er schleppte den Leichnam der Frau ins Wohnzimmer. Als er dann vor den beiden Toten stand, starrte Kushner ihn mit einem leblosen Auge an.

»Siehst du, was du angerichtet hast?«, sagte Brian laut. »Siehst du, was deine Arroganz dir eingebracht hat? Schau dir deine

Frau an.« Er ging um sie herum, ballte und öffnete die Fäuste, während die Wut in ihm schier überkochte. »Du eingebildeter Scheißkerl. Du behandelst Menschen wie Dreck … und … und das hast du nun davon.«

Er stieß einen der Esszimmerstühle um und trat mit aller Kraft darauf. Die Fugen ächzten, gaben aber nicht nach. »Verdammte Scheiße!« Brian zitterte vor Wut und versetzte dem Stuhl einen weiteren wuchtigen Tritt. Diesmal gaben die Fugen krachend nach, und der Stuhl brach zusammen. Brian packte die Trümmer, riss sie auseinander. Eins der Beine in der Faust, ging er zu den Toten zurück und schlug wahllos auf sie ein, ohne darauf zu achten, wohin und wen er schlug; es ging ihm nur noch darum, die Feuersbrunst in seinem Innern zu löschen. Seine Raserei hielt an, bis er die Arme nicht mehr heben konnte. Kraftlos, erschöpft, nach Atem ringend ließ er sich auf die Knie fallen. Er war nass vor Schweiß, der sich mit dem Blut vermischte, das seinen Oberkörper und seine Arme besudelte.

»Siehst du, wozu du mich gebracht hast?« Seine Stimme war jetzt so leise, dass sie kaum mehr als ein Wispern war.

Er stemmte sich hoch und ging auf zitternden Beinen zum offenen Fenster. Die kühle Nachtluft war eine Wohltat; dennoch fühlte er sich leblos, starr, entseelt. Er wandte sich vom Fenster ab. Die Leichen auf dem Boden riefen keinerlei Gefühl in ihm hervor. Weder Zorn noch Mitleid oder Abscheu. Er empfand nur Erleichterung. Und eine grenzenlose Leere.

Aber tief im Innern verspürte er ein dumpfes Stechen. Es war nur schwach und zaghaft, aber es war da. Gewöhnlich vergingen Stunden, oft sogar ein, zwei Tage, bevor es wieder erwachte. Warum kehrte es dann jetzt so schnell nach seiner Freisetzung zurück? Für einen Moment befürchtete Brian, es könnte anschwellen und wieder die Kontrolle übernehmen. Wenn ja, war er zu erschöpft, um gegen das Monster anzukämpfen. Doch zum

Glück blieb das Gefühl nur kurz, bevor es nach und nach verging.

Über den Flur ging er ins Bad, trat unter die Dusche und drehte das kalte Wasser auf. Der Schock ließ ihn zusammenfahren, aber das Wasser, das auf seinen Kopf und seine Schultern prasselte, belebte ihn schon bald. Er blieb zehn Minuten unter der Dusche stehen, ließ das Wasser das Blut von seiner Kleidung spülen und beobachtete, wie es sich auf dem weißen Kachelboden ausbreitete und dann den Abfluss hinunterstrudelte.

Schließlich stellte er das Wasser ab. Absolute Stille folgte, die nur vom leisen Gurgeln des Abflusses gestört wurde. Brian zog Hemd und Hose aus, ließ seine Handschuhe und Schuhe jedoch an. Dann wrang er das Wasser aus den Sachen, so gut es ging. Mit einem Handtuch von der Ablage tupfte er Haut und Haare trocken und zog sich wieder an. Die nasse Kleidung anzuziehen erwies sich als schwierig, und sie fühlte sich unangenehm kühl und klebrig an seiner Haut an. Seine Schuhe gaben schmatzende Geräusche von sich, als er zum Wohnzimmer ging. Er machte einen großen Bogen um die Leichen und das Blut um sie herum, nahm seine Waffe vom Esstisch, blickte sich ein letztes Mal im Zimmer um und stieg dann durch das Fenster wieder in die Nacht hinaus.

43. KAPITEL

Mittwoch, 23.03 Uhr

Eine Stunde früher hatte Harold Pearce ungefähr vierhundert Meter entfernt am Ende einer unbefestigten Straße angehalten. Sein Weg durch den Wald zu den Kushners lag in einem Winkel von 90 Grad zu dem, den Brian nehmen würde. Unter den tiefhängenden Ästen einer Zeder hatte Pearce einen Platz gefunden, von dem er einen guten Blick auf die Rückseite des Hauses hatte.

Bald darauf erschien Brian. Pearce beobachtete, wie er durch das Fenster einstieg und im Haus verschwand. Dann richtete er sein Nachtsichtgerät auf das Gebäude und wartete. Fast eine halbe Stunde lang. Seine Beine schmerzten schon von der unbequemen Stellung, in der er kauerte. Wie lange würde dieser Verrückte noch da drin bleiben?

Endlich ließ Brian sich wieder durch das Fenster auf die Terrasse herab, durchquerte den Garten und verschwand höchstens dreißig Meter von Pearce' Position entfernt im Wald. Pearce wartete, bis das leise Rascheln von Brians Kleidung zwischen dem Blattwerk verklang. Erst dann durchquerte er den Garten, streifte Latexhandschuhe über und zog seine kleine Maglite aus der Tasche. Er schob die Taschenlampe durch das offene Fenster. Der helle Lichtstrahl durchschnitt das Dunkel im Inneren des Hauses. Zuerst sah Pearce nichts Ungewöhnliches, dann aber fiel der Strahl auf die blutige Masse Fleisch in der Mitte des Zimmers auf dem Fußboden.

O Gott.

Pearce stieg durch das Fenster und umrundete vorsichtig die

Leichen, um nicht die dunklen Flecken auf dem Teppich zu berühren. Die Luft war durchdrungen vom metallischen Geruch nach Blut und rohem Fleisch. Mit seiner kleinen digitalen Nikon machte Pearce mehrere Aufnahmen, bevor er die Kamera wieder einsteckte. Als er zurück zum Fenster ging, spürte er etwas Festes unter seinem Schuh. Er hob den Gegenstand auf, sah ihn sich genauer an und steckte auch ihn in die Hosentasche.

Nachdem Pearce zum Wagen zurückgekehrt war, blieb er ein paar Minuten sitzen und ließ sich die Szene noch einmal durch den Kopf gehen. An wie vielen Morden war er während der letzten fünfundzwanzig Jahre beteiligt gewesen? An zu vielen, um sie sich zu merken. Die meiste Zeit durch einen einzigen sauberen Schuss, gelegentlich aber auch mit einem Messer, durch Erdrosseln, Gift, Pfeile oder Sprengstoff. Was immer der Job erforderte. Das Töten machte ihm nichts aus. Es war Teil des Jobs, oft sogar das Beste daran. Er hatte seine Aufträge stets professionell und sachgerecht erledigt. Sauber, effizient, schnell und einfach.

Dieser Kurtz aber tat nichts dergleichen. Dieser Kerl übertraf alles, was Pearce je gesehen hatte.

Er wühlte in seiner schwarzen Segeltuchtasche, bis er sein Handy fand.

Hublein meldete sich beim dritten Klingeln. »Hallo?«

»Pearce hier.«

»Ja.«

»Holen Sie Wexlar und erwarten Sie mich im Institut. Jetzt sofort.«

»Wie bitte?«

»Nerven Sie mich nicht. Ich sagte jetzt.«

»Hören Sie mal …«

Pearce beendete die Verbindung.

44. KAPITEL

Mittwoch, 23.15 Uhr

Mörder faszinieren mich. Das war schon immer so. Nicht nur irgendwelche Mörder. Nicht die, die in einem Anfall von Eifersucht oder Wut ihre Ehefrau oder einen Kollegen töten. Nicht die, die aus Habgier oder Rache morden. Nicht einmal diejenigen, die töten, um ein Statement abzugeben oder ein anderes Verbrechen zu vertuschen. Sie schaffen es kaum in die Abendnachrichten, wenn das Opfer – oder der Mörder – nicht gerade jemand von Bedeutung ist. Im Grunde könnte jeder einen solchen Mord begehen. Wenn eine Verkettung unglücklicher Umstände in genau dem richtigen Moment eintritt, sind wir, glaube ich, alle dazu fähig, einen anderen Menschen umzubringen.

Aber diejenigen, die immer wieder töten, sind eine völlig andere Kategorie. Mörder wie Billy Wayne Packwood. Oder wie der Typ, der Mike ermordete.

Die eigentliche Frage bei Mehrfachmördern ist doch, warum sie tun, was sie tun. Was vorgeht in all den Bereichen des Gehirns, die ich an der Uni in Neuroanatomie studiert hatte. In den Dellen, Klumpen und gefurchten Stücken grauer Materie, die ich im Anatomie-Kurs in den Händen gehalten hatte. Diese Klumpen Hirngewebe sehen für uns alle gleich aus, doch aus irgendeinem Grund gibt es welche, deren Neuronen nicht richtig funktionieren. Sie versagen. Generieren zu viel Reibungselektrizität. Kreuzen und verbinden sich auf merkwürdige Art und Weise und erzeugen einen Lebensentwurf, den Sie und ich einfach nicht begreifen können.

Warum treten einige unter demselben Schirm der Humanität geborene Menschen ins Sonnenlicht hinaus, während andere auf die Dunkelheit zusteuern?

Nach der Rückkehr aus dem Fernsehstudio war ich joggen gewesen und hatte mich danach zu einem strapaziösen, neunzigminütigen Workout in dem Fitnessraum gezwungen, den ich mir in dem kleinen Schuppen im hinteren Teil meines Gartens eingerichtet hatte. Gewichte stemmen, Sit-ups, Push-ups, dann noch drei Runden am Sandsack. Nach einer heißen Dusche verschlang ich ein Fleischkäse-Sandwich und gönnte mir zwei Gläser Bourbon. Dann verbrachte ich zwei Stunden mit der Durchsicht meiner bisherigen Notizen zu unserem derzeitigen Fall. Ich sah mir jedes Beweisstück zweimal an, fand aber nichts Neues.

Jetzt stand ich barfuß, einen Bourbon in der Hand, auf der Terrasse und blickte auf das Lichtermeer der Stadt hinunter. Irgendwo dort draußen war der Mörder und hatte eine Familie im Visier, und es gab nichts, absolut nichts, was ich dagegen tun konnte. Außer abwarten. Abwarten, bis die Leichen gefunden wurden. Tief unter mir bewegten sich Scheinwerfer und Hecklichter den Parkway hinauf und hinunter. Saß in einem dieser Wagen der Killer? Fuhr er zum Haus des Ehepaares oder kam er schon zurück?

Ich schaute auf die Uhr. 23.15 Uhr. Zeit für die Wiederholung des Interviews, das Claire mit T-Tommy und mir geführt hatte. Ich ging ins Haus, schaltete Channel 8 ein und setzte mich aufs Sofa. Der Beitrag dauerte acht Minuten, einschließlich der Werbepause. Interessant, es von dieser Warte aus zu sehen. Ich fand, dass ich mich gut geschlagen hatte, und hoffte nur, dass das Gesagte seine Wirkung auf den Killer nicht verfehlte. Dass ich ihm diesmal ordentlich Feuer unter dem Hintern gemacht hatte.

Um 23.25 Uhr ging ich wieder hinaus auf die Terrasse. Warum hatte Claire nicht angerufen? Sie hatte versprochen, sich zu melden, sobald sie den Empfang verlassen konnte. Vielleicht hatte sie es ja vergessen und war schon auf dem Weg hierher. Ich streckte mich, atmete tief ein. Dünne Wolkenfetzen verdeckten teilweise den Mond, und eine angenehme Brise kam vom Tal herauf. Ich ging wieder hinein und ließ mich auf dem Sofa nieder.

23.29 Uhr. Wo blieb Claire? Und wieso war ich auf einmal so besorgt um sie? Weil ein Irrer da draußen herumrannte und Menschen umbrachte. Jedenfalls machte das einen Teil meiner Besorgnis aus. Und der Rest? Die gestrige Nacht hatte Gefühle wiedererweckt, von denen ich nicht sicher war, ob ich mich mit ihnen befassen wollte. Nicht jetzt. Vielleicht überhaupt nie wieder. Wir hatten alles zwischen uns geklärt und waren zu einem für beide Seiten bequemen Arrangement gekommen. Ich sah absolut keinen Grund, daran herumzubasteln. Und dennoch …

Ich lehnte mich zurück, legte den Kopf auf die Kissen und schloss die Augen. Sofort kehrten meine Gedanken zu dem Fall zurück. Ich versuchte, mir jeden einzelnen Mord vorzustellen. Wie gelangte der Täter ungesehen zu den Tatorten? Wo parkte er seinen Wagen? Ging er ganz offen die Straße hinunter, oder näherte er sich verstohlen?

Eine nach der anderen spielte ich im Kopf die Szenen durch.

Bei Petersen war er in den vierten Stock des Erskine Hotels gelangt und hatte den alten Mann totgeschlagen, ohne dass jemand etwas gehört hatte. Bei Allison ging er die Treppe zum Apartment hinauf, und bei Mike stieg er über einen Zaun – in beiden Fällen deutlich sichtbar von der Straße aus; trotzdem hatte niemand etwas gesehen. Als wäre er ein Gespenst oder so etwas. Vielleicht war er ja einer dieser völlig unscheinbaren Typen, die zwar für jedermann zu sehen waren, aber von niemandem registriert wurden. Aber diesen Gedanken verwarf ich gleich wieder. Mit einer Körpergröße von über eins achtzig und ungefähr zwei Zentnern Gewicht würde er unmöglich zu übersehen sein. Schon gar nicht, wenn er nachts über Zäune stieg oder durch fremde Gärten schlich. Vielleicht hatte er einen Pakt mit dem Teufel geschlossen und seine Seele gegen die Macht des Höllenfürsten eingetauscht.

Das Klingeln des Telefons schreckte mich aus meinen Gedanken. »Hallo.«

»Hallo auch.« Es war Claire. Endlich. »Was machst du?«

»Ich warte.« Im Hintergrund konnte ich Stimmen hören.

Sie lachte. »In zehn Minuten verschwinde ich von hier.«

»Dann sehen wir uns ja gleich.« Ich legte lächelnd auf und kam mir wegen meiner Sorge ziemlich albern vor. Dann klingelte das Telefon erneut. »Hast du was vergessen?«

»Ich vergesse nie etwas.« *Er* war es. »Du hast wohl jemand anderen erwartet.«

»Kann schon sein.«

»Na, egal. Ich bin froh, dass du zu Hause bist.« Seine Stimme war ruhig und beherrscht.

»Warum kommst du nicht auf einen Plausch vorbei?«

»Lass mich überlegen. Old Church Road. Am Ende. Das graue Haus mit weißen Kanten. Ist es das?«

Mir sträubten sich die Nackenhaare. Der Mistkerl war hier gewesen. Wann? War er auch jetzt in der Nähe? »Ja. Komm vorbei, ich erwarte dich.« Ich stand auf und ging mit dem schnurlosen Telefon zum Vorderfenster, um hinauszuschauen. Die Straße war still und leer.

»Vielleicht komme ich auf dein Angebot zurück. Eines Tages … oder eines Nachts.«

»Ich werde hier sein.«

»Ich nehme an, dass die Fangschaltung an deinem Telefon inzwischen installiert ist.« Er lachte leise. »Aber das wird euch nichts nützen.«

»Vielleicht hat es das ja schon.«

»Okay, ich spiele mit. Wo bin ich jetzt gerade? Was habe ich getan?«

»Warum sagst du es mir nicht?«

»Oh, jetzt bin ich aber enttäuscht. Traust du dich nicht mal zu raten?«

»Ich möchte dir nicht den Spaß verderben. Du redest doch so gern darüber.«

»Du hast recht. Zumal du nichts dagegen tun kannst.« Er machte eine Pause. »Wie war das Wort noch? *Impotent?*« Er wartete. Als ich nichts sagte, fuhr er fort: «Ich war sehr beschäftigt.«

Ich versteifte mich. Jetzt kommt's. »Verstehe.«

»Das Ehepaar, von dem ich dir erzählt habe. Du solltest sie jetzt sehen. Aber das wirst du ja schon sehr bald, schätze ich.«

Ich versuchte zu schlucken, aber meine Kehle war plötzlich wie ausgedörrt. *Entspann dich. Lass dir deinen Zorn nicht anmerken.*

»So ein hübsches Paar«, fuhr er fort. »Auch wenn der Ehemann natürlich ein blasiertes Arschloch war.«

»Du hast ihn gekannt?«

»Flüchtig. Er bekam keine Gelegenheit, viel zu sagen. Nicht wie vorher.«

»Vorher? Wann?«

»Als er mich verärgert hatte.«

»Dann warst du ihm also schon begegnet?«

»Dub, ich weiß, was du im Schilde führst. Du versuchst mich auszuhorchen und hoffst, dass ich irgendetwas sage, das dich zu meiner Tür führt. Aber das wird nicht geschehen.«

»Früher oder später schon.«

»Das halte ich für äußerst unwahrscheinlich, Dub.«

»Wenn du wütend auf den Mann warst, warum hast du dann die Frau getötet?«

»Ich konnte doch keine Zeugin hinterlassen, oder?«

Es fiel mir von Sekunde zu Sekunde schwerer, meine Wut unter Kontrolle zu bringen. *Reiß dich zusammen!*

»Wo sind sie jetzt?«, fragte ich und zwang mich, ruhig und ungerührt zu klingen.

»Alles zu seiner Zeit.« Er lachte leise. »Ich habe dein Sprachrohr McBride vorhin im Fernsehen noch mehr Lügen über mich verbreiten hören.«

Zeit, ihn in die Mangel zu nehmen. »Sind es Lügen? Unsere Täterprofile sind fast immer zutreffend.«

»Diesmal nicht.«

Was braucht es, um an diesen Kerl heranzukommen? »Nein, ich glaube, ich habe recht mit meiner Einschätzung. Ich bin mir sogar sicher.«

Sekundenlang kam keine Antwort, aber ich konnte sein Atmen hören. Dann sagte er: »Du solltest mit deinen Äußerungen vorsichtig sein. Du hast gesehen, was Leuten zustößt, die mich ärgern. Und vergiss nicht, dass ich weiß, wer und wo du bist. Du aber hast keine Ahnung, wer *ich* bin.«

»Meine Einladung steht.«

»Vielleicht werde ich mir deine Fernsehschlampe vornehmen. Dir zeigen, wozu ich fähig bin.«

O Gott. »Sie hat nichts damit zu tun. Das ist eine Sache zwischen uns.«

»Mir kommt es nur darauf an, dass du es bereust, mich verärgert zu haben.«

Und dabei klang er absolut nicht verärgert. »Ach, komm. Das glaube ich dir nicht. Du bist nur ein impotenter kleiner Feigling, der alte Männer und Frauen ermordet.«

Wieder erhielt ich keine Antwort.

»Bist du noch da?«, fragte ich.

»Ich denke nur gerade über meine Optionen nach.«

»Was für Optionen?«

»Die Frage, ob ich mir zuerst McBride oder dieses andere Paar vornehme. Ein nettes junges Pärchen. Beide Möglichkeiten sind verlockend.«

»Was für ein Pärchen?«

»Ein bildschönes. Junger Mann, junge Frau.« Kalt, emotionslos. *Wie ein Reptil,* dachte ich unwillkürlich.

»Kennst du ihn auch?«

»Oh ja. Er ist ein ruppiger, ichbezogener Spinner. Genau wie all die anderen.«

»Kennt er dich?«

»Noch nicht, aber das wird sich ändern.«

Zeit, es mit einer anderen Masche zu versuchen. »Du glaubst also, dass sie es alle verdient haben. Ist es so?«

Keine Antwort.

Ich fuhr fort: »Ich weiß, dass manche Leute es verdient haben, andere nicht. Warum hatten diese es verdient?«

»Das Übliche. Sie waren arrogant und herablassend. Strotzten nur so vor eingebildeter Überlegenheit.«

»Auch ich kenne ein paar Leute, die so sind.«

Nach einem Moment der Stille lachte er leise. »Ausgezeichnet. Ich sehe, dass du eure Verhörtaktiken gut beherrschst. Versuch, eine Verbindung zu dem Verdächtigen aufzubauen. Täusche Verständnis und Sympathie vor. Gewinne sein Vertrauen. Entlocke ihm Informationen … Aber das wird bei mir nicht funktionieren, weil ich weiß, was du vorhast, Dub.«

»Vielleicht war es mir ja ernst.«

»Das glaube ich nicht.« Ein weiteres leises Lachen. »Ich könnte die ganze Nacht reden, aber ich hatte einen langen Tag. Und einen noch längeren vor mir.« Bevor ich etwas sagen konnte, war die Leitung tot.

Ich legte auf und rief T-Tommy an. »Er hat gerade angerufen.«

»Und?«

»Er hat das Paar getötet. Wie er es angekündigt hatte.«

Ich hörte T-Tommys tiefen Seufzer. »Hat er sonst noch was gesagt?«

»Dass er jetzt ein anderes Paar ins Visier nimmt.«

»Wir müssen den Schweinehund kriegen.« Im Hintergrund hörte ich sein Handy klingeln. »Warte mal kurz.« Ich konnte ihn reden hören, verstand aber nicht, was er sagte. Dann meldete er sich wieder. »Das war der Mobilfunkanbieter. Sie haben rund um die Uhr jemanden an der Sache dran und rufen mich an, falls er das Telefon benutzt. Dieser letzte Anruf kam aus dem Norden. Über einen Mobilfunkmast in der Nähe der A&M. Er bewegt sich aber in Richtung Süden und hat zweimal den Mast gewechselt. Wahrscheinlich auf dem Parkway.«

»Schick ein paar Streifenwagen nach Norden. Ich wette, dass dort die Opfer leben.«

»Das ist ein ziemlich großes Gebiet.«

»Vielleicht haben wir Glück.«

»Das könnten wir auch brauchen. Ich ruf dich an, falls sich etwas tut.«

Anschließend rief ich Claire auf ihrem Handy an. Sie meldete sich beim zweiten Klingeln. Ich konnte hören, dass sie in ihrem Wagen saß.

»Wo bist du?«

»Unterwegs. Ist was?«

»Er hat gerade angerufen. Wo bist du?«

»Auf dem Bankhead Parkway. Den Hügel hinauf.«

»Halte für nichts und niemanden an und gib Gas! Folgt dir jemand?«

»Nein. Es ist stockfinster hier.«

45. KAPITEL

Donnerstag, 00.02 Uhr

»Was soll das alles?«, fragte Wexlar, als er Hubleins Büro betrat. »Und dann noch mitten in der Nacht?«

»Ich habe keine Ahnung. Pearce sagte nur, wir sollten uns hier unverzüglich treffen.«

»Dann muss es etwas mit seiner Observation zu tun haben.«

»Das nehme ich an.« Hublein ging zu der eingebauten Bar. »Mir gefällt das nicht, und ich vertraue Pearce auch nicht. Er ist unberechenbar.«

»Lass uns abwarten und hören, was er zu sagen hat.«

»Es werden keine guten Neuigkeiten sein.«

»Vielleicht ja doch.«

»Du bist viel zu optimistisch.« Hublein goss zwei Fingerbreit Scotch in ein Glas und leerte es auf einen Zug, um sich gleich wieder nachzuschenken. »Auch einen Drink?«

»Ja. Vielleicht sollte ich lieber einen nehmen.«

Hublein füllte ein anderes Glas bis fast zur Hälfte und reichte es Wexlar. Dann stürzte er selbst seinen zweiten Drink hinunter und schenkte sich gleich wieder nach, bevor er sich hinter seinen Schreibtisch zurückzog. Mit einem tiefen Seufzer ließ er sich in seinen Sessel fallen. »Ich habe ein schlechtes Gefühl bei der Sache.«

»Zieh keine voreiligen Schlüsse. Vielleicht hat er ja gute Neuigkeiten.«

»Gute könnten auch bis morgen warten. Oder telefonisch

übermittelt werden. Nur schlechte Nachrichten werden persönlich überbracht … und dann noch mitten in der Nacht.«

»Mag sein.«

Hublein schob einen Finger unter seine Manschette, um einen Blick auf die Uhr zu werfen. »Wo bleibt er nur?«

»Woher soll ich das wissen?«

»Für wen hält er sich? Uns anzurufen und ohne Erklärung hierher zu bestellen! Er ist ein gottverdammter Nazi, dieser Pearce.«

»Danke schön.«

Beide Männer zuckten zusammen, als Harold Pearce urplötzlich in der Tür erschien. Hublein hatte ihn weder das Vorzimmer betreten noch die Tür öffnen gehört. Er war auf einmal da, wie aus dem Nichts, ganz in Schwarz gekleidet und mit einer schwarzen Segeltuchtasche über der Schulter.

»Ich betrachte das übrigens als Kompliment«, fügte Pearce hinzu.

»Worum geht's hier eigentlich?«, fragte Hublein.

»Brian Kurtz.« Pearce ließ seine Tasche fallen, deren Inhalt mit einem metallischen Scheppern protestierte.

»Was ist da drin?« Hublein zeigte auf die Tasche.

»Dinge, die Sie nichts angehen.«

»Jetzt hören Sie mal, Sie arroganter Einfaltspinsel!« Hublein wuchtete seinen massigen Körper hoch und stützte sich auf die Schreibtischplatte. »Ich weiß nicht, für wen Sie sich halten, aber das hier ist unser Institut, nicht Ihres.«

Pearce verzog keine Miene, ließ nicht die kleinste Gefühlsregung erkennen. »Und es ist mein Job, Ihr Institut und dieses Projekt zu schützen.«

»Und was ist mit uns?« Hublein versuchte nicht einmal, seinen Sarkasmus zu verbergen.

»Sie oder das Projekt zu schützen ist dasselbe.«

»Worum geht es dann?«, fragte Wexlar ungeduldig.

»Um Kurtz, Ihr Problemkind. Er ist in ein Haus eingebrochen.«

»Eingebrochen?«, fragte Hublein. »Wurde er dabei erwischt?«

»Von wem? Von den beiden Leichen, die er dort zurückgelassen hat?«

Hublein spürte, wie das Blut aus seinem Gesicht wich und in seine Beine schoss, die sich plötzlich tonnenschwer und wacklig anfühlten. Er ließ sich in seinen Sessel zurückfallen, der unter seinem Gewicht ächzte. Wexlar zog sich zum Sofa zurück, setzte sich und schlug die Hände vors Gesicht.

»Mein Gott.« Hublein verschränkte die Finger, um das Zittern seiner Hände zu verbergen. »Ich wusste, dass die Situation außer Kontrolle war.«

»Es kommt noch schlimmer.«

»Das geht doch gar nicht.«

»Doch. Er hat die Leichen auch noch verstümmelt.«

Sämtliche Albträume Hubleins kollidierten miteinander. Schon als er das Protokoll des Projekts zum ersten Mal gelesen hatte, waren ihm Bedenken gekommen. Das Medikament war nicht gründlich genug erprobt worden und noch nicht reif für klinische Studien der Phase Drei. Warum hatte er die Studie nicht abgelehnt? Sie jemand anderem überlassen? Aber die Antwort darauf kannte er: Geld. Sehr viel Geld. Mehr als für die letzten fünf Studien zusammen, die sie durchgeführt hatten.

»Ähnlich wie bei den anderen Morden in den Nachrichten«, sagte Pearce. »Die an Sheriff Savage und den anderen beiden.«

»Woher wissen Sie das?«, fragte Hublein.

»Ich weiß es eben. Woher ist unwichtig.«

Hublein hasste Pearc' arrogante, kaltblütige Art. Er erzählte diese Horrorstory, als wäre es eine Gutenachtgeschichte. Völlig emotionslos. Wie ein verdammtes Reptil!

Wexlar hob den Blick zu Pearce. »Sie glauben doch nicht wirklich, dass Brian Kurtz dieser wahnsinnige Killer ist, der von der Polizei gesucht wird?«

»So sieht's aus.«

»Du liebe Zeit …« Hublein fühlte sich einer Ohnmacht nahe und konnte den kalten Schweiß spüren, der sich auf seiner Stirn gebildet hatte. »Was sollen wir denn jetzt tun?«

Pearce zuckte mit den Schultern. »Uns um ihn kümmern.«

»Aber wie?«

»So, wie es sein muss.«

Hublein trank einen großen Schluck von seinem Scotch. »Und was genau bedeutet das?«

Pearce' Mundwinkel verzogen sich zu einem schmallippigen Lächeln. »Wir können ja nicht zulassen, dass er verhaftet wird, oder?«

Hublein starrte Pearce an. Seine Gedanken rasten. *Falls* Brian der Mörder war und *falls* die Polizei ihn festnahm, würde er eine Menge unbequemer Fragen beantworten müssen. Warum er als Brians Arzt die möglichen Gefahren nicht erkannt und diese Massaker verhindert hatte. Warum er einer solch labilen Person erlaubte, mit der Einnahme eines experimentellen Medikamentes fortzufahren. Die Klagen und Prozesse, die auf sie zukamen, würden gigantisch sein.

»Was können wir denn schon unternehmen?«, fragte Wexlar.

»Ihn verschwinden lassen«, sagte Pearce.

»Ihn umbringen?« Hublein konnte kaum glauben, dass er ein solches Gespräch führte.

»Wäre eine Möglichkeit.«

»Das können Sie nicht tun!«, protestierte Hublein.

»Könnte sein, dass uns nichts anderes übrig bleibt.«

»Aber … ihn umbringen? Mit Mord will ich nichts zu tun haben.«

Pearce starrte ihn an. »Haben Sie aber schon.«

Die Erkenntnis, dass Pearce recht hatte, traf Hublein wie ein Faustschlag in den Magen und drückte ihn noch tiefer in den Sessel. »Aber es muss doch noch einen anderen Weg geben!«

»Zum Beispiel?«, fragte Pearce.

»Er kommt morgen in die Praxis. Lasst mich ihn aus dem Programm nehmen und die Einnahme des Medikaments beenden. Dann werden wir sehen, ob seine Aggression nachlässt … in ein paar Tagen, höchstens einer Woche.«

»Und wenn er festgenommen wird, während Sie abwarten?«

»So weit wird es nicht kommen. Nicht, wenn er sich beruhigt und …«

»Keinen Mord mehr begeht?«, fauchte Pearce ihn an.

Es war ein Albtraum. Hublein rieb sich die Brust, als der Druck darin immer mehr zunahm. »Sie können ihn nicht einfach umbringen. Es ist ja nicht mal seine Schuld. Es … es ist meine Schuld.« So. Jetzt war sie heraus, die Wahrheit. Hublein fühlte sich alt, müde und schmutzig. Es *war* seine Schuld. Er hatte es geschehen lassen. »Ich wusste vom ersten Tag an, dass es falsch war.«

»Aber das Geld haben Sie gern genommen.« Pearce' Grinsen war der blanke Hohn.

»Ja, habe ich.«

»Sie haben bekommen, was Sie wollten. Jetzt wird es Zeit für ein bisschen Hausputz. So wird niemand etwas über Sie, das Geld oder darüber erfahren, dass Kurtz an Ihrer Studie teilgenommen hat.«

Hublein ging zur Bar und schenkte sich Scotch nach. Tausend Gedanken schwirrten und flatterten ihm durch den Kopf wie in einem Käfig eingesperrte Vögel, die einen Fluchtweg suchten. »Morgen werde ich das Medikament bei ihm absetzen.« Er sprach mehr zu sich selbst als zu den anderen und ließ sich wieder schwer in seinen Sessel fallen. »Ich werde es absetzen, dann wird er wieder vernünftig. Das wird dieses Fiasko aus der Welt schaffen.«

»*Falls* es das Medikament ist«, sagte Wexlar. »Es könnte ja auch sein, dass er von Natur aus so ist.«

»Mel, er bekommt ein experimentelles Psychopharmakon. Ein Präparat, das ihm von uns verabreicht wird.«

»Seine Blutspiegel lagen alle im normalen Bereich. Es ist ja nicht so, als würden wir ihn vergiften.«

Hublein runzelte die Stirn. »Das Medikament ist noch in der Versuchsphase. Wir kennen nicht alle Probleme, die es verursachen könnte. Deshalb führen wir die Studie ja durch.« Er seufzte. »Du weißt, dass dieses Präparat eine nicht eben ruhmreiche Vorgeschichte hat.«

»Na und?«

»Möchtest du das einem Gericht und zwölf Geschworenen erklären müssen?«

Pearce tat den Einwand mit einem Grunzlaut ab. »Sie beide können tun, was Sie wollen, aber sagen wir mal so … Ich werde das Problem so regeln, wie ich es für richtig halte.«

»Hören Sie …«, begann Hublein.

Pearce ließ ihn nicht ausreden. »Nein, *Sie* hören zu. Ordnen Sie Papiere. Betrinken Sie sich. Nehmen Sie Urlaub. Tun Sie, was Sie tun wollen, aber diese Angelegenheit werde *ich* in Ordnung bringen.« Er hob seine Tasche vom Boden auf. »Denn die traurige Wahrheit ist doch, dass ich der Einzige bin, der euch den Arsch noch retten kann.« Damit wandte er sich ab und ging hinaus.

Die beiden Ärzte saßen in betroffenem Schweigen da. Schließlich sagte Hublein: »Verdammt, Mel, was sollen wir tun?«

»Nichts. Pearce hat recht. Brian muss verschwinden.«

»Das ist doch nicht dein Ernst! Du gibst diesem Tier doch nicht etwa recht?«

»Es gefällt mir auch nicht, aber ich sehe keinen anderen Ausweg. Ohne Brian führt keine Spur hierher. Zumindest keine, die wir nicht mit ein paar Änderungen in seinen Unterlagen vertuschen können. Er ist ein gewalttätiger Bursche, und wenn er verschwindet, wird uns niemand der Beteiligung verdächtigen, da wir nichts als seine fürsorglichen Ärzte sind. Redet er jedoch, sind wir erledigt.«

»Oder auch nicht. Kurtz weiß ja nicht einmal, dass er Teil des Projekts ist. Er hat keine Ahnung, dass es überhaupt existiert.«

»Aber er weiß, dass er mit einem neuen Medikament behandelt wird. Was glaubst du, wie lange ein kriminaltechnisches Labor braucht, um herauszufinden, was es ist? Und woher es gekommen sein muss?« Wexlar seufzte und rieb sich eine Schläfe. »Dann würden sie vielleicht auch bei den anderen herumschnüffeln. Gregory Hay untersuchen. Martin Hankins ausgraben und auch ihn unter die Lupe nehmen. Und was wäre, wenn Swenson auftaucht? Das wären dann schon vier gewalttätige Killer mit unserem Psychopharmakon in ihrem Blut. Mit einem Medikament, das sie nirgendwo anders bekommen konnten. Dann wären wir total erledigt.«

Hublein lehnte sich zurück und starrte an die Zimmerdecke.

»Ob du willst oder nicht«, fuhr Wexlar fort, »Pearce könnte unsere einzige Hoffnung sein.«

»Ich kann das nicht glauben.« Hublein zermarterte sich das Hirn nach irgendeiner anderen Lösung. »Morgen werde ich das Medikament bei Kurtz absetzen. Falls es ihm dann besser geht, wird Pearce sich vielleicht zurückhalten.«

46. KAPITEL

Donnerstag, 00.32 Uhr

Ein seltenes Lächeln erschien auf Harold Pearce' Gesicht, als er sein Büro im Souterrain betrat. Hublein. Was für ein Schwachkopf. Wie war der Kerl im Leben bloß so weit gekommen?

Pearce wusste, dass er sein Spiel mit Hublein und Wexlar geradezu meisterhaft getrieben hatte. Sie waren jetzt überzeugt davon, dass er auf ihrer Seite war. Dass er ihr Beschützer war, ihre Rettung, ihr Ritter in glänzender Rüstung. Wie absurd. Im Moment waren sie einfach viel zu verängstigt, um ihm nicht zu trauen. Furcht und Verwirrung waren machtvolle Verbündete.

Morgen würde Hublein Kurtz aus der Studie nehmen. Kurtz würde in Panik geraten und jede Hand ergreifen, die ihm geben konnte, was er brauchte. Das Seltsame an Zorn und Wut war, dass sie süchtig machten wie Crack. Und Kurtz *war* süchtig. Total. Und an wen konnte er sich wenden? Wer konnte ihm die Droge verschaffen, die er so dringend brauchte? Pearce musste zugeben, dass Smithson wirklich an alles gedacht hatte.

Er öffnete seine schwarze Tasche und nahm die beiden Mobiltelefone heraus. Das Prepaid-Handy, das er benutzt hatte, um Dub Walker anzurufen und zu verspotten, legte er beiseite. Das andere, sichere Mobiltelefon schaltete er ein und wählte Smithsons Nummer. Er wusste, dass sich dieses Gerät nicht orten ließ. »Nicht mal der Präsident könnte das!«, hatte Smithson gesagt. Umgeleitet durch ein Dutzend Rechner in fast ebenso vielen Ländern, war es praktisch ein Ding der Unmöglichkeit, seinen Kommunikationsweg zu verfolgen.

Als Smithson sich meldete, gab Pearce ihm einen kurzen Überblick über die Ereignisse des Abends und erklärte ihm dann seinen Plan, »Dub Walker noch viel gründlicher in die Situation zu verstricken«, wie er sich ausdrückte.

»Ausgezeichnet«, lobte Smithson. »Sie werden ein sehr reicher Mann sein.«

Pearce beendete das Gespräch. *Reich* klang gut für ihn.

Er zog seine Schreibtischschublade auf und nahm ein Foto heraus. Dann lehnte er sich in seinem Sessel zurück und stellte sich vor, der Mann auf diesem Bild zu sein. Der Mann, der mit einem starken Drink in der Hand und einer schlanken jungen Blondine an der Seite an einem von Tahitis Traumstränden lag.

So würde es sich leben lassen.

47. KAPITEL

Donnerstag, 6.21 Uhr

Claire befand sich in der Phase kurz vor dem Erwachen, in der ihr Gehirn bereits Empfindungen wahrnahm: die Weichheit der dicken Daunendecke; Dubs gleichmäßiges Atmen; die Wärme seines Körpers an ihrem Bein; den fremden und zugleich vertrauten Geruch seines Schlafzimmers.

Als sie die Augen aufschlug, war es noch dunkel. Vielleicht war draußen hinter den Vorhängen bereits der Morgen angebrochen, doch sicher konnte sie nicht sein. Sie hob den Kopf, blickte zu dem Radiowecker auf dem Nachttisch. 6.21 Uhr. Sie kuschelte sich wieder unter die Decken und zog sie bis unter das Kinn. Dub bewegte sich, erwachte aber nicht. Claire betrachtete ihn im Schlaf. Seine Brust hob und senkte sich in einem langsamen, gleichmäßigen Rhythmus. Sie konnte kaum glauben, dass sie hier lag. Nun hatten sie schon zweimal hintereinander die Nacht miteinander verbracht. Das war seit Jahren nicht mehr vorgekommen. Normalerweise war es eher so etwas wie ein One-Night-Stand bei ihnen. Vielleicht, weil sie es brauchte, vielleicht auch er. So oder so – es war ein angenehmes Arrangement. Aber was jetzt?

Jetzt lebte sie praktisch wieder hier. Okay, *leben* war vielleicht ein bisschen übertrieben; eigentlich hatte sie nicht mal Kleider hier. Nur ein paar Jeans und Shirts. Und ihre Waffe. Weil es nicht sehr praktisch wäre, ihren halben Kleiderschrank hierherzuschleppen. Sie konnte immer noch nach Hause fahren und sich dort für die Arbeit anziehen. Da sie jedoch nicht in ihrem eigenen Bett schlafen konnte, fühlte es sich trotzdem so an, als wohnte sie hier bei Dub. Sie wusste, dass er ihr nicht erlauben würde, allein zu Hause zu bleiben.

Aus irgendeinem Grund schien es sie nicht einmal zu stören. Aber wieso nicht? Weil sie sich hier wohlfühlte? Oder weil sie sich vor dem Irren fürchtete, der sich draußen auf den Straßen herumtrieb? Keiner dieser Gründe passte zu ihrem Wesen. Schließlich hielt sie sich viel darauf zugute, eine taffe, selbstständige Frau zu sein, die die Vorteile einer Beziehung nicht nötig hatte.

Reiß dich zusammen, Claire.

Das hier war nur vorübergehend. Der Mörder würde gefasst werden, sie würde nach Hause zurückkehren, und das Leben würde weitergehen. Und auch sie und Dub würden so weitermachen wie bisher.

Wieder schaute sie auf die Uhr. 6.38. Für einen Moment dachte sie daran, Dub zu wecken, um sich noch ein bisschen mit ihm zu vergnügen, aber dann sagte sie sich, dass es Zeit sei, den Tag zu beginnen. Sie schlüpfte aus dem Bett, hob ihre Handtasche vom Boden auf und schlich auf Zehenspitzen ins Bad, wo sie leise die Tür hinter sich schloss. Sie befeuchtete sich das Gesicht, fuhr sich mit den Händen durchs Haar und betrachtete sich im Spiegel. Kein schöner Anblick.

Also ging sie rasch unter die Dusche und schminkte sich anschließend. Da sie nur sehr wenig Make-up benutzte, dauerte es nur ein paar Minuten.

Okay. Und was sollte sie anziehen? Jeans oder das Cocktailkleid, das sie gestern Abend getragen hatte und das jetzt über einem Stuhl hing?

»Guten Morgen.«

Sie fuhr zusammen und drehte sich zum Bett um. »Du hast mich erschreckt.«

»Tut mir leid.« Dub lag bis zur Taille zugedeckt im Bett, aber seine Brust war nackt. »Bist du heute Morgen nicht ein bisschen leicht bekleidet?«

»Sehr witzig.«

»Warum gehst du schon so früh?«

»Ich muss eine Nachrichtensendung zusammenstellen. Die, mit der ich mich schon gestern Abend hätte befassen müssen.«

»Verstehe. Nachdem du mich benutzt hast, wirst du mich hier ganz allein lassen.«

Claire lachte. »Genau. Nachdem ich meine Befriedigung hatte, kann ich gehen.«

»Ich komme mir so billig vor«, sagte er halb schmollend, halb lächelnd.

»Du armer Junge.« Sie setzte sich zu ihm aufs Bett. »Soll ich dir deinen Teddy holen?«

Er zog sie auf sich. »Ich habe eine bessere Idee.« Seine Hand glitt an ihrem Rücken hinunter und über ihren nackten Po. »Ich nehme zurück, was ich gesagt habe. Du bist perfekt gekleidet.«

»Und du bist der gleiche Spaßvogel wie immer.« Sie schob seine Hand weg und küsste ihn auf die Wange. »Ich muss los.« Sie rollte sich von ihm herunter. Nachdem sie sich in ihr Kleid gezwängt hatte, fragte sie: »Stört es dich, wenn ich mir einen Orangensaft aus deinem Kühlschrank nehme?«

»Natürlich nicht. Im Korb auf der Anrichte sind auch ein paar Müsliriegel, wenn du möchtest.«

»Kompliment. Du weißt, wie man eine Frau glücklich macht.«

»Ich arbeite daran.«

»Und ich bin jetzt weg. Ich ruf dich später an.«

*

Harold Pearce duckte sich, als Claires weißer Mercedes E550 an ihm vorbeifuhr. Er selbst parkte unter einer ausladenden Magnolie, nur zwei Türen von Dub Walkers Haus entfernt, und blickte Claire hinterher, bis sie nach Süden auf den Monte Sano Boulevard abbog.

Vor einer Viertelstunde war Pearce mit der Absicht hergekommen, sein besonderes Geschenk direkt vor Dubs Haustür abzulegen. Claires Wagen in der Einfahrt hatte diesen Plan geändert, denn es bedeutete, dass sie die ganze Nacht bei Dub gewesen war. Dass sie wieder zusammen waren. Auf intimer Ebene jedenfalls. Und dadurch war Pearce auf einen besseren Plan gekommen. Sein Geschenk würde Claire viel härter treffen als Dub. Dub würde verärgert sein, aber sie entsetzt, und wenn sie entsetzt war, würde Dub sehr wütend sein.

Sein neuer Plan sah vor, das Geschenk in ihren Wagen zu legen, doch als sie erschien, in einem schmalen schwarzen Kleid, die Handtasche über der Schulter und die Schuhe in der Hand, offensichtlich auf dem Weg nach Hause nach einer Nacht des Herumhurens, kam ihm ein noch besserer Einfall. Die Wirkung würde weitaus größer sein, wenn sie das Geschenk allein auspackte, ohne Dub zur Unterstützung und niemanden, um ihre Furcht zu mindern oder ihren Ekel abzuschwächen. Oh ja, es wurde von Minute zu Minute besser.

Manche würden es vielleicht als Glückssträhne betrachten, aber Harold Pearce wusste es besser. Das Glück war bei jenen, die gerüstet waren, und wenn er irgendwas von sich behaupten konnte, dann, dass er gerüstet war. Jederzeit. Wenn nicht, wäre er schon lange tot. Tot und in irgendeinem Sandloch im Irak oder in einem Grab in den bosnischen Wäldern verscharrt.

Pearce folgte Claires Mercedes über den Monte Sano, den Governor's Drive hinunter und dann auf den Whitesburg Drive. Er reihte sich hinter ihr ein, ließ aber immer eine Pufferzone von zwei, drei Wagen zwischen ihnen. Als sie in die Mile Post Road einbog, löste seine Deckung sich auf. Aber auch das war kein Problem. Er wusste, wohin sie fuhr. Zur Bailey Cove und ihrem hübschen kleinen Haus. Als er einen halben Block entfernt in eine Parklücke zwischen zwei Wagen einbog, war sie schon in ihrer Garage verschwunden, und hinter ihr schloss sich das Tor.

Wie sollte er ihr jetzt das Päckchen zukommen lassen, ohne die Aufmerksamkeit eines Nachbarn zu erregen? Zu dieser frühen Stunde hatte er nicht den Luxus der Dunkelheit, und die Nachbarschaft erwachte allmählich. Natürlich könnte er die Einfahrt hinaufgehen und das Päckchen an ihre Haustür lehnen. Leicht und sauber. Er musste sich nur ganz normal verhalten, und niemand würde etwas bemerken. Oder er stopfte das Päckchen in ihren Briefkasten. Oder er fuhr am Haus vorbei und warf es neben die zusammengerollte Ausgabe der *Huntsville Times*, die er in ihrer Einfahrt liegen sah. Das wäre sogar noch sauberer. Danach könnte er sie einfach anrufen und ihr sagen, sie hätte ein Überraschungspäckchen. Während er seine Möglichkeiten noch bedachte, eröffnete sich eine andere.

Ein Junge auf einem Skateboard wedelte an ihm vorbei, erreichte die Ecke und sprang vom Gehsteig auf die Straße, wo er eine 180-Grad-Drehung hinlegte. Dann hüpfte er mit seinem Board wieder auf den Gehsteig und kam in einer Art Serpentinenmuster zu Pearce zurückgefahren.

Der setzte eine blaue Baseballkappe und eine dunkle Sonnenbrille auf. Dann streifte er einen weißen Baumwollhandschuh über eine Hand, öffnete seine schwarze Tasche und zog einen verschlossenen Umschlag heraus. Damit stieg er aus dem Wagen.

»Hey, Junge«, sagte er.

Der Junge bremste und blickte zu ihm auf, sagte aber nichts.

»Willst du dir zehn Mäuse verdienen?«

48. KAPITEL

Donnerstag, 7.28 Uhr

Gleich nachdem Claire gegangen war, hatte auch ich mich aufgerappelt und geduscht. Ich stellte ein Schälchen Mais für Kramden und Norton draußen hin und aß dann selbst ein wenig Haferbrei. Jetzt saß ich am Küchentisch und ließ mir meine zweite Tasse Kaffee schmecken. Aus der Stereoanlage leierten John Lee Hooker und Bonnie Raitt »I'm in the Mood« herunter. Ich hatte die *Huntsville Times* halb durchgelesen, als das Telefon klingelte. Es war T-Tommy. Schlechte Nachrichten kamen immer früh.

»Hässliche Sache«, sagte er. »Die Schwester der Frau hat die Leichen gefunden, als sie ein paar Fotos abholen wollte. Sie ist völlig fertig, wie du dir vorstellen kannst.«

»Gib mir die Adresse, dann bin ich in einer halben Stunde da.«

Ich legte auf und rief Claire an.

»Wie ich sehe, ist Mr. Schlafmütze schon auf den Beinen«, sagte sie.

»Die Opfer von gestern Nacht wurden gefunden.«

Ich hörte, wie sie scharf Atem holte. »Dann hat er also die Wahrheit gesagt?«, fragte sie.

»Ja. Es sind die Kushners auf dem Manfred Drive. Nördlich von Winchester.«

»Ich werde gleich ein Team zusammenstellen und dich dort treffen.«

*

Claire stand nackt vor ihrem Kleiderschrank und versuchte zu entscheiden, was sie anziehen sollte. Sie musste auch noch ihr Make-up erneuern. Das bisschen, das sie bei Dub aufgetragen hatte, war nicht einmal ansatzweise kameratauglich, und eine Liveübertragung würde heute unerlässlich sein. Sie hatte Jeffrey bereits angerufen und ihm gesagt, er solle sich den Übertragungswagen schnappen und sich mit ihr am Tatort treffen. Jetzt starrte sie auf ihre Sachen, bekam den Kopf aber nicht frei.

Gestern Nacht war der Gedanke, dass dieser Irre ein Ehepaar ermordet hatte, lediglich eine Vermutung gewesen, die ein gewisses Maß an Hoffnung erlaubte. Vielleicht hatte der Mörder ja gelogen und nichts weiter als ein krankes Spiel mit Dub getrieben, um ihm mit seinen grässlichen Geschichten zuzusetzen. Doch jetzt war es eine Tatsache.

Denk nach, Claire. Jedes dieser Outfits würde seinen Zweck erfüllen. Warum war die Auswahl dann so schwierig?

Ein Klopfen an der Tür. Claire schlüpfte in ihren Bademantel, lief durchs Wohnzimmer und öffnete. Ein Junge stand draußen, ein Skateboard in der Hand und eine schief sitzende blaue Mütze auf dem Kopf. Er reichte ihr einen Umschlag. »Das ist für Sie.«

»Was ist …«

Das Telefon klingelte. »Moment bitte.« Sie ging den Flur hinunter und griff nach dem schnurlosen Gerät. »Hallo?«

»Guten Morgen, Claire.«

»Wer spricht da?« Sie versuchte, sich energisch zu geben, aber ihre Stimme klang sogar in ihren eigenen Ohren unsicher und schwach.

»Sie waren gestern Nacht dort. Nachdem ich Ihren Lover angerufen hatte.« Er lachte leise. »Oh, Entschuldigung … Ihren Exmann, meinte ich.«

Claire stockte der Atem.

»Sie haben offenbar nicht viel zu sagen. Was ist denn los? Hat es Ihnen die Sprache verschlagen?«

»Was wollen Sie?«

»Alles zu seiner Zeit. Sie und dieser Walker sind vielleicht ein Paar! Sie haben es sich ja sehr gemütlich gemacht in seinem Haus oben auf dem Berg.«

Er war dort! Bei Dub. Er muss mir hierher gefolgt sein.

»Das geht Sie gar nichts an.«

»Oh, aber natürlich.« Seine Stimme war kalt und spöttisch. »Haben Sie gestern Nacht über mich gesprochen? Sich noch mehr Lügen ausgedacht?«

»Nein.« *Komm schon, Claire, reiß dich zusammen!*

»Lügen Sie mich nicht an. Ich weiß, was Sie beide im Schilde führen.«

Claire sah sich den Umschlag an. Keine Anschrift. Kein Poststempel. Nichts, was an die falsche Adresse geliefert worden war, und der Junge wusste von nichts. Der Mörder musste ihm den Umschlag direkt übergeben haben. Und das wiederum bedeutete, dass er in der Nähe sein musste. Und der Junge? Claire blickte zu der noch offenen Tür. Der Junge war nicht mehr da.

»Wo sind Sie?«, fragte Claire.

»Ganz nahe.«

Sie rannte zur Tür und schlug sie zu.

»Na los. Schließen Sie ab. Nur wird das nichts nützen.«

Claire zog den Vorhang zurück und warf einen Blick nach draußen. Alles wirkte ganz normal.

»Den Kushners hat es nicht geholfen«, fuhr er fort. »Sie sollten mal vorbeigehen und sich das ansehen. Ein echtes Kunstwerk.«

»So nennen Sie das?«

»Sie wissen doch, wie es so schön heißt … des einen Kunst ist des anderen Gemetzel.«

Wo war ihre Waffe? *Verdammt.* Sie hatte sie bei Dub gelassen.

In ihrer Reisetasche. Unter ihren Jeans. Ihre Brust wurde eng, ihre Beine fühlten sich plötzlich kalt und leblos an. Sie ging zum Esstisch und setzte sich. *Entspann dich. Tu, was Dub getan hat. Versuch ihm Informationen zu entlocken.* »Was wollen Sie?«

»Ich habe Ihnen ein Geschenk geschickt. Damit wir Freunde sein können. Vielleicht können Sie Ihren Exmann ja überreden, nicht mehr all diese hässlichen Dinge über mich zu sagen.« Wieder lachte er. »Machen Sie den Umschlag auf.«

»Was ist darin?«

»Ich möchte Ihnen nicht die Überraschung verderben.« Dann war die Leitung tot.

Claire riss den Umschlag auf. Irgendetwas fiel heraus, sprang klappernd von der Tischplatte, über ihr Bein und auf den Teppich. Suchend ließ sie den Blick über den Boden gleiten.

Wo war es?

Sie schob den Stuhl zurück und erweiterte den Suchbereich. Nichts. Schließlich ließ sie sich auf die Knie nieder und strich mit den Händen über den Teppich. Kroch vorwärts und fegte auch unter dem Tisch den Teppich ab. Dabei stieß ihre Hand gegen einen kleinen, beigefarbenen Gegenstand. Da er ihr auf den ersten Blick nichts sagte, hob sie ihn auf und setzte sich wieder in den Sessel, um ihn sich genauer anzusehen.

»O Gott!« Sie ließ den Zahn auf den Tisch fallen und verzog angewidert das Gesicht. Dann sah sie die Fotos, die aus dem Umschlag herausschauten, zog sie heraus und breitete sie vor sich aus. Zunächst konnte sie sich keinen Reim darauf machen und drehte sie hin und her. Dann sprangen ihr die Bilder förmlich ins Gesicht.

Ihr Magen verkrampfte sich. Sie stolperte ins Bad und fiel vor der Toilette auf die Knie, als ihr Magen rebellierte und den Orangensaft und Müsliriegel wieder von sich gab. Wieder und wieder erbrach sie sich, bis nichts mehr hochkam.

Als die Krämpfe nachließen, legte sie den Kopf auf den Rand der Porzellanschüssel, deren Kühle beruhigend und eine Stütze für sie war.

Dub. Ruf Dub an.

Claire griff nach einem Handtuch, wischte sich den Mund ab und lief ins Schlafzimmer. Mit zitternden Händen zog sie ihr iPhone aus der Handtasche. Es klingelte viermal, fünfmal, sechsmal, als sie Dubs Nummer gewählt hatte.

»Komm schon, geh ran«, beschwor sie ihn. Aber sein Telefon schaltete auf Voicemail um. »Verdammt!« Sie beschloss, ihm keine Nachricht zu hinterlassen, sondern schnappte sich den erstbesten Hosenanzug, den sie sah, und zog ihn an. Dann putzte sie sich rasch die Zähne, fuhr sich mit einer Bürste durchs Haar – das Make-up konnte warten – und rannte zur Garage.

49. KAPITEL

Donnerstag, 8.18 Uhr

»Was hast du bisher?«, fragte ich T-Tommy, mit dem ich in Kushners Vorgarten stand.

»Das gleiche Lied mit anderem Text.« Er zeigte mit einer Kopfbewegung auf das Haus. »Komm mit.«

Ich folgte ihm durch das Wohnzimmer auf einen Korridor, der zum hinteren Teil des Hauses führte. Auf dem Teppich waren deutlich mehrere Blutstropfen zu erkennen. Dunkle Bahnen verliefen von mir weg zur ungefähren Mitte des Ganges, wo sich ein großer runder, von Wand zu Wand reichender Fleck befand. Vorsichtig gingen wir um den Blutfleck herum in einen Raum, der anscheinend das Hauptschlafzimmer war. Ein breites Doppelbett stand an der hinteren Wand; die Laken waren ebenso blutdurchtränkt wie die Daunendecke, die auf dem Boden am Fuß des Bettes lag. Zwei verschiedene Hochgeschwindigkeits-Blutspurenmuster auf dem Kopfteil des Bettes und an der Wand ließen erkennen, dass hier zwei Schüsse abgegeben worden waren.

»Wo sind die Leichen?«

»Da drüben.« T-Tommy nickte zum Flur hinüber. »Offenbar hat er hier auf sie eingeschlagen und sie dann in das kleinere Wohnzimmer geschleift.« Er führte mich wieder auf den Flur hinaus und blieb neben dem großen runden Blutfleck stehen. »Sidau hat eine vorläufige Blutgruppenbestimmung durchgeführt. Er sagt, das Blut sei von der Frau«, erklärte er. Dann zeigte er auf das Badezimmer. »Mach dich auf was gefasst. Dieser Psycho hat während dieses Wahnsinns in aller Ruhe geduscht.«

Ich warf einen Blick ins Bad. Um den Duschabfluss und in den Fugen zwischen den weißen Kacheln konnte ich pinkfarbene Blutflecke erkennen.

»Außerdem haben wir ein blutiges Handtuch auf dem Fußboden gefunden. Sidau hat es draußen zum Trocknen aufgehängt.« T-Tommy ging weiter den Flur hinunter. »Und dann hat er die Leichen ins Wohn- und Esszimmer geschleift.«

Ich folgte den blutigen Schmierspuren in einen großen Raum am anderen Ende des Flurs, wo die Kushners mich erwarteten. Oder das, was von ihnen übrig war. Sie schienen in einem blutigen Knäuel miteinander verschlungen zu sein. Wie bei einem makabren Twister-Spiel. Hier ein Arm, dort ein Bein und ein zerfleischtes Oval, das einmal ein Gesicht gewesen war. Zu unterscheiden, welcher Körperteil zu welchem Opfer gehörte, war nicht leicht. *Jesus.* Ein zersplittertes Stuhlbein ragte aus der blutigen Masse hervor.

»Ist er hier hereingekommen?«, fragte ich, wobei ich auf das offene Fenster zeigte.

»Definitiv. Komm mit.«

Durch die Hintertür gingen wir in den Garten, wo Sidau Yamaguchi neben einigen deutlich sichtbaren Schuhabdrücken auf der Terrasse kniete.

Sidau blickte auf. »Hier haben wir ein paar gute Abdrücke. Da hinten am Ende vom Grundstück sind noch mehr in der feuchten Erde. Gut, dass es vorgestern Nacht geregnet hat.«

»Es scheint das gleiche Tatmuster zu sein.«

Sidau nickte. »Nur ist das Komische hier, dass wir zwei Paar verschiedene Schuhabdrücke haben.«

»Bist du sicher?«

»Absolut.«

»Vielleicht waren die Abdrücke schon vorher hier?«, gab ich zu bedenken.

»Ich fürchte, das ist unmöglich.« Sidau zeigte auf einen der Schuhabdrücke. »Der hier wurde erst später über den anderen hinterlassen und hat diese partiellen Abdrücke hier und hier überlagert und verschmiert. Der zweite Abdruck hat kein Laufflächenprofil. Diese Schuhe hatten glatte Sohlen.«

»Du meinst, es waren zwei Killer?«, fragte T-Tommy.

»Möglich«, erwiderte Sidau. »Bisher haben wir allerdings keinen dieser anderen Abdrücke im Haus gefunden. Der Teppich ist natürlich auch kein gutes Trägermaterial. Bis jetzt haben wir nur diese Abdrücke hier und einen weiteren da drüben in der Nähe des Waldes.« Sidau zeigte auf den hinteren Teil des Gartens.

»Ein Komplize vielleicht? Oder jemand, der Schmiere stand?«, fragte T-Tommy.

Aber das ergab keinen Sinn, da alles andere darauf hindeutete, dass hier nur ein Mörder am Werk gewesen war. Ein Einzelgänger. Der zu verrückt war, um einen Partner zu haben.

»Dub?«

Ich stand auf und drehte mich um, als ein HPD-Beamter auf uns zukam. »Ms. McBride fragt nach Ihnen. Ich habe ihr gesagt, dass Reporter das Absperrband nicht passieren dürfen. Aber sie meinte, es sei wichtig und ich solle Ihnen ausrichten, sie müsse jetzt gleich mit Ihnen reden.«

»Bringen Sie sie seitlich um das Haus herum«, sagte ich.

»Okay.«

Ich ging Claire entgegen, als sie um die hintere Hausecke kam. Den Beamten hatte sie hinter sich zurückgelassen, und sie sah erschreckend blass und angespannt aus. Ich ergriff ihre Hände, die sich eiskalt anfühlten. »Was ist?«

Scotty Simpson beugte sich aus dem Fenster über uns. «Dub … T-Tommy. Abe Lasser hat gerade angerufen. Der Mörder hat das Telefon wieder benutzt. Vor einer halben Stunde.«

»Wen hat er angerufen?«, fragte ich.

»Mich«, sagte Claire.

»Dich?«

Sie zog einen Umschlag aus ihrer Handtasche und gab ihn mir. Ich ergriff ihn an einer Ecke, warf einen Blick hinein und nahm die drei Fotos heraus, die ich ebenfalls nur an den Ecken anfasste. Sie zeigten den Tatort drinnen im Haus. Aus drei verschiedenen Winkeln.

»Woher hast du die?«

»Er hat sie mir von irgendeinem Jungen nach Hause bringen lassen. Dann hat er angerufen und gesagt, sie seien ein Geschenk für mich. Dub, er muss ganz in der Nähe gewesen sein und gewartet haben! Er rief an, kaum dass ich den Umschlag hatte.«

»Hast du ihn gesehen? Oder ein Auto? Irgendwas?«

Sie schüttelte den Kopf.

»Sidau, kümmere du dich um die hier«, sagte ich und reichte ihm die Fotos.

Sidau streifte seine Gummihandschuhe ab und zog ein frisches Paar an, bevor er die Fotos nahm. Nachdem er einen Blick darauf geworfen hatte, schaute er mich an. »Was für ein abartiges Monstrum.«

»Das ist noch nicht alles.« Claire deutete mit einer Kopfbewegung auf den Umschlag.

Ich blickte erneut hinein. »Jesus! Sidau, gib mir eine Tüte.«

Sidau holte eine Plastiktüte für Beweisstücke und hielt sie auf. Ich drehte den Umschlag um, und der Zahn fiel in die Plastiktüte. Nachdem Sidau sie verschlossen hatte, öffnete er eine weitere für die Fotos und den Umschlag.

»Meine Fingerabdrücke sind überall darauf«, sagte Claire. »Tut mir leid. Ich hab nicht nachgedacht.«

»Keine Sorge«, sagte Sidau. »Wir werden darum herum arbeiten.« Er schenkte ihr ein mitfühlendes Lächeln. »Wir brauchen aber Ihre, um sie ausschließen zu können.«

»Der Junge«, sagte ich zu Claire. »Wie sah er aus?«

»Ich habe kaum darauf geachtet, und er war auch ruckzuck wieder weg. Ich würde ihn auf zehn oder zwölf schätzen. Er war dünn und hatte helles, fast schon blondes Haar.«

»Hattest du ihn vorher schon mal in der Gegend gesehen?«

»Ich bin mir nicht sicher. Bei uns gibt es eine ganze Menge Jungen in dem Alter. Aber er hatte ein Skateboard dabei.«

»Wie war er angezogen?«

»Schlabberige gelbe Shorts, weißes T-Shirt ... und eine blaue Baseballkappe.« Sie sah mich an. »Können wir kurz miteinander reden? Allein?«

»Klar.« Ich führte sie zur Seite des Hauses. Als ich sie wieder ansah, schimmerten ihre Augen feucht.

»Dub, ich habe Angst. Er war dort. Bei mir zu Hause. Und er war auch bei dir.«

»Woher weißt du das?«

»Er wusste, dass ich die Nacht über bei dir war. Er muss mir gefolgt sein.«

»Claire, ich habe nicht ...«

»Was hast du nicht? Nicht nachgedacht? Herrgott noch mal, Dub, du bist so besessen davon, diesen Kerl zu kriegen, dass dir nichts anderes mehr wichtig ist! Ich nicht und auch du nicht. Du hast dich selbst als Köder angeboten, und er hat angebissen. Und jetzt verfolgt er mich.« Sie starrte mich aus schmalen Augen böse an. »Der verdammte Mistkerl weiß jetzt, wo ich wohne.«

»Es tut mir leid, Claire. Ich habe nicht daran gedacht, dass ich auch dich in Gefahr bringen könnte. Das war dumm und leichtsinnig von mir.«

»Ja, allerdings.« Ich griff nach ihrer Hand, aber sie zog sie zurück. »Und du tust es immer wieder.«

»Was?«

»Dich so sehr in einen Fall vertiefen, dass du nichts anderes mehr siehst.« Sie sah mich an, und ihre grünen Augen funkelten. »Das wird sie dir nicht zurückbringen.«

»Ich weiß.«

»Ach ja? Manchmal denke ich, du hältst jeden Kriminellen für ihren möglichen Entführer. Und dass sie plötzlich gefunden wird, wenn du ihn schnappst.«

Ich wusste, dass es unlogisch war, und doch war ein Fünkchen Wahrheit an dem, was sie sagte. »Ich habe meine Familie verloren. Wenn ich verhindern kann, dass es anderen genauso geht …«

Sie nahm meine Hand. »Ich weiß, Dub.«

Ich stieß einen tiefen Seufzer aus. »Er tut das alles nur, um mich durcheinanderzubringen.«

»Wie tröstlich. Vielleicht denkt er ja auch, es würde ihm deine Aufmerksamkeit sichern, wenn er mich umbringt. Und was dann?«

Warum ging alles so daneben? War es falsch gewesen, diesen Irren so zu reizen? Unterschätzte ich die Schläue dieses Burschen? Doch für solche Einsichten war es zu spät. Was ich gesagt und getan hatte, war nicht mehr rückgängig zu machen. »Wenn das sein Plan ist, müssen wir ihn aufscheuchen. Und zwar schnell.«

»Er war bei mir zu Hause.« Claires Lippen wurden wieder schmal.

»Das muss nicht unbedingt etwas Schlechtes sein.«

»Bist du verrückt?«

»Nein. Weil es im Grunde nur bedeutet, dass ich ihn verärgert habe. Genug, um sein Gesicht zu zeigen. Einem Kind zwar nur, aber das ist immerhin schon etwas. Wenn wir diesen Jungen finden können, bekommen wir vielleicht eine Beschreibung unseres Mörders. Es könnte der Durchbruch sein, den wir so dringend brauchen.«

Claire schüttelte den Kopf. »Du bist so verdammt pragmatisch, dass ich dich erwürgen könnte.« Sie blickte an mir vorbei zum Garten der Kushners und schien zu überlegen, ob sie die flache Hand oder die Faust benutzen sollte, um mich zu schlagen.

»Es ist nun mal passiert, Claire«, sagte ich beschwichtigend. »Und da wir nicht so tun können, als wäre nichts gewesen, sollten wir es für uns benutzen.«

Sie schüttelte den Kopf und lächelte ein bisschen krampfhaft. Ich kannte dieses Lächeln. Es bedeutete, dass sie mich für einen Trottel hielt. Schließlich hatte ich es schon oft genug gesehen. »Vielleicht habe ich mich nicht klar genug ausgedrückt. Er weiß, wo ich wohne. Er weiß, dass ich gestern Nacht bei dir war. Und er weiß, dass er durch mich an dich herankommen kann.«

Das war eine logische Schlussfolgerung, die schwer zu widerlegen war. »Ich werde dir einen der Deputies nach Hause mitschicken, um die Nachbarschaft zu überprüfen und zu sehen, ob er den Jungen finden kann.«

»Und wenn der Junge uns nirgendwohin führt?«

»Gehen wir dem Mörder immer weiter auf die Nerven, bis er einen Fehler macht. Und das wird er.«

Sie blickte zum Himmel und atmete durch geschürzte Lippen aus. »Ich hoffe, du hast recht.« Dann schaute sie zur Vorderfront des Hauses. »Gib mir zwanzig Minuten. Ich muss mich ein bisschen herrichten und ein paar Hintergrundaufnahmen machen lassen.«

Claire war wieder im Arbeitsmodus.

50. KAPITEL

Donnerstag, 9.02 Uhr

»Sonst noch etwas?«, fragte die Bedienung im Mac's Diner, als sie die Krümel des Bagels wegwischte, den er an der Theke gegessen hatte.

»Nein«, sagte Brian.

Er saß bei einer zweiten Tasse Kaffee, während er das Abenteuer der letzten Nacht in Gedanken noch einmal Revue passieren ließ. Das Seltsame war, dass es seine Wut gedämpft, aber nicht gestillt hatte. Selbst der Sex-Marathon mit Laranne nach seiner Heimkehr hatte kaum geholfen. Noch lange, nachdem sie gegangen war, hatte er wach gelegen, und als endlich der Schlaf kam, war er unruhig und sprunghaft. Zweimal erwachte Brian mit rasendem Herzschlag, in kalten Schweiß gebadet und mit den Resten lebhafter Träume im Kopf. In der vergangenen Woche war das zu einem fast schon allnächtlichen Vorkommnis geworden, doch die Träume der letzten Nacht waren besonders lebhaft und gewalttätig gewesen.

Er leerte seine Kaffeetasse, zahlte die Rechnung und ging die Straße zu seinem Jeep hinauf. Ein Blick auf die Uhr verriet ihm, dass noch genügend Zeit für seinen Termin bei Hublein blieb.

Er fuhr los. Um den Big Spring Park herum, durch die Innenstadt, wo er ein paar Runden um den Platz drehte, dann den Echols Hill hinauf und an den Vorkriegsvillen auf der Franklin vorbei. Seine innere Anspannung löste sich allmählich, zumindest für ein paar Minuten … bis er sich dem Ärztehaus näherte und vor dem Institut hielt. Er nahm den Aufzug in den vierten Stock, wo Hubleins zwei Empfangsdamen ihn mit einem falschen und absolut synchronen Lächeln begrüßten. Er hatte ihnen schon vor langer Zeit die Spitznamen Tweedledee und Tweedledum verpasst, weil sie sich für ihn wie ein Ei dem anderen glichen.

»Guten Morgen, Mr. Kurtz«, sagte Tweedledee. »Haben Sie einen Termin bei Dr. Hublein?«

»Nein. Ich bin nur so verdammt gern hier bei euch.«

Die beiden Frauen rissen erschrocken die Augen auf.

Gut. Ihr blöden Weiber solltet euch auch fürchten.

»Ich … ähm …«, begann Tweedledum. »Ich werde Sie zu seinem Büro begleiten.«

»Ich kenne den Weg«, beschied er sie, bevor er den Flur hinunterging, die schwere Tür aufstieß und eintrat. Catherine, Hubleins Assistentin, blickte von ihrem Schreibtisch auf. Ihr Lächeln verblasste, als sie Brian sah.

»Sie sind aber pünktlich heute, Mr. Kurtz.«

»Und er? Liegt er hinter der Zeit wie immer?«

»Ich glaube nicht«, erwiderte sie errötend. »Ich werde den Doktor wissen lassen, dass Sie hier sind.« Brian fiel das Zittern ihrer Hände auf, als sie den Hörer abnahm und auf die Taste für die Gegensprechanlage drückte. »Dr. Hublein, Mr. Kurtz ist hier.«

*

Hublein legte auf.

»Er ist hier, Mel. Möchtest du dabei sein?«

Wexlar schüttelte den Kopf. »Lieber nicht. Sonst denkt er vielleicht noch, wir hätten uns gegen ihn verbündet.«

Wexlar verschwand durch eine Seitentür, als Catherine die Außentür öffnete und sie Brian aufhielt.

»Guten Tag, Brian. Nehmen Sie doch bitte Platz.« Hublein stand auf und reichte ihm die Hand über den Tisch. Doch Brian beachtete sie nicht und setzte sich Hublein gegenüber, der sich ebenfalls wieder in seinem Sessel niederließ. »Wie geht es Ihnen?«

»Sagen Sie es mir.«

Brians harter, herausfordernder Blick wich nicht von dem des Arztes. Seine muskulösen Unterarme auf den Sessellehnen spannten sich an, bis seine Fingerknöchel weiß hervortraten. Hublein merkte, dass er sich ausnahmsweise einmal wünschte, Pearce sei in der Nähe.

»Ich habe gehört, dass Sie überfallen wurden«, begann Hublein.

»Jemand hat's versucht.«

»Das muss ja schrecklich für Sie gewesen sein.«

»Für ihn noch viel mehr.«

»Auch das habe ich schon gehört.«

»*Was* haben Sie gehört?« Brians Augen wurden schmal.

»Dass jemand Sie mit einem Messer angegriffen hat und dass Sie daraufhin sehr wütend wurden.«

»Wäre es bei Ihnen anders?« Brians Venen am Hals traten hervor.

»Wie ich hörte, haben Sie dem Angreifer ziemlich übel mitgespielt.«

»Wer hat Ihnen das erzählt? Dieser Schickimicki-Doktor aus dem Krankenhaus?«

»Nun ja ...« Verdammt, dachte Hublein. Das lief gar nicht gut.

»Ich weiß, dass er bei Ihnen war. Er hat es mir gesagt.«

»Wann?«

»Als er gestern meine Wunde untersucht hat.«

»Verheilt sie gut?«

»Wir sind nicht hier, um über meinen Arm zu reden.«

»Nein, da haben Sie recht.« Hublein beugte sich vor und stützte die Ellbogen auf den Schreibtisch. »Es geht hier um etwas anderes. Wir haben ein Problem, Brian.«

»Und was für ein Problem könnte das sein?«

»Diese Dinge … und was neulich erst geschah.« Hublein räusperte sich. »Ihr Hinauswurf aus dem Job. Ich mache mir Sorgen, dass Sie möglicherweise in Ihr altes Verhalten zurückfallen. Und ich möchte nicht, dass Sie wieder in Schwierigkeiten geraten. Wie damals, bevor Sie zu mir kamen.«

»Mein Verhalten? Weil ich mich verteidigt habe, meinen Sie? Oder weil irgendein blasierter Idiot von Unfalldoktor denkt, ich hätte überreagiert? Er war nicht dabei und weiß nicht, wie es war, in Angst und Schrecken versetzt zu werden und befürchten zu müssen, dass man umgebracht wird.« Brian stieß die Worte zwischen zusammengebissenen Zähnen hervor. Seine Pupillen erweiterten sich dabei so sehr, dass seine blauen Iris nur noch schmale Ringe waren. Er sah wie ein in die Enge getriebenes Tier aus. »Wanda kann sich ihren Job nehmen und ihn sich sonst wohin stecken.«

Hublein lehnte sich im Sessel zurück. Seine Ohren fühlten sich an, als wären sie mit Watte vollgestopft. Das Zimmer erschien ihm plötzlich so erdrückend, dass er am liebsten hinausgelaufen wäre. »Machen wir doch keine große Sache daraus.« Er hoffte, dass er ruhig und gelassen klang. »Natürlich hatten Sie recht, sich zu verteidigen. Niemand ist da anderer Meinung. Ärgerlich ist nur, dass die Polizei hinzugezogen wurde.«

»Sie haben mich nicht verhaftet. Nur diesen Drecksack, der mich angegriffen hat.«

»Das freut mich zu hören. Meine einzige Sorge ist Ihr Wohlergehen. Ich halte es für eine gute Idee, Ihre Medikation zu ändern.«

»Inwiefern?«

»Indem wir das neue Medikament bei Ihnen absetzen.«

»Es ist besser als alle anderen.«

»Vergessen Sie nicht, dass es ein experimentelles Medikament ist und seine Nebenwirkungen daher noch unbekannt sind. Ich denke, dass die Vernunft hier ein gewisses Maß an Vorsicht gebietet. Vielleicht wäre es das Beste, zu den altbewährten Medikamenten zurückzukehren. Eine Zeit lang jedenfalls.«

»Mir gefällt aber dieses neue Mittel. Mit dem fühle ich mich wohl, während ich von den anderen müde wurde oder Kopfschmerzen bekam.«

»Lassen Sie es uns ein paar Monate versuchen. Wenn dann alles okay ist, können wir wieder mit dem neuen Medikament beginnen.«

»Nein!« Brian schlug mit der Faust auf die Armlehne des Sessels. Seine Augen waren schwarz vor Zorn und funkelten erbost.

»Hören Sie, Brian.« *Vorsicht*, ermahnte Hublein sich. »Sie wissen, dass Ihre Bewährung davon abhängt, dass Sie bei mir in Behandlung bleiben. Und eine feste Anstellung haben. Wanda Fisher hat mir versprochen, Sie wieder einzustellen, wenn wir die Dinge in Ordnung bringen.«

»Vielleicht bin ja nicht ich es, der in Ordnung gebracht werden muss.«

»Brian, wenn Sie sich weigern, meinen Rat zu befolgen, könnte Ihre Strafaussetzung rückgängig gemacht werden.«

»Wollen Sie mir drohen, Dr. Hublein?«

»Natürlich nicht. Ich versuche nur, Ihnen zu helfen.«

»Also habe ich keine andere Wahl, als zu tun, was Sie wollen, oder ins Gefängnis zurückzuwandern?«

»So würde ich es nicht bezeichnen.«

Brian stand auf und trat einen Schritt auf den Schreibtisch zu. »Und wie würden Sie es nennen?«

Die Luft im Zimmer verdichtete sich. Hublein schob einen

Finger unter seine Krawatte und lockerte sie. »Ihre nächste Spritze ist erst morgen fällig. Warum denken Sie nicht über meine Worte nach, und wir reden morgen weiter. Vielleicht fällt mir in der Zwischenzeit eine andere Lösung ein.«

Brian schien sich ein wenig zu entspannen. »Sie können mir das Medikament nicht einfach vorenthalten.«

»Vielleicht muss ich es ja auch nicht. Lassen Sie mich darüber nachdenken.«

»Denken Sie nach, so viel Sie wollen. Setzen Sie nur nicht das Medikament ab. Das würde ich mir nicht gefallen lassen.« Damit drehte er sich um und stürmte zur Tür hinaus, ohne sie hinter sich zu schließen.

51. KAPITEL

Donnerstag, 10.05 Uhr

Sidau zeigte auf verschiedene Schuhabdrücke, die alle mit roten Plastikfähnchen gekennzeichnet waren. Er hatte T-Tommy, Scotty und mich auf eine Führung durch den bewaldeten Bereich hinter dem Haus der Kushners mitgenommen. Nun folgten wir den Fußspuren, die vom Haus durch das Waldstück und ein Stück freies Gelände unter Starkstromleitungen bis zu einer asphaltierten Landstraße führten. Zwei Kriminaltechniker machten Abgüsse von zwei tiefen Schuhabdrücken.

Ich beschattete meine Augen vor der Sonne und blickte die Straße hinauf. Die Morgensonne versilberte die über den Baumwipfeln schwankenden Stromleitungen. Sie sahen aus wie brandneue Gitarrensaiten, die nur darauf warteten, zur richtigen Tonlage gestrafft zu werden. Noch höher oben am wolkenlosen blauen Himmel fächelten zwei Bussarde die Luft mit ihren breiten Schwingen und zogen weite, langsame Kreise, um nach Aas Ausschau zu halten.

Ich versuchte, mir die Umgebung in nächtlicher Dunkelheit vorzustellen. Hier an der Straße war der Mörder abgebogen und durch das Wäldchen zum Haus gegangen. Er hatte ganz genau gewusst, wohin er ging, und nichts dem Zufall überlassen.

Wir kehrten um und gingen zum Haus zurück. Es hatte nichts Besonderes, Außergewöhnliches, das Aufmerksamkeit erregen könnte. Außer dem Ehepaar darin. *Sie* waren das einzig Interessante an dem Haus. Aber warum gerade diese Leute? Und warum auch gerade Mike? Warum Allison und Petersen?

»Ich habe den Eindruck, als wären alle Abdrücke da hinten von den Nikes«, bemerkte ich. »Kein einziger von den anderen Schuhen.«

»So ist es«, pflichtete Sidau mir bei.

»Vielleicht kam der Nike-Träger auf einem anderen Weg hierher«, sagte ich und rieb mir den Nacken. »Was bedeuten würde, dass er nicht mit dem Täter zusammen kam oder ihm gefolgt ist, sondern genau wusste, wohin er wollte.«

»Ein Komplize?«, fragte Scotty.

War das möglich? Könnte der Mörder einen Komplizen haben? Jemanden, der die Augen für ihn offenhielt? Könnte es sein, dass zwei geistesgestörte Psychos zusammenarbeiteten und für diese Morde verantwortlich waren? Alles, was ich bisher gesehen oder über den Killer erfahren hatte, sprach dagegen. Aber wer hatte dann die anderen Schuhabdrücke hinterlassen? Ein neugieriger Nachbar? Ein Nachbar, der alles mitbekommen und nicht die Polizei gerufen hatte? Ganz bestimmt nicht. Jemand, der dem Mörder folgte? Ihm nachschlich und ihn belauerte? Aber wer sollte das sein? Und warum sollte er das tun? Das ergab alles keinen Sinn.

»Glaubst du, dass es zwei sind?«, fragte T-Tommy.

»Das Profil spricht dafür, dass dieser Kerl ein Einzelgänger ist. Und psychisch zu instabil, um einen Komplizen oder Handlanger zu haben.« Ich trat gegen ein Büschel Fingerhirse. »Natürlich könnten wir es hier auch mit einem zweiten Hickock-und-Smith-Gespann zu tun haben.«

»Mit was?«, fragte Scotty verwirrt.

»Erinnerst du dich an Truman Capotes Roman *Kaltblütig?*«

Scotty zuckte mit den Schultern. »Nur schwach.«

»Ein großartiges Buch, in dem der Fall sehr eingehend und detailliert beschrieben wird. Die Sache geschah Ende der Fünfzigerjahre. Dick Hickock und Perry Smith waren zwei Loser, die eine Farmersfamilie namens Clutter in Kansas ermordeten, weil sie glaubten, Mr. Clutter habe einen Tresor voller Geld im Haus. Er hatte aber keinen. Trotzdem löschten sie die gesamte vierköpfige Familie aus. Ihr Profil wies darauf hin, dass keiner von beiden es allein getan hätte, aber zu zweit gaben sie ein mörderisches Duo ab. Hickock war der Planer und Smith das Monster. Hickock führte sie zu der Farm, wo Smith dann völlig durchdrehte.«

»Glaubst du wirklich, unser Bursche könnte einen solchen Partner haben?«, fragte T-Tommy. »Jemanden, der ihn anstiftet und vorbereitet und ihn dann von der Leine lässt?«

Ich zuckte mit den Schultern. »Das könnte einiges erklären.«

»Zum Beispiel?«, fragte T-Tommy.

»Das geografische Profil. Wenn wir diesen jüngsten Tatort zu der Mischung hinzufügen, haben wir diese Morde hier im Norden der Stadt, Mikes im Süden, Allisons draußen im Westen Richtung Madison und Petersens direkt in der Innenstadt. Im Gegensatz zu den verwüsteten Tatorten selbst weist die Entfernung zwischen ihnen auf einen überlegteren, methodischeren Täter hin. Auf jemanden, der keine Angst hat zu reisen. Der sich überall zu Hause fühlt. Desorganisierte Täter haben in der Regel eine sehr viel kleinere Wohlfühlzone. Sie fühlen sich gestresst, wenn sie sich zu weit davon entfernen. Deshalb häufen ihre Verbrechen sich meist dort, wo sie zu Hause sind.«

T-Tommy blähte eine Wange auf, dann die andere, was er noch ein paar Mal wiederholte, bevor er schließlich die Luft ausstieß. »Du meinst, wir könnten einen Jäger und einen Mörder haben, die zusammenarbeiten?«

»Ich weiß es nicht.« Ich blickte auf. Die Bussarde waren jetzt noch höher am Himmel und erweiterten ihren Suchbereich. So wie wir. Der Unterschied war nur, dass sie nach toten Tieren suchten, während wir auf der Jagd nach einem lebenden, atmenden und äußerst raffinierten Killer waren. »Aber das würde auch die Anrufe erklären.«

»Wieso?«, fragte Scotty.

»Ich kann sie mir noch nicht ganz erklären. Der Mörder ist eindeutig desorganisiert. Von Wut getrieben. Das Barbarische der Angriffe, das Zurücklassen der Leichen am Tatort, kein Versuch, das Verbrechen zu vertuschen. Aber der Typ am Telefon ist ruhig und besonnen. Selbst als ich ganz bewusst versucht habe, ihn zu provozieren, habe ich nichts damit erreicht. Ein so brutaler Mörder«, ich zeigte mit dem Kinn aufs Haus, »muss sehr unbeherrscht sein. Er würde vermutlich jeden attackieren, besonders jemanden, der ihn persönlich angreift.«

»Na prima«, sagte T-Tommy. »Dann haben wir also zwei Verrückte. Das hat uns gerade noch gefehlt.«

»Es muss nicht so sein, aber wir müssen es in Betracht ziehen, um uns ein klares Bild zu machen.«

T-Tommy schob die Hände in die Hosentaschen. »Ich kann nur hoffen, dass du diesmal falsch liegst, Dub.«

Das hoffte ich auch. »Ich werde mich drinnen noch mal umsehen«, sagte ich.

Ich ging in das große Schlafzimmer zurück und versuchte, mir die Bewegungen des Mörders vorzustellen. Er schlich ins Zimmer und blieb links von dem Bett stehen. Das Blutspritzmuster und die Wunde an Mr. Kushners Kopf wiesen darauf hin, dass er aus nächster Nähe erschossen worden war, während sein Kopf noch auf dem Kissen lag. Während er schlief und das Unheil nicht kommen sah. Das Gleiche galt für Mrs. Kushner. Ihr Kopf war so übel zugerichtet, dass keine Einschusswunde mehr zu finden war, aber die Blutspritzer über dem Bett bewiesen, dass auch sie im Schlaf erschossen worden war. Was wiederum bedeutete, dass der Killer auf jeden Fall einen Schalldämpfer benutzte.

Ich ging über den Flur zu dem runden Fleck auf dem Teppich

und kniete mich davor. Laut Sidau war es das Blut der Frau. An der Wand über dem Fleck befanden sich noch mehr verschmierte Blutspuren. Spritzer, Streifen, ein blutiger Handabdruck. Er war klein und daher vermutlich von der Frau. Darum herum ein feiner Sprühnebel ausgeatmeten Bluts, der darauf hindeutete, dass sie noch gelebt hatte, als sie hier im Flur gewesen war. Noch geblutet hatte, geatmet hatte …

Ich blickte zum Schlafzimmer zurück und dann zum Wohnzimmer hinunter. Zwei blutige Schleifspuren zogen sich vom Schlafzimmer zu diesem Bereich hinüber; von dort führten insgesamt vier Spuren zu dem großen Wohnraum. Der Mörder hatte den Mann den ganzen Weg dorthin geschleift, die Frau aber nur von hier aus. Sie war bis zu dieser Stelle gegangen. Die Kugel hatte sie nicht getötet. Sie hatte sich gewehrt, war aber genau hier an diesem großen Fleck gestorben. *Gott segne Sie, Mrs. Kushner.*

Ich ging ins Wohnzimmer, wo mehrere Kriminaltechniker noch immer Proben aus der Fleisch- und Knochenmasse entnahmen, die kaum noch etwas Menschliches hatte. Der leicht faulige Geruch von Blut und Tod schien jetzt sogar noch erdrückender zu sein als vorher.

Ich brauchte dringend frische Luft, deshalb zog ich mich in den Garten zurück, wo T-Tommy, Scotty und Sidau standen.

»Ich habe gerade mit der Dienststelle telefoniert«, berichtete Scotty. »Sie haben kein Glück mit den Opfern. Das Einzige, was sie alle gemeinsam haben, ist ein Anruf von der *Huntsville Times*. Scheint so, als hätten die gerade eine Werbekampagne gemacht und im ganzen County herumtelefoniert.«

»Mich haben sie letzte Woche dreimal angerufen«, sagte T-Tommy.

»Die Kollegen werden die Daten der Kushners hinzufügen und sehen, was dabei herauskommt«, sagte Scotty.

»Dub!«, rief einer der Deputies aus dem Fenster. »Telefon.«

»Wer ist es?«

»Hat er nicht gesagt.«

Ich stieg die drei Stufen zur Hintertür hinauf und ging in die Küche. Wer würde mich auf dem Telefon des Opfers anrufen? Ich griff nach dem Hörer, der mit einer dicken Schicht Fingerabdruckpuder eingestäubt war.

»Hallo?«

»Wie ich sehe, sind Sie fleißig bei der Arbeit.«

Da ich die Stimme sofort erkannte, winkte ich einem der Deputies und formte mit den Lippen: »Holen Sie T-Tommy.« Dann sagte ich in den Hörer: »Eine schöne Schweinerei haben Sie hier hinterlassen.«

»Mit voller Absicht, das versichere ich Ihnen.«

»Aber diesmal haben Sie es versaut.«

»Das glaube ich nicht«, antwortete die ruhige Stimme. »Warum sagen Sie mir nicht, was für einen gravierenden Fehler ich gemacht habe, den Sie so genial erkannten?«

»Sie haben Ms. McBride bedroht.«

»Ich dachte, das würde Ihr Interesse wecken.«

»Ihr Problem bin ich, nicht Claire McBride.«

»Da Sie sie vögeln, sind Sie für mich ein und dasselbe.«

»Aber ich bin es, der Sie schnappen wird.«

Er lachte leise. »Sie sind ganz schön von sich überzeugt, was?«

»Ein schlimmer Charakterfehler – den ich mir übrigens hart erarbeitet habe.«

»Wie schön für Sie. Aber die Wahrheit ist, dass ich nicht mal Ihnen zutraue, mich hinter Gitter zu bringen.«

»Da könnten Sie sogar recht haben. Es ist durchaus möglich, dass Sie nicht lebend aus der Sache rauskommen.«

»Und so etwas aus dem Munde eines Gesetzesvertreters! Gibt es eigentlich keine Gesetze gegen das Bedrohen der Bürgerschaft?«

»Ich *bin* die Bürgerschaft, und ich bedrohe Sie nicht. Ich sage nur, wie es ist.«

»Wie *Sie* es sehen, meinen Sie.«

»Soll ich Ihnen sagen, was ich sehe? Ich sehe, dass ich Ihr schlimmster Albtraum bin. Dass ich Ihnen das Handwerk legen werde, wenn Sie mich nicht davon abhalten.«

»Wie Packwood?«

»So ungefähr.«

»Ich glaube, dass Sie bei dem bloß Glück hatten.«

»Oder er hatte Pech. Wie übrigens die meisten Mörder.«

»Gut, dass ich nicht wie die meisten bin.«

»Und gut, dass ich ein Glückspilz bin.«

Er lachte. »Das werden wir ja sehen.« Dann war die Leitung tot.

»Was gibt's?«, fragte T-Tommy, als er zur Tür hereinkam.

»Er hat wieder angerufen.«

»Was hat er gesagt?«

»Na ja, vor allem war er boshaft, schadenfroh und hat sich wichtig getan. Aber wie ich vorhin schon sagte, lässt sich die Stimme am Telefon nicht mit den Tatorten in Einklang bringen.«

Sein Handy am Ohr, kam Scotty aus dem Garten in die Küche. »Danke. Bis später dann«, sagte er und beendete das Gespräch. »Er hat dasselbe Handy wie beim letzten Mal benutzt. Die Verbindung ging über einen Sendemast am Governor's Drive in der Nähe des Ärztehauses.«

*

Harold Pearce schaltete das Handy aus und ließ es in seine schwarze Tasche fallen. Dann nahm er das verschlüsselte Telefon heraus und rief Smithson an, um ihn auf den neuesten Stand zu bringen.

»Sehr gut«, sagte der. »Wann ist die nächste Veranstaltung?«

»Heute oder morgen Nacht. Kurtz wird mit Sicherheit sehr wütend sein nach seinem Termin bei Dr. Hublein heute Morgen. Ich bezweifle, dass ich ihn noch sehr viel länger bremsen kann.«

»Kommen die Cops allmählich weiter?«

Pearce seufzte. »Die sind schwerfällige Dummköpfe. Wenn sie nicht bald über die Antwort stolpern, werde ich Ihnen einen anonymen Hinweis geben. Selbst die Cops müssten imstande sein, eins und eins zusammenzuzählen, wenn sie seinen Namen haben.«

»Gut. Dann können wir Kurtz in die Enge treiben und das letzte Kapitel in Angriff nehmen.«

»Hört sich gut an.«

»Wie viel Zeit haben wir noch?«, fragte Smithson.

»Nicht mehr als ein paar Tage. Er ist extrem labil.«

»Ausgezeichnet.«

Pearce beendete das Gespräch. Er musste zugeben, dass alle Teile sich wunderbar zusammenfügten. Brian stand kurz vor dem völligen Zusammenbruch, und Dub schäumte vor Wut. Zeit, den Druck noch zu erhöhen und die beiden dann zusammenzubringen.

Danach hieß es: »Hallo Tahiti!«

52. KAPITEL

Donnerstag, 11.01 Uhr

T-Tommy stand im hinteren Teil des Gartens und telefonierte. Nach etwa zehn Minuten klappte er das Handy zu und kam zu mir herüber. »Das war Luther. Du wirst es nicht glauben, Dub.« Ich schaute ihn nur an, sagte aber nichts und hörte zu. »Die Telefonverbindungen. Ich hatte gestern Abend ein paar Jungs darangesetzt und sie gebeten, sie zu überprüfen – wieder und wieder, bis sie etwas finden.«

»Und?«

»Wie es scheint, ist vor ein paar Tagen eine Nummer aufgetaucht, von der sowohl Allison als auch Petersen angerufen worden waren. Sie gehört zu einer Firma namens Gulf Coast Telemarketing. Da Mike jedoch keinen Anruf von dort erhalten hatte und es sich um ein Telefonmarketing-Unternehmen handelte, hielten die Jungs es für einen Zufall.«

Ich runzelte die Stirn. »Es gibt keine Zufälle.«

»Ich weiß. Heute Morgen haben sie die Daten der Kushners eingegeben und – peng! Wer erschien auf der Bildfläche? Gulf Coast Telemarketing. Die Jungs haben eine Liste aller ihrer Nummern. Es sind sechsunddreißig. Dreißig sind unter Gulf Coast verzeichnet, drei unter Wanda Fisher, der Besitzerin der Firma, und weitere drei unter einem Mr. Milton Reynard. Von einer der Nummern dieses Milton Reynard wurde Mike angerufen.«

»Wie konnte das passieren? Ich dachte, sie hätten jede Nummer überprüft, sie sogar angerufen.«

»Das dachte ich auch. Luther rastete aus und rief höchstpersönlich Wanda Fisher an. Sie scheint sehr klein angefangen zu haben, als sie die Firma gründete, und dieser Mr. Reynard, ein guter Freund, lieh ihr ein wenig Geld. Aber die Telefongesellschaft wollte ihr nur drei Nummern auf ihren Namen geben, und deshalb …«

»Sprang Reynard ein und unterzeichnete für die anderen drei.«

»Genau. Als die Firma sich vergrößerte, fügte sie unter dem Firmennamen noch mehr Leitungen hinzu, ließ die ursprünglichen Nummern aber niemals ändern.«

»Unglaublich! Wo sitzt diese Firma?«

»Im Süden von Huntsville. Direkt am Parkway.«

*

»Vielen Dank, dass Sie sich Zeit für uns nehmen, Ms. Fisher«, sagte ich, als sie uns in ihrem Büro empfing. Sie war eine attraktive Frau um die vierzig, schlank, fit und gut gekleidet in teuer aussehenden grauen Hosen und einer pinkfarbenen Seidenbluse. Sie hatte ein sehr geschäftsmäßiges Auftreten und einen festen, selbstbewussten Händedruck.

»Nehmen Sie doch bitte Platz«, sagte sie. »Es kommt nicht jeden Tag vor, dass der Sheriff anruft. Was kann ich für Sie tun?«

Nachdem T-Tommy vorausgeschickt hatte, dass unser Gespräch nicht für die Öffentlichkeit bestimmt war, erklärte er ihr, worum es ging. Sie war offensichtlich tief erschüttert. Die meisten Menschen bringen ihr ganzes Leben hinter sich, ohne sich je mit der wirklich hässlichen Seite der menschlichen Natur auseinandersetzen zu müssen. Es war unübersehbar, dass das Gehörte Wanda Fisher wie aus heiterem Himmel traf.

»Was bedeutet das?« Sie spreizte die Hände auf dem Schreibtisch, als würde sie Halt suchen. »Glauben Sie, dass jemand aus meiner Firma mit diesen Morden zu tun hat?«

Ich schüttelte den Kopf. »Nicht unbedingt. Es ist nur so, dass alle Opfer Anrufe von hier erhalten haben.«

»Wir tätigen hier täglich Tausende von Anrufen. Könnte es nicht Zufall sein, dass die Mordopfer von hier aus angerufen wurden?«

»Vielleicht. Aber wir müssen jeder Spur nachgehen.«

»Natürlich.« Sie tat einen tiefen Atemzug. »Was brauchen Sie?«

»Führen Sie eine Liste aller Anrufe und der Angestellten, die diese Anrufe machen?«, fragte ich.

»Selbstverständlich. Nach dieser Liste bezahlen wir unsere Mitarbeiter. Sie bekommen ein Gehalt plus Provisionen.«

»Dann brauchen wir diese Liste.«

»Haben Sie die Namen der Mordopfer?«

»Carl Petersen, Mike Savage, William Allison und Albert Kushner.«

Sie schrieb die Namen auf einen Notizblock, wandte sich dann halb von mir ab und dem Computer auf ihrem Schreibtisch zu. Ein paar Minuten saßen wir schweigend da, während nur das leise Klicken der Tastatur zu hören war. Dann setzte sie sich gerade hin, drückte eine letzte Taste und wandte sich dem Drucker auf dem Sideboard hinter ihr zu. »Bitteschön«, sagte sie knapp und reichte mir die ausgedruckten Seiten.

Jedes Blatt enthielt eine Liste der Daten, Uhrzeiten und Namen der Personen, die mit den Opfern gesprochen hatten. Bei Mike waren es ein halbes Dutzend Anrufe und noch mehr bei jedem der anderen. Gulf Coast machte offenbar häufig Gebrauch von seiner Anrufliste. Nur drei Angestellte ließen sich den Opfern zuordnen: Simon Baker, Glenda Riordan und Brian Kurtz. *Brian Kurtz*. Der Name sprang mich förmlich an. Mit einem vielsagenden Blick gab ich die Seiten T-Tommy und schaute Wanda an.

»Sieht so aus, als hätten Simon Baker, Glenda Riordan und

Brian Kurtz jedes der Opfer angerufen. Was können Sie mir über diese Angestellten sagen?«

»Glenda und Simon arbeiten heute. Brian ist nicht mehr bei uns.«

»Warum nicht?«, wollte ich wissen.

Sie seufzte. »Brian ist ein netter Kerl, aber er hat Probleme. Er war ein bisschen angespannt in letzter Zeit, und ich hatte schon von mehreren Kunden Beschwerden über seine schroffe, unhöfliche Art erhalten. Deswegen musste ich ihn entlassen.«

Ich warf T-Tommy einen Blick zu.

»Zumindest vorübergehend«, setzte sie hinzu. »Er sucht regelmäßig einen Psychiater auf. Sobald der Doktor sagt, dass alles in Ordnung ist, werde ich Brian vielleicht wieder einstellen. Er ist ein sehr guter Telefonverkäufer.«

»Können Sie uns sonst noch etwas über ihn sagen?«, fragte T-Tommy.

»Oh ja. Erst neulich ist er in eine Schlägerei geraten. Direkt draußen vor dem Büro. Offensichtlich hat ein Straßenräuber ihn mit einem Messer bedroht und wollte ihn berauben. Brian hat sich gewehrt und ihn ziemlich arg zusammengeschlagen.«

»Wer ist sein Psychiater?«, fragte ich.

»Dr. Robert Hublein.«

»Wir würden auch gern mit Glenda Riordan und Simon Baker sprechen«, warf T-Tommy ein.

»Sicher.« Sie stand auf. »Warten Sie bitte hier, dann hole ich sie.«

Sowie sie draußen war, zeigte ich auf das Blatt, das T-Tommy noch in der Hand hielt. »Brian Kurtz war unter den Gewaltdelikten, die Scotty herausgesucht hat.« T-Tommy zog eine Augenbraue hoch. »Ich wollte in Gegenwart von Ms. Fisher nur nichts davon sagen.«

53. KAPITEL

Donnerstag, 11.58 Uhr

Unser Gespräch mit Glenda Riordan und Simon Baker ergab nicht viel, sah man davon ab, dass beide Brian Kurtz als verklemmt und überspannt bezeichneten. Simon sagte sogar, er habe Angst vor ihm. Glenda pflichtete ihm darin zwar nicht bei, meinte aber, Brian habe in letzter Zeit gestresst gewirkt. Ich hatte den Eindruck, dass sie vielleicht sogar ein bisschen verliebt in ihn war. Wir dankten ihnen und Wanda und gingen wieder.

Draußen rief ich Claire an. Sie und der Deputy hatten ihr gesamtes Viertel abgesucht, den Jungen mit dem Skateboard aber nicht gesehen. Jetzt war sie im Büro und stellte ihre Nachrichtensendung zusammen. Sie versprach mir, nach ihrem Beitrag in den Sechs-Uhr-Nachrichten gegen sieben zu Sammy's zu kommen.

Bevor wir in die City zurückfuhren, beschlossen T-Tommy und ich, auf einen Sprung in der Notaufnahme des Memorial Medical Centers vorbeizuschauen. Vielleicht konnten wir dort mit dem Arzt sprechen, der Kurtz und den Straßenräuber behandelt hatte. T-Tommy zeigte der Empfangsdame seine Dienstmarke und sagte, wir bräuchten Informationen über einen Patienten. Sie rief kurz jemanden namens Marcia an und führte uns dann nach hinten in den Behandlungsbereich.

Marcia erwies sich als Stationsschwester Marcia Clark, eine freundliche, aber nüchterne Person in dunkelblauer OP-Kleidung unter einem weißen Kittel und mit einem Stethoskop um den Hals.

»Was kann ich für Sie tun?«, fragte sie, nachdem wir uns vorgestellt hatten.

T-Tommy erklärte ihr den Grund unseres Besuchs.

»Oh ja. Ich erinnere mich an Mr. Kurtz und den Mann, der ihn überfallen hat.«

»Was können Sie uns über die beiden sagen?«

»Lassen Sie mich Dr. Beck holen. Er hat sie behandelt.«

Sie bat eine der anderen Schwestern, Dr. Beck zu suchen, und bot uns Kaffee an, den wir jedoch dankend ablehnten. Wenige Minuten später erschien ein gut aussehender junger Mann, der die gleiche blaue OP-Kleidung unter einem weißen Kittel trug – offenbar die einheitliche Dienstkleidung der Notaufnahme.

»Ich bin Dr. Beck.«

Wir reichten uns die Hand.

»Ich kenne Sie«, sagte er lächelnd. »Ich habe einige Ihrer Bücher gelesen. Sie haben mir sehr gut gefallen.«

»Das hört man immer gern.« Ich blickte mich auf der Station um. »Können wir hier irgendwo ungestört miteinander reden?«

Er führte uns durch den Behandlungsbereich und in ein kleines Büro dahinter. »Entschuldigen Sie die Unordnung«, sagte er und setzte sich an seinen Schreibtisch. »Was kann ich für Sie tun?«

»Sie haben vor ein paar Tagen zwei Männer behandelt«, sagte ich. »Brian Kurtz und den Mann, der ihn berauben wollte.«

Ich bemerkte, wie er sich versteifte. »Ja.«

»Können Sie uns etwas über Brian Kurtz sagen?«

»Das wäre ein Verstoß gegen die ärztliche Schweigepflicht.«

»Wir haben Grund zu der Annahme, dass Kurtz in eine Reihe von Verbrechen verwickelt ist. Ich kann Ihnen nichts Genaueres dazu sagen, aber es stehen Menschenleben auf dem Spiel.«

»Tut mir leid, aber ich kann nicht über meine Patienten sprechen, ohne deren Erlaubnis einzuholen.«

»Wir können uns auch einen Gerichtsbeschluss besorgen«, sagte T-Tommy.

Dr. Beck nickte. »Wenn Sie ihn haben, werde ich Ihnen die Krankenakten geben. Bis dahin kann ich das nicht tun.« Er blickte von T-Tommy zu mir. »Und das wissen Sie.«

Ich warf T-Tommy einen Blick zu, den er mit einem leichten Nicken beantwortete. »Hören Sie, Dr. Beck …«

»Charlie.«

»Okay, Charlie. Was ich Ihnen jetzt sage, wird dieses Zimmer nicht verlassen. Ist das klar?«

»Das klingt ja furchterregend«, sagte er mit einem Lächeln.

»Ist es auch.«

Das Lächeln verblasste. »Worum handelt es sich?«

»Wir arbeiten an den Morden, über die Sie bestimmt schon in den Zeitungen gelesen haben. Wir folgen Spuren, und eine hat uns zu Mr. Kurtz geführt.«

»Sie halten ihn für den Mörder?«

»Wir wissen nicht, ob er der Täter ist. Wir wissen allerdings, dass der Mörder gestern Nacht ein Ehepaar regelrecht abgeschlachtet hat.«

»Um Gottes willen!«

»Seine Mordlust steigert sich rapide, wie es scheint. Es wird noch mehr Tote geben. Und das schon bald.«

Charlie seufzte und blickte dann kopfschüttelnd zur Zimmerdecke. »Ich wusste gleich, dass mit ihm etwas nicht stimmt. Nichts so Ungeheuerliches, aber irgendetwas an ihm kam mir suspekt vor.«

»Sagen Sie mir, was.«

»Zunächst einmal war sein Angriff auf den Straßenräuber maßlos übertrieben. Ich habe genug Traumata gesehen in meinem Beruf, und jede Menge Leute, die unter Schock standen, aber nichts, das auch nur annähernd so war wie das.« Er fuhr sich mit der Hand durchs Haar. »Als die Polizei Kurtz unmittelbar nach der Auseinandersetzung hierherbrachte, habe ich es auf die Hitze des Gefechts zurückgeführt und als nicht so wichtig abgetan.«

»Was haben Sie als nicht so wichtig abgetan?«

»Seine Anspannung. Die Wut. Er war … wie sagt man noch … wie eine tickende Zeitbombe. Als könnte er jeden Moment explodieren.«

T-Tommy grunzte.

»Aber das war unmittelbar nach einem Kampf«, fuhr Charlie fort. »Als er gewissermaßen noch unter Strom stand, denn Adrenalin ist eine machtvolle Droge. Als er das nächste Mal wiederkam, war er anders.«

»Er ist wiedergekommen?«, warf ich ein. »Wann?«

»Zwei Tage später. Am Mittwoch. Zu einer Routineuntersuchung seiner Wunde.«

»Verstehe. Und was war da anders?«

»Er war ruhig, still sogar … bis er über seinen Psychiater zu sprechen begann.«

»Dr. Hublein?«

Ich konnte einen Ausdruck des Erstaunens auf Charlies Gesicht und eine Frage in seinen Augen sehen: *Woher wissen Sie das?* Er fasste sich jedoch schnell wieder. »Genau. Nachdem Kurtz das erste Mal hier war, suchte ich Dr. Hublein auf, um ihm zu erzählen, was mit Brian vorgefallen war. Brian war verärgert … sehr verärgert, dass ich das getan hatte. Er war in einer Sekunde von null auf hundert, wie man so sagt. Er hat uns fast zu Tode erschreckt, Marcia und mich.«

»Was hat Dr. Hublein über ihn gesagt?«

»Ich nehme an, Sie wissen von dem Forschungsprojekt«, sagte Charlie.

Ich schüttelte den Kopf. »Was für ein Forschungsprojekt?«

»Eine Arzneimittelstudie.«

»Ich fürchte, ich habe keine Ahnung, was Sie meinen.«

»Nein? Da Sie von Dr. Hublein wussten, nahm ich an, dass Sie auch von der Studie wissen ...«

»Wir haben noch nicht mit Dr. Hublein gesprochen.«

Charlie rieb sich die Schläfen und erzählte uns dann, was er über die Sache wusste.

»Lassen Sie mich kurz zusammenfassen, ob ich Sie recht verstehe«, sagte ich. »Brian Kurtz nimmt an einem von Dr. Hublein durchgeführten Experiment teil. Sie wissen das, weil Sie Kurtz nach dem Überfall auf ihn verarztet haben, und sein maßlos übertriebener Angriff auf den Stadtstreicher weckte in Ihnen den Verdacht, dass mit Kurtz etwas nicht stimmt. Deshalb gingen Sie zu Dr. Hublein, der Ihnen sagte, dass Kurtz mit einem experimentellen Medikament behandelt wird. Kurtz wurde wütend, als er herausfand, dass Sie mit Hublein gesprochen hatten. Und jetzt denken Sie, dass dieses Medikament ein Teil von Kurtz' Problemen sein könnte.«

Charlie zuckte mit den Schultern. »Viele Medikamente, besonders Psychopharmaka, haben einige ziemlich üble Nebenwirkungen.«

Ich wusste, dass das stimmte. »Was für ein Medikament bekommt er?«

»Hublein sagte mir nur, dass es ein Benzodiazepin ist.«

Ich blickte T-Tommy an. »Ein gängiges Beruhigungsmittel also, verwandt mit Valium, Librium und Xanax. Die sind zwar bewährt, können bei manchen Leuten aber zu Problemen führen.«

»Zu Wut und Aggressionen?«, fragte T-Tommy.

»Und Schlimmerem«, sagte Charlie.

54. KAPITEL

Donnerstag, 13.11 Uhr

T-Tommy und ich kehrten in das Büro der Sonderkommission zurück und trugen alles zusammen, was wir über Brian Kurtz hatten. Alice, Luthers Assistentin, erstellte eine Liste all dessen, was sie über Dr. Robert Hublein finden konnte. Wir hatten davon gesprochen, Hublein aufzusuchen, als wir das Memorial Medical Center verließen, da seine Praxis direkt um die Ecke lag, aber dann beschlossen wir, uns vorher ein bisschen eingehender über Brian Kurtz zu informieren. Ich hatte das Gefühl, dass Hublein vielleicht einfach nur auf der falschen Fährte war, und wollte mehr über ihn erfahren, bevor ich mit ihm sprach. Ich weiß nicht, warum ich diesen Eindruck hatte, aber so war es. Wahrscheinlich hing es mit dem Begriff »experimentelles Medikament« zusammen, der sich wie aus einem alten Horrorfilm anhörte.

Ich schlug Kurtz' Akte auf. »Eine Körperverletzung vor sechs Jahren. Die Anklage wurde fallen gelassen. Dann vor zwei Jahren zwei weitere, gleich nach seinem Ausscheiden aus der Armee. Beide Vergehen wurden strafrechtlich verfolgt. Ins Gefängnis musste er nicht, aber er steht noch unter Bewährung.« Ich blätterte zur nächsten Seite um. »Und jetzt diese Prügelei mit einem Straßenräuber.« Ich las den einseitigen Bericht noch einmal. »Anscheinend wurde Kurtz direkt vor seiner Arbeitsstelle angegriffen. Der Angreifer wurde ins Krankenhaus eingeliefert. Kurtz wurde nicht unter Anklage gestellt. Die Deputies Rodriguez und Oakley stuften es als Notwehr ein. Offenbar hatte der

Straßenräuber in den letzten paar Monaten schon andere Leute überfallen.«

»Paul Rodriguez ist ein guter Mann. Wenn er es für sauber hielt, war es das vermutlich auch.« T-Tommy nahm mir den Bericht ab. »Er sagt, Kurtz sei ein großer Kerl. Paul vermerkte: ›Etwa eins achtzig und zirka hundert Kilo schwer.‹ Das passt zu dem Mann, den wir suchen.«

»Sieh dir das hier an.« Ich reichte ihm eine andere Seite aus der Akte. »Nach den tätlichen Angriffen vor zwei Jahren wurde Kurtz in psychiatrische Behandlung überwiesen, und so gelangte er zu Dr. Hublein.«

T-Tommy überflog das Blatt. »Als Teil einer Absprache. Ich sehe mehr und mehr von diesen Deals. So überfüllt, wie die Gefängnisse sind, geben die Richter den Schwarzen Peter gern an einen Seelenklempner weiter. Der Straftäter bleibt so lange unter psychiatrischer Betreuung, bis der Doc sagt, er stelle keine Gefahr mehr dar. Danach steht es ihm frei, wieder auf Tour zu gehen und andere unschuldige Bürger zusammenzuschlagen.« Er schob das Blatt wieder in die Akte. »Wird langsam Zeit, Hublein einen Besuch abzustatten.«

Ich nickte. »Und danach bei Kurtz hereinzuschauen und mit ihm zu reden.«

»Gibt's was Neues?«

Ich schaute auf, als Luther eintrat, und berichtete ihm, was wir über Brian Kurtz herausgefunden hatten.

»Und?«

T-Tommy zuckte mit den Schultern. »Er passt ins Profil … größtenteils.«

Luther runzelte die Stirn. »Das *größtenteils* gefällt mir nicht.«

»Ich weiß«, sagte ich. »Wir müssen noch einige Dinge genauer unter die Lupe nehmen, aber er ist zumindest ein Verdächtiger. Das ist mehr, als wir heute Morgen hatten.«

»Seht bloß zu, dass er der Richtige ist, bevor ihr ihn festnehmt«, riet uns Luther. »Die Medien werden über jeden herfallen, den wir hierherbringen, selbst wenn es nur für eine Befragung ist. Haltet mich auf dem Laufenden.« Und schon ging er wieder hinaus.

Ich rief Alice über die Gegensprechanlage an und bat sie, mir Hubleins Telefonnummer herauszusuchen. Ich mogelte mich an seiner Assistentin vorbei, indem ich mich als jemand vom Sheriff's Department ausgab – wirklich erstaunlich, wie gut das funktioniert! –, und Hublein kam ans Telefon. Ich erklärte ihm, wer ich war und was ich wollte, und fragte, ob wir vorbeikommen könnten, was höchstens zwanzig Minuten dauern würde, doch er sträubte sich zunächst.

»Kann das nicht bis morgen warten? Ich habe um drei eine wichtige Besprechung.«

»Wir brauchen nur ein paar Minuten, und es ist wirklich wichtig.«

Er zögerte, antwortete nicht.

»Falls Sie es vorziehen, morgen früh zum Präsidium zu kommen, lässt sich das regeln«, sagte ich.

»Nein, nein. Da es wichtig ist, kommen Sie bitte gleich vorbei. Ich werde die Besprechung verschieben, wenn es nicht anders geht.«

*

Hublein legte auf. »Wir sind erledigt, Mel. Das war das Sheriff's Department. Sie sind auf dem Weg hierher, um Fragen über Brian zu stellen.«

»Ach du meine Güte.« Wexlar ließ sich auf das Sofa fallen. »Haben sie gesagt, warum? Oder was sie wollen?«

»Vielleicht ist Brian verhaftet worden.«

»Dann hätten wir das schon von Pearce gehört.«

»Wo steckt dieser Pearce eigentlich?«, fragte Hublein.

»Keine Ahnung.« Wexlar erhob sich und ging unruhig auf und ab. »Vielleicht kommen sie ja, um uns festzunehmen.«

»Dann würden sie nicht vorher anrufen und uns warnen. Warten wir's ab. Hören wir uns an, was sie zu sagen haben.«

»Wir sollten die Akten vernichten. Wenn sie die beschlagnahmen, sind wir auf jeden Fall erledigt.«

Hublein schüttelte den Kopf. »Das haben wir doch schon besprochen. Ein paar Änderungen in Brians Akte und einigen der anderen, und alles ist okay.«

»Ich hoffe, du hast recht.«

»Besser, als beim Schreddern von Akten erwischt zu werden, oder?«

55. KAPITEL

Donnerstag, 14.21 Uhr

Dr. Robert Hublein war ein großer, stämmiger Mann. Sein Händedruck war fest, sein Lächeln ein bisschen angestrengt, aber echt. Er forderte uns auf, Platz zu nehmen, und fragte dann: »Was kann ich für Sie tun?«

»Wir haben nur ein paar Fragen zu einem Ihrer Patienten«, sagte ich. »Sein Name ist Brian Kurtz.«

Hublein lächelte. »Sie wissen, dass ich ohne Erlaubnis meiner Patienten nicht über sie sprechen darf.«

Jetzt ging das schon wieder los! »Und *Sie* wissen, dass wir die Akten beschlagnahmen können.«

Sein Lächeln blieb unverändert freundlich. »Nein, das können Sie nicht. Die Gerichte sehen es nicht gern, wenn gegen die ärztliche Schweigepflicht verstoßen wird, schon gar nicht von einem Psychiater.«

Ich wollte ihm das selbstgefällige Lächeln austreiben, was mir mit meinen nächsten Worten auch gelang. »Nur sind Sie kein Psychiater, Dr. Hublein, sondern Neurologe. Nach dem Medizinstudium an der Universität von Wisconsin machten Sie ein Praktikum in Michigan und danach die Ausbildung zum Neurologen an der NYU.« Es zahlte sich immer aus, seine Hausaufgaben zu machen.

Meine Worte schienen Hublein für einen Moment aus dem Konzept zu bringen. Ich liebe es, wenn Leute merken, dass man weitaus mehr weiß, als sie glauben. Das tut mir in der Seele gut.

»Wir ermitteln in einem Mordfall«, sagte T-Tommy. »Oder

vielmehr in einer Reihe von Morden. Und wir werden bekommen, was wir brauchen, so oder so.«

Hubleins Augen wurden schmal. »Wollen Sie mir drohen?«

T-Tommy beugte sich vor. »Nein. Wir wollen nicht mit harten Bandagen kämpfen, aber wir untersuchen eine Reihe von Mordfällen. Eine Reihe dermaßen brutaler Morde, dass Sie das kalte Grausen packen würde. Die Spur hat uns zu Brian Kurtz geführt, und seine Spur wiederum hat uns hierhergeführt. Wir wissen, dass er mit einem noch experimentellen Medikament behandelt wird und dass Sie es ihm verabreichen.«

Man musste Hublein zugestehen, dass sein Gesichtsausdruck sich nicht veränderte. Jedenfalls nicht sehr. Ich sah nur dieses kurze Aufflackern von Furcht, das sich so schwer verbergen lässt.

»Ich wünschte, ich könnte Ihnen helfen«, sagte er und drehte die Handflächen nach oben. »Aber mir sind die Hände gebunden. Ohne Brians Erlaubnis kann ich nichts über seine Behandlung sagen.«

»Mike Savage – unser ehemaliger Sheriff Mike Savage – war eines der Opfer. Und ein sehr guter Freund von uns.« Ich nickte zu T-Tommy hinüber. »Ein sehr enger Freund. Deswegen können Sie davon ausgehen, dass wir die Sache sehr persönlich nehmen.«

»Ich wüsste nicht, inwiefern das von Bedeutung für dieses Gespräch sein soll.«

Ich konnte spüren, wie T-Tommy sich versteifte. »Es bedeutet, dass wir sämtliche dunkle Winkel Ihrer Vergangenheit durchforsten können«, sagte er mit harter Stimme. »Ihnen sagen können, was Sie letzten Mittwoch zum Frühstück hatten, wenn es sein muss. Und Gott behüte Sie, falls Sie Ihre Sekretärin flachlegen oder auf den Caymans Geld bunkern. Natürlich können wir auch Ihre Forschung hier unter die Lupe nehmen. Der Spur des Geldes folgen.« Er schwenkte eine Hand herum. »Sie haben hier einen richtigen Palast. Und Geld wie dieses ist eigentlich nie ganz sauber.«

Hubleins Gesicht lief rot an, und eine Ader an seiner Schläfe begann in einem aufgebrachten Rhythmus zu pulsieren. »Glauben Sie ja nicht, dass ich Drohungen und Erpressung einfach hinnehme.«

Es wurde Zeit, wieder den guten Cop rauszukehren. »Wir möchten nur herausfinden, wer Mike Savage getötet hat, und damit hoffentlich weitere Morde verhindern. Wir sind nicht einmal sicher, dass wir hier auf der richtigen Spur sind, aber wir haben nur wenige Anhaltspunkte in dieser Ermittlung. Wir greifen gewissermaßen noch nach Strohhalmen. Wenn Sie uns also wenigstens ein paar Fragen beantworten könnten, sind Sie uns gleich wieder los.«

Hublein zögerte und seufzte dann. »Was wollen Sie wissen?«

Schon besser. Die Leute haben immer irgendetwas zu verbergen, und Hublein war da bestimmt keine Ausnahme. Wahrscheinlich begriff er, dass es besser war, uns ein paar Informationsbrocken hinzuwerfen, als uns in seinem Leben herumschnüffeln zu lassen. Oder vielleicht war ich ihm auch nur irgendwie sympathisch.

»Was immer Sie uns über Mr. Kurtz sagen können, wäre hilfreich«, sagte ich. »Wir wissen, dass er vor ungefähr zwei Jahren zu Ihnen kam.«

Wieder dieser Anflug von Erstaunen. »Ich bin sicher, das alles steht in seiner Polizeiakte. Aber Sie haben recht, er kam zu mir, weil es Teil der Absprache war, sich behandeln zu lassen, um nicht ins Gefängnis gehen zu müssen. Brian hatte eine schwere Kindheit. Hauptsächlich seiner Eltern wegen, die Alkoholiker und nicht gerade die befähigtesten Eltern waren. Anscheinend half seine Großmutter mütterlicherseits, ihn aufzuziehen. Sie war das einzige Licht in Brians Leben, bis sie bei einem Haushaltsunfall starb.« Hublein wirkte jetzt entspannter. »Brian war ein ziemlich talentierter Sportler. Football und Ringen waren seine Sportarten. Es war die Rede von einem Sportstipendium, das seine Fahrkarte aus dem Elternhaus gewesen wäre. Es hätte alles für ihn ändern können.«

»Aber?«, fragte ich.

»Bei einem Footballspiel knallte er mit dem Kopf gegen den Torpfosten. Mit einer Impressionsfraktur am Schädel und Gehirnverletzungen lag er eine Woche im Koma.«

»Was das Ende seiner Footballkarriere war«, warf ich ein.

»Genau. Danach wurde er immer schwieriger. Er ging zum Militär und machte seine Sache scheinbar ganz gut. Eine Zeit lang jedenfalls. Dann wurde ihm sein Benehmen zum Verhängnis. Er wurde zwar ehrenhaft entlassen, aber ich glaube nicht, dass er es verdient hatte. Vermutlich wollten sie ihn nur loswerden. Danach ist er ein paar Mal mit dem Gesetz aneinandergeraten.«

»Und hier kommt das experimentelle Medikament ins Spiel?«, fragte ich.

Hublein nickte. »Ich habe bei ihm PTBS diagnostiziert, eine posttraumatische Belastungsstörung. Dieses neue Medikament ist sehr vielversprechend.«

»Hat es Nebenwirkungen? Verhaltensänderungen, zum Beispiel? Wut oder Aggression?«

»Eher das Gegenteil. Das Medikament hat eine beruhigende Wirkung. Es vermindert Aggression bei Männern, die zu Gewalttaten oder Handgreiflichkeiten neigen. Nicht nur bei PTBS-Patienten, anscheinend bei jedem mit einer Neigung zu Gewalt.«

Ich nickte. »Soviel ich weiß, gehört es zu den Benzodiazepinen?«

Hublein warf mir einen überraschten Blick zu, dann verengten sich seine Augen. »Jetzt erkenne ich Sie. Ich hatte nur die

Verbindung nicht hergestellt. Sie sind Dub Walker. Ich habe Ihre Bücher gelesen, und obwohl ich nicht behaupten kann, dass ich mit all Ihren Theorien übereinstimme, fand ich sie doch sehr interessant.«

»Danke.«

Hublein lächelte. »Meine eigene Theorie ist, dass viele gewalttätige Menschen die Wut und den Adrenalinausstoß sogar genießen. Deshalb verstärkt jeder Vorfall ihr aggressives Verhalten.«

»Da stimme ich sogar mit Ihnen überein«, sagte ich. »In einigen Fällen.« Hublein schien erfreut zu sein, dass ich der gleichen Meinung war. »Aber würden Sie sagen, dass Brian einer dieser Menschen war?«

Er zögerte, als überlegte er, ob er auf diesen Teil von Brians Krankengeschichte eingehen sollte. »Möglich«, sagte er schließlich und begann Papiere auf seinem Tisch zu ordnen. »Brian hat gute Fortschritte gemacht. Er hatte keine Probleme, Streitigkeiten oder Schwierigkeiten mehr mit dem Gesetz, seit er mit der Behandlung begonnen hat.«

»Bis Anfang dieser Woche«, erinnerte ich ihn.

Hublein nickte. »Aber er war ja auch provoziert worden.«

Da hatte er recht. »Dr. Beck, der Brian gleich darauf in der Notaufnahme versorgt hat, hält ihn für einen zornigen, psychisch instabilen Menschen.«

»Ja, ich habe mit Dr. Beck gesprochen. Er scheint ein netter Mann und kompetenter und fürsorglicher Arzt zu sein. Es kommt nicht oft vor, dass ein behandelnder Arzt sich die Zeit nimmt, einen Kollegen aufzusuchen. Für einen Anruf, ja, aber nicht für einen persönlichen Besuch.«

»Könnte das ein Indiz für das Ausmaß seiner Besorgnis sein?«, fragte ich.

»Deshalb habe ich Brian zu einer Untersuchung herkommen lassen.«

»Und?«

»Er war normal, in jeder Hinsicht. Ein bisschen unangenehm berührt von der ganzen Tortur. Ich habe die Konzentration des Medikaments in seinem Organismus überprüft. Sie lag im therapeutischen Bereich.«

»Dann teilen Sie also Dr. Becks Einschätzung nicht?«, fragte ich.

Hublein schenkte mir ein scheinbar wohlwollendes Lächeln. »Dr. Beck ist kein Psychiater.« Er hob eine Hand und drehte die Handfläche nach oben. »Ich weiß. Ich bin es auch nicht. Aber ich führe Forschungen auf dem Gebiet der Neuropsychiatrie durch, daher kenne ich mich in diesen Dingen aus. In meiner beruflichen Laufbahn habe ich Tausende von Psychiatrie-Patienten gesehen.«

Vielleicht waren wir hier tatsächlich auf der falschen Fährte. Vielleicht war Kurtz der sprichwörtliche Rote Hering. Und die Anrufe waren Zufall. Aber ich glaubte eigentlich nicht an Zufälle.

»Dieses Medikament«, nahm ich den Faden wieder auf. »Sind Sie das einzige Institut, das dieses neue Medikament erprobt?«

»Oh nein. Es ist eine Studie der NIH, der Nationalen Gesundheitsinstitute. Zum Teil jedenfalls. Der Hersteller übernimmt den größten Teil der Kosten. Insgesamt sind fünf andere Institute im ganzen Land daran beteiligt.«

»Und wie viele Patienten?«

»Jedes Institut hat fünfundzwanzig Probanden für die Studie aufgenommen.«

56. KAPITEL

Donnerstag, 15.07 Uhr

Nach einem schweißtreibenden zweistündigen Workout war Brian beim letzten Durchgang auf der Trainingsbank. Er hoffte, dass die körperliche Anstrengung half, die Wut zu lindern, die in seinem Bauch rumorte. Nachdem er Hubleins Praxis verlassen hatte, war er so sehr in Rage geraten, dass er ziellos herumgefahren war und jeden anderen Wagen angebrüllt hatte, der ihm in die Quere kam, bevor er endlich die Sicherheit seines Apartments erreichte. Aber nicht einmal das hatte seine Wut gedämpft. Er hatte einen Stuhl gegen die Tür geschleudert und mit der Faust ein Dutzend neue Löcher in die Wand geschlagen, bis er weiß war vom Gipsstaub, der ihm um die Ohren flog. Trotzdem wollte das Brennen in ihm nicht nachlassen, und so zog er sich aus bis auf die Shorts und begann mit Hanteltraining.

Jetzt stemmte er zum fünfzehnten und letzten Mal die 150 Kilo schwere Langhantel, bevor er sie in die Halterung zurücklegte. Er wischte sich den Schweiß vom Gesicht und streckte sich zum Abkühlen auf dem Boden aus, wo sein innerer Aufruhr endlich nachließ.

Und dann klingelte das Telefon.

Erschöpft schleppte er sich zu seinem Schreibtisch und nahm den Hörer ab. »Ja?«

»Verschwinden Sie aus Ihrer Wohnung.«

»Was?«

»Beeilen Sie sich! Detective Tortelli und Dub Walker sind auf dem Weg zu Ihnen.«

»Gut. Es wird langsam Zeit, mich ihrer anzunehmen.«

»Noch nicht.«

»Warum nicht?«

»Weil Sie noch zu tun haben. Heute Nacht?«

»Wer ist es?«

»McCurdy. Sie erinnern sich an ihn?«

Und ob er sich erinnerte! Der Kerl war ein ganz besonders hochnäsiger Wichser. Er hatte ihn beschimpft. Ihn angebrüllt. Und dann hatte er auch noch Wanda angerufen und sich über seine Unhöflichkeit beschwert, obwohl es in Wirklichkeit doch umgekehrt gewesen war. »Natürlich erinnere ich mich.«

»Wollen Sie ihn?«

»Na klar. Aber ich will auch dieses Arschloch, das all diesen Bockmist über mich verbreitet hat.«

Der Mann lachte. »Den kriegen Sie auch noch. Aber jetzt ist nicht der richtige Moment. Vertrauen Sie mir einfach.«

»Warum sollte ich?«

»War nicht ich es, der Ihnen bei alldem geholfen hat? Der Einzige?«

Das stimmte. Brian wusste immer noch nicht, warum der Mann ihm geholfen hatte, aber er konnte es nicht bestreiten.

»Später habe ich eine Überraschung für Sie. Etwas, das Ihnen Freude machen wird.«

»Was?«

»Später. Sie müssen jetzt erst mal aus der Wohnung raus.«

»Ich habe keine andere Bleibe.«

»Fahren Sie zur Tankstelle an der Ecke Wall Triana und Capshaw. In der Herrentoilette finden Sie unter dem Papiertuch-Spender ein dort festgeklebtes Handy. Ich rufe Sie in zwanzig Minuten auf diesem Handy an.«

»Und was dann? Wo soll ich dann hin?«

»Keine Sorge, das ist alles schon geregelt. Aber verschwinden

Sie jetzt schnellstens. Nehmen Sie Ihre Waffe mit, aber nichts anderes. Die Cops werden in höchstens einer Viertelstunde dort sein.«

Schnell zog Brian sich Jeans und ein T-Shirt an, stopfte ein paar Sachen in eine Segeltuchtasche und ließ den Blick schweifen. Sonst noch etwas?

In diesem Moment klopfte es an der Tür. Brian erstarrte. Waren sie schon da? Er spähte durch die Gardine. Laranne. Dafür hatte er jetzt wirklich keine Zeit. Er riss die Tür auf.

»Hör mal, ich muss …«

Laranne stolperte an ihm vorbei. Dann erst erkannte Brian, dass sie gestoßen worden war. Ihr Mann folgte ihr in die Wohnung.

»Ich habe Sie gewarnt. Sie sollten meine Frau in Ruhe lassen«, sagte Carl. »Aber kaum bin ich weg, rammelt ihr zwei wie die Kaninchen.«

»Ich muss weg«, sagte Brian. »Jetzt sofort.«

»Dein Pech.« Die Sehnen und Adern an Carls Nacken traten hervor wie Kabelstränge. An seinem Kinn zuckte ein Muskel. »Ich will die Sache auf der Stelle erledigen.«

»Okay«, sagte Brian nur und schmetterte Carl die geballte Faust ins Gesicht. Der Trucker brach zusammen. Sein Kopf schlug krachend auf dem Boden auf. Laranne schrie, und Brian schlug auch sie. Mit einem letzten Aufschrei landete auch sie auf dem Boden und rührte sich nicht mehr.

Carl stemmte sich stöhnend auf die Knie.

Brian griff nach einer Hantel. Er hatte jetzt wirklich keine Zeit für diesen Scheiß.

57. KAPITEL

Donnerstag, 15.17 Uhr

Einen Block weit von der Holmes Avenue fanden wir die Woodside Apartments. Eine Ansammlung von einem halben Dutzend zweistöckiger Acht-Parteien-Gebäude aus hellbraunem Holz, die um einen zentralen, offenen Bereich herum angeordnet waren. Der Rasen dort hätte mal wieder gemäht werden müssen, aber die Gebäude schienen sich in gutem Zustand zu befinden. Die Apartmentanlage wirkte wie ausgestorben, aber wahrscheinlich waren die meisten Bewohner nur noch nicht von ihrer Arbeit nach Hause gekommen.

Nummer 8, Kurtz' Apartment, lag der Straße gegenüber und war die oberste rechte Wohneinheit des Gebäudes gleich neben der Parkplatzeinfahrt. T-Tommy und ich stiegen die Treppe hoch. Brians Tür stand offen.

T-Tommy ergriff meinen Arm und hielt mich zurück. Dann zog er seine Pistole, eine Sig Sauer P226, bewegte sich vorsichtig auf die Tür zu und blieb daneben stehen. Die Waffe auf Schulterhöhe, den Lauf nach oben, warf er einen kurzen Blick um den Türrahmen herum … und erstarrte. »Du meine Güte!«

Zwei Menschen lagen auf dem Boden, ein Mann und eine Frau. Beide hatten schwere Kopfverletzungen. Neben der Frau lag eine blutige Hantel.

T-Tommy überprüfte die anderen Räume, während ich beim Mann und der Frau nach dem Puls suchte. Vergeblich. Die Körper waren noch warm, das Blut erst teilweise geronnen. Sie waren höchstens zehn Minuten tot. Wir hatten Kurtz knapp verpasst.

Der metallische Geruch von frischem Blut vermischte sich mit dem von Schweiß. Eine Trainingsbank und ein Regal mit Gewichten nahmen eine Ecke des Wohnzimmers ein, ein Schreibtisch mit einem Computer darauf die andere. Eine verschwitzte kurze Trainingshose und ein Handtuch lagen auf dem Boden. In einer mit Gips verputzten Trockenbauwand sah ich mehrere faustgroße Löcher, und auf dem Boden neben dem Sofa lagen die Überreste eines Stuhls.

T-Tommy kam aus dem Schlafzimmer. »Es ist sauber.« Er klappte sein Handy auf, um Verstärkung und die Spurensicherung anzufordern. Ich holte mir ein Geschirrtuch aus der Küche und setzte mich damit an den Schreibtisch. Das Tuch benutzte ich wie einen Handschuh, als ich eine Schublade nach der anderen aufzog. Die beiden zu meiner Linken waren leer, aber in der mittleren fand ich eine Mappe und schlug sie auf.

Sie enthielt nur vier Blätter, auf denen jeweils oben ein Name stand: Carl Petersen, William Allison, Mike Savage, Albert Kushner.

Bingo!

»Er ist es«, sagte T-Tommy, der mir über die Schulter blickte. »Er ist der Mörder.«

Unter jedem Namen stand die Adresse des jeweiligen Opfers, gefolgt von Skizzen des Grundstücks und vom Grundriss des Hauses. Auch Beschreibungen des An- und Abfahrtsweges fehlten nicht. Der Kerl war bestens vorbereitet.

T-Tommy rief Luther an, berichtete, was wir gefunden hatten, und bat darum, Kurtz und alle auf ihn zugelassenen Fahrzeuge zur Fahndung auszuschreiben.

Ich hörte schon Sirenengeheul, als wir das Apartment verließen, und rief schnell Claire an. Dieser Exklusivbericht würde mir zweifellos ein paar Punkte bei ihr einbringen.

58. KAPITEL

Donnerstag, 15.50 Uhr

Brian hatte das Handy genau an der Stelle gefunden, die der Anrufer ihm beschrieben hatte. Sein elektronischer Klingelton trillerte schon los, bevor Brian es auch nur aus dem Umschlag nehmen konnte. Der Anrufer nannte ihm die Adresse und Wegbeschreibung zu einem »sicheren Haus«. Brian sträubte sich zuerst aus Misstrauen, doch der Anrufer erklärte: »Wenn ich Sie beseitigen wollte, hätte ich das schon vor Wochen tun können. Ich bin auf Ihrer Seite.«

Das war nicht zu leugnen, also tat Brian wie geheißen.

Jetzt stand er auf der Veranda eines unscheinbaren Hauses, nur ein paar Querstraßen von der Bob Wallace Avenue entfernt. Er fuhr mit den Fingern über den oberen Rand des Türrahmens, fand dort einen Schlüssel, wie der Anrufer versprochen hatte, schloss die Tür auf und trat ein. Das Haus war klein, aber gepflegt, und trotz des etwas muffigen Geruches gar nicht mal so schlecht. Besser als sein eigenes Apartment.

Brian schaute sich jedes Zimmer an – Wohnzimmer, Küche, die zwei Schlafzimmer und das Bad. Im Kühlschrank fand er sogar Bier. Er nahm sich eine Flasche, öffnete sie und trank durstig ein paar Schluck. Jetzt ging es ihm schon besser.

Das neue Mobiltelefon klingelte.

»Haben Sie Ihren Wagen in die Garage gestellt?«, fragte der Anrufer.

»Ja.«

«Dann bleibt er dort. Die Cops suchen danach.«

»Woher wissen Sie das?«

»Ich weiß es eben. So wie ich auch alles andere weiß. Sehen Sie in der obersten Schublade der Schlafzimmerkommode nach. Ich habe Ihnen noch mehr schwarze Hosen und Hemden gekauft und ein Paar neue Handschuhe.«

»Sie denken wohl an alles?«

»Selbstverständlich. Wie war der Termin bei Dr. Hublein heute?«

»Okay.«

»Es macht Ihnen also nichts aus, das Medikament abzusetzen?«

»Woher wissen Sie das schon wieder?«

»Sagen wir einfach, ich habe Zugang zu sehr vielen Informationen.«

»Was wollen Sie eigentlich? Geld? Ich habe kein Geld.«

»Ich brauche Ihr Geld nicht. Ich will Ihnen nur helfen. Ist das so schwer zu verstehen?«

Warum versuchten eigentlich alle, ihm zu helfen? Hublein? Dieser aufgeblasene junge Doktor von der Notaufnahme? Und dieser Typ am Telefon? Warum kümmerten sie sich nicht um ihren eigenen Kram? Aber falls er so an das Medikament herankommen konnte … »Vielleicht schon.«

»Nach allem, was ich für Sie getan habe, zweifeln Sie noch immer an mir?«

»Ich kenne Sie ja nicht mal.«

»Habe ich Ihnen nicht gegeben, was Sie brauchen? Ihnen jeden Weg geebnet?«

»Ja.«

»Und jetzt werde ich Ihnen wieder helfen.«

»Wobei?«

»McCurdy.«

»Und Hublein. Den will ich auch.«

Der Mann lachte leise. »Ich habe mich schon gefragt, wann Sie das Thema wieder anschneiden.«

»Wenn ich ihn und diesen Walker nicht kriege, ist Schluss für mich. Dann bin ich weg.«

»So einfach ist das nicht. Sie brauchen das Medikament, und ich bin der Einzige, der es Ihnen beschaffen kann.«

Log der Kerl? Wie kam er an das Medikament heran? Wer zum Teufel war dieser Bursche überhaupt? »Wann?«, fragte Brian.

»Morgen. Bekommen Sie nicht jeden Freitag Ihre Spritze?«

Woher wusste er das schon wieder? »Ja.«

»Beruhigen Sie sich, Brian. Es ist alles okay. Kümmern Sie sich um McCurdy, dann werde ich alles andere in die Wege leiten.«

Brian dachte eine Sekunde darüber nach. Natürlich wollte er McCurdy. Hublein und Dub Walker sogar noch mehr. Aber wenn er sie alle haben konnte …

»Brian? Sind Sie noch dran?«

»Ja.«

»Wir werden in diesem Fall ein bisschen anders vorgehen müssen, also hören Sie jetzt gut zu. Erstens: Sie dürfen das Handy nur dazu benutzen, meine Anrufe entgegenzunehmen. Ist das klar?«

»Warum?«

»Weil es nun mal so ist. Tragen Sie es immer bei sich. Zweitens, werfen Sie mal einen Blick aus dem Wohnzimmerfenster.«

Brian zog die Gardine zurück und schaute hinaus.

»Sehen Sie den Wagen auf der anderen Straßenseite? Den grauen?«

»Ja.«

»Den werden Sie von jetzt an benutzen. Die Schlüssel sind im Aschenbecher. Aber fahren Sie nicht zu schnell und machen Sie damit keine Vergnügungsfahrten, denn der Wagen ist gestohlen. Ich habe die Nummernschilder ausgetauscht, aber falls Sie angehalten werden, ist das Spiel vorbei. Haben Sie verstanden?«

»Ja.« *Ich bin doch nicht blöd.*

»Tun Sie genau das, was ich Ihnen sage. Heute Abend …«

Brian dröhnte der Kopf. »Heute Abend? Nein, ich bin zu kaputt.«

»Nein, Brian, sind Sie nicht. Es muss heute Abend geschehen.«

»Warum?«

»Weil der Dämon Ihnen wieder zusetzt, nicht?«

Das stimmte. Brian spürte das Feuer schon wieder in sich schwelen. In letzter Zeit schien es gar nicht mehr zu erlöschen. Stets rumorte und brannte es in ihm. Der Anrufer hatte recht. Er konnte nicht warten. »Ja. Das wissen Sie doch.«

»Also heute Abend. Nach zehn. Fahren Sie zu dem neuen Geschäftszentrum auf dem Old Highway 431 in der Nähe von Hampton Cove. Wo das italienische Restaurant ist. Kennen Sie das?«

»Ja.«

»Hinter dem Center stehen drei Müllcontainer. An der Rückseite von dem in der Mitte ist ein Umschlag befestigt. Sie werden nichts anderes als Ihre Waffe brauchen.«

»Und was ist mit der Überraschung, von der Sie gesprochen haben?«

»Wenn Sie mit McCurdy fertig sind, Brian. Sie wird Ihnen gefallen. Eine kleine Belohnung für die viele harte Arbeit.«

59. KAPITEL

Donnerstag, 18.52 Uhr

Bei Sammy's herrschte das totale Chaos.

Unter der Woche stand Sammy mehr auf den ruhigeren Blues von Colin Dogget, doch wenn das Wochenende nahte – und der Donnerstagabend galt schon als Auftakt –, sorgte Sammy für fetzigere Unterhaltung, denn die steigerte den Alkoholkonsum.

Heute Abend spielte das Jake's Blues Project, eine Electric Blues Band, die ich schon ein paar Mal gesehen hatte. Sie waren eine ziemlich neue dreiköpfige Band aus Meridian, Mississippi.

Claire saß schon an der Bar, ein Weinglas in der Hand, und plauderte mit Sammy. Als sie mich sah, nahm sie ihre Handtasche von dem Hocker, den sie für mich freigehalten hatte, und ich setzte mich zu ihr. Sammy schenkte einen doppelten Blanton's Bourbon ein und schob mir das Glas zu. Ich nahm einen großen Schluck.

»Ich schätze, den brauchst du jetzt«, sagte Claire.

Ein weiterer Schluck. »Darauf kannst du Gift nehmen. Wie war deine Sendung?«

»Großartig.« Sie neigte ihr Weinglas in meine Richtung. »Dank dir.«

»Du bist mir etwas schuldig.«

»Ich werde sehen, was ich tun kann.« Sie strich mit der Hand über meinen Schenkel.

»Die Richtung gefällt mir schon mal sehr«, sagte ich, legte meine Hand auf ihre und drückte sie.

Sammy stützte sich auf die Bar. »Ist dieser Kurtz der Mörder?«

»Ja.«

»Und jetzt ist er auf der Flucht«, sagte Claire. Als ich nickte, fügte sie hinzu: »Nur gut, dass ich bei dir schlafe.«

Sammy zog eine Augenbraue hoch.

»Kein Wort«, sagte ich warnend.

Er schaute Claire an und wackelte mit den Augenbrauen. »Wenn du lieber bei mir bleiben möchtest, ich habe Platz genug.«

Claire lachte und stieß mir einen Finger in die Rippen. »Wenn Dub sich nicht benimmt, nehme ich dich vielleicht sogar beim Wort, Sammy.«

»Ich? Du hast damit angefangen.«

Ich fühlte eine Hand auf der Schulter, drehte mich um und blickte T-Tommy ins Gesicht. »Wir gehen auf die Gartenterrasse«, sagte ich zu Sammy. »Bin gleich wieder da.«

»Okay«, erwiderte Sammy und versprach, uns ein paar Sandwichs mit gegrilltem Schweinefleisch hinauszuschicken.

Von den ungefähr zwei Dutzend Tischen auf der Gartenterrasse war nur die Hälfte besetzt, da die meisten Leute drinnen waren, um die Band zu hören. Wir nahmen einen Dreiertisch an der Einzäunung, so weit weg wie möglich von den anderen Gästen. Lisa, eine Kellnerin, die schon seit Jahren mit Sammy liiert war, brachte Claire und mir einen zweiten Whisky, obwohl ich noch bei meinem ersten saß. T-Tommy reichte sie ein Corona-Bier und versprach, uns schnellstens das Essen zu bringen.

»Gibt's was Neues über Kurtz?«, fragte ich.

»Nichts. Die Spurensicherung ist noch in seiner Wohnung. Sie haben keine Waffe gefunden, aber den Computer haben sie mitgenommen. Die Techniker beschäftigen sich schon damit.« Er nahm einen Schluck Bier. »Ich habe Wanda Fisher angerufen, für den Fall, dass er dort aufkreuzt, und zwei Männer zu ihr geschickt. Schließlich hat sie ihn gefeuert und könnte deshalb ein potenzielles Opfer sein.«

»Das könnte jeder sein, den er angerufen hat.«

T-Tommy nickte und zog sein Hemd über den ausladenden Bauch. »Ja, aber das ist eine lange Liste.« Dann schaute er Claire an. »Guter Beitrag heute Abend, Claire. Die Veröffentlichung seines Fotos verschafft uns zusätzliche Augen.«

»Hoffen wir, dass sich schnellstens etwas tut, bevor …« Claire unterbrach sich, als Lisa mit einem Tablett erschien.

»Bitte schön.« Sie stellte unsere Teller auf den Tisch. »Sonst noch etwas?«

»Danke, Lisa, im Augenblick nicht«, antwortete ich.

»Ich komme später noch mal vorbei. Guten Appetit.« Lisa ging wieder hinein.

T-Tommy blickte mich an. »Was ist?«

»Nichts.«

»Komm schon, Dub. Wie lange kennen wir uns jetzt schon? Ich merke, wenn dir etwas zu schaffen macht. Was ist los?«

Ich leerte mein erstes Glas und trank gleich einen Schluck vom zweiten. »Ich habe mir alles noch ein paar Mal durch den Kopf gehen lassen, komme aber immer wieder an den gleichen Punkt zurück.«

»Und der wäre?«

»Dass es wirklich zwei Täter sein könnten.«

»Bist du sicher?«, fragte Claire.

»Ja. Wie ich es auch betrachte, ich komme immer wieder zu dem Schluss, dass der Typ am Telefon nicht zu den Tatorten passt. Der Anrufer ist nüchtern und besonnen, der Täter hingegen ein durchgeknallter Psycho. Zählen wir die zwei unterschiedlichen Schuhabdrücke und die geografische Lage der Tatorte hinzu, riecht es förmlich nach einem Zweier-Job.«

»Aber?«, sagte T-Tommy.

Ich biss ein Stück vom Sandwich ab und antwortete kauend: »Dieser Kurtz ist zu verrückt, um mit anderen klarzukommen. Sieh dir nur die Opfer an. Und was er seinen Nachbarn angetan hat. Wie könnte jemand diesem Kerl vertrauen? Wer würde sich zusammen mit einem solchen Typen in eine gefährliche Situation begeben, in der er plötzlich durchdrehen könnte?«

»Vielleicht sind beide verrückt«, sagte Claire.

Ich schüttelte den Kopf. »Nicht der Typ am Telefon.«

»Und wenn es so etwas wie ein neuer Manson-Fall ist?«, fragte sie.

»Du meinst, einer schickt die anderen zum Morden los, so wie Charles Manson es mit Watson, Atkins und den anderen getan hat?«

Sie nickte. »Könnte doch sein.«

Ich dachte einen Moment darüber nach. War es möglich, dass Kurtz tatsächlich nur eine Tötungsmaschine war? Eine Art Roboter, der auf die Menschheit losgelassen wurde? Warum aber war er dann hinter Leuten her, die er bei seinem Job als Telefonverkäufer angerufen hatte? Leute, die zu ihm zurückverfolgt werden konnten? »Möglich ist es«, sagte ich schließlich, atmete tief ein und wieder aus. »Das ist eine beängstigende Vorstellung.«

»Es ist auch so schon beängstigend genug«, bemerkte Claire. »Die ganze Stadt schließt sich nachts ein. Und mich hat er sogar aus meinem eigenen Haus vertrieben.«

»Das ist das Gute an der Sache.«

Claire lächelte. »Vielleicht hat dein Glück sich ja gewendet.«

»Bei meinem Charme?«

»Hör auf zu träumen.«

»Außerdem schuldest du mir was.«

»Vielleicht kaufe ich dir eine Krawatte.«

»Sehr witzig.«

Für eine Minute aßen wir schweigend, dann sagte ich zu

T-Tommy: »Dieser Hublein … ich hatte das Gefühl, dass er etwas verbirgt.«

»Würdest du das nicht auch tun?«, entgegnete T-Tommy. »Er ist Kurtz' Arzt und behandelt ihn mit irgendeinem neu entwickelten Medikament, und Kurtz schlägt einen Ganoven halb tot. Daraufhin kommen wir zu Hublein marschiert, stellen ihm Fragen und sagen ihm, dass wir die schlimmste Mordserie im Madison County seit Jahrzehnten untersuchen. Und er sieht jede Menge Klagen und Gerichtsverfahren auf sich zukommen.« T-Tommy zuckte mit den Schultern. »Für mich ist es da nur verständlich, dass er uns nicht alles sagt.«

Für mich auch.

Aber nur *fast*.

60. KAPITEL

Donnerstag, 22.39 Uhr

Vor einer Stunde hatten wir uns auf Sammy's Parkplatz von T-Tommy verabschiedet, und ich war Claire zu meinem Haus hinterhergefahren. Während sie ihre Reisetasche auspackte – sie hatte beschlossen, ein wenig Arbeitskleidung mitzubringen, um nicht wieder nach Hause zu müssen –, öffnete ich eine Flasche Sapphire Hills Syrah, nahm zwei Gläser und meine Gitarre und brachte alles auf die Terrasse. Eine leichte Brise war aufgekommen, und der Abend wurde kühler.

Jetzt saß ich mit meiner Martin D-18 in einem Sessel auf der Terrasse und spielte mehrere Akkordfolgen, um die richtige für einen Song zu finden, an dem ich herumgebastelt hatte, um ihm den letzten Schliff zu geben. Während ich an den Saiten zupfte, schlug ich mit bloßen Fersen auf dem Hartholzboden den Takt dazu. Abgesehen davon, dass Gitarre spielen für mich das beste Mittel war, um abzuschalten, hatte ich das Gefühl, dabei auch klarer denken zu können; manchmal ergaben Dinge sich von ganz allein und nahmen Gestalt an.

Claire streckte sich auf einem Liegestuhl aus, hüllte sich bis unters Kinn in eine Decke und hörte mir zu.

Während ich auf der Gitarre klimperte, dachte ich über Ameisenlarven nach. Hässliche, raupenartige Geschöpfe mit Scherenmäulern, die in kleinen runden Löchern in sandigem Boden überall im Süden lebten. Als Kind hatte ich viele Sommernachmittage mit Versuchen verbracht, sie aus ihren Verstecken zu locken. Der Trick war, einen frischen Grashalm abzubrechen, ein bisschen Speichel auf das Ende zu geben und den Halm dann in das Loch zu stecken. Nicht lange, und die Ameisenlarve knabberte daran. Man konnte sogar fühlen, wie ihre Scheren arbeiteten, wenn man den Halm ganz locker hielt. Und dann kamen der richtige Zeitpunkt und Glück ins Spiel: Wenn die Larve anbiss, und man zog den Halm genau im richtigen Moment aus dem Loch, flog das eklige Tier heraus.

Und genau das war es, was wir meiner Meinung nach getan hatten. Die Fernsehinterviews, die Anrufe – das alles sollte den Mörder aus seinem Versteck locken. Wie heute Morgen bei Claire. Doch kaum war er in Sicht gekommen, tauchte er schon wieder unter.

Ich legte die Gitarre weg, stand auf und schlenderte bis ans Ende meines Grundstücks. Dabei zermalmte ich das Gras zwischen den Zehen. Nichts anderes auf Erden fühlt sich so an. Ich blickte auf die schlafende Stadt. Nur der Strom von Autos auf dem Memorial Parkway ließ erkennen, dass auch noch andere Menschen wach waren.

Auch Brian Kurtz, da war ich mir sicher.

Vielleicht suchte er nach einem neuen Schlupfloch. Wie eine Ameisenlarve. Oder machte sein nächstes Opfer ausfindig. Vielleicht hatte er auch schon eins und saß nur da und beobachtete. In freudiger Erwartung dessen, was kommen würde. Vielleicht verbreitete er in genau diesem Augenblick seine ganz eigene Art von Angst und Schrecken, brachte Tod und Verwüstung in eines der Tausende von Häusern, die ich sehen konnte.

Trotzdem stand ich hier. Machtlos, etwas dagegen zu unternehmen.

Die Tatsache, dass die Abstände zwischen seinen Morden geringer und seine Vorgehensweise immer gewalttätiger wurden, bedeutete, dass seine Wut kurz vor dem Überkochen war. Dass er am Rand des Abgrunds stand – kurz davor, einen Schritt zu weit zu gehen. Auf jeden Fall befand er sich in einer extrem prekären Phase.

Und der andere Kerl? Der Mittäter? Gab es überhaupt einen? Ich wollte es nicht glauben, aber die Möglichkeit ließ mir keine Ruhe. Falls Kurtz einen Partner hatte, könnte es *richtig* hässlich werden. Verrückte machen Fehler. Tappen in Fallen. Planen nicht und werden geschnappt oder bei einer Schießerei getötet. Falls aber jemand bei Kurtz die Fäden zog, änderte das alles. Dieser Jemand könnte Kurtz immer dann von der Leine lassen, wenn seine besonderen Fähigkeiten gebraucht wurden.

Ich spürte, dass Claire hinter mich trat, mir die Arme um die Taille legte und ihre Wange an meinen Rücken drückte. »Alles in Ordnung, Dub?«

»Hublein hat gelogen«, sagte ich.

»Wie meinst du das?«

Ich drehte mich zu ihr um. »Es steckt mehr dahinter, als er zugegeben hat.«

»Er konnte euch nicht alles sagen. Er muss sich an die ärztliche Schweigepflicht halten. Das weißt du doch.«

»Der Schlüssel zu dem ganzen Fall liegt in seiner Praxis.«

»Das kannst du nicht wissen.«

»Denk mal darüber nach. Kurtz ist völlig außer Kontrolle. Und Hublein muss das wissen.«

»Wieso?«

»Weil er sein Arzt ist und ihn jede Woche sieht. Eine solch hochgradige Verrücktheit kann Hublein unmöglich entgangen sein.« Claire schaute mich an, sagte aber nichts. »Kurtz bekommt ein neuartiges Medikament. Eins von der Sorte, die sich noch in der Versuchsphase befinden. Sein Verhalten könnte von einer negativen Reaktion auf dieses Mittel herrühren.«

»Du meinst, dieses Medikament könnte für all diese schrecklichen Geschehnisse verantwortlich sein?«

»Warum begehen Menschen Gewalttaten?«

»Weil sie verrückt sind. Böse. Oder Soziopathen.«

»Oder unter dem Einfluss von Drogen stehen. Crystal Meth und Kokain sind bekannt dafür, Zorn und Wutanfälle, sogar psychotische Anfälle oder Zusammenbrüche auszulösen.«

»Es gibt aber keinen Beweis, dass Kurtz eine dieser Drogen nimmt.«

»Um die geht es auch gar nicht. Die Droge, die Kurtz nimmt, gehört zu den Benzodiazepinen. Es gibt zahlreiche Fälle von Leuten, die sehr schlecht auf die Einnahme oder den Entzug dieses Medikaments reagieren. Erinnerst du dich an John Hinckley? Der Typ, der auf Reagan geschossen hat? Angeblich hat er Valium genommen.«

Claire nickte. »Also könnte Kurtz von diesem Medikament um den Verstand gebracht worden sein?«

»Kurtz ist unser Mann, daran besteht kein Zweifel. Er nimmt regelmäßig irgendein Mittel, das Hublein ihm verabreicht. Da muss es eine Verbindung geben.«

»Er könnte aber doch auch ohne das Mittel ein Irrer sein.«

»Klar. Wahrscheinlich ist er das auch. Aber die Tatorte … so etwas ist mir noch nie unter die Augen gekommen, und ich habe schon so manche Scheußlichkeit gesehen. Kurtz hat diese Leute nicht einfach nur getötet, er hat versucht, sie zu vernichten … auszulöschen. Ich kann nicht glauben, dass jemand, ob normal oder verrückt, so etwas tun könnte, solange ihn nicht irgendetwas vollkommen unmenschlich macht. Was ich bei Mike und bei den Kushners gesehen habe, ist unvorstellbar. Irgendetwas verursacht bei Kurtz einen Blutrausch. Möglicherweise sind es diese Psychopharmaka. Sie können unerwartete Dinge bewirken. Vielleicht ließen sich in Kurtz' Patientenakte Hinweise darauf finden.«

Ich glaubte beinahe zu sehen, wie sich die Rädchen in Claires Kopf drehten.

»Außerdem«, fügte ich hinzu, »müssen wir Hublein zur Rechenschaft ziehen, wenn er gewusst hat, dass so etwas passieren kann. Vielleicht hätte er verhindern können, was Mike und den anderen zugestoßen ist.«

»Du hast keinen Beweis.«

»Es gibt nur eine Möglichkeit, es herauszufinden«, sagte ich.

»Willst du Hublein noch mal fragen? Wie kommst du darauf, dass er es dir sagen wird?«

»Ich hatte nicht vor, ihn zu fragen.«

Claire schüttelte den Kopf. »Du wirst doch wohl nicht in seine Praxis einbrechen.«

»Warum nicht?«

»Weil es illegal ist. Weil es verrückt ist, und das weißt du. Wir wissen doch schon, dass Kurtz der Täter ist und dass er bald gefasst werden wird. Er kann sich unmöglich noch lange verbergen, jetzt, wo überall in den Nachrichten sein Gesicht erscheint. Was könntest du denn finden, das etwas daran ändern würde?«

»Das weiß ich erst, wenn ich es sehe.«

»Du liebe Güte!«, sagte Claire. »Willst du verhaftet werden? Wegen Einbruchs in die Praxis eines angesehenen Psychiaters?«

»Jetzt, wo Kurtz identifiziert ist, wird Hublein die Akten vernichten, falls er etwas zu verbergen hat. Wenn er es nicht schon getan hat.«

61. KAPITEL

Donnerstag, 22.47 Uhr

Paul McCurdy lag in seinem bequemen Fernsehsessel, schaute sich die Nachrichten an und beendete den Papierkram, der ihn in den letzten beiden Stunden beschäftigt hatte. Seine Frau Diana döste auf dem nahen Sofa. Das Buch, das sie gelesen hatte, lag auf ihrer Brust. Sie bewegte sich, streckte sich und drehte sich dann auf die Seite, um Paul anzusehen.

»Wie spät ist es?«, fragte sie.

»Kurz vor elf.«

»Warum hast du mich so lange schlafen lassen?«

»Weil du so schön bist, wenn du schläfst.«

Sie setzte sich auf. »Und wie lange willst du noch mit diesem Papierkram weitermachen?«

»Höchstens eine halbe Stunde.«

»Mach es doch morgen fertig.«

»Du weißt, dass Bill schon in aller Frühe vorbeikommt, um die Papiere für sein Meeting in Chicago abzuholen. Sein Flug geht um acht Uhr dreißig.«

Diana stand auf, beugte sich über ihn und küsste ihn. »Dann gehe ich schlafen. Weck mich, wenn du hinaufkommst.«

Er streichelte ihren kleinen Bauch unter dem Nachthemd. »Ich glaube, man sieht es dir schon an.«

»Noch nicht. Schließlich bin ich erst im zweiten Monat.«

Er neigte den Kopf zu einer Seite, dann zur anderen, um sie genauer zu betrachten. »Dann muss es das viele Eis sein, das du isst.«

Sie stieß ihn spielerisch gegen den Arm. »Es ist nicht das Eis. Und im Übrigen ist es deine Schuld. Du hast die Situation ausgenutzt.« Sie zauste ihm das Haar. »Lass mich nicht zu lange warten.«

*

Brian bog auf den halb vollen Parkplatz am Old Highway 431 ein und stellte den Wagen am offenen Ende des L-förmigen Geschäfts- und Vergnügungszentrums ab, weit weg von den geschäftigen Restaurants und Filmtheatern. Ganz in der Nähe, von einem Chor kichernder Mädchen begleitet, führten einige Jungen Kunststücke mit ihren Skateboards vor. Da sie jedoch viel zu sehr mit Posieren beschäftigt waren, schenkten sie Brian kaum Beachtung. Er schraubte den Schalldämpfer auf den Lauf der Pistole, schob sie unter seinen Hosenbund und zog sein T-Shirt über den Griff. Dann ging er zum Ende des Gebäudes, bog um die Ecke und verlor sich in der Dunkelheit.

Eine sechs Meter breite asphaltierte Gasse und eine fast zwei Meter hohe Mauer aus Schlackenbeton erstreckten sich entlang der Anlage und trennten sie von einem grasbewachsenen, mit vereinzelten Bäumen bestandenen Hang. Der Lieferwagen eines Floristen und drei Mülltonnen standen an der Wand. Brian fand mühelos den großen schweren Umschlag, der mit Klebeband an der Rückseite einer der Tonnen befestigt war. Er enthielt eine Rolle gelbes Nylonseil, einen kleinen Kassettenrekorder, eine Stiftlampe und zwei Blätter Papier. Mithilfe der Stiftleuchte schaute er sich beide an. Eins war eine Liste mit Anweisungen, das andere eine handgezeichnete Karte, die erkennen ließ, dass der direkteste Weg zu McCurdys Haus der über den Hügel hinter ihm war.

Die Hintertür eines der kleinen Lokale der neuen Anlage

sprang auf. Brian schaltete schnell das Licht aus und spähte um die Mülltonne herum. Ein junger Hispanoamerikaner kam mit zwei prall gefüllten Mülltüten aus dem italienischen Restaurant und schleppte und schleifte sie geradewegs auf ihn zu. Brian kauerte sich in den Schatten, die Hand am Griff der Waffe. Der Mann hievte die Tüten in die Metalltonne, in der sie beide mit lautem Scheppern landeten. Dann kehrte er ins Restaurant zurück und zog die Tür hinter sich zu.

Brian verstaute Rekorder, Stiftlampe und Seil in seiner Bauchtasche. Die Papiere steckte er in die Hosentasche, bevor er die Mauer erklomm und den Hang hinaufstieg. Nach kurzer Zeit erreichte er die Kuppe, wo er sich einen Moment lang hinkniete, um zu verschnaufen. Ungefähr fünfzig Meter offenes Grasland trennten ihn von einer stillen Straße mit einer Handvoll Häusern, von denen sich die meisten noch im Bau befanden. Das Haus der McCurdys lag fast am Ende auf der rechten Seite.

Geduckt überquerte Brian das Feld und kauerte sich zwischen die Sträucher rechts und links der Einfahrt zu McCurdys Haus. Die nächste Straßenlaterne war zwei Häuser entfernt und gab nur wenig Licht ab, und die schwache Lampe über der Haustür beleuchtete zwar die vordere Veranda, aber wenig mehr.

Die vertraute Hitze erwachte in seiner Brust. Es erstaunte ihn immer wieder, wie schnell ihn mörderische Wut erfassen konnte. Nicht, dass es ihn störte, nur fand er es eigenartig, dass er sie die meiste Zeit unter Kontrolle halten konnte – und dann kam sie urplötzlich zum Ausbruch. Brian wusste, dass dieses Feuer alles verzehrte, wenn es erst einmal entfacht war. Unsicherheit, Furcht, Mitleid, Vernunft – alles verdorrte in dieser Gluthitze.

Brian dachte an Petersen, den alten Mann. Bei ihm hatte er zum ersten Mal diese wahnsinnige Wut erlebt, die fast schon ein Rausch war. Es war nicht der leise schwelende Zorn gewesen, den er mehrere Wochen lang vor dieser Nacht empfunden hatte, sondern das grelle, glühend heiße Feuer, das er mittlerweile so gut kannte. Als er das Russel Erskine Hotel betreten hatte, war er mehr ängstlich als zornig gewesen, aber irgendetwas hatte ihn angetrieben. Etwas, das viel schwächer war als heiße Wut und das er nicht beschreiben konnte. Aber es trieb ihn vier Treppen hinauf und den Gang zu Petersens Tür hinunter. Es zog ihn durch die unverschlossene Tür und in die scheinbare Geborgenheit von Petersens Zuhause.

Sein erster Schlag war schwach und zögerlich gewesen. Als Petersen erwachte und sich vom Bett erheben wollte, wurde Brian von Panik erfasst, und er schlug heftiger mit dem Baseballschläger auf die erhobenen Arme des alten Mannes ein. Erst als Petersen sich zu wehren versuchte, loderte Zorn in Brian auf, und er drosch mit zunehmender Wildheit auf den alten Mann ein.

Danach hatten Furcht und Verwirrung seinen Zorn verdrängt. Irgendwann war er völlig erschöpft auf dem Fußboden zusammengebrochen. Tiefe Ruhe überkam ihn, friedlicher als alles, was er je erlebt hatte. In diesen Augenblicken vergaß er all seine Fragen und seine Verwirrtheit und genoss das Gefühl völliger Zufriedenheit.

Die Hitze seiner Wut und die kühle Gelassenheit, die von ihm Besitz ergriff, sobald der Zorn verflog, waren wie Feuer und Eis. Und beide waren gleichermaßen suchterzeugend.

Bei Allison, Savage und den Kushners war es genauso gewesen, nur intensiver.

Und nun, als Brian zwischen den Sträuchern kauerte, ganz nahe an McCurdy, loderte das Feuer wieder auf. Als alles still blieb, schlich er an der Seite des Hauses bis zum letzten Fenster. Es war einen Spalt geöffnet. Das Zimmer dahinter lag im Dunkeln, so, wie es in den Anweisungen in seiner Hosentasche stand.

Brian streifte seine Baumwollhandschuhe über. Das Fliegengitter, das bereits aus seinen Verankerungen gelöst war, ließ sich leicht entfernen. Er schob das Fenster hoch und stieg vorsichtig ins Esszimmer der McCurdys ein. Das Licht des Fernsehbildschirms flimmerte durch die Tür ihm gegenüber und spiegelte sich in den Glasscheiben eines Porzellanschranks links von ihm.

Brian schlich am Esszimmertisch entlang und spähte um den Türpfosten herum. McCurdy lag in einem bequemen Fernsehsessel, den Kopf auf der Seite, regungslos bis auf das gleichmäßige Heben und Senken seiner Brust. Auf dem großen Fernsehbildschirm endete soeben der Wetterbericht, und der Ansager erschien wieder.

Brian schlich weiter, bis er nur noch anderthalb Meter vom schlafenden McCurdy entfernt war.

Die Elf-Uhr-Nachrichten begannen. »Wir haben Neuigkeiten über die Jagd nach dem Mörder, der das Land gelähmt hat«, sagte der Sprecher. »Die Polizei hat einen gewissen Brian Kurtz zum Hauptverdächtigen erklärt. Eine landesweite Suche nach diesem Mann ist bereits im Gange.«

Brian sah ein Foto von sich auf dem Bildschirm. Seltsamerweise empfand er weder Erstaunen noch Furcht. Er verspürte gar nichts. Allenfalls das seltsame Gefühl, dass das Gesicht auf dem Bildschirm gar nicht seins war.

Der Nachrichtensprecher redete weiter, doch Brian hörte gar nicht zu. Es war, als plapperte der Mann Unsinn vor sich hin. Zwei Telefonnummern erschienen unten auf dem Bildschirm, eine für das Sheriff's Department, die andere für die Polizei.

Brian hielt die Mündung der Waffe dicht an McCurdys rechte Schläfe und drückte ab. Das Geschoss durchschlug den Schädel und ließ die linke Schläfe explodieren. Blut spritzte an die Wand und auf das Sofa neben Brian. Jetzt richtete er die Waffe auf den Fernseher und feuerte zweimal auf sein eigenes Gesicht. Die Kugeln rissen Löcher in den Bildschirm und trafen auf etwas Metallisches. Der Bildschirm flimmerte einen Moment hell auf, dann wurde er schwarz.

Vorsichtig stieg Brian die Stufen hinauf und überprüfte jedes Zimmer im ersten Stock, bis er am Ende des Flurs an eine offene Tür gelangte. Mrs. McCurdy lag schlafend auf der linken Seite und wandte ihm den Rücken zu. Brian ging um das Bett herum und blieb dicht vor ihr stehen. Als er an der Kette der Nachttischlampe zog, schlug die Frau die Augen auf und hob einen Arm, um sich vor dem jähen Licht zu schützen. Zuerst blinzelte sie nur und starrte Brian verwundert an; dann schärfte sich ihr Blick, und ihr Mund öffnete sich zu einem Schrei.

Doch sie kam nie dazu, diesen Schrei auszustoßen, denn Brian schlug ihr den Kolben seiner Waffe an die Stirn.

»Halt die Klappe. Beweg dich nicht. Atme nicht mal, bis ich es sage.«

Ihre Augen verschleierten sich von dem Hieb; dann weiteten sich ihre Pupillen wie ein sich ausbreitender Tropfen Öl. Brian hielt die Waffe so, dass Mrs. McCurdy sie sehen konnte. »Keine Dummheiten, oder ich jag dir eine Kugel durch den Kopf. Verstanden?«

Sie nickte.

»Tu genau das, was ich dir sage.«

»Wer sind Sie? Was …«

»Halt die Klappe.« Er drückte ihr den Schalldämpfer an die Nase. »Du stellst hier keine Fragen.«

»Mein Mann …«

»Der stellt auch keine Fragen. Und jetzt steh auf.«

Sie zog die Beine unter der Decke hervor und richtete sich auf. Sie zitterte am ganzen Körper, schwankte und fiel wieder aufs Bett. Doch Brian packte sie am Arm und zerrte sie hoch.

»Bitte …« Ihre Augen füllten sich mit Tränen.

Er packte sie am Hals, drückte zu. »Ich könnte dich gleich hier umbringen, auf der Stelle«, drohte er und verstärkte den Griff. »Und glaub mir, das werde ich, wenn ich noch ein Wort von dir höre. Hast du kapiert?«

Sie nickte. Brian ließ sie los, worauf sie hustete und röchelnd Luft holte.

Diesmal packte er sie am Arm und zog sie über den Flur zur Treppe. Auf den letzten vier Stufen stolperte sie und stürzte schwer. Doch Brian lockerte seinen Griff nicht, riss sie stattdessen auf die Beine.

Diana McCurdys Augen weiteten sich, als sie ihren Mann sah. »O Gott!«, stieß sie hervor.

»Schau ihn dir an.« Er stieß sie vorwärts, bis nur noch Zentimeter ihr Gesicht von dem ihres Mannes trennten. »Da siehst du, was mit Arschlöchern passiert.«

Er ließ sie lange genug los, um einen der beiden Eichenstühle mit Leiterlehne, die an der Wand standen, zu ergreifen. Er stellte ihn vor ihren toten Mann und fesselte sie daran, indem er das Nylonseil um ihre Brust und Oberarme wickelte und fest verschnürte.

Dann sagte er, die Lippen dicht an ihrem Ohr: »Du wirst genau das tun, was ich dir sage, oder du endest auf die gleiche Weise. Hast du verstanden?«

Sie nickte schluchzend.

Brian nahm das kleine Aufnahmegerät aus seiner Tasche.

*

Eine halbe Stunde später ging Brian denselben Weg zu den Mülltonnen zurück. Die Blätter und den Rekorder steckte er wieder in den Umschlag und warf ihn auf den Asphalt hinter der Mülltonne. Er hatte keine Ahnung, wozu der Mann die Aufnahme wollte, aber da er ihm McCurdy geliefert hatte, erfüllte er ihm gern diese Bitte. Vielleicht wollte der Kerl hören, wie es war, dabei zu sein. Vielleicht konnte er seine Fantasien nur durch Brian ausleben.

Die Vorstellung gefiel ihm. Der Anrufer hatte immer gesagt, Brian brauche ihn, aber vielleicht war es ja umgekehrt. Vielleicht hatte der Anrufer nur nicht den Mut, es selbst zu tun. Vielleicht verschaffte es ihm einen Kick, sich vorzustellen, was Brian tat. Vielleicht brauchte er es sogar noch mehr als Brian selbst.

Als er seinen Wagen erreichte, stellte er fest, dass nicht abgeschlossen war, und fand einen weiteren Umschlag im Seitenfach der Fahrertür. Verwundert blickte er sich um. Der Parkplatz war fast leer, die Skateboarder waren längst verschwunden, und das italienische Restaurant schloss für diese Nacht.

Brian griff nach dem Kuvert, riss es auf und hielt es so, dass das Licht im Wageninneren auf das Blatt im Umschlag fiel. Die ersten beiden Zeilen sprangen ihm in die Augen:

Willst du noch ein Opfer heute Nacht?

Willst du Dub Walker eins auswischen?

62. KAPITEL

Donnerstag, 23.31 Uhr

»Und wie gedenkst du dort hineinzukommen?«, fragte Claire.

Ich stellte den Porsche auf einem halb leeren Parkplatz hinter der Gebäudegruppe des Memorial Medical Centers ab. Das Neuropsychiatric Research Institute von North Alabama lag nur einen Block weiter an der Kreuzung der Madison und Saint Clair. »Als ich neulich hier war«, antwortete ich auf Claires Frage, »habe ich nicht viele Sicherheitsvorkehrungen gesehen. Keine Kameras und keine Hinweise darauf, dass sie die Dienste einer Sicherheitsfirma in Anspruch nehmen.«

»Dann war das hier also vorsätzlich und vorbedacht?«

»Ich bemerke solche Dinge nur.«

Sie schüttelte den Kopf. »Okay, Lone Ranger. Wohin?«

»Ich stehe mehr auf Bond. James Bond.«

»Warum wundert mich das nicht?«

Wir überquerten die Madison und einen weiteren Parkplatz und gingen dann zwischen zwei Gebäuden hindurch. So lässig, als gehörten wir dorthin. Als hätten wir überhaupt nichts zu verbergen. Hinter den Gebäuden befand sich ein von hohen Hortensien umschlossener Gemeinschaftsgarten. Wir schlüpften hindurch und näherten uns dem hinteren Teil des Instituts. Die Hintertür war verschlossen.

Als wir um die Ecke des Gebäudes bogen, entdeckten wir eine Rampe, die zur Tiefgarage führte. Nur ein Wagen parkte hier, ein dunkler Chevy. Ich fand die Tür zur Treppe. Ich wusste, dass sie es war, weil in großen weißen Lettern *Treppe* darauf stand.

Oh ja, ich war ein ausgebuffter Bursche. Ein richtiger James Bond.

Diese Tür war nicht verschlossen, wie ich bemerkte, als ich die Klinke herunterdrückte. »Siehst du?«

»Wie stolz du auf dich bist.«

»Ich hab auch allen Grund.«

»Trotzdem ist es keine gute Idee.«

»Wahrscheinlich nicht. Aber vielleicht können wir auf diese Weise ein paar Antworten bekommen.«

»Oder uns selbst in den Knast befördern.«

»Keine schlechte Idee. Vielleicht können wir uns dort eine Zelle teilen.«

Wir stiegen in den vierten Stock hinauf, wo wir feststellten, dass auch diese Tür nicht abgeschlossen war, und betraten einen dunklen Flur. Ich schaltete meine kleine Maglite ein und öffnete eine Tür nach der anderen. Die meisten führten in Büros, eine in einen Konferenzraum, eine weitere in einen Computerraum, der den Hauptserver enthielt.

Schließlich kamen wir zu einem großen Raum, der eine Art Arztpraxis zu sein schien. In der Mitte standen zwei durch Vorhänge abgetrennte Untersuchungstische, Arbeitsbereiche wahrscheinlich; am anderen Ende befanden sich zwei große Waschbecken und drei Edelstahl-Kühlschränke. Ich ging zu ihnen und öffnete sie. Metallgestelle mit blutgefüllten Röhrchen, Arzneimittelampullen und Kästchen standen in den Regalen. Die Metallgestelle und Kästchen waren mit Etiketten versehen, auf denen Bezeichnungen wie ABT-454, AN-996 und CB-2322 standen.

»Was ist das alles?«, fragte Claire.

»Medikamente und Blutproben für Hubleins Studien.«

»Dann lautet jetzt die Frage, welche von Kurtz sind.«

»Keine Ahnung. Vielleicht finden wir's heraus, wenn wir uns die Akten anschauen.«

»Es müsste hier doch irgendwo ein Archiv geben«, murmelte Claire.

Wir gingen zur Tür. Gerade als ich öffnen wollte, hörte ich das leise *Pling* des Aufzugs. »Wir bekommen Besuch«, flüsterte ich und zog die Tür rasch wieder zu.

So schnell wir konnten schlichen wir an den beiden Untersuchungstischen vorbei zu einer Seitentür. Sie führte in einen voll ausgestatteten Umkleideraum. Es gab Spinde, eine Dusche und Regale. Nur gab es dummerweise keinen Weg aus diesem Raum hinaus. Ich ging wieder in den Nebenraum voran, blieb aber stehen, als die Eingangstür sich öffnete. Claire zog sich in den Umkleidebereich zurück. Mir blieb nicht die Zeit dazu, und so schaltete ich meine Maglite aus und hockte mich hinter einen der Untersuchungstische, dessen Vorhang mir ein wenig Schutz bot.

Die Neonröhren an der Decke flammten auf. Schritte. Eine Kühlschranktür öffnete sich zischend, gefolgt vom Klirren von Glas. Ich linste am Rand des Vorhangs vorbei. Ein Mann ging zu einem der Tische in der Mitte des Raumes und setzte sich mit dem Rücken zu mir hin. Er hatte kurz geschnittenes Haar; als er mir sein Profil zuwandte, sah ich ein eckiges Kinn. Zunächst konnte ich nicht erkennen, was er tat, aber dann hob er eine Spritze, die eine bernsteinfarbene Flüssigkeit enthielt, unter das Oberlicht. Er schob die Nadel in die Schutzkappe und steckte die Spritze in seine Jackentasche. Schließlich legte er irgendetwas in den Kühlschrank, kehrte zur Tür zurück, wo er das Licht ausschaltete, und ging.

Ich wartete ein paar Minuten, bevor ich zur Tür schlich und einen Blick auf den Flur warf. Nichts. Ich holte Claire aus dem Umkleidebereich und berichtete ihr, was ich beobachtet hatte.

»Einer der Labortechniker?«, fragte sie. »Der Überstunden macht?«

»So war er nicht gekleidet.«

»Vielleicht hatte er etwas vergessen und ist von zu Hause zurückgekommen, um es zu holen.«

»Um eine *Spritze* zu holen?«

Wir schlichen auf den Flur zurück. Während wir durch den Empfangsbereich auf Hubleins Büro zugingen, stießen wir auf das Archiv. Die schlechte Nachricht war, dass es Unmengen von Akten gab, die gute, dass sie nach Projekten geordnet waren. Doch in einem dicken Dreiringordner auf dem Tisch neben der Tür waren sämtliche Projekte aufgelistet und mit Querverweisen zu den jeweils benutzten Medikamenten versehen.

Die drei ersten Seiten ergaben, dass Hublein sechsundzwanzig laufende Projekte betreute; drei weitere sollten bald beginnen. Ich überflog die Liste. Die meisten Eintragungen waren Abkürzungen. Nur eine Überschrift enthielt »PTBS«. Ich schlug den entsprechenden Abschnitt auf: Es gab fünfundzwanzig Versuchspersonen, Brian Kurtz eingeschlossen. Bingo. Das an ihm und den anderen erprobte Medikament nannte sich RU-1193.

Wir gingen an den Reihen von Akten entlang, bis wir zu einem mit »PTBS-SAP: Symptom-Abmilderungs-Projekt« etikettierten Sektor gelangten. Ich suchte schnell Kurtz' Akte heraus und überflog die etwa zwanzig Seiten.

»Ziemlich eindeutig.« Ich reichte Claire die Akte. »Genau wie Hublein sagte. Kurtz ist fünf Monate lang mit dem Medikament behandelt worden. Ohne Probleme oder Nebenwirkungen. Alle Blutspiegel liegen im richtigen Bereich.«

»Also hat das Medikament nichts mit alledem zu tun?«

»Vielleicht nicht.« Ich sah ein Kopiergerät in der Ecke. »Könntest du die Seiten kopieren, während ich noch ein bisschen herumschnüffele?«

»Dieser Mann, der gekommen ist … er könnte noch irgendwo hier sein.«

»Dann beeil dich.«

Ich hörte, wie der Kopierer ansprang und seine Anwärmzeit begann, als ich die anderen Akten durchging. Die erste war mit »Projekt-Resümee« beschriftet. Ich brachte sie Claire. »Die hier auch.«

Dann ergriff ich wahllos irgendeine Akte. *Ronald Newsome.* Ich las sie durch und zog eine andere heraus. *Benjamin Hecht.* Eine dritte handelte von *Thomas Wilkins.* Die Namen wechselten, aber die Geschichten waren stets die gleichen. Alle hatten Probleme mit PTBS gehabt, und alle kamen gut mit dem Medikament zurecht.

Ich fluchte. Nichts lief so, wie ich es wollte. Ich wollte etwas Unzulässiges, Verbotenes finden. Etwas, das Kurtz' offenkundige Psychose erklärte. Denn falls seine Taten nicht auf ein Medikament oder eine Droge zurückzuführen waren, bedeutete das, dass er von Natur aus so unvorstellbar grausam war. Und das wäre noch beängstigender.

Nachdem Claire alles kopiert hatte, stellte ich die Akten an ihren Platz zurück, und wir verließen das Archiv, das Gebäude und die Gegend.

63. KAPITEL

Freitag, 1.34 Uhr

Ich war gefangen in einem Traum. In *dem* Traum, der mich jetzt jede Nacht verfolgte. Von Jill, die ums Überleben kämpfte, und von mir, der sie im Stich ließ. Dann aber klingelte das Telefon und riss mich aus dem Schlaf. Claire drehte sich zu mir herum und rieb sich mit dem Handrücken ein Auge.

Ich griff nach dem Hörer. »Hallo?«

»Ich hoffe, ich störe nicht.«

»Was wollen Sie?« Ich schwang die Beine über die Bettkante und setzte mich.

Er lachte leise. »Ach, sagen Sie doch bitte Brian zu mir. Immerhin sind wir doch schon fast per du, oder nicht?«

Zeit, die Würfel rollen zu lassen. Noch mal zu versuchen, diesen Kerl aus dem Konzept zu bringen. »Sie sind nicht Kurtz.«

»Ach nein?«

»Sie sind Kurtz' Spürhund, Informant, Aufpasser, Komplize, was auch immer, aber Sie sind nicht er.«

Einen Moment herrschte Stille, dann sagte er: »Glauben Sie, was Sie wollen.« Wieder lachte er leise. »Ich habe hier etwas, was Sie hören sollten. Es könnte Ihre Meinung ändern.«

»Was könnte das schon sein?«

»Ein Klassiker. Es wird Ihnen gefallen. Und euch Jungs in der Leitung rate ich, eure Aufnahmegeräte einzuschalten.«

Ich hörte das Klicken und leise Zischen eines Kassettenrekorders. Dann:

»*O Gott, nein!*«

Es war die Stimme einer Frau, schrill und voller Entsetzen.

»Halten Sie die Klappe.«

Eine Männerstimme, gedämpft und in einiger Entfernung vom Rekorder.

»Beschreiben Sie meinem Freund, was Sie hier sehen.«

»Mein Mann, sein … sein Kopf … ist weg. Helfen Sie mir!«

»Schauen Sie sich Ihren Göttergatten an. Da sehen Sie, was Arschlöchern passiert.«

»Warum? O Gott, warum?« Die Stimme der Frau war verzweifelt und zum Zerreißen gespannt.

»Weil er ein arroganter Blödmann war.«

Die Frau schluchzte, wimmerte und flüsterte etwas, das ich nicht verstehen konnte. Dann hörte ich sie würgen und wieder ihre Stimme: *»Bitte!«*

»Klappe halten.« Die Stimme des Mörders war schrill und wütend. Sein Dämon hatte jetzt Besitz von ihm ergriffen. Mr. Hyde war am Ruder. Meine Finger schmerzten, so fest hielt ich den Hörer umklammert.

»Bitte tun Sie meinem Baby nichts. Ich bin schwanger.«

»Du sollst die Klappe halten!« Die Stimme des Mannes war jetzt so schrill wie die der Frau.

»Ich werde alles tun, was Sie sagen, aber verletzen Sie mein Baby nicht. Ich tue, was Sie wollen. Und ich sag auch nichts der Polizei. Bitte.«

Der dumpfe Aufschlag, den ich dann hörte, erschreckte mich, obwohl ich damit gerechnet hatte. Denn so etwas brauchte diese Bestie. Die Frau schrie immer wieder auf, als die Schläge auf sie niederprasselten.

»Lass sie in Ruhe!«, schrie ich in den Hörer. Claire saß inzwischen ebenfalls im Bett und starrte mich mit großen Augen an.

Die Schläge und das Kreischen hielten an, doch die Schreie wurden von Sekunde zu Sekunde schwächer. Ich fuhr bei jedem

Aufprall zusammen, als würde ich selbst geschlagen, und kniff die Augen zu, weil ich nichts mehr hören wollte, nicht mehr hören konnte, es aber nicht zu verhindern vermochte. Jeder Schlag trieb mir die Tränen durch die zusammengekniffenen Augenlider. Die Schreie wurden zu gequältem Wimmern, das in Stöhnen und Winseln überging, bis die Frau verstummte und nur noch die abscheulichen dumpfen Schläge zu hören waren. Dann verstummten auch sie.

Ich hörte das Klicken, als der Rekorder abgestellt wurde, dann wieder die ruhige Männerstimme. »Na, wie war das? Ich sagte Ihnen ja schon, es ist ein Klassiker.«

Bleib ruhig. Lass nicht locker.

»Das waren nicht Sie, sondern Kurtz.«

»Und woher habe ich dann diese Aufnahme?«

»Sie waren dort.«

»Ja. Aber allein. Nun ja … der Einzige, der jetzt noch lebt jedenfalls.« Wieder lachte er.

»Sie sind ein krankes Arschloch.«

»Mag sein. Aber es gibt nichts, was Sie dagegen tun können. Sie konnten diese Leute nicht retten. Genauso wenig, wie Sie Ihre Schwester retten konnten. Jill hieß sie, nicht wahr?«

Hitze stieg in meiner Brust auf, und meine Kehle wurde eng. *Lass ihn das nicht tun. Denk nach.* Aber mir kam nichts in den Sinn, nur Jills Gesicht erschien vor meinem inneren Auge.

»Was ist? Hat Ihre Zungenfertigkeit Sie im Stich gelassen?«

»Sie wissen nicht …«

»Ich könnte tagelang darüber debattieren, was ich weiß und was nicht, aber ich habe heute Nacht noch mehr zu tun. Und das wird ein ganz besonderes Geschenk für Sie. Bis bald, Dub.«

Dann war die Leitung tot. Ich legte auf. Mein Blick begegnete Claires. Ich zog sie an mich. Längere Zeit sprach keiner von uns beiden. Ich wollte sie jetzt einfach nur in den Armen halten.

»Es ist schlimm, nicht?«, fragte sie schließlich.

»Er hat sie totgeschlagen.« Ich hob den Kopf von ihrer Schulter, blickte ihr in die Augen. »Sie war schwanger.«

»Mein Gott …«

Ich holte tief Luft und stieß sie in einem rauen Seufzer wieder aus. »Es ist meine Schuld.«

»Sag das nicht. Das ist nicht wahr.«

»Ich habe diesen Verrückten gehänselt … hab ihn dazu getrieben.« Tränen liefen mir über die Wangen.

Claire küsste sie weg. »Du hast ihn weder verrückt noch böse gemacht. Das war er schon, das ist er und bleibt er. Diese … Kreatur hat das getan, nicht du.«

Ich wischte mir mit dem Bettlaken die Augen ab. »Ich sollte jetzt wohl besser T-Tommy anrufen.« Wieder griff ich nach dem Hörer und tippte die Nummer ein. Als T-Tommy sich meldete, sagte ich: »Er hat nicht gelogen.«

»Wie schlimm ist es?«

»Er hat den Mann getötet und dann die Frau gequält. Und er hat das Ganze auf Band aufgenommen.«

T-Tommy sagte nichts, aber ich konnte sein schweres Atmen hören.

»Sie war schwanger«, sagte ich.

»Du lieber Himmel! Dieses Monster schreckt aber auch vor nichts zurück.«

»Er ist völlig durchgeknallt. Mr. Hyde gewinnt. Warte, bis du das Band hörst. Während er in Aktion war, war seine Stimme … psychotisch. Schrill. Aggressiv. Unbeherrscht. Ganz anders als die kalte Stimme von dem Kerl, der anruft.«

»Du meinst, er hat einen Partner?«

»Ich weiß es nicht. Er sagte, er sei Kurtz. Aber ich glaube, das war gelogen.« Ich rieb meinen steifen Nacken. »Für mich ist es schwer, die beiden Stimmen einer Person zuzuordnen, aber genauso schwierig ist es, mir diesen Killer mit einem Partner vorzustellen. Er ist kurz davor, den letzten Rest Verstand zu verlieren. Ich weiß nur eines: Wir müssen ihn so schnell wie möglich aus dem Verkehr ziehen.«

»Wir haben alle verfügbaren Kollegen auf ihn angesetzt. Luther hat seine Leute von fast allen anderen Aufträgen abgezogen. Ich werde herausfinden, woher der Anruf kam, und dann ein paar Streifenwagen in die Gegend schicken. Vielleicht haben wir ja Glück.«

»Er sagte, seine Arbeit sei noch nicht beendet und dass er eine Überraschung für mich habe. Vielleicht hat er ja vor, hierherzukommen.«

»Ich werde ein Überwachungsteam in dein Viertel schicken.«

»Er könnte die Männer entdecken.«

»Oder wir schnappen ihn.«

»Hoffentlich. Ich hoffe es so sehr!«

Ich legte auf und nahm meinen .357er Revolver vom Nachttisch. Die Waffe in der Hand, ging ich durchs Haus, überprüfte Fenster und Türen und spähte in das Dunkel draußen. Zufrieden kehrte ich zurück ins Bett, schob die Waffe unter mein Kissen und zog Claire an mich. »Ich bin froh, dass du hier bist.«

»Alles in Ordnung?«

»Nicht mal annähernd.«

64. KAPITEL

Freitag, 1.56 Uhr

»Soll ich abschließen?«, fragte Lisa.

»Ich mach das. Fahr du nur schon nach Hause.« Sammy Lange spülte die letzten vier Gläser und stellte sie zu den anderen auf die Bar.

»Okay. Dann bis morgen.« Auf dem Weg nach draußen winkte Lisa noch einmal.

Sammy folgte ihr zur Tür, blieb dort stehen und wartete, bis Lisa sicher in ihrem Wagen saß und abfuhr. Dann verschloss er die Eingangstür, schaltete das Neonschild »Geschlossen« ein und löschte den größten Teil der Innenbeleuchtung. Er zählte das Geld in der Kasse und schob es in den Bankbeutel, um es morgen einzuzahlen. Zweitausendzweihundert plus Kreditkartenbelege. Keine schlechte Nacht.

Zufrieden zog er seine Windjacke über und steckte den Bankbeutel in eine Tasche. Nachdem er die Hintertür abgeschlossen hatte, schleifte er zwei große Mülltüten zur Tonne neben dem Gebäude und warf sie hinein. Als er sich dann umdrehte, nahm er im Augenwinkel eine Bewegung wahr und hob instinktiv den rechten Arm. So wehrte er den ersten Schlag ab – nicht aber den zweiten, der die rechte Hälfte seines Gesichts traf.

Sammy schwankte, schaffte es aber irgendwie, das Gleichgewicht zu halten. Der nächste Schlag erwischte ihn an der linken Schläfe und ließ grelle Lichtblitze und einen scharfen Schmerz hinter seinen Augen aufzucken. Wieder taumelte er, schwenkte haltsuchend die Arme und schaffte es gerade noch, den Angreifer am Arm zu packen, bevor er auf die Knie fiel. Doch er gab nicht auf, zog den Arm des Mannes an sich heran und biss mit solcher Kraft hinein, dass der metallische Geschmack von Blut seinen Mund füllte.

Mit einem Aufschrei fuhr der Angreifer zurück. Doch keine Sekunde später schlug er wieder zu und drosch Sammy die Faust ins Gesicht. Diesmal konnte Sammy das Erschlaffen seiner Muskeln spüren, die den Befehlen seines Hirns nicht mehr gehorchten. Wie in Zeitlupe kippte er vornüber und prallte mit dem Gesicht auf den Asphalt. Trotz allem rollte er sich noch zur Seite und blickte zu dem hünenhaften Kerl über ihm auf. Im schwachen Licht konnte er das Gesicht des Mannes nicht richtig sehen, dafür umso besser die Tritte spüren, mit denen der Angreifer jetzt seine Rippen und seinen Bauch traktierte. Wogen der Übelkeit durchliefen Sammy. Ihm drehte sich der Magen um.

»Das ist eine Nachricht für deinen guten Freund Dub Walker. Sag ihm, ich lasse ihn grüßen.«

Sammy wollte etwas erwidern, doch ein wuchtiger Fußtritt traf ihn am Kinn. Plötzlich drehte sich die Welt vor ihm in tausend wirbelnden Farben, um Augenblicke später einem dunklen Grau zu weichen. Sammy hörte Stimmen, laut schreiende Stimmen, konnte aber nicht verstehen, was sie sagten.

Dann versanken die Stimmen, der hünenhafte Mann und die ganze Welt im Dunkel.

*

Brian stieg aufs Gaspedal, bis der Wagen mit hundertzwanzig Stundenkilometern über die Straße jagte.

Lass den Blödsinn.

Er nahm den Fuß vom Gas und verringerte das Tempo bis auf fünfundsechzig. Sein Arm schmerzte, und Blut nässte das

T-Shirt, das er um die Bisswunde gebunden hatte. Mit einer Hand zog er den Knoten ein wenig fester.

Wie hatte er so dumm sein können, diesen alten Knacker die Oberhand gewinnen zu lassen? Na ja, nicht wirklich die Oberhand, aber der Alte hatte ihm ganz schön wehgetan. Brian ballte und entspannte die Faust und drehte den Unterarm. Wenigstens funktionierte noch alles.

Was für ein verdammter Mist.

*

Harold Pearce lümmelte im Fahrersitz seines Wagens und spähte über das Lenkrad. Er hatte die Szene beobachtet, die sich vor ihm entfaltete. Kurtz' Angriff und die Gegenwehr des alten Mannes. Dann den Wagen, der auf den Parkplatz einbog und neben einem anderem hielt. Dem einzigen Fahrzeug, das außer dem Pick-up des alten Mannes noch auf dem Parkplatz stand. Zwei Paare stiegen lachend und plaudernd aus dem soeben erst aufgetauchten Wagen. Wahrscheinlich hatte eins der Paare zu viel getrunken und sein Fahrzeug hier stehen lassen, während sie woanders weiterfeierten; jetzt waren sie zurückgekommen, um ihr Auto zu holen.

Als die beiden Männer die Schlägerei bemerkten, rannten sie fluchend darauf zu. Kurtz flüchtete sich hinter das Gebäude und verschwand im Dunkeln. Pearce wusste, dass er zu seinem Wagen rannte, den er einen Block weiter geparkt hatte.

Innerhalb weniger Minuten trafen die Polizei und ein Rettungswagen ein. Nachdem die Sanitäter Erste Hilfe geleistet hatten, luden sie den alten Mann ins Ambulanzfahrzeug und fuhren mit ihm davon. Die beiden Pärchen erzählten den Polizisten, was geschehen war. Einer der Officers, der ein wenig gelangweilt zu sein schien, kritzelte lustlos etwas auf seinen Notizblock.

Kurz darauf fuhren die Cops und die Guten Samariter los, und es kehrte wieder Ruhe auf dem Parkplatz ein.

Pearce klappte das sichere Handy auf und rief Smithson an, um ihm von den McCurdys, dem Band, das er Dub Walker vorgespielt hatte, und Kurtz' Angriff auf Sammy zu erzählen.

»Perfekt«, sagte Smithson. »Wir nähern uns der Ziellinie. Wann werden Sie die letzte Karte ausspielen?«

»Heute Nacht. Die Sache ist fast erledigt.«

65. KAPITEL

Freitag, 8.08 Uhr

Ich saß am Küchentisch bei einer zweiten Tasse Kaffee, während Claire noch mit Eiern und Speck beschäftigt war, die ich für uns zubereitet hatte. Auf der Terrasse stritten sich Kramden und Norton um die Schale Mais, die Claire ihnen hingestellt hatte. Ich glaube, sie freundeten sich allmählich mit ihr an. Andererseits freundeten sie sich mit jedem an, der ihnen Futter gab.

»Werden wir uns heute die Akten ansehen?«, fragte Claire.

Gestern Nacht nach unserer Rückkehr hatte ich die aus Hubleins Büro gestohlenen Papiere noch durchgesehen, war aber zu müde gewesen, um mich konzentrieren zu können. »Ja.« Ich brachte meinen Teller in die Küche und spülte ihn ab. »Heute Morgen habe ich Drew Miller angerufen, einen alten Studienfreund. Er ist Wissenschaftler und arbeitet bei den Nationalen Gesundheitsinstituten. Wenn es jemanden gibt, der etwas über dieses Medikament herausfinden kann, dann ist es Drew. Er schnüffelt bereits herum. Er hat versprochen, mich anzurufen, wenn er etwas hat.«

Claire brachte mir ihren Teller, den ich ihr abnahm, um ihn zu spülen. Sie lächelte anerkennend und schenkte sich eine Tasse Kaffee ein. »Möchtest du auch noch einen?«, fragte sie.

»Gern.«

Sie füllte meine Tasse nach und setzte sich wieder an den Tisch. Ich holte den Stapel kopierter Akten und setzte mich damit zu ihr. Zuerst überflog ich, was wir über Kurtz zusammengetragen hatten; dann nahm ich mir den Ordner mit dem Resümee vor.

»Sie werden bald anrufen, nicht wahr?«, fragte Claire. »Wegen gestern Nacht.«

Ich nickte. »Jemand wird die Leichen finden, und dann geht der ganze Wahnsinn von vorne los. Verdammt, dieser Tatort ist einer von der Sorte, auf die ich verzichten kann. Ich habe gestern Nacht genug darüber gehört.«

Ich schaute mir die Liste der fünfundzwanzig Teilnehmer an der Studie an, einschließlich ihrer Adressen und anderer Daten. »Sieh mal.« Ich drehte die Seite so, dass Claire sie sehen konnte. »Die Namen.«

Langsam ließ ich einen Finger die Liste hinuntergleiten. *Brian Kurtz.*

Claire nickte. »Das wussten wir doch schon.«

Ich nickte und ging weiter Name um Name die Liste durch. *Martin Hankins.* »Mein Gott, dieser Typ hat seine ganze Familie umgebracht. Draußen an den Owens Crossroads.«

»Ich erinnere mich an die Geschichte. Er hatte PTBS.« Sie sah mich an. »Das wären dann schon zwei Teilnehmer an Hubleins Studie, die brutale Morde begangen haben.«

»Es kommt noch besser.« Etwas weiter unten stand *Gregory Hay.* »Das ist der Kerl, der neulich im Einkaufszentrum herumgeballert hat, als er Amok gelaufen ist.« Noch weiter unten: *Robert Swenson.* »Dieser reizende Mensch hat seine Freundin mit einem Montierhebel totgeschlagen und ist zurzeit flüchtig.«

»Vier? Vier Teilnehmer an dieser Studie haben jemanden ermordet?« Claire drehte die Seite zu sich herum. »Das entzieht sich jedem Erklärungsversuch. Hublein mit seinem neuen Medikament steckt bis zum Hals in dieser Sache drin.«

»So sieht's aus.«

»Könnte dieser Typ, dieser Swenson, nicht Kurtz' Komplize sein?«

Ich schaute sie an.

»Ich meine, Hankins und Hay sind tot. Swenson nicht. Wäre es da nicht möglich, dass er der Anrufer ist?«

War das möglich? Waren Swenson und Kurtz Komplizen bei all diesen Verbrechen? Beide nahmen an derselben Studie teil und erhielten das gleiche Medikament. Beide hatten brutale Morde begangen. Und beide waren flüchtig.

Das Telefon klingelte.

»Da geht's schon wieder los.« Ich nahm den Hörer ab. »Hallo?«

»Mr. Walker? Dub Walker?«

Der Anrufer war nicht T-Tommy, wie ich erwartet hatte. »Ja.«

»Ich bin Dr. Sullivan. Kennen Sie einen Mr. Sammy Lange?«

»Ja. Was ist mit ihm?«

»Er ist hier im Memorial Medical Center. Auf der Intensivstation.«

»Was sagen Sie da? Intensivstation? Was ist mit ihm?«

»Er wurde überfallen.«

»Wann?«

»Gestern Nacht. Draußen vor seinem Restaurant.«

»Warum wurde ich nicht früher benachrichtigt?«

»Weil er die meiste Zeit bewusstlos und den größten Teil der Nacht sehr durcheinander war. Erst vor einer halben Stunde konnte er wieder klarer denken. Er hat mich gebeten, Sie anzurufen.«

»Wie geht es ihm?«

»Nicht besonders. Aber wir sind zuversichtlich.«

»Ich bin gleich da.« Ich legte auf. »Lass uns fahren, Claire. Sammy liegt im Krankenhaus.«

*

Dreißig Minuten später führte eine Krankenschwester uns zu Sammys Bett. Sein Gesicht war angeschwollen und blaurot verfärbt, sein linkes Auge nur noch ein Schlitz in einem schwarzen Gänseei. Dunkle, blutverkrustete Nähte bildeten eine gerade Linie über seiner ebenfalls stark geschwollenen Unterlippe.

»Danke fürs Kommen«, sagte Sammy. »Dir auch, Claire.« Er schenkte ihr ein schwaches Lächeln »Was für ein erfreulicher Anblick du für wunde Augen bist.«

Sie lächelte und schüttelte den Kopf. »Zumindest dein Charme ist unversehrt geblieben.«

»Hast du schlimme Schmerzen?«, fragte ich.

»Es ging mir schon mal besser. Aber die Ärzte sagen, ich würde es überleben.«

»Was ist passiert?«

»Jemand hat mich draußen hinter der Bar überfallen. Ein großer Kerl. Ich glaube, er hätte mich umgebracht, wenn nicht ein paar Leute vorbeigekommen wären und ihn verscheucht hätten. Aber an sehr viel erinnere ich mich nicht.«

»Konntest du ihn sehen?«

»Er war kräftig. Das ist so ziemlich alles, was ich mit Sicherheit sagen kann. Sein Gesicht hab ich nicht gesehen, es war zu dunkel. Aber er schien kurzes Haar zu haben und einen kantigen Schädel. Und er war ziemlich groß, irgendwo zwischen eins fünfundachtzig und eins neunzig.« Er sah mich an. »Er ist der Kerl, nach dem ihr sucht.«

»Kurtz? Ich dachte, du hättest ihn nicht richtig sehen können.«

»Das stimmt auch. Aber während er mich mit Fußtritten bearbeitete, erwähnte er deinen Namen.«

Plötzlich wurde alles klar. Kurtz, oder wer immer der Anrufer gewesen war, hatte eine Überraschung für mich erwähnt, und das hier war sie. Was bedeutete, dass Kurtz von Sammys und meiner Freundschaft wusste und Sammys Tagesablauf kannte.

»Wenigstens hat er mich nicht beraubt«, sagte Sammy. »Ich hatte über zweitausend Mäuse in der Tasche, und man sagte mir, die waren noch da. Vielleicht hat er keine Zeit gehabt, mir die Kohle wegzunehmen.« Sammy verzog das Gesicht und griff sich an die Seite.

»Was ist?«, fragte Claire besorgt.

»Er hat mir ein paar Rippen gebrochen. Tut ganz schön weh. Die Ärzte sagen, dass auch der Knochen unter dem linken Auge angeknackst ist und dass ich eine Lungenprellung habe. Außerdem hab ich ein bisschen Blut gepinkelt.«

»Das hört sich aber gar nicht so an, als wärst du okay«, sagte Claire.

»Ich hab nur ein paar Prellungen, ein paar gebrochene Rippen und einen angeknacksten Knochen, Claire. Nichts Ernsteres.«

»Das alles tut mir leid, Sammy«, sagte ich. »Ich wäre nie auf die Idee gekommen, du könntest in die Sache hineingezogen werden.«

»Ist nicht deine Schuld, dass die Welt voller Irrer ist. Ich hab einfach Pech gehabt. Er aber auch, denn ich habe ihm ein ordentliches Stück aus dem Arm herausgebissen.«

»Im Ernst?«, fragte ich. »Aus welchem?«

»Aus dem linken, glaube ich.«

In dem Moment kam die Krankenschwester wieder. »Ich muss Sie bitten, jetzt zu gehen. Bei Mr. Lange muss noch ein EEG gemacht werden, und anschließend braucht er Ruhe.«

»Dub«, sagte Sammy mit besorgtem Blick. »Sei vorsichtig. Der Kerl ist ein schlimmer Finger.«

»Ich weiß.«

»Kann ich irgendetwas für dich tun?«, fragte Claire.

»Mich mit einem weichen Schwamm gründlich waschen wäre schön.«

»Den Klugschwätzer hat der Kerl dir auch nicht ausgetrieben.«

»Dazu bräuchte es mehr als das«, antwortete Sammy lachend, verzog dann aber das Gesicht und griff sich an die Rippen.

Auf dem Weg hinaus blieben wir am Schwesternzimmer stehen, wo eine der Schwestern von einem Krankenblatt aufschaute, das sie in der Hand hielt. »Kann ich Ihnen weiterhelfen?«

Sie hatte dunkles, schon ein wenig grau meliertes Haar und trug ein blaues Namensschild an der Tasche ihrer blütenweißen Uniform, das sie als »B. Hawkins, Stationsschwester« auswies.

»Mein Name ist Dub Walker. Ich bin ein Freund von Mr. Lange. Könnten Sie mich bitte anrufen, falls sein Zustand sich verändert?«

»Selbstverständlich.«

»Ich gebe Ihnen meine Handynummer.« Ich schrieb sie auf ein Stück Papier, das die Schwester mir gab. Dann zog ich mein iPhone aus der Tasche, um T-Tommy anzurufen, musste aber feststellen, dass ich keinen Empfang hatte.

Die Krankenschwester schaute mich an. »Handys funktionieren hier fast nie. Zu viele elektrische Geräte. Nehmen Sie das hier«, sagte sie und hob ein Festnetztelefon auf die Empfangstheke, bevor sie mit einer Patientenakte unter dem Arm zu einem der Krankenzimmer eilte.

T-Tommy nahm gleich nach dem ersten Klingeln ab. »Tortelli.«

»Ich bin's, Dub.«

»Na endlich! Ich habe gerade versucht, dich zu Hause und auf deinem Handy zu erreichen. Wo steckst du?«

»Im Krankenhaus. Handys funktionieren hier anscheinend nicht.« Ich gab ihm einen kurzen Überblick über den Angriff auf Sammy und fragte dann: »Wie sieht's bei dir aus?«

»Die Opfer von gestern Nacht sind aufgefunden worden. Paul und Diane McCurdy. McCurdys Geschäftspartner ist bei ihnen vorbeigekommen, um Papiere abzuholen, und hat sie entdeckt.«

Meine Fantasiebilder drängten sich mir wieder auf, und ich schob sie rasch beiseite. »Gib mir die Adresse. Wir sehen uns dann dort.« Ich notierte die Anschrift auf einem Fetzen Papier. »Noch was. Sammy sagt, er hätte dem Kerl ein Stück aus dem linken Arm rausgebissen. Ruf die hiesigen Krankenhäuser an und erkundige dich, ob jemand mit einer solchen Verletzung zur Behandlung gekommen ist.«

»Wird gemacht.«

66. KAPITEL

Freitag, 10.08 Uhr

Als wir das Haus der McCurdys erreichten, war dort schon der ganze Zoo versammelt. Ein halbes Dutzend Deputies und ein Absperrband hielten fast dreißig Gaffer in Schach. Ein Mann stand auf einem roten Plastikeimer und filmte das Haus. Wahrscheinlich, weil der Eimer ihm einen besseren Blickwinkel verschafft, dachte ich. Ein Paar mittleren Alters reichte Kaffee und Donuts herum, als befänden wir uns auf einem Straßenfest. Zwei kleine Jungs lieferten sich einen Ringkampf auf dem Rasen nebenan, und ein junges Mädchen tanzte Pirouetten auf der Straße. Meine Mitmenschen können wirklich sehr verblüffend sein.

»Sieh sie dir an. Was glauben die, wo die sind? Bei einem verdammten Picknick?«

»Die Menschen sind schon seltsam«, sagte Claire. »Aber gerade das macht meinen Job viel interessanter.«

»Ich sollte einige dieser Schafsköpfe mit reinnehmen und ihnen die *wirklich* gruseligen Dinge zeigen. Die meisten von denen würden in Ohnmacht fallen. Ich habe es hundertmal gesehen, und mir wird noch immer schlecht dabei.« Ich stieß verärgert den Atem aus. »Die haben ja keine Ahnung, diese Dummköpfe. Wahrscheinlich halten sie es für eine Fernsehsendung.«

Die meisten Leute sehen den Tod fast immer nur im Fernsehen, wo die Leiche passabel aussieht, manchmal sogar hübsch, manchmal sogar sexy. Perfekt frisiert, perfekt geschminkt und fast immer von einer perfekt gewählten, ergreifenden Hintergrundmusik begleitet. Der Leichnam der holden Maid sieht aus, als würde sie schlafen, und ein Kuss des Märchenprinzen könnte sie wieder erwecken. Aber der echte Tod ist eine ganz andere Sache. Er ist hässlich, blass und blau, riecht nicht gut und ist etwas sehr Trauriges.

Der Übertragungswagen ihres Senders, den Claire angefordert hatte, kam die Straße hinauf und blieb vor dem gegenüberliegenden Bordstein stehen. Claire eilte darauf zu, während ich ins Haus ging, wo mich der faulige Geruch von Blut und Tod begrüßte. Im Wohnzimmer fand ich Paul McCurdy, über der Lehne eines Fernsehsessels hängend. Getrocknetes Blut verlieh seiner hellblauen Pyjamahose und dem weißen T-Shirt die Farbe schwarzer Kirschen. Das Blut aus seiner Kopfverletzung war auf den Fußboden getropft und hatte auf dem Teppich einen runden dunklen Fleck hinterlassen. Mr. McCurdy war schnell gestorben, zu schnell, um stark zu bluten.

Ein viel größerer Fleck umgab den Leichnam von Diane McCurdy. Sie hatte nicht so viel Glück gehabt. Diane war mit einem gelben Nylonseil an einen zerbrochenen Stuhl gefesselt, der zur Seite gekippt war. Sie und der Stuhl schienen auf einem Meer aus Blut zu schwimmen. Blutspritzer von ihrem zerschundenen Körper waren in sämtliche Richtungen geflogen und sprenkelten den Fußboden, die Möbel und alles andere. Die Zimmerdecke war von mehreren langen Abschleuderspritzern befleckt, genauso, wie ich es bei Petersen gesehen hatte. Der Körper war zu einer unkenntlichen Masse zerschlagen worden, und ein Schürhaken stand seitlich aus ihrem Thorax hervor. Kurtz schien eine Vorliebe für Kamin-Gerätschaften zu haben.

Diane McCurdys Schreie und der dumpfe Aufprall der Schläge echoten mir wieder durch den Kopf.

»Dieser Kerl verleiht dem Bösen eine neue Dimension.«

Als ich mich umdrehte, sah ich, dass T-Tommy mit Sidau Yamaguchi im Kielwasser den Raum betrat.

»Nicht mal der Teufel selbst hätte sich dieses Scheusal ausdenken können.« Meine Stimme war ganz heiser. »Wie ist er reingekommen?«

»Durch ein offenes Fenster im Esszimmer«, sagte T-Tommy. »Er hat dort das Fliegengitter entfernt, ähnlich wie bei Kushner.« Er nickte zu dem toten Mann hinüber. »Ein Schuss in den Kopf. Die Kugel steckt in der Wand neben dem Sofa. Sieht nach einer Neunmillimeter aus.«

Wieder hallten die Schreie der Frau in mir wider. »Und Mrs. McCurdy?«

»Hatte nicht so viel Glück, wie du weißt«, sagte Sidau. »Ich kann mir nicht sicher sein, bis Drummond die Autopsie vornimmt, aber nach meiner Einschätzung sind die meisten ihrer Verletzungen prämortal. Die Kopfwunden scheinen ihr erst nach Eintritt des Todes zugefügt worden zu sein.«

Ich wandte mich an T-Tommy. »Ich muss mit dir reden. Draußen.«

Wir gingen durch die Küche in den Garten. Er war groß und übersichtlich, nur ganz am Ende von hohen Bäumen gesäumt.

»Wir müssen Dr. Hublein in die Mangel nehmen«, sagte ich.

»Wieso?«

»Du weißt, dass Kurtz an einer Arzneimittelstudie Hubleins teilnahm.« T-Tommy nickte. »So war es auch bei Martin Hankins, Gregory Hay und Robert Swenson.«

»Das ist nicht dein Ernst!«

»Ich wünschte, es wäre so.«

»Woher weißt du das?«

»Das willst du gar nicht wissen.« T-Tommy runzelte die Stirn, aber ich fuhr fort: »Swenson ist immer noch da draußen, und er könnte genauso irre sein wie Kurtz.« Jetzt presste T-Tommy die Lippen zusammen. »Möglicherweise arbeiten sie sogar zusammen.«

»Dann war vielleicht er es, der dich angerufen hat?«

»Möglich.«

Mein iPhone klingelte. Es war Wendell Volek von der NASA. »Möchtest du dir ansehen, was ich auf dem Video gefunden habe, das du mir gegeben hast?«

67. KAPITEL

Freitag, 10.49 Uhr

Brian hatte eine ruhelose Nacht verbracht, weil er zu aufgedreht gewesen war, um Schlaf zu finden. Zu wütend auf sich selbst, weil er die Kontrolle über diesen alten Knacker verloren hatte. Er tigerte in dem »sicheren Haus« herum, bis er irgendwann ins Bett kroch, um sich schlaflos hin und her zu wälzen, schließlich wieder aufzustehen und von Neuem auf und ab zu gehen. Nicht einmal ein halbes Dutzend Flaschen Bier und Hunderte von Sit-ups und Push-ups hatten geholfen.

Als der Himmel sich allmählich aufhellte, streckte er sich auf dem Sofa aus, schloss die Augen und konzentrierte sich darauf, tief und langsam ein- und auszuatmen. Es war eine der Beruhigungstechniken, die Hublein ihn gelehrt hatte, aber sie half nur selten.

Er merkte erst, dass er irgendwann doch eingeschlafen war, als ein elektronisches Geräusch ihn weckte. Im ersten Augenblick völlig verwirrt, setzte er sich auf und blickte ganz von selbst auf sein Handgelenk. Keine Uhr. Verdammt. Er hatte sie auf dem Nachttisch liegen gelassen, als er fluchtartig sein Apartment verlassen hatte. Das Handy zirpte erneut, und er hob es vom Boden auf, wo er es hingeworfen hatte.

»Hallo.«

»Ich habe, was Sie brauchen.«

»Jetzt?«

»Nur die Ruhe«, sagte der Anrufer. »Habe ich Ihnen nicht gesagt, dass ich es heute bekomme?«

Brian war schlagartig hellwach. »Wann?«

»Heute Abend.«

»Bringen Sie es her?«

»Nein. Wir treffen uns im Institut. Gegen halb acht, würde ich sagen.«

»In Dr. Hubleins Praxis?«

»In der Tiefgarage. Dort wird es ruhig sein, und wir müssen keine neugierigen Blicke fürchten.«

»Und das Mittel haben Sie dabei?«

»Natürlich. Außerdem wird es Zeit, dass wir uns persönlich kennenlernen und ein paar noch offene Probleme lösen.«

»Dr. Hublein?«

»Und Wexlar. Nachdem Sie bekommen haben, was Sie brauchen, gehören sie Ihnen. Es ist alles vorbereitet.«

»Wie?«

»Das erkläre ich Ihnen heute Abend.«

»Und Walker?«

»Den kriegen Sie auch. Ich sagte doch, es ist alles vorbereitet.«

*

Pearce unterbrach die Verbindung und warf einen Blick auf die Uhr. Bald war es so weit. Er lehnte sich im Sessel zurück und rieb sich den Nacken.

Für ihn war Warten mit einer Art Hassliebe verbunden. Es zehrte an seinen Kräften, schwächte ihn und brachte seine Entschlossenheit ins Wanken, erforderte aber auch Disziplin, Geduld und Selbstbeherrschung – also all die Eigenschaften, die ihn von anderen unterschieden. Ein paar Stunden? Kein Ding. Einmal hatte er ganze fünf Tage in einem irakischen Wüstenloch gehockt, um einen General der Republikanischen Garde auszuschalten. In diesem beengenden Büro herumzusitzen war wie ein Fronturlaub dagegen.

Außerdem war das Ende nah. Natürlich traute er Smithson nicht – er traute niemandem wirklich –, aber was blieb ihm anderes übrig? Smithson hatte ihm gewissermaßen den Hintern gerettet. Ohne ihn wäre er heute ein Laufbursche im Pentagon. Oder Schlimmeres.

Er empfand eine Art widerstrebender Bewunderung für diesen Mann. Smithsons Tatkraft und Entschlossenheit waren ebenso wenig von der Hand zu weisen wie seine konspirativen und planerischen Fähigkeiten. Was Pearce jedoch immer wieder verblüffte, war Smithsons prompter Zugang zu Informationen. Im Nullkommanichts kam er an alle möglichen Daten heran. Seine Recherchen über Kurtz, Hublein, Wexlar, über jedes einzelne der Opfer, sogar über Dub Walker, waren sehr genau und komplett gewesen. Jede Anfrage, die Pearce ihm schickte, wurde innerhalb von Stunden, wenn nicht Minuten beantwortet.

Pearce wusste, dass Smithson einen Doktortitel in Chemie besaß. Außerdem war er sein halbes Leben lang bei der Armee gewesen und hatte es bis zum Colonel gebracht. Danach war er ins Zivilleben zurückgekehrt – und zu einem sehr viel höheren Einkommen. Inzwischen Geschäftsführer der Danko-Meyer Pharmaceuticals, schien er nun in einer Art Pisswettbewerb mit Spellman Pharmaceuticals zu stehen. Jeder versuchte, der Erste zu sein, der ein neues Medikament gegen PTBS herausbrachte, ein großes, sich zunehmend vergrößerndes gesundheitliches Problem. Wer hier das Rennen gewann, kassierte das ganz große Geld.

Hublein war durch das PTBS-SAP-Projekt an Spellmans neues Medikament gebunden, während Smithson Spellmans Studie und ihr neues Medikament ruinieren wollte.

Und hier kam Harold Pearce ins Spiel.

Nachdem Smithson ihn aus der Armee geholt und dadurch vor einer Karriere ohne Aufstiegsmöglichkeiten bewahrt hatte, war es ihm gelungen, ihn bei Spellman einzuschleusen. Pearce hatte keine Ahnung, wie Smithson das zuwege gebracht hatte, vermutete aber, dass der Mann eine ganze Reihe eigener Leute bei Spellman hatte. Jedenfalls hatte Spellman Pharmaceuticals Smithson als Projekt-Sicherheitsbeauftragten eingestellt und ihm dann ausgerechnet *dieses* Projekt übertragen, um Mitbewerber-Spionage zu verhindern und für die Geheimhaltung des neuesten Spellman'schen Medikaments zu sorgen. Damit hatten sie den Bock zum Gärtner gemacht. Die Ironie des Ganzen war, dass Spellman Pharmaceuticals Smithson ein saftiges Gehalt zahlte und absolut keine Ahnung hatte, dass Pearce ihr schlimmster Gegner war. Man konnte Smithsons Dreistigkeit nur bewundern.

Sobald Pearce ihm sämtliche Unterlagen über die Studie beschafft hatte, filterte Smithson Brian Kurtz und noch ein paar andere Teilnehmer als Störenfriede heraus. Und jetzt waren sie nur noch ein paar Stunden davon entfernt, die ganze Sache hochgehen zu lassen. Sowie die Polizei herausfand, dass Hankins, Hay, Swenson und Kurtz alle mit demselben Medikament behandelt wurden, einem Psychopharmakon, von dem bekannt war, dass es in hohen Dosen Gewalttätigkeit hervorrufen konnte, würde ihnen buchstäblich die Scheiße um die Ohren fliegen. Spellman würde fallen, und Smithson würde den Preis einheimsen.

Pearce öffnete den weichen schwarzen Lederbeutel, nahm die Phiole heraus und hielt sie unters Licht, um sich die bernsteinfarbene Flüssigkeit darin anzuschauen. Sie sah aus wie die anderen, aber er wusste, dass sie grundverschieden war.

Alle fünfundzwanzig Teilnehmer der Studie hatten stets die gleiche Dosis des Medikaments erhalten. So verlangte es das Protokoll. Nur hatte Pearce in den letzten drei Monaten die für die vier ausgewählten Personen vorgesehenen Phiolen durch andere ersetzt, die genauso aussahen, aber die dreifache Dosis des Medikaments enthielten. Hublein hatte sie den vier Männern jede Woche gewissenhaft gespritzt, wie das Protokoll es vorschrieb, ohne Verdacht zu schöpfen.

Der Austausch der Phiolen war ebenso leicht gewesen, wie das Blut der vier Probanden gegen »saubere« Proben auszutauschen – Blutproben, die die erwartete Konzentration des Medikaments aufwiesen, statt der toxischen Menge, die jetzt auch durch Brian Kurtz' Adern floss. Und der sonst so kluge Hublein hatte keinen Schimmer davon.

Hankins und Hay waren völlig durchgedreht und dumm genug gewesen, sich von der Polizei erschießen zu lassen. Pech gehabt, dachte Pearce. Aber er hatte bei den beiden immer schon ein ungutes Gefühl gehabt. Bei Swenson hatte es besser ausgesehen, doch auch er war schließlich ausgeflippt und abgehauen, und Pearce hatte ihn eliminieren müssen. Er lächelte bei dem Gedanken, dass die Cops noch immer nach Swenson suchten, obwohl er längst unter der Erde lag, weit weg, wo niemand nachsehen würde.

Brian Kurtz dagegen hatte sich als das perfekte Versuchskaninchen erwiesen.

Pearce drehte die Phiole zwischen Daumen und Zeigefinger. Diese letzte, finale Dosis enthielt nicht nur eine gewaltige Menge der Arznei, sondern auch genug Amphetamine, um Brian garantiert den letzten Rest seines Verstands zu rauben. Pearce musste ihm nur die Spritze geben, ihn auf Hublein und Wexlar hetzen und Walker einen Hinweis geben. Dann konnten die Spiele beginnen.

Mit einem wutentbrannten Brian konfrontiert, würden die beiden braven Doktoren und Walker keine Chance haben. Die Polizei würde tun, was sie immer tat: zuerst schießen und dem

Toten später eine Waffe unterschieben. Hubleins Akten und Brians Autopsie würden das gesamte Projekt auffliegen lassen und Hublein und Spellman zu Fall bringen, und Smithson würde einen Riesenreibach machen.

Und Pearce die Taschen füllen.

Er konnte schon fast die reine Seeluft von Tahiti riechen.

68. KAPITEL

Freitag, 11.16 Uhr

T-Tommy und ich passierten die Sicherheits-Checks auf dem Redstone Arsenal und wurden wie schon beim letzten Mal zum Hauptquartier der NASA eskortiert. Auch Dr. Wendell Volek trafen wir im selben Konferenzraum wie zuvor.

Volek kam gleich zur Sache. Nachdem er ein paar Tasten auf seinem Mac-Laptop angeschlagen hatte, erschien eine Videoaufnahme auf dem riesigen Bildschirm, der eine ganze Wand einnahm. Es war das Video, das ich schon gesehen hatte, als wir das letzte Mal hier gewesen waren, nur war es jetzt viel schärfer und heller. Die an der Decke angebrachte Überwachungskamera in der Eingangshalle des Russel Erskine Hotels war auf die reich verzierte Treppe gerichtet. Ein Mann trat ins Bild und eilte die Treppe hinauf, immer zwei Stufen auf einmal nehmend, um dann aus dem Bild zu verschwinden, als die Treppe eine Biegung machte.

Volek ließ die Videosequenz ein paar Mal laufen und befasste sich dann wieder mit der Tastatur. Jetzt kam derselbe Mann die Treppe herunter und bewegte sich aus dem Bild. Auch diese Sequenz ließ Volek ein halbes dutzend Mal durchlaufen. Wieder schlug er ein paar Tasten an, und eine Reihe von Standbildern erschien; die meisten waren Nahaufnahmen vom Kopf des Mannes. Auf dem letzten Bild war ein teilweises Profil zu sehen, als der Mann sich dem Fuß der Treppe näherte. Volek ließ das Bild zur Ansicht stehen.

»Hier ist das bereinigte Rohbild. Die Aufnahme gewährt uns

den einzigen Blick auf einen Teil seines Gesichts. Nichts Großartiges, aber das Beste, was wir haben.« Das Keyboard klickte wieder unter seinen flinken Fingern. »Nach ein paar Tricks und Kniffen hatten wir dann das hier.«

Das Foto nahm eine verblüffende Klarheit an. Die Gesichtszüge waren jetzt deutlicher und kontrastreicher. Der Mann war Kurtz. Ohne jeden Zweifel. Die Form seines Kinns, die Nase, die schmalen Lippen. Genau wie auf den erkennungsdienstlichen Fotos, die ich von ihm gesehen hatte.

Ich blickte T-Tommy an.

»Das ist er«, sagte er. »Brian Kurtz, unser Hauptverdächtiger.«

»Die Uhrzeit auf dem ersten Bild, nachdem ich sie so gut wie möglich rekonstruiert hatte, ist fünf nach eins«, erklärte Volek. »Plus/minus ein paar Minuten. Der Mann kam also nach ungefähr einer halben Stunde wieder herunter. Zweiunddreißig Minuten, um genau zu sein.« Wieder schlug er ein paar Tasten an. »Und das hier war fünfundvierzig Minuten früher, gegen zwölf Uhr zwanzig.«

Ein anderer Mann, kleiner, aber ebenfalls in Jacke und Baseballmütze, eilte die Treppe hinauf und nahm sogar jeweils drei Stufen auf einmal. Also eindeutig kein Bewohner des Seniorenheims.

»Und das ist hier sechs Minuten später.«

Derselbe Mann kam die Treppe herunter und verschwand außer Sicht. Er hielt den Kopf gesenkt und eine Hand vor seinem Profil, damit die Kamera es nicht erfassen konnte.

»Er wusste, dass dort eine Überwachungskamera war«, sagte ich. »Und er wusste auch, *wo* sie war.«

»Verdammt!«, stieß T-Tommy hervor. »Kurtz hat also doch einen Helfer.«

Ich schaute ihn an. »Dieser Kerl steht mit Hublein in Verbindung.«

»Was willst du damit sagen?«

Zeit zu beichten. »Ich habe mir Hubleins Labor angeschaut. Mit Claire zusammen. Gestern Nacht.«

»Deshalb also weißt du von den anderen? Hankins, Hays und Swenson?«

Ich nickte. »Dieser Typ auf dem Video hier, er war dort. Glaube ich zumindest. Die gleiche Größe, der gleiche Gang. Er kam herein und holte etwas aus dem Kühlschrank, das wie eine mit gelblicher Flüssigkeit gefüllte Spritze aussah.«

»Für Kurtz?«

»Jede Wette.«

»Aber wieso?«

Darauf hatte ich leider keine Antwort.

Volek ließ nacheinander mehrere Standbilder des Kopfes erscheinen, doch auf keinem war das Gesicht zu erkennen. »Tut mir leid. Es war kein Bild dabei, mit dem ich arbeiten konnte.«

69. KAPITEL

Freitag, 18.41 Uhr

»Auf was hast du dich da eingelassen?«

Es war Drew Miller. Der Anruf, auf den ich bereits gewartet hatte.

»Wie meinst du das?«, fragte ich.

»Dieses RU-1193 ist verdammt heftiges Zeug.«

Ich konnte spüren, wie sich mir die Nackenhaare aufrichteten, und blickte über den Tisch zu Claire und T-Tommy. Claire hatte ihren Bericht schon vorher aufgenommen. An manchen Abenden tat sie das, während sie an anderen live auf Sendung ging. Wir hatten ihn vor ein paar Minuten gesehen, als wir draußen auf der Gartenterrasse unser Abendessen aus Pizza und Bier beendeten. T-Tommy wartete auf einen Anruf von Richter Feigler wegen eines Durchsuchungsbeschlusses für Hubleins Praxis. Er hatte bereits ein Team in Bereitschaft.

»Erzähl mir alles darüber«, sagte ich.

»Das Mittel wird in sechs Kliniken erprobt. In der bei euch und in fünf weiteren in L.A., Chicago, Dallas, Miami und Boston. Fünfundzwanzig Probanden an jedem Ort. Die Studien laufen seit ungefähr einem Jahr. Sie wurden alle von den Nationalen Gesundheitsinstituten genehmigt und von Spellman Pharmaceuticals finanziert.«

»Soweit ich weiß, handelt es sich um ein Benzodiazepin, und die Studien werden mit PTBS-Patienten durchgeführt.«

»Genau. Dieses Medikament und ein anderes, das von Danko-Meyer hergestellt wird, scheinen die aussichtsreichsten zu sein. Diese beiden Pharma-Unternehmen liefern sich ein erbittertes Rennen, wer sein Präparat zuerst auf den Markt bringt. Wer gewinnt, wird das erste echte Medikament gegen PTBS haben.«

»Das Millionen wert sein wird.«

»Billionen, Dub. PTBS ist ein Problem, ein immer größeres Problem. Nicht nur für Irak-Veteranen, auch für Menschen in allen möglichen aufreibenden Situationen.«

»Und was ist dann das Problem?«

»RU-1193 ist ein Derivat eines Arzneimittels, das vor vielen Jahren von der US Army getestet wurde. Es wurde RU-1186 genannt. Es war auch für PTBS gedacht, erwies sich aber nicht als besonders effektiv.«

Ich rieb mir die Schläfen. »Und jetzt kommt der Teil, der mir nicht gefallen wird, nicht wahr?«

»Scharfsinnig wie immer. Beide Medikamente sind synthetische Präparate. Die Army begann mit ihren Forschungen zu RU-1186 in den frühen Neunzigern. Als sie im Verlauf der Studien von Ratten zu Pavianen übergingen, lief die Sache aus dem Ruder. Nach einigen Monaten wurden die Paviane feindselig und territorial, rissen sich gegenseitig in Stücke und töteten sogar einen Laborarbeiter. Daraufhin beendete die Army das Projekt.«

»Anscheinend ist das aber noch nicht das Ende der Geschichte«, sagte ich.

»Vor einigen Jahren wurden verschiedene Änderungen an RU-1186 vorgenommen, und das Pentagon führte Studien mit menschlichen Versuchspersonen durch. Diese Leute waren Insassen aus Militärgefängnissen, denen das modifizierte Medikament in niedrigeren Dosierungen verabreicht wurde. Die Ergebnisse waren besser. Anfangs jedenfalls. Die PTBS-Symptome bei den Probanden ließen nach. Sie litten weniger unter Kopfschmerzen, Schlaflosigkeit, Unruhe, Depressionen und dergleichen. Doch anscheinend wurden die Männer etwa fünf Monate nach Beginn der Studie extrem streitsüchtig und aggressiv. Einer von ihnen tötete zwei andere mit einem Besenstiel.«

»Und dann?«, fragte ich.

»Wieder zurück ins Labor, ein paar Molekularkorrekturen mehr, und RU-1193 war geboren. Es schnitt besser ab bei Tierversuchen und den anfänglichen Studien mit menschlichen Versuchspersonen. Und jetzt ist diese Phase-Drei-Studie im Gange.«

»Weißt du etwas von Problemen in irgendwelchen der anderen Kliniken?«

»Zum Beispiel?«

»Gewalttätiges Verhalten.«

»Habt ihr es dort damit zu tun?«

Ich gab ihm einen kurzen Überblick über die Morde. Er hörte schweigend zu und sagte dann: »Das größte Problem mit diesen beiden Medikamenten ist die Dosierung. Die Wirkstoffe sammeln sich im Organismus an, und wenn die Pegel im Blut steigen, erhöhen sich auch die Nebenwirkungen, insbesondere die Neigung zur Gewalttätigkeit.«

»Welche sonst noch?«

»Paranoia, Wutanfälle, Zorn, Kopfschmerzen, Schlaflosigkeit … das Übliche.«

»Dann hat es also keine Probleme in den anderen Kliniken gegeben, soweit du weißt?«

»Ich habe nichts dergleichen gehört, aber auch nicht ausdrücklich danach gesucht. Ich kann aber ein paar Anrufe machen. Mal sehen, was ich in Erfahrung bringe.«

»Exponier deshalb aber nicht zu sehr.«

»Du kennst mich. Ich überlebe schon lange da draußen.«

Ich dankte Drew für seine Hilfe und versprach, ihn zu unterrichten, falls ich etwas Neues herausfand. Er versprach mir, das

Gleiche zu tun. Dann beendeten wir das Gespräch, und ich erzählte T-Tommy und Claire, was Drew gesagt hatte.

T-Tommy fuhr sich mit den Fingern durchs Haar. »Also hat Kurtz dieses Zeug über mehrere Monate bekommen. Er flippt aus und bringt Mike und die anderen um. Das taten auch die anderen drei Kerle. Und offenbar gibt es noch fast zwei Dutzend weitere wie Brian Kurtz da draußen.«

»Das bringt es mehr oder weniger auf den Punkt«, sagte ich.

T-Tommy stand auf. »Scheiß auf den Durchsuchungsbescheid. Ich glaube, es wird Zeit, dass wir Hublein einen weiteren Besuch abstatten.«

70. KAPITEL

Freitag, 19.28 Uhr

Vor einer halben Stunde hatte Harold Pearce Hublein zu Hause angerufen und ihm gesagt, er und Wexlar müssten auf der Stelle die Akten vernichten, da die Polizei wisse, wo Brian sei und seine Verhaftung unmittelbar bevorstehe. Hublein geriet außer sich und tickte aus.

Perfekt!

Jetzt stand Pearce im Schatten der Tiefgarage des Instituts und trank den Rest einer Flasche Wasser. Nachdem er die Plastikflasche weggeworfen hatte, schnallte er sein Sykes-Fairbairn-Kampfmesser an seiner linken Wade fest und steckte seine 9-mm-Beretta hinten unter den Hosenbund.

Die graue Limousine kam die Rampe hinauf und bog in eine Parklücke direkt gegenüber der Stelle ein, wo Pearce im Dunkeln stand. In schwarzer Hose und schwarzem T-Shirt, dessen dünner Stoff sich über den Brust- und Armmuskeln spannte, stieg Brian aus und schaute sich um.

Pearce löste sich aus dem Schatten und trat unter eines der Deckenlichter »Hallo, Brian.«

Brian blieb stehen, starrte ihn einen Moment lang an und ging dann auf ihn zu.

Pearce zog den Reißverschluss des Lederbeutels auf, nahm die Spritze heraus und hob sie hoch. »Ist es das, was du brauchst?«

»Ich will immer noch wissen, wer Sie sind.«

»Der Mann, der dir das beschaffen kann«, erwiderte Pearce gedehnt, während er die Spritze zwischen Daumen und Zeigefinger drehte. »Der Mann, der dir Walker liefern kann. Und Hublein und Wexlar. Immerhin sind sie die Verantwortlichen. Die Wut, die in dir lebt … du weißt, dass Hublein sie dort eingepflanzt hat.«

»Und was ist, wenn ich die Macht liebe, die mir diese Wut verleiht?«

Pearce nickte. »Wut kann sehr machtvoll sein. Lebenswichtig. Süchtig machend. Aber was ist, wenn sie dir entgleitet? Wenn du die Kontrolle verlierst?«

»Vielleicht gefällt mir das ja auch.«

Der Mann lachte leise. »Das weiß ich. Aber du bist benutzt worden. Von Hublein und von Wexlar. Ich kann dir helfen, alles wieder in Ordnung zu bringen.«

»Der Einzige, von dem ich weiß, dass er mich benutzt, bist du. Warum interessiert dich, was ich tue? Was hast du davon?«

»Warum muss ich etwas davon haben?«

»Weil niemand etwas umsonst tut.« Brian ließ seinen Nacken rollen, als wollte er dort einen Knoten lockern.

Pearce lächelte. »Stimmt.«

»Also? Was willst du?«

»Wir sind uns doch einig, dass ich dir helfen will, oder?« Er wartete nicht auf Brians Antwort. »Ich habe dir Rückendeckung gegeben. Die Waffe. Die unverschlossenen Türen und offenen Fenster. All die Informationen, Wegbeschreibungen und … na ja, so gut wie alles eben. Ich habe dir die Arbeit leicht gemacht. Und jetzt will ich, dass du etwas für mich erledigst. Etwas, das du sehr genießen wirst.«

»Was?«

»Mir liegt genauso viel daran, dass Hublein und Wexlar von der Bildfläche verschwinden, wie dir. Vielleicht sogar noch mehr.«

»Warum?«

»Das ist unwichtig, aber wenn du es tust … ich meine, wenn du dich um sie kümmerst … wirst du einen unerschöpflichen Vorrat von dem hier haben«, versprach er und hielt die Spritze ins Licht.

»Woher weiß ich, dass ich dir vertrauen kann? Ich kenne dich ja nicht einmal.«

»Weil ich dir geholfen habe. Kannst du dasselbe von Hublein sagen? Oder hat er dir etwa nicht den Stecker rausgezogen?«

Brian biss die Zähne zusammen. Pearce konnte beinahe die Hitze spüren, die von ihm ausging.

»Woher soll ich wissen, dass du das Medikament beschaffen kannst? Vielleicht ist diese Spritze da ja alles, was du hast.«

»Ich sagte dir doch schon, dass ich Beziehungen habe.«

»Was für Beziehungen?«

»Dieselben, die es mir ermöglichen, so viel zu wissen. Um dir zu helfen.« Er hielt die Spritze hoch. »Bereit?«

Brian zog den elastischen Bund seiner Hose hinunter und wandte Pearce eine Hüfte zu. Pearce stieß die Nadel tief in den Muskel und drückte den Kolben hinunter.

Brian zog seine Hose hoch und wandte sich wieder dem Mann zu, von dem er nicht einmal wusste, wie er hieß. Er wollte etwas sagen, doch mit einem Mal schienen die Worte in seiner Kehle festzustecken. Seine Pupillen erweiterten sich, bis das Blau in seinen Augen nur noch stecknadelkopfgroße Punkte waren. Seine Brust hob und senkte sich, Schweißperlen bedeckten sein Gesicht, und seine Kiefermuskeln zogen sich zusammen. Er schrie auf, umklammerte mit beiden Händen seinen Kopf.

»Was hast du mir gegeben?«, rief er.

Pearce wich zurück, war aber zu langsam. Brian stürzte sich auf ihn und stieß ihn so hart mit den flachen Händen gegen die Brust, dass Pearce ins Taumeln geriet und stürzte. Er sprang auf, fing sich aber einen krachenden Faustschlag gegen das Kinn ein, der ihn erneut ins Schwanken brachte. Pearce griff nach seiner Pistole, doch als er die Waffe zog, traf Brians Faust seinen Unterarm mit solcher Wucht, dass ihm die Waffe entglitt und scheppernd über den Boden rutschte.

Pearce versetzte Brian einen Handkantenschlag unters Kinn, der seinen Kopf zurückschnellen und seine Zähne aufeinanderkrachen ließ. Brian fiel auf die Knie. Er versuchte, Pearce zu packen, aber der wich blitzschnell aus und trat Brian zwischen die Rippen. Dann tänzelte er zurück, holte erneut mit dem Fuß aus und zielte dieses Mal auf Brians Kopf. Brian konnte den Tritt jedoch halb abwehren, sodass er ihn nur am rechten Ohr traf. Mit einem schrillen Aufschrei packte er Pearce am Fußknöchel und riss ihn in die Höhe. Pearce verlor das Gleichgewicht und stürzte.

Brian war sofort auf ihm und traktierte sein Gesicht mit den Fäusten. Rechts, links, rechts, links. Pearce wehrte die meisten Schläge ab und brach Brian mit schnellen Hieben ans Kinn und die Kehle beinahe das Genick. Brian fuhr zurück, griff sich an die Gurgel und rang röchelnd nach Atem.

Pearce griff in Brians Haar und zerrte ihn ruckartig nach links, während er sich selbst nach rechts rollte und sich aus Brians Griff befreite. Dann bekam er sein Kampfmesser zu fassen, dessen Karbonstahl ein sirrendes Geräusch machte, als er es aus der Scheide riss.

Brian stand auf. Sein Gesicht war eine Maske blindwütigen Hasses. »Ich bring dich um!«

»Ich bin nicht der Feind …«

Brian stürzte sich auf ihn, aber Pearce duckte sich gerade noch schnell genug. Er holte mit dem Messer aus und versuchte, Brian die Klinge in den Bauch zu rammen. Doch Brian blockte den Hieb ab und entwand Pearce das Messer, indem er ihm den Unterarm verdrehte.

Pearce spürte, wie sein Arm dem Druck entgegenwirkte, dann

barst der Knochen, und rasender Schmerz durchfuhr ihn. Pearce brach schreiend zusammen. Sofort warf Brian sich auf ihn. Unbeeindruckt von den wuchtigen Schlägen, die Pearce ihm ins Gesicht hämmerte, drückte er ihm mit einer Hand die Kehle zu und stieß ihm mit der anderen das Messer tief in die Brust, zog es sogleich wieder heraus und rammte es ihm bis ans Heft in den Unterleib. Dann griff er dem Gegner ins Haar und zog sein Gesicht ganz dicht zu sich heran. »Wer zum Teufel bist du?«

»Niemand ...«, keuchte Pearce.

»Verarsch mich nicht. Wer *bist* du?«

Pearce spürte, wie das Messer sich noch tiefer in seine Eingeweide bohrte. »Leck mich!«

Brian zog das Messer heraus und trieb es Pearce zwischen die Rippen.

Pearce hustete. Blutiger Schaum quoll ihm aus dem Mund. Brennender Schmerz flammte in seiner Brust, als Brian das Messer noch tiefer hineintrieb und die Klinge drehte.

»Du bist sowieso schon tot«, stieß er hervor. »Also sag mir, wozu du hier bist.«

Pearce' Atemzüge ließen den roten Schaum vor seinem Mund blubbern. Harold Pearce lag im Sterben, und er wusste es. Aber er war Soldat. Das war es, was ihn ausmachte. Es war alles, was er war und je gewesen war. Er hatte Dutzende von Missionen ausgeführt, die ihn das Leben hätten kosten können. Dieses Risiko brachte der Job nun mal mit sich, und er nahm es in Kauf, wie jeder gute Soldat.

Doch er würde nicht sterben, ohne seine Mission beendet zu haben. Wenn er Brian auf Hublein hetzte, würde alles auffliegen. Genauso, wie Smithson es ihm aufgetragen hatte.

Sir. Mission erfüllt, Sir.

»Hublein ...« Pearce' Stimme war kaum mehr als ein Gurgeln. »Wexlar ... die beiden sind es, die du willst.« Pearce hustete und bespritzte Brians Brust mit Blut. »Sie sind … oben.« Von heftigem Schmerz geschüttelt, hustete er wieder. »Um ihre Taten … zu vertuschen.«

Brian sprang mit einem wütenden Aufschrei auf und trat gegen das Messer, das noch aus Pearce' Unterleib ragte. Es schoss aus der Wunde und schlitterte über den Boden. Pearce stöhnte, krächzte irgendetwas, rang nach Atem. Brian trat ihm ins Gesicht und stürmte auf die nächste Treppenhaustür zu.

Neun-eins-eins. Neun-eins-eins, wiederholte Pearce im Geiste die Zahlen. Sie waren der letzte Teil seiner Mission. Mit zitternden Händen zog er sein Handy aus der Tasche. Er hatte alle Mühe, das Display zu sehen, schaffte es aber schließlich, die drei Zahlen einzugeben. Ein heftiges Beben durchlief seinen Körper, als feuchte Kälte Besitz von ihm ergriff.

»Neun-eins-eins. Um was für eine Art von Notfall geht es?«

»Hublein.« Pearce hustete, was den Schmerz in seiner Brust noch verschärfte. »Dr. Robert … Hubleins … Praxis.«

»Könnten Sie lauter sprechen? Ich kann Sie kaum hören.«

Pearce nahm seine letzte Kraft zusammen. »Dr. Hubleins Praxis … Schicken Sie die Polizei.«

Die Lichter erloschen, und Harold Pearce versank in undurchdringlicher Finsternis.

71. KAPITEL

Freitag, 19.38 Uhr

Im Licht der Scheinwerfer sah ich in einer großen Blutlache einen Mann auf dem Boden der Tiefgarage liegen. Ich riss das Steuer herum, stellte den Porsche auf einen freien Parkplatz, stieg aus und sagte Claire, sie solle im Wagen bleiben. T-Tommy parkte direkt neben mir.

Ich kniete mich neben den Mann. Um die vierzig, kantiges Kinn, kurz geschnittenes Haar, kräftiger Körperbau. Es war der Mann, den ich gestern Nacht im Labor gesehen hatte. Und heute auf dem Video.

Ich tastete nach seinem Puls am Nacken. Er war schwach, und auch der Atem des Mannes war kaum mehr als ein Hauch.

»Hey, Mister«, sagte ich und drückte seine Schulter. Keine Reaktion. Ich zog mein iPhone aus der Jackentasche und gab die 911 ein. Eine Telefonistin meldete sich. Ich nannte ihr meinen Namen und bestellte einen Rettungswagen an die Adresse, die ich ihr anschließend durchgab.

»Wir haben gerade einen Anruf von dort erhalten«, sagte die Frau. »Polizei und Notarzt sind schon dorthin unterwegs.«

»Was sagen Sie da?«

»Ich glaube, der Anrufer hat nicht aufgelegt.« Ich hörte sie eine Kollegin namens Martha fragen, ob die Verbindung noch stand. Dann sagte sie zu mir: »Ja, wir haben ihn noch. Er spricht von einem Mobiltelefon.«

Als ich mich umblickte, sah ich ein halb unter dem Mann verborgenes Handy. Ich zog es heraus und sprach darauf weiter.

Sofort hatte ich Martha in der Leitung. »Okay, wir sind vor Ort. Wann wird die Ambulanz hier eintreffen?«

»Sie müsste jeden Moment bei Ihnen sein. Sie sind vor vier Minuten losgefahren.«

Aus der Ferne konnte ich schon das Heulen der Sirenen hören. Ich beendete rasch die beiden Gespräche, schob mein Handy in die Tasche und legte das andere wieder neben den Verletzten. Dann zerriss ich sein blutiges Hemd, streifte es ihm ab und zerknüllte es, um es auf seine Bauchwunde zu drücken. »Tut mir leid, aber ich muss versuchen, die Blutung zu stillen«, sagte ich.

T-Tommys Mobiltelefon klingelte. Er nahm den Anruf entgegen und lauschte eine Minute, ehe er das Handy wieder zuklappte. »Das war Abe. Vom Telefon des Mörders wurde gerade die neun-eins-eins gewählt. Irgendwo hier in der Nähe.«

Ich nickte zu dem Handy des Mannes. »Das ist es.«

»Bist du sicher?«

»Ja.«

T-Tommy zeigte auf den Boden. »Und was ist *das* da?«

»Sieht aus wie die Spritze, die ich gestern Nacht gesehen habe. Und er ist der Bursche, der in dem Labor war.« Ich beugte mich zu dem Mann hinunter. »Wie heißen Sie?«

»Pearce …« Er brachte das Wort kaum über die Lippen. Blutiger Schaum stand ihm vor dem Mund, und er zuckte vor Schmerz zusammen, als er hustete. »Ich … arbeite hier.«

»Wie ist das passiert?«

»Kurtz. Brian … Kurtz.«

»Wo ist er?«

»Oben. Er wird … Hublein töten.«

Ich blickte zur Treppenhaustür. Erst jetzt sah ich die Blutstropfen, die in diese Richtung führten. Im selben Moment jagten zwei Streifenwagen und eine Ambulanz die Rampe hinunter und kamen mit quietschenden Reifen zum Stehen.

72. KAPITEL

Freitag, 19.43 Uhr

Als Brian das Vorzimmer betrat, drangen Stimmen und das unregelmäßige Geräusch einer Maschine durch die Tür zu Hubleins Büro. Brian zog seine Waffe – ohne Schalldämpfer diesmal, da niemand anderer in der Nähe war – und blieb vor der Tür stehen, um zu lauschen.

»Bist du sicher, dass wir alle Daten auf CDs haben?«, hörte er Hublein fragen.

»Hundertprozentig«, sagte Wexlar. »Spellman hat sie ebenfalls.«

»Okay. Lass uns die Sache zu Ende bringen, und dann nichts wie raus hier.«

In diesem Moment trat Brian durch die Tür. Die beiden Männer bemerkten ihn nicht; sie waren zu sehr damit beschäftigt, Beweise zu vernichten – die Beweise für das, was sie ihm angetan hatten. Hublein stand an seinem Schreibtisch, auf dem drei dicke Stapel Papiere lagen. Er reichte immer mehrere Seiten zugleich an Wexlar, der sie in einen Reißwolf steckte.

»Wo Pearce wohl bleibt?«, bemerkte Hublein. »Er müsste inzwischen hier sein.«

»Er wird nicht kommen«, sagte Brian.

Hublein und Wexlar fuhren herum. Ihre Augen weiteten sich vor Schreck.

»Brian … was tun Sie denn hier?«, stammelte Hublein.

»Überrascht, mich zu sehen?«

»Nein … ich …«

»Pearce hat es vermasselt. Er ist tot.« Brians Puls hämmerte in seinen Schläfen.

Hublein schrak zurück. »Was? Warum?«

»Ich hatte Glück, er nicht.« Brian hob die Waffe und zielte auf Hubleins Brust. »Ich fürchte, Sie werden auch kein Glück haben.«

»Brian, ich …«

»Halt die Klappe!«, brüllte er.

Wexlar trat auf ihn zu. »Hören Sie, Brian …«

Brian gab drei Schüsse ab, deren ohrenbetäubendes Krachen im Zimmer widerhallte. Die erste Kugel traf Wexlar mitten in die Brust, die zweite schlug nur Zentimeter links von der ersten in den Körper des Sterbenden ein, die dritte traf ihn im Gesicht, als er taumelnd auf den Reißwolf fiel und ihn dabei zu Boden stieß.

»Noch irgendwelche Kommentare?« Brian starrte Hublein durch den blauen Schießpulverdunst, der zwischen ihnen waberte, finster an.

Hublein hob abwehrend die Hände. »Brian, ich …«

In schneller Folge gab Brian drei weitere Schüsse ab, die Hublein alle in der Brust trafen. Den ersten beiden Kugeln hielt sein mächtiger Körper noch halbwegs stand, beim dritten Einschlag aber wankte er nach hinten und fiel rückwärts auf seinen Schreibtisch. Dabei warf er eine Messinglampe um, und ein Wasserfall von Papieren ergoss sich auf Wexlars leblose Gestalt.

*

Als ich die Treppenhaustür zum vierten Stock aufdrückte, sah ich, dass auch hier der Türgriff blutverschmiert war. Diesmal hatte ich daran gedacht, meinen .357er mitzubringen. Ich zog ihn aus der Jackentasche und ging den nur schwach erhellten Flur hinunter, den Claire und ich gestern Nacht auf Zehenspitzen entlanggeschlichen waren. Nachdem ich den Empfangsbereich durchquert hatte, folgte ich dem gegenüberliegenden Gang zu Hubleins Büro. Die Tür stand offen, Licht fiel auf den Korridor. Der unverwechselbare Geruch von verbranntem Schießpulver hing in der Luft. Nichts anderes auf Erden riecht so.

T-Tommy und ich gingen rechts und links der Tür in Stellung. Dann warf ich einen Blick in Hubleins Vorzimmer. Es war hell erleuchtet, aber leer. Vorsichtig schlichen wir weiter zu der offenen Tür, die in Hubleins eigenes Büro führte. Wieder spähte ich um die Tür herum ins Zimmer dahinter.

»O Gott!«

Hubleins blutüberströmter Körper lag rücklings über seinem Schreibtisch. Die ebenso reglose Gestalt eines kleineren Mannes lag unter Stapeln von Papieren und Akten. Ich untersuchte die Männer rasch, aber beide waren tot. Als ich mich aufrichtete und umdrehte, sah ich Kurtz mit gezogener Waffe hinter T-Tommy in der Tür stehen.

»Runter!«

Alles schien plötzlich wie in Zeitlupe abzulaufen. Die Waffe ruckte in Kurtz' Hand. Mündungsfeuer blitzte. Eine Rauchwolke breitete sich aus. T-Tommy ging zu Boden. Die Kugel pfiff an meinem Kopf vorbei und schlug mit einem dumpfen Aufprall in die Wand hinter mir ein. Dann ruckte die Waffe erneut. Diesmal schien der Knall lauter zu sein, und alles schien schneller abzulaufen.

Ich feuerte zweimal, aber Kurtz war bereits von der Bildfläche verschwunden. Ein Geschoss zersplitterte den Türpfosten. Wohin die andere Kugel ging, wusste ich nicht.

T-Tommy stemmte sich hoch und hielt sich mit einer Hand das blutende rechte Ohr. »Der verdammte Mistkerl hat mich angeschossen.« Er zog die Hand zurück. »Los! Komm weiter.«

Durch das Vorzimmer eilten wir auf den Flur zurück, gerade

noch rechtzeitig, um Kurtz ein paar Meter vor uns auf den Empfangsbereich zueilen zu sehen. Er drehte sich um und gab einen Schuss ab, aber die Kugel traf nur die Decke über uns. Erneut betätigte er den Abzug, aber diesmal war nur ein leises *Klick* zu hören.

Mit einem Wutschrei schleuderte er die Waffe nach uns, fuhr herum und verschwand durchs Foyer.

73. KAPITEL

Freitag, 19.51 Uhr

Als ich mich der Treppenhaustür am Ende des Flures näherte, hörte ich dort Kurtz' Schritte auf dem Weg nach unten. Ich stieß die Tür auf und lauschte. Nichts. Keine Schritte mehr. T-Tommy und ich rannten die Treppe hinunter zur nächsten Etage mit dem schablonierten Hinweis »Drei« darauf.

»Ich nehme die hier«, sagte ich. »Geh du eine weiter runter.«

Ich schlüpfte durch die Tür und drückte mich mit dem Rücken an die Wand, den .357er in den dunklen Flur gerichtet, der über die gesamte Länge des Gebäudes verlief. Das schwache Licht der Straßenlaternen entlang der Saint Clair fiel durch die Fenster auf der rechten Seite und ließ mehrere Türen an der gegenüberliegenden Wand erkennen.

»Brian?« Meine Stimme hallte durch den leeren Flur, gefolgt von einer Stille, in der ich nur mein eigenes schnelles Atmen und das Rauschen des Blutes in meinen Ohren hören konnte. »Brian, ich will Sie nicht verletzen. Ich weiß, was hier gelaufen ist. Es war nicht Ihre Schuld.«

Stimmte das? Seit Tagen konnte ich an nichts anderes denken, als diesen Kerl zu schnappen, mein Versprechen gegenüber Mike zu halten und diesen kranken Hurensohn aus dem Verkehr zu ziehen. Kurtz war wirklich krank. Er war nicht bloß irgendein Soziopath mit einem Kopf voller Würmer, dem nicht mehr zu helfen war. Nein, Kurtz war manipuliert worden; man hatte an seiner Psyche herumgepfuscht. Er konnte wiederhergestellt werden.

Oder nicht?

Nach allem, was er getan hatte – nach den Morden an Mike, den Kushners, den McCurdys –, gab es da wirklich noch ein Zurück für Brian Kurtz? Könnte sein Gehirn neu vernetzt und umgepolt werden?

Aber spielte das überhaupt eine Rolle? Hatte er diese Chance verdient?

»In ein paar Minuten werden jede Menge Cops hier sein. Sie können nicht entkommen. Geben Sie auf, dann finden wir vielleicht eine Lösung.«

Nichts.

Ich ging über den Flur zur ersten Tür und drehte den Türknauf. Verschlossen. Die zweite Tür war offen. Dahinter befand sich ein dunkles Zimmer. Ich betätigte den Schalter an der Wand. Ketten von Neonleuchten an der Decke flammten auf und erhellten ein Büro mit einem Schreibtisch und Bücherregalen. Ich schaltete das Licht schnell wieder aus, wartete, bis meine Augen sich umgewöhnt hatten, und ging dann weiter den Flur hinunter.

»Brian, hören Sie mir …«

Der Schlag traf mich am Hinterkopf und ließ mich taumeln. Der Revolver entglitt meiner Hand und fiel klirrend zu Boden. Ein zweiter Hieb traf mich am Kinn. Wieder schwankte ich, schaffte es aber, mich aufrecht zu halten, und hob die Fäuste, als er auf mich zukam. Mit der Rechten erwischte ich ihn an der Seite des Kopfes, was seinen Angriff jedoch nicht einmal verlangsamte. Ein Faustschlag in meinen Unterleib lähmte mich sekundenlang, und bunte Lichter blitzten grell vor meinen Augen auf.

Verdammt! Der Junge hat mehr Kraft, als ich dachte.

Ich traf ihn mit drei schnell aufeinanderfolgenden Hieben ins Gesicht. Er schien sie nicht einmal zu bemerken, während meine Knöchel höllisch brannten. Ich fing mir einen weiteren schweren

Schlag gegen die linke Seite meines Kopfes ein. Es war fast so, als bewegte ich mich in Zeitlupe, mit bleischweren Armen, noch schwereren Beinen und außerstande, die Hiebe abzuwehren, die jetzt folgten. Er traf mich, wie er wollte: an der rechten Wange, an der linken Schläfe, am rechten Auge, an der Kinnspitze … und dann fand ich mich auf allen vieren und nach Atem ringend auf dem Boden wieder.

Er stürzte sich auf mich, warf mir in einer einzigen Bewegung irgendetwas um den Hals und zog es straff. Ich griff nach dem, was mir die Kehle zudrückte. Es war dick und fühlte sich wie Leder an. Ein Gürtel. Es war unmöglich, auch nur einen Finger darunterzuschieben. Meine Lunge schrie nach Sauerstoff, und mein ganzer Körper wehrte sich verzweifelt gegen die Strangulierung.

Mein linker Arm, der uns beide stützte, zitterte immer heftiger. Ich wusste, wenn dieser Arm jetzt nachgab und ich dadurch in Bauchlage geriet, würde ich keine Hebelkraft mehr haben und war erledigt.

Wo bleibt T-Tommy …?

Ich versuchte, mich unter Brian zu winden und aufzubäumen, aber seine Kraft erwies sich als zu groß. Der Druck in meinem Kopf schien meine Augen aus den Höhlen zu quetschen. Das Zimmer drehte sich immer schneller um mich, und das Fenster über mir schien sich zu verbiegen und aufzulösen. Aus irgendeinem seltsamen Grund erinnerte es mich an ein Gemälde von Dalí.

Dann gab mein Arm nach, und ich brach zusammen und schlug mit der Stirn gegen den Boden. Nur noch von den Knien und der Stirn gestützt, wehrte ich mich mit aller Willenskraft dagegen, das Bewusstsein zu verlieren.

»Ich wünsch dir einen schönen Tod, Dub«, höhnte Kurtz und zog den Gürtel noch straffer.

Verzweifelt suchte ich nach einem Ausweg. Ich brauchte T-Tommy und die Kavallerie! Ich drehte und wand mich, aber es gelang mir einfach nicht, mich loszureißen. Meine Lunge brannte, mir wurde schwarz vor Augen, und meine Stirn und Knie schrien vor Schmerz.

So tu doch was, verdammt!

Ich schob die linke Hand in die Jackentasche, zog das Fläschchen Tabasco heraus und drehte mit dem Daumen den Schraubverschluss ab. Dann goss ich eine ordentliche Portion in meine hohle rechte Hand.

Brian beugte sich vor und flüsterte ganz dicht an meinem Ohr: »Auf Nimmerwiedersehen, Arschloch.«

Genau in dem Moment riss ich meine linke Schulter hoch und rammte sie ihm ans Kinn. Als er leicht zurückzuckte, stieß ich erneut mit der Schulter zu und schaffte es, mich weit genug zu drehen, um ihn mit der flachen rechten Hand ins Gesicht zu schlagen. Die scharfe Flüssigkeit spritzte ihm in Augen und Nase.

Schreiend sprang er auf und griff mit beiden Händen nach seinem Gesicht.

Ich stemmte mich auf alle viere, riss mir den Gürtel vom Hals und hielt einen Moment inne, um tief Luft zu holen. Kaum war ich wieder auf den Beinen, nahm ich all meine verbliebene Kraft zusammen und rammte ihm die Schulter gegen die Brust.

Er taumelte, ruderte wild mit den Armen, um das Gleichgewicht wiederzuerlangen, und stieß gegen das Fenster hinter ihm. Das Glas zersplitterte, der Aluminiumrahmen ächzte und zerbrach unter der Wucht seines Anpralls.

Mit einem irren Kreischen stürzte er durch das Fenster in die Tiefe.

74. KAPITEL

Freitag, 20.32 Uhr

Ich stand mit Claire sechs, sieben Schritte von der Stelle entfernt, wo Kurtz' regungsloser Körper lag. Tot wirkte er vollkommen normal, nicht wie die blutrünstige, irre Bestie, die er Minuten vorher noch gewesen war. Nicht wie das Monster, das Hublein erschaffen hatte. Ich hielt Claire fest an mich gedrückt und wollte sie nie wieder gehen lassen.

T-Tommy kam zu uns und klopfte mir auf die Schulter. »Alles klar?«

Meine Stimme war kaum mehr als ein Flüstern. »Geht so. Und bei dir?«

»Bis auf ein paar Kratzer bin ich okay.«

»Dub«, sagte Luther, als er auf uns zukam. »Gute Arbeit. Claire hat mich über die Operation ins Bild gesetzt. Gerade wenn man denkt, man hätte schon alles gesehen, geschieht so etwas.«

»Hört sich an, als müsstest du noch ein paar Dutzend Brian Kurtz finden.«

»Scotty und die Jungs sind schon dabei. Sie sind oben in Hubleins Büro und packen die verbliebenen Akten ein.«

»Was ist mit Pearce?«, fragte ich.

Luther schüttelte den Kopf. »Er hat's nicht geschafft.«

»Er war Kurtz' Partner.«

»Was macht dich so sicher?«

»Das Handy. Pearce hatte es. Er benutzte es, um neun-eins-eins anzurufen. Es ist dasselbe Handy, mit dem er mich angerufen hatte.«

Luther rieb sich die Stirn und schüttelte den Kopf. »Dann war Pearce also gewissermaßen Kurtz' Boss. Die Stimme der Vernunft.«

»So scheint es, ja.«

»Und wer war nun dieser Pearce?«, fragte T-Tommy.

Ich zuckte mit den Schultern. »Sicher bin ich mir nicht, aber ich würde mal einen Arzneimittelhersteller namens Danko-Meyer überprüfen. Sie waren die schärfsten Konkurrenten der Spellman Pharmaceuticals bei der Entwicklung eines neuen Mittels gegen PTBS. Spellman stellte das Medikament her, mit dem Kurtz und die anderen behandelt wurden.«

»Wie kommst du darauf?«

»Ich weiß es von einem Studienfreund. Er ist Wissenschaftler bei den Nationalen Gesundheitsinstituten.«

»Ein Arzneimittel-Wettbewerb? Ist es das wert?«

Ich nickte. »Milliarden, Luther. Es ist Milliarden wert.«

Luther schüttelte den Kopf. »Läuft es nicht immer nur auf Geld hinaus?«

Ich blickte T-Tommy an. »Lass uns zum Krankenhaus fahren, damit sie sich dein Ohr ansehen.«

»Ach, das ist nur ein Kratzer.«

»Tu mir den Gefallen.«

Der Channel-8-Übertragungswagen kam herangefahren. »Und ich muss jetzt arbeiten«, sagte Claire.

»Ich fahre mit T-Tommy zur Unfallstation«, sagte ich. »Lass dich dort absetzen, wenn ihr hier fertig seid.«

»Okay.«

»Anschließend kannst du mich nach Hause fahren und ins Bett bringen.«

»Das ist das beste Angebot, das ich heute bekommen habe«, sagte sie und gab mir einen Klaps auf den Allerwertesten.

75. KAPITEL

Montag, 11.32 Uhr

Es war der perfekte Tag für eine Beerdigung. Nieselregen fiel aus einem Himmel, der die Farbe von gehämmertem Zinn hatte, und eine kühle Brise kam von Norden her. Es fühlte sich überhaupt nicht wie ein Julitag an.

Mehr als einhundert Officers vom Huntsville Police Department und dem Sheriff's Department nahmen am Gottesdienst an Mike Savages offenem Grab auf dem Maple Hill Cemetery teil. Alle trugen Regenmäntel über ihren Uniformen und Schirme, auf die dicke Regentropfen trommelten. Mehrere der Männer, die im Laufe der Jahre mit Mike zusammengearbeitet hatten, T-Tommy, Luther und ich mit eingeschlossen, hielten eine Rede. Was nicht leicht war. Und nicht annähernd genug.

Als die Menge auf den Schutz ihrer Wagen zuströmte, blieb ich am Rand der rechteckigen Grube stehen und blickte auf den metallisch-grauen Sarg hinunter. »Wir haben die Schurken, alter Junge«, sagte ich leise. »Was immer es bringen mag, wir haben sie.« Dann ging auch ich zu dem Wagen, wo T-Tommy und Claire unter einem Schirm standen und auf mich warteten.

»Wie fühlst du dich?«, fragte Claire.

»Es ging mir schon mal besser.« Ich blickte mich noch einmal nach dem Grab um. Zwei Friedhofsarbeiter schaufelten Erde in die offene Grube. Ich wandte rasch den Blick ab, weil ich es nicht sehen wollte, und schaute T-Tommy an. »Habt ihr schon was Neues?«

»Wir haben sämtliche anderen Testpersonen lokalisiert. Bis

auf Robert Swenson. Gegen ihn liegt noch ein Haftbefehl wegen Mordes vor.«

»Was ist mit Kurtz' toxikologischer Blutuntersuchung? Hat sich da schon was ergeben?« Am Samstagmorgen hatten wir per Kurier Blutproben an die National Medical Services in Pennsylvania geschickt. Sie hatten versprochen, die Überprüfungen so schnell wie möglich vorzunehmen. Hilfreich war natürlich, dass sie wussten, wonach sie suchen sollten.

T-Tommy nickte. »Sie haben vor ein paar Stunden angerufen, kurz bevor ich herkam. Kurtz hatte extrem hohe toxische Konzentrationen dieses Medikaments in seinem Organismus – im Blut, in der Leber und im Muskelgewebe. Der Toxikologe meinte, um solche Pegel zu erreichen, müssten Kurtz über mehrere Wochen hinweg sehr hohe Dosen verabreicht worden sein. Vielleicht sogar noch länger. Es sieht so aus, als hätte Pearce die Dosierung und die Laborergebnisse manipuliert. Die Spritze, die am Tatort gefunden wurde, enthielt eine hohe Konzentration des Medikaments und eine beachtliche Menge Methamphetamin.«

»Warum sollte Pearce das tun? Was hätte er davon gehabt?«

»Scotty hat sich mit Pearce' Vorgeschichte befasst. Dazu musste er einige meiner Washingtoner Quellen nutzen. Ex-Geheimdienstler der US-Marine und ehemalige CIA-Agenten. Pearce hat im Zuge seiner Agententätigkeit jede Menge Mordanschläge verübt. Im Irak, Iran, in Bosnien, Nordafrika, sogar in Russland. Er war aber kein Teamplayer und kam nicht gut mit anderen aus. Hatte eine Handvoll Abmahnungen in der Akte. Einmal hat er sogar einen General verprügelt. Am Ende hat er die Uniform an den Nagel gehängt und sich mit einem gewissen Lawrence Smithson zusammengetan.«

»Und der ist …?«

»Generaldirektor bei Danko-Meyer.«

»Dann wird dieser Smithson Pearce wohl eingestellt haben,

um die Konkurrenz zu sabotieren«, sagte ich und versuchte nicht einmal, es wie eine Frage klingen zu lassen.

T-Tommy nickte. »Es ist noch nicht alles hieb- und stichfest, aber es riecht auf jeden Fall danach.«

Claire zuckte mit den Schultern. »Geld schlägt alles.«

Wie recht sie hatte.

76. KAPITEL

Montag, 14.41 Uhr

Ich weiß nicht, wie ich hier gelandet bin.

Nachdem Claire und ich Maple Hill verlassen hatten, fuhr ich den Berg hinauf, um nach Hause zurückzukehren. Doch anstatt in meine Straße einzubiegen, fuhr ich daran vorbei und den Hügel wieder hinunter. Noch war ich viel zu ruhelos, um mich in geschlossenen Räumen aufzuhalten. Ich hatte das Gefühl, als wäre der Fall gelöst, andererseits auch wieder nicht. Als wäre er ordentlich verpackt worden, aber eine Ecke hätte sich gelockert. Als müsste irgendetwas aus mir heraus.

Es sprach für Claire, dass sie zu spüren schien, wie sehr ich diese Selbstversunkenheit jetzt brauchte, und nichts sagte, sondern mich kommentarlos kreuz und quer in der Stadt herumfahren ließ.

Zunächst fuhr ich in Richtung Norden, dann nach Süden, und schließlich fand ich mich auf der I-65 in Richtung Birmingham wieder. Schließlich gelangte ich zum UAB Medical Center, wo ich fast vier anstrengende Jahre verbracht hatte. Ich fuhr an den Gebäuden und Klinikflügeln vorbei, die vor so vielen Jahren mein Leben gewesen waren. Mein ganzes Leben. Es schien, als hätte ich mich nur selten über diese Mauern hinausgewagt – zumindest kam es mir heute so vor.

Ich fuhr an der Notaufnahme vorbei, die aus dem Old Hillman Building, wo sie während meiner Zeit gewesen war, in den neuen North Pavilion verlegt worden war. Durch den Umzug hatte sich jedoch nicht viel geändert. Auf der Zufahrtsrampe ging es hektisch zu wie immer. Genauso hektisch wie in jener Nacht vor zwölf Jahren. Heute standen drei Krankenwagen dort, die ihre Patienten bereits eingeliefert hatten.

Ich fuhr weiter die Fifth Avenue hinunter und bog auf einen Parkplatz ein. Auf *den* Parkplatz. Auf den, wo Jill damals auf mich gewartet hatte. Und wo ihr noch jemand außer mir begegnet war. Der Mann, der sie entführt hatte. Ich hielt direkt neben der Stelle, an der mein Wagen in jener Nacht gestanden hatte. Heute war diese Stelle leer.

Ich ließ den Motor laufen und stieg aus. Ohne auf den leichten Regen zu achten, stand ich da und starrte auf die leere Stelle. Glänzend vom Regen und von Ölflecken, sah sie aus wie ein schwarzes Loch. Wie ein Grab.

»Es tut mir leid, Jill.« Ich ließ den Tränen freien Lauf. »Ich werde es mir nie verzeihen.«

Ein paar Minuten blieb ich noch so stehen, dann wischte ich mir die Tränen ab und stieg wieder in den Wagen.

»Alles okay?«, fragte Claire.

»Nein.«

Für mich wird nie wieder alles okay sein, dachte ich, als ich vom Platz fuhr.

DANKSAGUNGEN

Als Schriftsteller ist man auf viele Leute angewiesen, um eine Geschichte zu recherchieren, zu schreiben und herauszubringen. Bei diesem Roman war es nicht anders. Ich bedanke mich bei folgenden Personen, dass sie mir ihre Zeit geopfert, ihr Wissen mit mir geteilt und mir ihre Unterstützung gewährt haben:

Dr. Emily Ward, Roger Morrison, Chris Crow, Allen Perry, Robert Bass, Glen Brown, Yolanda Tapscott und all die großartigen Experten im Alabama Department of Forensic Sciences. Ihre Bemühungen, mir ihre Tätigkeit und Arbeitsweise verständlich zu machen, waren von unschätzbarem Wert für mich.

Protokollexpertin Gena Fox danke ich für die persönliche Führung durch das Marshall Space Flight Center der NASA und natürlich auch für den Besuch in Florida beim spektakulären nächtlichen Shuttle-Start. Was für ein Nervenkitzel!

Des Weiteren geht mein Dank an Dr. David Hathaway, Leiter des Sonnenforschungszentrums der NASA und Entwickler des VISAR-Systems, der so freundlich war, sein Fachwissen über Video-Enhancement-Techniken mit mir zu teilen.

Mein Dank geht auch an Dr. James W. Bilbro, Stellvertretender Direktor für Technologie bei der NASA, für unsere wertvollen Gespräche über die Arbeit – vergangene, gegenwärtige und zukünftige – im Marshall Space Flight Center.

Dank auch an Shelly Haskins, Lokalredakteur der Huntsville Times, für seine Zeit und Sachkenntnisse.

Last but not least danke ich:

Meiner wundervollen Agentin Kimberley Cameron von Kimberley Cameron & Partner. KC, du bist die Beste.

Meiner Redakteurin Christy Phillippe für ihre unermüdliche Arbeit an diesem Manuskript.

Meinen Eltern, Victor und Elaine Lyle, für ihre unerschütterliche Unterstützung.

Und natürlich Nan, die all das möglich und lohnenswert macht.

Werde Teil der Bastei Lübbe Welt
You Tube
www.luebbe.de/Meinewelt
Lesen, rezensieren, Bücher gewinnen
Lerne Autoren, Verlagsmitarbeiter und andere Leser kennen